PHILIP ROTH
美国三部曲

THE HUMAN STAIN
人性的污秽

[美] 菲利普·罗斯 著
刘珠还 译

上海译文出版社

Philip Roth
THE HUMAN STAIN
Copyright © 2000, Philip Roth
Simplified Chinese Edition Copyright © 2018
SHANGHAI TRANSLATION PUBLISHING HOUSE (STPH)
All Rights Reserved.

图字：09-2018-074号

图书在版编目(CIP)数据

人性的污秽/(美)菲利普·罗斯(Philip Roth)著；刘珠还译.—上海：上海译文出版社,2023.4
 (美国三部曲)
 书名原文：The Human Stain
 ISBN 978-7-5327-9177-4

Ⅰ.①人… Ⅱ.①菲… ②刘… Ⅲ.①长篇小说—美国—现代 Ⅳ.①I712.45

中国国家版本馆 CIP 数据核字(2023)第 066852 号

献给 R.M.

俄狄浦斯：
什么是净化的仪式？如何进行？

克利翁：
将他放逐，或叫他
血债血偿……

——索福克勒斯：《俄狄浦斯王》

目 录

第一章　人人皆知
1

第二章　躲闪重拳
69

第三章　你拿一个识不了字的孩子怎么办?
135

第四章　哪个疯狂者的构想?
187

第五章　净化仪式
269

第一章

人人皆知

一九九八年的夏天,我的邻居科尔曼·西尔克——他直到退休前两年,在附近的雅典娜学院担任了二十多年的古典文学教授,并兼任负责教务的院长超过十六年之久——悄悄对我说,他七十一岁,正和学院里一个三十四岁的清洁女工私通。她还一周两次给乡村邮政局打扫卫生,那是个灰色的小板屋,就像远在三十年代为某个俄克拉何马州家庭遮挡过沙尘暴似的,孤独凄凉地蜷缩在加油站和百货店对面。门前悬挂美国国旗的地方是两条马路的交叉口,那两条马路标志着这座山区小镇的商业中心。

科尔曼第一次见到这女人时,她正在邮局拖地板。那天他很晚才过去取信,只差几分钟就要打烊了——她是个瘦高、棱角分明的女人,发灰的黄头发被使劲拽到脑后,扎成一个马尾辫,五官如同刀削般严厉,属于那种传统观念中严守教规,勤俭持家,在新英格兰严苛的早期吃尽苦头却忍辱负重,从不越轨的殖民时代铁娘子。她名叫福妮雅·法利,无论心中有着多少悲苦,她都将一切隐藏在一张毫无表情,同时又毫无保留地倾诉着无限孤独的皮包骨的面孔后。福妮雅租住当地牛奶场的一间屋子,以帮忙挤奶支付房租。她受过两年中学教育。

科尔曼向我吐露有关福妮雅·法利以及他们之间秘密的那个夏天,无独有偶,正是比尔·克林顿的秘密,包括它最后一个令人不堪的细节浮出水面的夏天——从头到尾每一个活生生的细枝末节,一切的鲜活味儿,犹如坏疽,都被辛辣、详尽的数据激发出来。我们自从有人撞见新任的美国小姐在过期的《阁楼》杂志封面上的裸照以来——那些她优雅地跪着和躺着的,致使这个蒙羞的年轻女人放弃桂冠,最终成为大红大紫流行歌星的照片——还不曾有过一个像那样的夏天。一九九八年的夏天,在新英格兰本该是酷暑加骄阳,而在棒球场上,则该是一个白色本垒打战神和一个褐色本垒打战神之间所进行的神话般比拼,然而那个夏天席卷全美的却是虔诚与贞洁的大狂欢,因为突然,恐怖主义——早已成为国家安全的主要威胁——被吮吸所代替,一位精力旺盛、面相年轻的中年总统和一个举止轻狂、神魂颠倒的二十一岁雇员在椭圆形办公室里,像两个十几岁孩子在停车场上似的调情,这使得美国最古老的公众激情得到了复兴,从历史的角度来看,也许是它最为不可靠、最具颠覆性的快感:伪君子的狂喜。国会里、报纸上、网络中,随处可见满腔正义,哗众取宠,渴望指责、哀叹和惩罚的小爬虫,四出游说,唇枪舌剑,大肆说教:全都处于早在建国初期就已被霍桑(十九世纪六十年代他住在离我家门口仅仅几英里的地方)指认为"迫害精神"的处心积虑的狂热之中;全都热衷于颁布严峻的净身仪式,割除官员们的勃起,从而使利伯曼参议员[1]十岁的女儿能够重新舒适安全地和她窘迫的爸爸一道观赏电视。不,如果你没有经历过一九九八,你是不会明白什么叫作伪道德的。联合保守派报纸专栏作家威廉·F.巴克利写道:"当年阿伯拉尔那么干的时候,阻止它再次发生是有可能的。"他暗指总统的恶行——巴克利在别处称之为克林顿的"失禁的肉欲"——是诸如弹劾那样温和的手段难以治愈的,不如对他施以十二世纪的严惩,如同阿伯拉尔教士的神职同仁富尔贝尔教士挥舞着大刀的同伙对付阿伯拉尔那样,因为阿伯拉尔教士犯了秘密勾引富尔贝尔的侄女处女爱洛伊丝并与她结婚的罪行。不像霍梅尼处死萨尔曼·拉什迪的追杀令,巴克利对惩治性腐刑的垂涎并不带有任何对预期行凶者金钱的悬赏。然而,其动机比之

---

[1] 指乔·利伯曼(1942—),1998年,他成为美国民主党内第一个对克林顿总统处理与莫妮卡·莱温斯基的性丑闻的方式提出质疑的突出人物。

于精神领袖的动机在精神上却是毫不逊色的苛刻,并且代表着同样崇高的理想。

这便是那个美国的夏天,令人作呕的场面再次出现,插科打诨无了无休,揣测、推理、假设没完没了,对孩子解说成年生活的道义废止了,宁可让他们保留对成年生活的一切幻想,人性的渺小简直不堪负荷,某种恶魔在这个国家被释放了出来,双方都惊愕不已:"我们怎么会如此疯狂?"而无论男女,早上一觉醒来却统统发现,夜里,在一种超越忌恨的睡眠状态下,他们都梦到比尔·克林顿的厚颜无耻。我自己则梦到一面大旗,仿佛是一位克里斯托[1]以达达派手法用它将白宫从东到西包裹起来,上面撰写着如下铭文:**这里住着的是一位凡人**。这便是那个夏天,即使破烂摊、残害他人肢体罪或大杂烩,都被十亿次地证明比这个人的思想或那个人的道德更为精妙。这便是那个夏天,一位总统的阳具成为每个人的思想负担,生活,以其所有无耻的污秽,又一次使得美国张皇失措。

有时星期六科尔曼会给我拨个电话,请我在晚饭后从我居住的山的另一侧开车过去,边听音乐边玩金米拉纸牌,一点赢一美分,或在他的起居室里闲坐一两小时,啜饮干邑白兰地,帮他度过这总是他一星期里最难熬的夜晚。到一九九八年的夏天,他已经在这儿独居——一个人待在这幢他和妻子艾丽斯共同养育了四个孩子的又大又老的白色木板房里——将近两年了。艾丽斯突发中风死去的那个晚上,他本人正为班上两名学生指控他犯有种族歧视罪而日日夜夜与校方争战不休。

科尔曼那时几乎已在雅典娜度过他整个的学术生涯。他是一个直率、机智、稳健儒雅、颇具大城市风度的男子,魅力十足,既是一名斗士,又善于实际操作,很难和迂腐的拉丁或希腊文教授的原型相吻合

---

[1] 指克里斯托·贾瓦契夫(1935—2020),美国著名艺术家,出生于保加利亚,他曾与妻子珍妮-克劳德一起将世界多地的地标性建筑物包裹起来,由此名声大噪。

(他身为一名年轻助教时,便不拘一格,创立了希腊语和拉丁语的口语俱乐部,此乃见证)。他受人推崇的古希腊文学(英文版)概论课——名叫GHM,三个字母分别代表上帝、英雄和神话——广受学生好评,正因为他言谈举止的方方面面,无不直截了当,以诚相见,又深入浅出地极具说服力。"你们知道欧洲文学是怎么开始的吗?"他在第一堂课点过名后发问,"以一场争吵开始。全部的欧洲文学起源于一场争斗。"然后,他拿起他的《伊利亚特》对全班朗读头几行:"'歌唱吧,女神!歌唱裴琉斯之子阿喀琉斯招致毁灭的愤怒……从他们,阿伽门农王和伟大的阿喀琉斯的第一次争吵开始。'那么,他们为了什么而争吵呢,这两个狂暴威武的汉子?就跟一场舞池里的骂架同样原始。他们为一个女人而争吵。事实上还仍是一个女孩。一个从她父亲家里偷出来的女孩。一个在战争中被劫持的女孩。Mia kouri——诗文中是这样描写她的。Mia,在现代希腊文里,是不定冠词'a';kouri,女孩,在现代希腊语中演变成kori,意思是女儿。此刻阿伽门农喜欢这个女孩远胜于他的妻子,克吕泰涅斯特拉。'克吕泰涅斯特拉不如她,'他说,'无论是脸蛋还是身段。'这不就足以说明他为什么不愿放弃她,对吧?当阿喀琉斯要求阿伽门农把女孩交还她父亲以平息阿波罗的怒气时——阿波罗神对劫持她的种种手段已怒不可遏——阿伽门农断然拒绝:他只有在阿喀琉斯把他自己的女俘拱手相让的前提下,才会答应,以此再次点燃阿喀琉斯之怒火。肾上腺素极强的阿喀琉斯:自古以来作家所津津乐道的爆炸性野人中最具易燃性的一个,特别是当事态关系到他的威望和他的胃口时,他是战争史上最神经过敏的杀戮机器。交口赞誉的阿喀琉斯:由于名誉受到怠慢,顿时翻脸不认人。伟大英勇的阿喀琉斯,面对侮辱——得不到女孩的侮辱,一气之下,索性置身度外,悍然将自己置于社团之外,而他是此社团光荣的捍卫者,须臾不可或缺的。于是乎,一场争吵,一场野蛮的,为夺得一个年轻的女孩,为受用她青春的肉体,为满足贪婪的性欲而爆发的争吵:这,无论好歹,在损伤了一名如同能源库般的武士王子的生殖器权利、生殖器尊严的官司中，伟大而富有想象力的欧洲文学得以起航，同样也是为什么近三千年后，我们今天还要从这儿开始……"

科尔曼在被录用时，是雅典娜学院教职员中屈指可数的犹太人之一，也许还是美国最早被允许在古典文学系授课的犹太人之一。几年前，这位雅典娜孤独的犹太人还曾经是 E. I. 罗诺夫，一名几乎已被遗忘了的短篇小说家。当时我自己还是个初出茅庐的新手，四处碰壁，渴望寻求一位师长的提携，曾上这儿来进行过一次值得纪念的参拜。整个八十年代，直到九十年代，科尔曼都是第一位，而且是唯一在雅典娜担任院长的犹太人；到了一九九五年，为了将自己的事业在课堂里画上圆满的句号而辞去院长职务后，他重新开始在由德芬妮·鲁斯主持制定的囊括了古典文学系的语言文学联合大纲的庇荫下，教授他的两门课。科尔曼在担任院长期间，获得一位雄心勃勃的新校长的全力支持。他接管的是一个遭冷落、死气沉沉、犹如"沉睡谷"似的学院，但他促使它——并不排斥高压手段——告别了绅士田庄的形象。他大胆激励教职员中的老朽提前退休，同时招募雄心勃勃的年轻副教授，并彻底改革了课程设置。毋庸置疑，在他退休之后，顺理成章地，自然而然地，也将会为他出纪念文集，建立科尔曼讲课系列研讨学会，以他的名义设立古典文学席位，而且，也许——由于他对这地方在二十世纪中的复兴所起的重要作用——文科楼，甚而至于北大楼，学院的标志性建筑，也将会在他死后以他的名字重新命名。在这小小的、他度过大半生的学术世界里，他将早已不再遭人怨恨，不再引起争议，甚至都不再令人畏惧，而是，永远享受着无可置疑的尊荣。

大约在他返回全职教授岗位第二个学期的中途，科尔曼讲了那句连累他自己，使他主动割断与学院一切联系的话——那句他在雅典娜授课及担任行政职务的岁月中大声讲过不下几百万次，唯有这一次殃及他自己的话。那句话，在科尔曼的理解中，直接导致他妻子的猝死。

那个班由十四名学生组成。科尔曼在头几次讲课前都点名，以便了解每个学生的名字。到学期的第五周，仍然有两个名字没能引起任何回应。于是，科尔曼在第六周，一上讲台便问道："有人认识这两个人吗？他们究竟是确有其人，还是只是幽灵？"

事发当天，科尔曼吃惊地被传召进他的后继者，新院长的办公室，回答那两名缺席学生对他犯有种族歧视罪的指控。原来他们是黑人，虽然缺席，却很快得知他使用了什么词语质询此事。科尔曼告诉院长："我指的是他们可能具有的外胚层质。不是显而易见的吗？这两名学生没来上过一堂课。对于他们我一无所知。我用的是那个词最通常、最基本的含义：'幽灵'或'鬼魂'。我又不知道这两名学生会是什么肤色。我也许五十年前听说过'幽灵'有时用做指称黑人的贬义词，但现在早已忘得一干二净。否则，我绝不会使用它，因为我一向对学生的情感呵护有加。考虑一下上下文：他们究竟是确有其人，还是只是幽灵？种族歧视的指控不合逻辑。是荒谬的。我的同事知道，它是荒谬的；我的学生知道，它是荒谬的。问题在于，唯一的问题在于，这两名学生旷课以及他们不可原谅的玩忽职守。令人烦恼的是，这项控罪不仅是子虚乌有——而且是弥天大谎。"说完上述足以为自己辩护的话，他以为事情到此结束，便打道回府。

当今，即使是一般的院长，据我了解，大凡在介乎教职员和上级管理层之间真空地带供职的，无一例外都有仇家。他们不可能每次都批准加薪的请求，或将便利的停车位批给对它垂涎的人，或将更大的办公室批给自信有资格受用的教授任职或提职候选人，特别在弱小的系里，例行公事般地一律拒批。系级对增加教职员名额和文秘助手的请求几乎无一获准，至于减轻教学负担以及免去晨课的请求也落得同样的下场。申请参加学术会议的差旅费通常遭拒绝，等等，等等，不一而足。科尔曼还不仅是一般的院长，他摆脱了谁，以及如何摆脱的，他取消了什么，以及建立了什么，他如何大胆力排众议履行职责，其结果绝非仅仅得罪惹恼了几个古怪的忘恩负义者和牢骚满腹的人。在插手院务并委任他为院长的英俊年轻，毛发蓬松，仕途蒸蒸日上的校长皮尔斯·罗伯特的庇护下——此人对他面授机宜："一定要进行变革，任何感到不快活的人都应当干脆考虑辞职或提前退休。"——科尔曼将一切都翻了个身。八年以后，当科尔曼的聘期过去一半时，罗伯特接了一个"最杰出的十名大学校长"的荣誉称号，凭借的正是雅典娜在破纪录的时日里所取得的成就给他带来的声望——然而，一切的取得并非得力于光芒四射的校长，他实际上只是个资金筹集者，最后毫发无损地在一片欢呼声中离开雅典娜，去往别处高就了。成就的取得归功于他手下意志坚决的院长。

科尔曼在接任院长职位的第一个月，就把每一位教职员都请去谈话，包括那几名资深教授，他们是县里古老家族的传人，学院便是由他们的先辈出资创办的，他们本身并不缺钱，但还是非常高兴地接受发给他们的薪水。他们每个人都在谈话前被告知，必须带上自己的履历表，倘若有人因为门第太高而不带，科尔曼面前的办公桌上反正已经预备了一份。他整整一小时扣着他们不放，有时还更长，不厌其烦地向他们暗示雅典娜的局面终于到了非改不可的地步了，直到他让他们出汗为止。他一上来就毫不犹豫地翻动着履历表，问："最近十一年来你究竟在干些什么？"当他们和绝大多数教师一样回答说，他们定期在《雅典娜笔记》上发表文章时，当他听腻了他们每个人唠叨的那套说辞，无非是每年从一本发黄的博士论文中摘抄拼凑成哲学、文献学或考古学的鸡毛蒜皮的论文，"发表"在灰色硬板纸装订而成的油印季刊上——除了在学院图书馆目录里可以查到以外，地球上任何别的地方都无处可寻——时，他竟敢打破雅典娜礼仪规范，说出那句使他闻名遐迩的话："换言之，你们都在回收处理自己的垃圾。"然后，他不仅将捐赠给《雅典娜笔记》的数目极小的一笔款子退还给赞助人——编辑的岳父，关闭了这份刊物，而且为了鼓励提早退休，他还迫使老朽中的老朽放弃他们近二三十年来因循守旧教授的课程，让他们改教一年级英语、简史、新生入

人性的污秽　9

学辅导，而这些课程都安排在夏末最炎热的时段里。他取消了声名狼藉的"年度学者奖"，将千元奖金用到别的地方。院史上他第一个要求大家为申请学术休假提交正式报告，报告中必须详细陈述科研项目，这类申请获得批准的仅为凤毛麟角。他取消了以校园内最为精致的橡木镶板室内装潢为豪的俱乐部式的教职员午餐厅，让它返回优等生研讨室的原始初衷，致使教职员必须和学生一道在自助餐厅进餐。他坚持召开教职员会议——从未召集过这类会议使上一届院长深得人心。科尔曼要秘书点名，以致每周只授课三小时的头面人物也不得不在校园里抛头露面。他在学院宪章里找到一则条文说，不设执行委员会，并提出那些有碍重大改革的繁文缛节都只不过是习惯和传统作祟，他将它们一笔勾销，并按法令主持这些教职员会议，利用每次开会的机会，宣布他下一步的行动计划，结果当然是进一步触犯众怒。在他的领导下，晋升变得十分困难——也许，最令人感到惊愕的还是：从此以后，教师再也不能凭借自己的好人缘获得提职，不与成绩紧密挂钩的提薪也沦为历史。一言以蔽之，他引入了竞争机制，使得这个地方充满竞争气氛。这，用他的一位劲敌的话来说："正是犹太人的惯技。"而每次那些人组成一个特别委员会去向皮尔斯·罗伯特投诉，校长都一以贯之支持科尔曼。

在罗伯特执政期，科尔曼招募的聪明年轻人个个喜欢他，因为他为他们创造了发展空间，还因为他着手从霍普金斯、耶鲁、康奈尔聘用研究生，进行——正如他们爱说的——"质量革命"。他们赏识他，因为他迫使统治层面的高贵人士走出他们小小的俱乐部，并威胁他们的自我形象，而这总会让一位自命不凡的教授火冒三丈。原来院里教职员中最不称职的老家伙得以苟延残喘，完全仰仗他们的自我标榜——研究公元前一百年的最伟大的学者，等等——一旦这些受到来自上面的质疑，他们的信心便日渐瓦解，在不到几年的工夫里，这些人几乎全都销声匿迹了。峥嵘岁月啊！但自从皮尔斯·罗伯特调往密歇根担任要职，而新任校长海恩斯并不与科尔曼特别贴心，对那种在几乎一瞬间将全院收拾得干干净净的推土机式的夸张手法和专制独裁的个性也没有表现出特别的宽容——加上科尔曼留下的以及他招募的年轻人开始成为年富力强的教师时,一股反对西尔克院长的势头便出现了。这股势头究竟有多强大,他一直不明白,直到他一个系一个系地计算出究竟有多少人对眼前的局面——他指称似乎不存在的两名学生所用的词语并不依照他本人坚持的原意,亦即基本的词典意义来加以界定,却偏要当作种族歧视的贬义词加以阐释,从而为两名黑人学生的投诉提供佐证——颇感幸灾乐祸时,他才恍然大悟。

我清楚地记得两年前的那个四月天,艾丽斯·西尔克死了,科尔曼完全丧失理智。在那以前,我只是在百货店或邮局碰到他们时对他们二人中随便哪一位点点头而已,并没有与他们真正认识,对他们的情况也谈不上了解。我甚至都不知道科尔曼是在新泽西东奥兰治的埃塞克斯小县城,离我家仅几英里的地方长大的。而且,他作为东奥兰治中学一九四四年的毕业生,比我从邻近的纽瓦克学校毕业只早六年。科尔曼并没有设法与我相交,而我离开纽约,搬来伯克夏,住进山上乡间小路边田野里的一幢两开间木屋,也并非为了交结新友人,或加入新社区。在我一九九三年初到这里的几个月里,收到过各种请柬——邀我进餐、喝茶、参加鸡尾酒会、远足到位于谷底的学院举行讲座,或者,如果我愿意,对一个文学班随便谈谈,但都被我婉言谢绝。自那以后,不论我的邻居还是学院,都不再管我,让我过自己的日子,做自己的事。

但两年前的那个下午,科尔曼直接从为艾丽斯葬礼做准备的地方驱车来到我的住房前,砰砰敲门,要求进屋。尽管他有急事相求,却不能坐着讲清楚,连三十秒钟都不行。他站起来,坐下,又站起来,围绕我的工作室转了一圈又一圈,大声嚷嚷,滔滔不绝,当他——错误地——以为需要加强语气时,甚至还恐吓性地在空中挥动着拳头。我必须为他写点东西——他几乎是在对我下命令。倘若他自己写那个荒诞不经的故事,不做任何掩饰,没人会相信,没人会认真地对待,大家都会说那是个荒唐可笑的谎言,一个企图自圆其说而编造的大谎话,他们会说他这个谎扯得比他在课堂里讲了那个促成他倒台的"幽灵"一词后扯的谎还要大。但如果我写,如果一位专业作家执笔的话……

他内心的自控力已全面瓦解。看着他,听着他——一个我并不认识,但无疑是个有修养、有地位,而此刻精神完全崩溃的人——如同面对一起恶性高速公路事故、一场大火、一场骇人的爆炸、一场公共大灾难,不仅以它可怕狰狞的面目,而且以它的不可思议性让人瞠目结舌。他歪歪斜斜地在房间里打转,使我不由得想起那些自家豢养的鸡在被砍了头以后还继续走动的样子。他的头已经被砍掉了,那个头包裹着曾经是无懈可击的院长和古典文学教授的渊博的大脑,可我目睹的却只是他残缺的躯体失去控制地旋转。

我——我的家门他以前从未进来过,我的嗓音他以前从未听到过——必须放下手头上可能从事的一切,着手描写他在雅典娜的敌人如何瞄准他挥出拳头,却将她置于死地的故事。他们制造他的假象,捏造各种他从没犯过也永远不可能犯的罪名。他们不仅仅丑化了一个人以最强烈的责任感和奉献精神从事的学术生涯——他们还杀死了他四十多年的结发妻子。杀死了她,就好像他们瞄准了,将子弹射进她的心脏一样。我必须写下这个"荒诞事件",那个"荒诞事件"——我,一个当时对他在学院里遭受的苦难一无所知的人,甚至连包围了他和死去的艾丽斯长达五个月的恐怖都还没能理出头绪的人:折磨人的无了无休的会议、听证、面谈,提交给院领导、教职员委员会、代表两名学生的黑人公益律师的文件和信件……指控、否认以及反指控,愚钝、愚昧和玩世不恭,粗俗,别有用心的误解,费力的、反复的辩白,控方的问题——以及自始至终,连绵不绝地,弥漫他整个身心的不真实感。"她被谋杀了!"科尔曼大吼一声,从我书桌的对面探过身来,用拳头捶击桌面,"那些人谋杀了艾丽斯!"

他给我看的这张脸,这张他放在离我自己的面孔不到一英尺远的脸,现在已是凹陷歪斜的了,而且——尽管是一个精心保养,面容年轻,英俊的老人的面孔,却奇怪地让人生厌,非同寻常地被流转他全身的情绪所产生的毒素弄得面目全非。近看,它伤痕累累,溃烂得不成形状,活像卖场里一只水果从货架上给碰掉下来以后,再遭到过往顾客的脚在地上踢来踢去一样。

　　精神折磨可能给一个没有丝毫软弱老迈迹象的人造成什么后果,这是个相当有趣的问题。比起五脏六腑的疾患来,它更加难以对付,因为既没有吗啡滴注、脊髓麻醉,又没有彻底的外科手术可以减轻患者的痛苦。一旦被它生擒,便只有死路一条,别无其他。它对人活生生的折磨无可比拟。

　　被谋杀的。对科尔曼来说,唯有这才能解释一个精力充沛、外表威严、毫无任何病痛的六十四岁女人,一个其抽象画作垄断当地画展,而本人又独断专行地统治着本城艺术家协会的女人,一个在县级报纸上发表诗作的女诗人,一个年轻时是学院政治上积极反对防空洞、锶-90,直至后来反越战的领袖级人物,有主见,个性执拗,不善圆通,一个在一百码以外,就可根据那一头厚重如铁丝般缠绕在一起的白色鬈发辨认出来的,犹如一股强烈旋风似的女人,怎么会突如其来地撒手人寰;如此强壮的一个人,如此强壮,就连这么一位令人不寒而栗,具有众所周知的铁腕,曾不可思议地使雅典娜学院在学术领域起死回生的院长,也只有在网球场上才能击败他的妻子。

　　当科尔曼开始遭受攻击——当种族歧视的指控不仅被新院长,而且被学院的黑人学生小组,以及来自皮茨菲尔德的黑人积极分子小组所接受,并进行调查的时候——它的彻头彻尾的疯狂抹去了西尔克夫妇婚姻中不计其数的困难。艾丽斯为了丈夫的事业,将四十年来始终与他本人固守的领域发生冲撞,并引发共同生活中无了无休的摩擦的专横跋扈一扫而空。他们虽然多年来不再同床共枕,甚至双方都无法进行像样的对话——连对方的朋友都不能容忍,但又肩并肩地站到了一起,冲着仇人的面孔挥舞拳头。他们对那些人的恨远远超过了他们在最痛苦的时刻相互间的恨。四十年前他们在格林尼治村作为志同道合的情侣时所共享的一切——那时他在纽约大学攻读博士学位,艾丽斯刚从她住在帕塞伊克的桀骜不驯的崇尚无政府主义的父母家里逃跑出来,在艺术系学联的人体写生课上当模特,由一头犹如灌木丛似的造型奇特的头发武装着,浓眉大眼,妖冶色情,佩戴着民间手工艺饰物,那时就已经俨然一副极富舞台效应的高级女祭司模样,《圣经》里记载的从犹太教之前的远古时代走来的高级女祭司——所有他们在格林尼治村共享的一切(除了性爱)都重新不顾一切地当着众人的面爆发了出来……直到那个早晨,她醒来感到头疼欲裂,一只胳膊已经失去知觉。科尔曼慌忙将她送进医院,但第二天天还没亮,她就辞世了。

"他们想杀的是我,却把她害死了。"科尔曼在那次不邀自来的造访中不止一次对我这么说,然后又在第二天下午坚持对每一位来出席她葬礼的人这么说。他依然这么认为。他不能接受任何别的解释。自她去世以后——同时,自他终于明白我不情愿将他的磨难作为我小说的题材,从我手中拿回那天扔在我书桌上的所有文件以后——他自己就一直在写一本关于他为什么从雅典娜退休的书,一本非虚构性的书,他起名为《幽灵》。

斯普林菲尔德那边有个小调频台,每周六从晚上六点到午夜,它停下一档固定节目,改播音乐,头几小时是交响曲,然后是爵士乐。在我居住的山这边,这个频道只能收到静电干扰声,但在科尔曼家所住的山那边收听效果却不错。在那些他邀我过去小酌,共度周末的夜晚,一跨出我停在他车道上的车,就可听到从他家传出的、我们那一代的孩子在四十年代不断从收音机和自动唱机里听到的甜蜜蜜的舞曲。科尔曼不仅让它以最大音量从起居室的立体声音响收音机播出,而且还打开了他床头的、浴室的、厨房面包箱旁边的所有收音机。无论他星期六的晚上在屋子里干些什么,他每时每刻都能听见音乐,直到午夜电台——在每周半小时的仪式性的本尼·古德曼之后——结束全天播音。

奇怪,他说,他在成年生活中所听到的任何严肃音乐都从来没有像此刻这首老摇摆曲那样让他心驰神往:"我心中的每道禁欲锁链都打开了,不想死的愿望,永远不死的愿望,强烈得几乎令人窒息。而所有这一切,"他解释说,"统统因为听着沃恩·门罗的缘故。"有的夜晚,每首歌的每句词都呈现出如此奇妙而深刻的含义,以至于他会兴奋得独自起舞,或曳步,或飘步,或是循环往复、枯燥无趣却非常实在、撩拨情绪的狐步,他曾经常和东奥兰治高中女生跳这种舞,曾隔着裤子将自己第一次真正的勃起紧压在舞伴身上;他跳舞时,没有任何感觉是故意造作的,他对我说,无论是恐惧(由于消亡),或欢乐(因为"你叹息,歌声起。你说话,仿佛小夜曲")。眼泪都是自动淌下来的,不论他对自己听到海伦·奥康奈尔和鲍勃·埃伯利轮唱《绿眼睛》而情不自禁有多么惊讶,不论他对自己竟然会被吉米和汤米·道尔西转变成他做梦也不曾料到的这号多愁善感的男人,感到多么不可思议。"随便哪个一九二六年出生的人,"他会说,"在一九九八年独自在家里熬过星期六夜晚,收听狄克·海姆斯唱《那些小小善意的谎》之后,如果最终还不能理解什么是著名的悲剧净化论,但叫他们来告诉我。"

在我走进房子侧面通往厨房的纱门时,科尔曼正在涮洗晚餐的盘碟。因为他在水槽边,自来水哗哗地淌着,又因为收音机开得很响,而他正大声跟着年轻的法兰克·辛纳屈唱《一切都发生在我身上》,所以连我走进屋他都没听见。那是个炎热的夜晚;科尔曼穿着牛津布短裤和运动鞋,别无其他。从背面看,这个七十一岁的男子最多四十岁——精瘦,健康,四十岁。科尔曼不过略高于五英尺八,也没有十分壮硕的肌肉,却不乏强劲的体力,中学体操运动员的矫健仍然清晰可见,那种敏捷,那种我们从前称之为元气的强烈冲动。他理得很短的鬓发已变成燕麦色，所以，正面看，尽管他有着孩子气的塌鼻子，还是不会显得像他头发仍然是深色时那么年轻。再说，他两边嘴角都刻上了深深的印痕，绿褐色的眼睛，自艾丽斯去世以及他从学院退休以来，诉说着无边无际的疲劳和精神空虚。科尔曼有着与年龄不相协调的相貌，几乎像雕刻出来的，就像你看到过的那些小时候曾经在银幕上大放异彩的电影演员后来变老的面孔一样，上面总是留下不可磨灭的童星印记。

总而言之，即使在那个年龄，他仍然是个干净利落、外表很讨人喜欢的男子，属于那种下颌是面部重心所在的塌鼻子的犹太人类型，一个头发鬈曲，肤色微黄，有着那种常被当做白人的浅色皮肤黑人一样模棱两可气质的犹太人。他在二次大战即将结束前在南方弗吉尼亚诺福克海军基地当水手时，因为他的名字听起来不像犹太人，又因为它太容易被当作黑人的名字，致使他在一所妓院里，被指认为蒙混过关的黑鬼，给撵了出去。"因为是黑人，给撵出诺福克妓院。因为是白人，给撵出雅典娜学院。"那两年中我不断从他嘴里听到诸如此类的话语，都是有关黑人反犹主义，有关他背信弃义、胆小如鼠的同事的各种疯话，很明显，这些东西都已经被他直接、不加掩饰地写进书里。

"给撵出雅典娜，"他对我说，"因为作为那些愚昧的杂种称之为敌人的白色犹太人。就是那些人造成他们的美国苦难。就是那些人把他们勾引出天国。又是那些人这么多年来一直在拖他们的后腿。什么是黑人在这个星球上受苦受难的主要根源？他们不用来上课就知道答案。他们连书都不用翻就知道。不用读书，他们就明白——不用思考，他们就能回答。谁该负责？就是那群该对德国人的苦难负责的《旧约》恶鬼。

"他们杀死了她，内森。谁想得到艾丽斯会承受不了？尽管那么强壮，中气那么足，艾丽斯却偏偏承受不了。他们那种招牌式的愚蠢即使对一个像我妻子那样的世界主宰也都太过分了。'幽灵。'在这个地方又有谁会为我辩护？赫伯特·基布尔？是我当院长时把赫伯特·基布尔调来学院的。当时上任才几个月。把他调来，不仅成为社会科学部门第一个黑人,而且是除了总务部门以外,任何部门都绝无仅有的唯一的黑人。但赫伯特也被像我这样的犹太种族主义者变成了一名激进分子。'我在这个问题上,不能站在你一边,科尔曼。我必须和他们站在一起。'这就是他在我去向他求援时对我说的话。当着我的面。我必须和他们站在一起。他们!

"你真该亲眼看到赫伯特在艾丽斯葬礼上的表现。整个儿垮了。崩溃了。有人死了?赫伯特并不想要任何人死。这些鬼把戏只是为了争权夺利才耍的。为了在学院里获得更大的决策权。他们不过是利用了一个可乘之机而已。一种手法,刺激一下海恩斯以及领导层,迫使他们就范,去做他们原本不可能做的事。校园里要有更多的黑人。更多黑人学生,更多黑人教授。代表权——这就是问题所在。唯一的问题。上帝知道,他们并不想要人死。也不要人辞职。这对赫伯特也是个突然袭击。科尔曼为什么要辞职?又没有人要解雇他。没有人敢解雇他。他们那样做就因为他们能那样做。他们的意图是把我的脚放在火上再多烤上一阵——为什么我不能耐心一点,稍加等待呢?不到下学期结束,谁还会记得这件事?这个事件——这个事件!——给他们提供了一个在雅典娜这类种族意识滞后地区必要的'组织效应'。为什么我要辞职?到我辞职时,这事根本都翻篇了。究竟为什么我会辞职了呢?"

就在我前一次造访时,科尔曼一看见我走进门便开始在我眼前晃动什么东西,原来又是一份文件,取自那些藏有几百份文件,标着"幽灵"字样的档案箱。"你看。我的一个才华横溢的同仁写的有关指控我的两名学生中的一个——一个从来也没有上过我课的学生,她其他的课,除了一门,统统不及格,而且那些课她也难得去上。我以为她不及格是因为看不懂教材,更不要说掌握了,谁知,她不及格是因为她太害怕她的白人教授周身散发的种族主义气息,鼓不起勇气走进课堂。正是我曾用言辞所精确表达的种族主义。在一次那种会议、听证,或别的什么名堂上,他们问我:'是什么因素,据你判断,导致这位学生的失

人性的污秽 17

败?''什么因素?'我说,'无动于衷。傲慢。冷漠。个人的不幸。谁知道?''但是,'他们问我,'根据这些因素,你给过这学生什么积极建议?''我没有给过任何建议。我从没见过她。如果我有机会的话,我会建议她退学。''为什么?'他们问我。'因为她不适合上学。'

"让我给你读一下这份文件。听着。由我一名支持翠西·卡明斯的同事所提交的,认为我们不应当过于苛刻、过于草率地对她做出判断,更不应当排斥她,将她拒于门外。对翠西,我们必须哺育;对翠西,我们必须理解——我们应当了解,这位学者告诫我们,'翠西来自什么地方'。我来给你读一读最后的几句话:'翠西出身于一个相当困难的家庭,她在十年级时和直系亲属分离后,就和亲戚住在一起。结果导致她不善于处理某种境况里的各种现实问题,这个缺点我承认。但她准备,愿意,并且能够改变自己的生活态度。在最近几周内我目睹在她身上诞生的东西是她对逃避现实的严重性的反省。'德芬妮·鲁斯的文笔,语言文学系主任,教授的课程包括一门法国古典文学。她对逃避现实的严重性的反省。啊,够了。够了。真叫人恶心。简直太让人恶心了。"

这就是我星期六夜晚过来和科尔曼做伴时经常看到的局面:一场奇耻大辱正在吞噬一个仍然精力充沛的人。落难的伟人,还在遭受着失败蒙羞的煎熬。有点类似你无意之间在圣克利门蒂撞见尼克松,或在佐治亚遇上还没有开始为垮台赎罪而当木匠的吉米·卡特。一种非常哀伤的场面。可是,尽管我对科尔曼的磨难、他被人极不公正地剥夺的一切,以及他似乎不可能摆脱的痛苦,怀有深厚的同情,然而在那些夜晚,在仅仅啜饮了几滴他的白兰地后,我却需要具有魔力的东西使自己保持清醒。

但在这个我正描述的夜晚,当我们漫步走进他那间在夏天当作书房的,有纱门纱窗的,很是凉爽的侧面回廊时,他对世界的态度却是友好得不能再友好了。不等我们离开厨房,他已从冰箱里拿出几瓶啤酒,我们分坐在他当书桌用的长条搁板桌两边,桌子的一头堆放着作文簿,大约有二三十本，分成三摞。

"嘿，你瞧，"科尔曼说，他此刻沉静，开朗，焕然一新，"就是那东西。《幽灵》。昨天完成初稿，今天花了整整一天的工夫通读一遍，每一页都叫我恶心。单看那字里行间的暴力就足以让我鄙视作者了。要我花一刻钟去看它都没门，更不用说两年的时光了……艾丽斯就让这些东西给气死了？谁会相信？我自己都不再相信了。把那么冗长的东西变成一本书，褪去其中怒气冲冲的痛苦，并写成个像是正常人写出来的东西，至少要再花上两年多时间。而我又能得到什么呢，除了再花两年去想'他们'？这倒不是说，我终于原谅他们了。别误解我的意思：我痛恨那些杂种。我痛恨那些下贱的杂种，就像格列佛跟马一起生活以后痛恨整个人类一样。我是以一种真正的生物性能痛恨他们。不过那些马我总觉得有些可笑。你不觉得吗？我刚到这儿的时候，总把那些马想象成管理这地方的新教机构。"

"你看上去挺精神的，科尔曼——只有那么一丝微弱的过去的疯癫。三星期，一个月，不管多久以前，反正我上次见到你的时候，你还沉陷在自己的血泊中，无以自拔呢。"

"就因为这个东西。但我读过了，一文不值，没事了。我不会像专业作家那样写。我写的是我自己，我不会调度创作距离。一页又一页，还都是原始的东西。不过是一份自我辩白回忆录的蹩脚翻版。无济于事的辩白。"他微笑着说，"基辛格每隔一年能写下一千四百页这一类的东西，但我不行。虽然我可能在自我陶醉的肥皂泡里显得很盲目自信，但我不是他的对手。我退出。"

大多数因为重读自己两年——抑或一年，甚至半年——的劳动所得，发现它无可救药地误入歧途，不得不将它送上断头台，而被迫中途搁笔的作者，都会因此而感到痛心疾首，生不如死，以至于一般需要几个月才能渐渐缓过气来。然而，科尔曼仅以甩掉一部像他刚完成的稿子那样拙劣的书稿，就不仅成功地从自己遇难著述的残骸中，而且还从自己遇难生涯的残骸中，游出水面，重获自由。摆脱了这本书，他现在似乎连一丝一毫清算旧账的欲念都没有了；彻底卸下为自己报仇雪耻，将对方作为凶犯绳之以法的狂热，他不再整日沉浸在蒙冤受屈的心理状态下。除了在电视上看到纳尔逊·曼德拉不等最后一顿可怜的牢饭在他肠胃里消化殆尽就原谅了他的牢头禁子以外，我倒还从来没有见过心态的变化竟然会如此神速地使一个遭受不白之冤的人改头换面。我想不通，而且，起初，我怎么也不相信。

"就这么一走了事，快快活活地说'我不行'，甩掉所有的手稿，所有这些讨厌的——那么，你是否打算填平遭受凌辱而造成的虚空呢？"

"不打算。"他拿起纸牌和用来记分的拍纸簿，我们把椅子拖到搁板桌没有文件的一头。他洗牌，我签，他发。然后，在一种奇异的，由于表面不再敌视雅典娜的任何人——是他们蓄意地、背信弃义地误判、虐待、玷污了他，在过去的两年内将他投入到一场斯威夫特[1]式宏大的厌世工程中——而在产生的宁静的满足感里，他开始热情洋溢地回顾过去的好时光，那时他的酒杯斟满美酒，他可观的良知天赋都用在了寻欢作乐上。

他既然不再搁浅在自己的仇恨之中，我们便要谈论女人了。这的确是个全新的科尔曼。或者一个过去的科尔曼，最早的那个刚成年的科尔曼，曾经有过的，最为心满意足的科尔曼。并非幽灵事件之前，被诬陷为种族主义者之前的科尔曼，而是仅受情欲浸染的科尔曼。

"我从海军退役，在格林尼治村找到个栖身之处，"他一面理着手上的牌，一面开始对我叙述，"我只需下到地铁里去。就像下去钓鱼似的。前脚踏进地铁，后脚就捞上一个姑娘来。后来，"他停下来，捡起我打出的牌，"突然之间，我拿到了学位，结了婚，有了工作、孩子，钓鱼的事就此罢休。"

---

[1] 指乔纳森·斯威夫特（1667—1945），英国作家，代表作有《格列佛游记》。

"再没有钓过。"

"几乎再没有过。真的。等于再没有过。跟再没有过没有区别。听到这些歌了吗?"屋子里四个收音机同时开着,即使在外面大路上也不可能听不见。"战争过后,唱的就是这些歌。"他说,"四五年中除了这些歌,就是女孩子,满足了我所有的理想。我今天发现一封信。清理《幽灵》材料时,发现一封当时其中的一个女孩写给我的信。那个女孩。我是在第一次受聘,在长岛艾德菲大学上班,艾丽斯刚怀上杰夫以后,收到她的来信的。一个几乎有六英尺高的女孩。艾丽斯也是个高个子。但还比不上斯蒂娜。艾丽斯块头大。斯蒂娜却是另一个模样。斯蒂娜一九五四年给我寄来这封信,今天在扔档案时它又出现了。"

从他短裤后面的口袋里,科尔曼抽出装着斯蒂娜来信的旧信封。他还是没套上T恤,此刻我们早已离开厨房,待在了回廊上,我不禁注意起这一点——这七月的夜晚是热,但并没有热到那个程度。他以前给我的印象从来不是个将自己巨大的虚荣心延伸到肌体的人。可是现在我觉得他这样展示晒成黝黑色的肌肤似乎不止是在表达一种家居的休闲情绪。袒露在我面前的是一个个头不大,但仍有型有状,漂亮男子的肩膀、胳膊和胸脯,肚皮不再是扁平的了,这是肯定的,但还没有一样东西严重失控——总之,是个似乎曾在运动场上以机灵矫健见长,而并非仰仗过人膂力的赛手的体魄。这一切我以前都不曾见过。一来,他总是中规中矩地穿着衬衫;二来,他一直被愤怒的烈火所裹挟。

以前同样不为我所见的还有那坐落在他右胳膊顶端,恰好位于肩关节处的,小小的,瞪大的眼球似的蓝色文身——"美国海军"的字样沿着三角肌斜边,刺在一个隐约可见的小铁锚的两个钩状锚臂之间。一个微小的象征,象征着对方生命中无数的遭际,代表着构成他个人历史混乱的雪片似的细节——一个细微的象征,如果真的需要的话,提醒我为什么我们对人的了解再透彻也总会有偏差。

"还留着?那封信?没丢掉?"我说,"一定是封有点意思的信。"

"太有意思了。直到收到这封信我才明白原来我身上已经发生了许多变化。我已结婚了,很负责任地结了婚,我们快要有孩子了,但我并不知道斯蒂娜们从此一去不复返了。收到这封信我才意识到严肃的东西真的开始了,奉献给严肃事业的严肃的生活。我父亲在东奥兰治的格罗夫街开一家酒吧。你是个威克瓦西孩子,不会知道东奥兰治的。那是城市的贫民区。他是那些犹太酒吧老板中的一个,他们遍布泽西城。当然,他们都和赖因费尔德[1]以及盗贼团伙有联系——非得如此,为的是和盗贼周旋,以求生存。我父亲不是个暴徒,但相当强悍,他要我比他有出息。他在我高中最后一年突然死了。我是独子,受宠的独子。他在我对他酒吧里的形形色色的人和事开始感兴趣时,就不再让我在那儿帮他干活了。生活中的一切,包括酒吧——从酒吧开始的——无时无刻不在督促我当个严肃的学生。在那些日子里,我按照当时的课程表,学习高中的拉丁文,还另外选修高级拉丁文、希腊文,酒吧老板的儿子竭尽全力,不可能还有比他更严肃的学生了。"

我们二人玩起一种快速小游戏。科尔曼摊开手上的牌,给我看他的王牌。当我重新开始发牌时,他继续讲故事。我以前从没听说过。我以前除了他怎么会那么恨学院的话以外,别的什么也没听说过。

"好吧,"他说,"一旦我实现了父亲的梦想,成了超级体面的大学教授以后,我以为,正如我父亲以为的那样,严肃的生活永远不会结束了。不可能结束,因为你有了文凭。但它结束了,内森。'还是只是幽灵?'而我就此滚蛋。罗伯特在这儿的时候,他喜欢对别人说我当院长的成功之道源自我从酒吧里学来的规矩礼貌。门第高贵的罗伯特校长愿意把这个酒吧浑小子停放在他走廊正对面。特别在那些老字号面前,罗伯特总爱装出因为我的出身而对我大加赞赏的样子,尽管,众所周知,非犹太教信徒实际上对犹太人和他们如何从贫民窟发家致富的故事根本

---

[1] 指约瑟夫·赖因费尔德(1891—1958),美国实施禁酒令时期(1919—1933)的著名私酒贩子。

不爱听。不错，在皮尔斯·罗伯特的神情里是有某种程度的讥嘲，即便在那个时候，对，现在回想起来，甚至在那个时候就开始了……"但他不再往下发挥了。不愿再谈了。他作为被推翻的君主所怀有的一切烦恼都告一段落。永远不会消逝的冤屈以此宣告寿终正寝。

又回到斯蒂娜。想起斯蒂娜大有裨益。

"四八年遇见她，"他说，"我二十二岁，在纽约大学读书，有海军资历，享受政府奖学金。她十八岁，刚到纽约几个月，有份工作，也念大学，不过是在晚上。明尼苏达来的，自力更生的女孩。挺有自信的，至少看上去是那样。一半丹麦血统，一半冰岛血统。敏捷。机灵。亮丽。高挑。凹凸有致地高挑。雕塑般优美的睡姿。从来没有忘记过。跟她一起待了两年。老叫她瓦露塔。普赛克的女儿。对罗马人来说，是肉欲快感的化身。"

说着，他放下手中的牌，从废弃的档案堆边上捡起丢在那里的信封，抽出信来。两三张纸那么长的一封用打字机打出来的信。"我们是偶然碰上的。我从艾德菲过来，在城里待一天，斯蒂娜正好在那儿，大约有二十四五岁了。我们停下来交谈，我告诉她我妻子怀孕了，她告诉我她在干什么。然后，我们吻别，仅此而已。大约一星期以后，这封信寄到学院转给我。信上有日期。她注明的。瞧——'一九五四年八月十八日'。'亲爱的科尔曼，'她说，'我非常高兴在纽约见到你。我们的会面虽然很短暂，但我见到你以后感到一种秋日的惆怅，或许是因为自我们初识以来的六年时光让我清清楚楚地明白了叫我心痛如绞的事实：我生命中有多少时日永远地'一去不复返'了。你看上去棒极了，我很高兴你生活快乐。你很有绅士风度。你没有猛扑过来。我第一次遇见你，你在萨利文街租住地下室的时候，你是（或似乎是）猛扑过来的。你还记得你自己吗？你非常善于猛扑，几乎像那些鸟一样，它们飞过陆地或海洋，窥见什么东西在动，什么血气方刚的东西，便猛地扎下去——或瞄准目标——一把抓住。当我们相遇时，我对你飞翔的劲道感到目瞪口呆。记得第一次上你房间，我进去以后，坐在一把椅子上，你却绕着房间走来走去，偶尔停下，歇在凳子或沙发边沿。你有张破烂的救世军长沙发，你当床睡的，后来我俩凑钱才买了那个床垫。你请我喝饮料。递给我杯子时，你目不转睛地打量我，眼光中充满不可思议的惊讶与好奇，仿佛奇迹真的出现了，我居然有手可以端玻璃杯，我居然有嘴可以从杯里喝水，我居然真的会在你房间里现身，而我们在地铁里相遇仅仅才过了一天。你讲话，提出问题，有时回答问题，自始至终都保持着一种极其严肃又欣喜若狂的态度，而我也努力地讲些什么，但对答不是那么流利。于是我就回瞪着你，专心地听着，听懂的比我预计的要多得多。但我找不到话来填补无言的空当，因为你似乎喜欢我，我也喜欢你。我一直在想：'我没有准备好。我刚到这个城市。现在不行。但我会的，再给我一点时间，再多交谈几句，要是我能想出我要说的话就好了。'（'准备好'干什么，我不知道。并不仅仅是为了做爱。而是为了爱。）但那时，你'猛扑'过来了，科尔曼，几乎飞过半个房间，扑到我坐的地方，我惊呆了，但心花怒放。好像太快了，其实不然。"

当他听到收音机里传出辛纳屈唱的《意乱情迷》的头几个小节时，便停下不读了。"我必须跳舞，"科尔曼说，"想跳吗？"

我笑了。不，这可不是那个恶狠狠的，怨气冲天的，一心要和幽灵们决一死战，遭生活排斥，被生活逼疯的复仇者——甚至都不是另外一个人。这是另外一颗心。而且是颗小男孩的心。于是我从斯蒂娜的信和光着脊梁读信的科尔曼身上，看到一幅鲜明的，描绘科尔曼曾经是什么样子的图画。在变成革命派院长以前，在成为严肃的古典文学教授以前——早在沦为雅典娜的贱民之前——他不仅是个用功苦读的男孩，而且还是个勾魂摄魄的男孩。兴奋。调皮。甚至有点邪魅，一个扁鼻子，长着羊蹄的潘神。很久以前，在各种严肃的事情还没完全统领局面之前。

"等我听完这封信，"我以此回答跳舞的邀请，"给我读斯蒂娜信的剩余部分。"

"我们相遇时她才从明尼苏达出来三个月。我走进地铁就把她带上来了。嗨,"他说,"那就是你的一九四八,"随后他回到信上,"'我喜欢上了你,'"他读道,"'但我担心你可能嫌我太年轻,一个没意思的中西部乏味的女孩,而且你已经在和一个"时髦、正派、可爱"的人约会了,虽然你狡黠地笑着补充:"我不相信我会和她结婚。""为什么?"我问。"我也许已经厌了。"你回答,以此保证我会使出全身解数不让你生厌,包括在必要的时候中断联系,以免冒险变得让你讨厌。好吧,就这样。够了。我本不该打扰你。我答应你以后再也不会了。保重。保重。保重。保重。爱你的,斯蒂娜。'"

"对,"我说,"那的确是你的一九四八。"

"来吧。咱们跳舞。"

"但你不可以冲着我耳朵眼唱。"

"来,来,来。站起来。"

管它呢,我想,我们俩都快入土了,便站了起来。于是在回廊上,科尔曼·西尔克和我开始一起跳狐步舞。他带,我则竭尽所能地跟。我记起他在为艾丽斯葬礼做准备后闯入我书房的那一天。当时,他由于悲愤,神经错乱地对我说,一定要为他写本书,把他案子里所有的荒唐事件都写出来,最后以他妻子的被害为结局。你会以为,这个人再也不可能对生活中的傻玩意儿有胃口了,他身上一切嬉戏顽皮的东西都随着事业、名誉以及令人生畏的妻子一道被摧毁,一道消失了。也许为什么我压根就没想到笑,没想到让他,如果他要跳的话,一个人绕着回廊跳,我只在边上欣赏——也许为什么我把手递给他,让他用手搂着我的背,梦幻般推着我在蓝灰砂岩地面上转了一圈又一圈,都是因为她尸骨未寒的那一天我在场,并且目睹了他的模样。

"我希望义务消防队不会有人开车经过。"我说。

"是啊,"他说,"我们可不要什么人拍拍我肩膀问:'我可以加入吗?'"

我们继续跳着。其中并没有过于肉感的东西,除了科尔曼只穿着棉布短裤,而我的手很容易地就放在了他热乎乎的脊背上,好像放在狗或马背上一样。这并不全然是个玩笑。在他领着我在石头地面绕圈子的举止里,有一种半真半假的诚意,更不要提那种不假思索的快乐,只因为活着,纯偶然地,滑稽地,不为任何原因地活着——那种你在孩提时代第一次学会用梳子和卫生纸吹出调门时享受的快乐。

直到我们坐下以后,科尔曼才告诉我那女人的事。"我有个女人,内森。我在和一个三十四岁的女人发生关系。我无法向你诉说它对我的影响。"

"我们刚跳过舞——你不必。"

"我原以为我不会再对任何事情感兴趣了。但当这样东西到晚年又回来了,突如其来的,完全出乎意料的,甚至是不想要的,回到你身上,根本无法加以稀释,当你不再在二十二条阵线上奋斗,不再深陷在日常混乱之中……当恰好这……"

"当她恰好还是三十四岁时。"

"而且是可点燃的。一个可以点燃的女人。她把性欲重新变成了淫欲。"

"无情美人[1]已将你俘获了。"

"看来是这样。我说:'和一个七十一岁的人上床你感觉怎样?'她对我说:'跟一个七十一岁的人一起再好不过了。他的习惯已经固定,不可能改变了。你知道他是什么样的。没有惊奇。'"

"她从哪儿学到的智慧?"

"惊奇。三十四年野蛮的惊奇给了她智慧。但是一种非常狭隘的、反社会的智慧。也是野蛮的。是一个无所企求的人所拥有的智慧。那是

---

[1] 原文为法语,La Belle Dame sans Merci,出自济慈诗。

她的智慧,她的尊严,但却是消极的智慧,不是那种敦促你日复一日埋头苦干的智慧。这是个几乎从出世以来就始终遭到生活无情碾磨的女人。凡是她学到的东西都是从那儿得来的。"

我想,他找到了一个可以谈心的人了……接着,我又想,我也找到了。一旦一个男人开始对你谈论性,他是在告诉你有关你们二人之间的事。百分之九十的时间里是不会有这种情况发生的,而且,不发生可能更好些。不过,如果你不能在性的问题上达到某种程度的坦率,并且还摆出一副姿态,仿佛从来没有受到过它的侵扰,那么,男性之间的友谊便不可能是完整的。多数男人一生都找不到这么一个朋友。这种朋友并不常见。可是,一旦有了,一旦两人发现对这个决定男性本质的东西看法相同,不怕被对方裁决、嘲笑、妒忌,或取代,完全信赖对方不会出卖自己的信任,他们之间人性的纽带就会非常结实,一种出乎意料的亲密感也就会油然而生。这么做对他来说也许并不是家常便饭,我思量着,只是因为他在最痛苦的时刻找到我门上来,满怀着接连几个月我亲眼目睹的戕害着他的仇恨,他才感到那种可以和某个曾在你重病期间守护在床头的人无拘无束交谈的自由。他感受到的并不是不可遏制的吹嘘的冲动,而是不必将某种犹如重生般令人陶醉的新事物埋藏在心底而带来的巨大的慰藉。

"你在哪儿遇见她的?"

"我傍晚过去拿信,她在那儿,在拖地板。就是那个有时给邮局打扫卫生的瘦精精的金发女人。她是雅典娜物业部门正式雇用的工人。她在我曾当院长的地方做全日保洁工。这女人一无所有。福妮雅·法利。她的名字。福妮雅的确什么都没有。"

"为什么她什么都没有?"

"她有过一个丈夫。拼命打她,打得她昏死过去。他们曾有个牛奶场。他胡乱经营,倒闭了。她有两个孩子。小供热器翻倒,着火,两个孩子都窒息身亡。除了她收在床底下的罐子里的两个孩子的骨灰,她唯

人性的污秽 27

一值钱的家当就是一辆八三年的雪佛兰。我唯一见到她眼泪汪汪快哭的一回是当她对我说:'我不知道怎么处理骨灰。'农场的灾难甚至把福妮雅的泪水都榨干了。而她生下来是个有钱有势人家的孩子。她是在波士顿南面一幢面积很大的房子里长大的。五间卧室都有壁炉,还有珍稀古董、传世瓷器——一切都是古老的,最好的,包括家族本身。她如果愿意,可以把话说得很像样。但她已经从高高在上的地位跌到了社会底层,现在她是一只盛满乱七八糟豆子的大口袋,语无伦次。福妮雅被剥夺了属于她的权利。降级了。就她的痛苦而言,是一种真正的民主化。"

"谁毁了她?"

"继父毁了她。上层资产阶级的罪恶毁了她。她五岁时,父母离异。有钱的父亲发现美丽的母亲和人私通。母亲爱钱,又嫁给了有钱人。有钱的继父不让福妮雅安生。从一进门,就摸弄她。简直离不开她。这个金发碧眼天使般的孩子,摸她,用手指插她——在他企图操她时,她逃跑了。她十四岁。母亲不愿相信。他们领她去看心理医生。福妮雅告诉医生发生的事,而在就诊了十次以后,医生也和继父站到了一边。'和那些付给他钱的人站在一个立场上,'福妮雅说,'每个人都一样。'母亲后来和心理医生偷情。这就是她讲给我听的关于她怎样被迫自谋生路,艰难度日的故事。从家里逃出来,从中学逃出来,跑到南方,在那里工作,又回到这里,搞到什么活就干什么活,二十岁嫁给这务农的,比她大,开牛奶场,越战老兵,一心以为如果他们努力干,生儿育女,把农场搞活,她就可以过上安稳、粗茶淡饭的日子,即使那家伙沉默寡言。尤其难得的是那家伙一副憨相。她以为她是有脑子的一方,日子会好过多了。她以为这是她的优势。她错了。他们所共同拥有的只有烦恼。农场破产了。'乡巴佬,'她告诉我,'多买了一台拖拉机。'还隔三岔五地打她。把她打得青一块紫一块。你知道她怎样描述她婚姻生活的高潮吗?'热牛粪大战。'一天夜里他们挤过奶,待在牛棚里为什么事争吵,福妮雅抓起一大把热牛粪朝莱斯特脸上扔过去。他回敬一大把,于是双方开战。她对我说:'热牛粪大战可能是我们共同生活最美好的时光。'最后,他们满头满脸都是牛粪,两人捧腹大笑,用牛棚里的水龙头冲洗干净后,回到屋子里去操。但好事做过了头。连牛粪大战百分之一的乐趣都没有。操莱斯特从来就不好玩——据福妮雅说,他都不知道该怎么做。'笨得连女人都操不对。'当她说我是完美的男人时,我告诉她,这可能是因为她先跟了他,再来跟我的缘故。"

"那么,自十四岁起就和生活中的莱斯特们用热牛粪斗,造就了一个什么样的三十四岁的她呢,"我问,"除了野蛮的智慧、吃苦耐劳、精明、怒火满腔、疯狂?"

"战斗生活使她变得很有韧性,在性的方面肯定如此,但没有叫她疯狂。至少我还不这么认为。怒火满腔?如果是的话——为什么不呢?——也是一种无声的愤怒。愤而不怒。而且,对一个似乎生活完全与幸运无关的人来说,在她身上却找不到怨气——无论如何,她没有向我表露过。但至于精明,绝不。她说的话有时听起来蛮精明的。她说:'也许你应当把我当作碰巧显得年轻些的同龄伴侣。我想我就是的。'我问她:'你想从我身上得到什么?'她说:'一些友谊。也许一些知识。性。快乐。别担心。就这些。'我有一次告诉她说,她比她实际年龄来得聪明,她对我说:'我笨得超过我年龄。'她肯定比莱斯特聪明,但精明?不。在福妮雅身上有种东西永远十四岁,她的精明也就不过如此。她和她的老板睡觉,雇用她的那家伙。斯莫基·霍伦贝克。是我雇用的他——管理学院的物业。斯莫基曾是本地的足球明星,七十年代我认识他时他是个学生。现在是个土木工程师。他雇她当管理员,还在招聘的过程中,她就猜到了他的心思。那家伙喜欢她。他被禁锢在一个毫无乐趣的婚姻中,不过他并不因此对她发脾气——他并不蔑视她,心想:你干吗还不安个家?干吗还到处溜达当婊子?斯莫基倒没有资产阶级的优越感。斯莫基的行为无懈可击,而且卓有成效——太太,孩子,五个孩子,一个有家有业的男人,仍然活跃在校园里的体育英雄,深受全城人的爱戴和欢迎。但他有个天赋：他也可以越界。你要跟他交谈的话，你是不会相信的。雅典娜广场先生摆好架势，表现得一丝不苟，尽如人意。显出一副百分之百真实可信的样子。你会以为他会想：这不是那个生活作风一团糟的愚蠢婊子吗？把她给我从办公室轰出去。但他没有。不像雅典娜所有其他的人，他并不迷信斯莫基神话，他并非不能这么想：对呀，这才是个真正的骚货，我想操的。而且，也并非不能付诸行动。他操了她，内森。叫福妮雅跟他上床，还有另外一个女人，也是勤杂工。操她们俩。整整干了六个月。然后，有个搞地产的女人，新近离婚的，当地市面上的时鲜货，她也加入进来。斯莫基的马戏班子。斯莫基的秘密三轮马戏班。但六个月以后，他把她甩了——把福妮雅踢出车轮战，不要她了。我是一直到她告诉我才知道这回事的。而她说出来也只是因为有天夜里在床上，她闭上眼睛对我叫他的名字。在我耳朵边悄声说：'斯莫基。'躺在老斯莫基身上哩。她在那个两女一男的组合里和他在一起，让我对正在交往的这位妇人有了进一步的了解。抬了身价。实际上让我大吃一惊——这不是个业余的。当我问她斯莫基用什么办法吸引他的部落时，她告诉我：'用他阴茎的力道。''解释一下。'我说。她于是告诉我：'你知道一个真正的骚货走进房间时，男人是会知道的吧？好吧，反过来也一样。对有些人来说，不管披着什么伪装，你都明白他们在那儿要干什么。'在床上才是福妮雅唯一显得精明的地方，内森。一种自发的肉体的精明在床上当主角——配角则是越界的勇气。在床上没有一样东西逃得过福妮雅的眼睛。她的肉长着眼睛。她的肉看得见一切。在床上她是个强大的、连贯的、统一的人，她的快感在于超越界限。在床上她是个深不可测的东西。也许这是性骚扰带给她的礼物。当我们下楼到厨房，等我炒好蛋，坐下来一起吃的时候，她是个孩子。也许这也是性骚扰带给她的礼物。我有个目光空洞、思维紊乱、语无伦次的孩子做伴。这种情形在别处看不到。但不论我们在哪儿吃东西，它就出现了：我和我的孩子。似乎这就是她身上仅存的女儿家属性。她在椅子上坐不正，她不会把两句话串在一起表达稍微连贯的意思。所有表面上的关于性和悲剧的冷漠都不见了，统统不见了。我坐在那儿，只想对她说：'靠桌子边坐好，把我的浴袍袖子从你的盘子里拿开，好好听我说话，见鬼，讲话的时候，看着我。'"

"你说了吗？"

"似乎不合适。不，我没有说——只要我还想维持现有的强烈感，我就不会说。我想到她床底下的罐子，她放骨灰的，不知道怎么处理的。我想说：'两年了。该埋了。如果你不能把他们埋在地底下，就上河那边，在桥上把骨灰撒掉。让他们漂走。让他们去吧。我陪你去。我们一道做。'但我不是这个女儿的父亲——那不是我正扮演的角色。我不是她的教授。我不是任何人的教授。从教人，纠正人，规劝人，考查人，启蒙人的这一切职责中，我已退了出来。我是个七十一岁，有个三十四岁情妇的老头；这剥夺了我在马萨诸塞州启迪任何人的资格。我在服用伟哥，内森。有着无情美人的陪伴。我把所有一切的颠鸾倒凤和快乐都归功于伟哥。没有伟哥，这一切都不会发生。没有伟哥，我就会对世界有一个与我年龄相称的看法以及全然不同的生活目标。没有伟哥，我就不会受情欲干扰，而拥有举止规范的年长绅士的尊严。我就不会做无聊的事。我就不会做不体面的，草率的，考虑不周的，而且对所有相关的人都有着潜在危害的事。没有伟哥，我就可以继续在我的晚年发展一个有经验的，受过教育的，荣誉退休的，并早已放弃声色犬马享乐的老年人的那种客观、包容的视角。我就可以继续做深刻的哲理性总结，并一如既往地对青年人进行坚定不移的道德感化，而不至于将自己推回到不断出现的性冲动的紧急状态之中。感谢伟哥，我终于明白了宙斯缘何需要各种多情的化身。他们应当给伟哥起那个名字。他们应当叫它宙斯。"

他对自己告诉我这些是否感到惊讶呢？我想有可能。但他激动得非说下去不可。此刻的冲动与他邀我跳舞时的是相同的。是的，我想，撰写《幽灵》已不再是对羞耻的反弹；操福妮雅才是。但还有别的什么在逼迫着他。那种把兽性释放出来的愿望，把它赶出来——半小时，两小时，不管多久，逼它呈现为自然的状态。他结婚已经很久了。他有儿有女。他曾是一所学院的院长。四十年来一直做着该做的事。他很忙，作为自然天性的兽性被关进了箱子里。现在箱子打开了。院长、父亲、丈夫、学者、教师，读书、讲课、阅卷、评分，统统一去不复返了。七十一岁上你当然不再是二十六岁那头易怒好斗的野兽。但兽性的残余，自然天性的残余仍然存在——他与之相接触的正是这种残余。其结果是他很快乐，他对能和残余兽性相对接心存感激。他不仅是快乐——他热血沸腾，而且由于热血沸腾，已无法与她分开，已牢牢地与她结为一体。并非家庭所为——生物学对他不再有任何用处。不是家庭，不是责任，不是义务，不是金钱，不是共享的哲学或对文学的共同爱好。不是关于伟大理想的伟大讨论。不是。将他与她结为一体的是使他颤栗的激情。明天他可能患癌症，一命呜呼。但今天他享受着这种激情。

为什么他要告诉我？因为要不顾一切地将自己交付给激情，必须得有人知道。他大可放心地去为所欲为，我想，因为不会殃及任何东西。因为不存在未来。因为他七十一，而她三十四。他身陷其中，并非为了学习，并非为了策划，而是为了冒险；他加入和她加入一样，是为了兜兜风。那三十七年的生涯该签发他不少的许可证了。一个老人，最后一次，性冲动。对任何人来说还有什么比这更为动人的呢？

"当然我得问问，"科尔曼说，"她究竟和我在一起是为了什么。她真正的想法是什么？跟一个可以当她爷爷的老头上床对她是个激动人心的新鲜体验？"

"我想是有那种类型的女人，"我说，"会觉得这很新鲜。有的是各种各样别的类型，为什么不该是那种呢？瞧，显然，什么地方有个部门，科尔曼，一个处理老人问题的联邦中介机构，她是那个机构派来的。"

"年轻的时候,"科尔曼对我说,"我从来不跟丑女人打交道。但我在海军部队里有个朋友,法利罗,专爱找丑女人。在诺福克的时候,我们不管是上教堂跳舞,还是夜里到军人联合会去,法利罗总盯着最丑的女孩。我笑他,他告诫我说我不知道自己损失了什么。她们感到沮丧,他说。她们不像你们,他对我说,挑选的女皇那么漂亮,因此她们会对你百依百顺。大多数男人都很愚蠢,他说,因为他们不懂得这个道理。他们不知道一旦你接近最丑的,她便是最独特的。当然要看你能否打开她。那么你要是成功了呢?你要是真的打开了她,一开始你都会不知所措,她是那么鲜活,浑身战栗。都是因为她丑的缘故。因为她从不被人看好。因为当其他女孩都在舞池里的时候,她却缩在犄角旮旯里。而这就是做个老头的感受。当那个丑姑娘。在舞会上缩在角落里。"

"那么福妮雅就是你的法利罗啦。"

他微微一笑:"或多或少。"

"好吧,不管还有什么别的情况,"我对他说,"反正感谢伟哥,你总算不用受罪去写那本书了。"

"我想是的,"科尔曼说,"我想你说得不错。那本蠢书。我有没有告诉过你福妮雅不识字?我们有天晚上开车到佛蒙特吃晚饭,我发现了。不会读菜单。扔到一边。当她要显出恰当的轻蔑面相时,总是掀起半片上嘴唇,掀起那么一丝丝,然后有什么说什么。她做出恰当的轻蔑,对侍应生说:'不管他点什么,同上。'"

"她上学上到十四岁。怎么会不识字?"

"阅读能力似乎随同她的童年一起消失了。我问她怎么会有这种事,但她只是笑。'很容易的。'她说。雅典娜好心的开明人士鼓励她进识字班,但福妮雅不去。'你也别想来教我。随便你叫我干什么都行,随便什么,'那天夜里她对我说,'可别提那污糟事。听别人讲就够受的了。开始教我读,强迫我读,硬逼我读,轮到你来把我推下悬崖了。'从佛蒙特回来的一路上我沉默着,她也不做声。直到我们到了家门口才相互

人性的污秽 33

说了一句话。'你不会操一个文盲,'她说,'你要把我甩了,因为我不是个体面的、合法的、识字的人。你会对我说:"要么学识字,要么就滚蛋。"''不,'我对她说,'我会更使劲地操你,因为你不识字。''好,'她说,'我们相互理解。我不会像有文化的女孩那么做,也不要你像对待她们那样对待我。''我要操你,'我说,'就因为你是你。''这就是门票。'她说。我们两个早就放声大笑了。福妮雅笑起来像一个在脚边准备好垒球棒以防不测的酒吧女招待,此刻她正那样笑着,那种尖酸刻薄,好像在说'我早就知道了'的笑——你知道,那种身世不清白女人的粗俗、无顾忌的笑。不等笑完,她已经动手拉开我裤裆的拉链了。但她说的我决定放弃她的那番话倒并不假。从佛蒙特回来的一路上我考虑的正是她所说的问题。但我不打算那样做。我不准备把自己美妙的道德强加给她,或强加给我自己。那早就过去了。我知道这类事情不会没有代价。我知道不能给它上保险。我知道这恢复你青春的东西可能最终要你的命。我知道人可能犯的每一个错误通常都有一个性加速器。但此刻我碰巧不想考虑太多。我早晨醒来,地板上丢着条毛巾,床头柜上放着瓶婴儿护肤油。这些东西怎么跑来的?随即我记起来了。跑到这儿来,是因为我复活了,是因为我又回到了龙卷风之中,是因为有了一个男性命根子的东西本该如此。我不会放弃她的,内森。我已经开始叫她瓦露塔。"

由于一场手术,我几年前不得不拿掉了前列腺——癌症手术,虽然手术成功,但也不是没留下讨厌的后遗症,因为这类手术必定伤及神经并留下内疤,后遗症几乎是不可避免的——导致小便失禁。所以,从科尔曼家一回来,我做的第一件事就是处理我日日夜夜戴着的,像一条热狗香肠躺在面包卷里似的,塞进我内裤分叉处的脱脂棉垫。因为那天夜里很热,又因为我并不是去一个公共场所或参加社交聚会,我就凑合着在棉垫外套了一条普通棉布三角裤,而不是塑料的,结果尿液渗到了我的卡其裤上。我回到家发现裤子前面已经变色，而且我身上有股异味——棉垫是经过处理的，但这次有股味儿。我的注意力都被科尔曼和他的故事所吸引，忘了监控我自己。整个晚上我喝啤酒，和他跳舞，关注着他用以减轻生活急转弯给他带来的不安而进行陈述的清晰度——预见性的推理及描述性的清晰度，片刻都没离开去检查一下我自己，平时除了睡觉我都不会忘记的，所以如今偶然一遇的事那天夜里发生在了我身上。

不，这样的一次失误不会像过去，当我刚动过手术没几个月，正试验如何处理这个问题时，那样令我沮丧——当然原本我早已习惯于作为一个自由从容，干爽无嗅，具备控制身体原始功能技巧的成年人，一个六十年来在从事日常事务时不必担心他内衣裤状态的成年人。然而，在我对付比平日已成为我生活一部分的不便更为邋遢的情况时，我的确至少会感到一阵心烦，我仍然会绝望地想，这种作为婴儿标识的意外永远也不可能避免了。

手术还使我丧失了性功能。一九九八年夏天推出的全新药物疗法，上市没多久就证明其功效神奇得犹如仙丹，使像科尔曼那样在别的方面都很健康的男子恢复了性功能，但对我却无能为力，因为手术导致了大面积的神经损伤。对我这种状况，伟哥不起作用。不过，即使它有效，我也不相信我会服用。

我要说明的是，并非因为失去了性功能，我才过起了隐居生活。相反。当时我已在伯克夏山上这个两开间木屋里居住并从事写作将近十八个月了。在一次例行体格检查之后，我接到前列腺癌的初步诊断，过了一个月复查之后，便立即到波士顿做了前列腺摘除手术。我的意思是在搬到这儿来之前，我已经有意地改变了我与犹如猫叫春似的性欲之间的关系，并不是由于劝诫或年龄使得我的勃起失效，而是因为我已不能支付它嗷嗷待哺的要价，不能调度机智、力气、耐心、幻想、反讽、热情、自私、恢复力——或韧性，或精明，或虚假，伪善，双重人格，色情技艺——以应付它数之不尽的误导和前后矛盾的含义。所以,我能够在手术之后,提醒自己手术只是让我坚守我早已屈从的洁身自好的原则,因而没有对永远丧失性功能的前景感到过分震惊。手术不过是强化了我在经历了一辈子的纠缠,感到不堪重负之时,自行做出的最终决定而已。当时雄性狂热无时无刻不蠢蠢欲动,企图重复这一行为——一遍,一遍,又一遍,尚未受到生理问题的威慑,性功能完好无损,精力充沛,永不安宁。

但在科尔曼对我谈到他自己和他的瓦露塔之后,所有通过理智的退让而取得的令人欣慰的幻觉全都化为乌有,我完全丧失了心理平衡。直到清晨我都没能合眼,犹如一个精神病患者似的无力控制自己的思绪,被那对男女以及他们和我惨淡状态之间的对比弄得神魂颠倒。我无法入眠,甚至不企图阻止自己在脑子里重构科尔曼拒绝放弃的"越界的勇气"。我像个无害的阉人似的跟那个依然活力旺盛、性欲不衰的同伴翩翩起舞的情景,让我突然感到这绝非是个美丽的自嘲。

你怎么能说"不,这不是生活的一部分",既然它始终是?这性的污染物,救赎性的堕落,使得人类的理想幻灭,永无休止地提醒我们切莫忘记自己是由什么料儿做成的。

下一星期的当中,科尔曼收到那封匿名信,只有一个句子,主语、谓语以及直截了当的形容词,以粗大醒目的字体写在一张白色打印纸上,用以表示控诉的十二个单词从头到尾盖满整张纸:

人人皆知
你正在性欲上剥削
一个受凌辱、没文化、
比你小一半的
女人。

信封和信纸上的字都是用红色圆珠笔写的。尽管信封上盖着纽约市的邮戳,科尔曼还是一眼就认出是那个年轻法国女人的笔迹,那女人在他走下院长席位、返回教书岗位时,是他那个系的系主任,后来又是最积极地要将他打为种族主义分子,并谴责他侮辱缺席黑人学生的那批教职员中的一个。

在他的《幽灵》卷宗里,在好几份由他的案子引发的文件上,他都发现笔迹样本,这证实了他的指认:语言文学系德芬妮·鲁斯教授为匿名信作者。除了她用印刷体而不是手写体写出的头几个字以外,科尔曼看不出她还做了什么努力伪装笔迹以蒙蔽他。她可能开始时有那个打算,但在"人人皆知"几个字以后,她似乎不是放弃了,便是忘记了。这位法国出生的教授在信封上书写科尔曼的街道地址和邮编时,竟然都没有避开泄露天机的欧式数字"7"的写法。这种——在写匿名信时——对于隐瞒身份标记所表现的疏忽,罕见的粗心大意,也许可以这样来解释:她当时处于某种极端的心态,不允许她在发送这封信之前做通盘的考虑。但信又没在当地邮局——急急忙忙地——寄出,而是先运送到邮戳所显示的约一百四十英里之外的地方再投递的。可能她估计在自己的笔迹中没有任何特殊或离奇的东西可以让当过院长的他至今都过目不忘;也许她已不记得他案子的那些附件:她递交给教师调查委员会的与翠西·卡明斯的两次面谈记录以及带有她亲笔签名的总结报告。或许她不知道,应科尔曼的请求,委员会提供给他一份她原始笔录的影印件以及指控他的其他所有相关资料。或者她根本就不在乎他会不会认出谁揭露了他的秘密:她也许既要以一个匿名的控诉奚落他,同时,又不露声色地挑明控诉来自一个当今绝非无权无势的人。

科尔曼打电话要我过去看匿名信的下午,从《幽灵》卷宗里挑出的含有德芬妮·鲁斯笔迹的样本都已整齐地陈列在厨房桌子上,既有原稿,又有原稿影印件。他都彻底查过了,在他看来与匿名信中的笔画雷同的地方都用红笔画上了圈圈。主要是单个字母——一个 y,一个 s,

一个 x，这里字尾打个大弯钩的 e，这里一个 e 跟旁边的 d 紧挨着，看上去像 i，而在 r 前面，又像个普通的 e，虽然信和《幽灵》卷宗的笔迹有着醒目的相似处，但直到他指给我看信封上他的全名和她与翠西·卡明斯面谈记录上的他的名字，我才确信他不容辩驳地已将出手给他定罪的罪犯定了罪。

> 人人皆知
> 你正在性欲上剥削
> 一个受凌辱、没文化、
> 比你小一半的
> 女人。

我把信拿在手里，尽可能仔细地——如同科尔曼所希望的那样端详其中的用词及其线条的调度的时候——仿佛并非由德芬妮·鲁斯而是由艾米莉·狄金森所撰，科尔曼对我解释说，是福妮雅出自她野蛮的智慧，而不是他，让他俩发誓对此事保密，以致德芬妮·鲁斯才有秘密可以识破，而且还含沙射影地威胁要公之于众。"我不要人家对我的生活指手画脚。我想要的不过是每周一次没有压力的做爱，悄悄地，和一个经历过这些而且已经平静下来的男人。除此之外，阿猫阿狗都别来管闲事。"

所谓阿猫阿狗，福妮雅最有可能指的是莱斯特·法利，她的前夫。并不是因为她一辈子就只跟过这一个男人——"这怎么可能呢？我十四岁就出来自个儿混日子了。"比如她十七岁在南方的佛罗里达当女招待时，她那时的男友不但打她，捣毁她的房间，还偷了她的震动棒。"心里可难受了。"福妮雅说。而起因，无一例外的都是妒忌。她看别的男人的眼神不对，她主动挑逗别的男人以错误的眼神看她，她不能很好地解释前半个小时上哪儿去了，她说了不该说的话，用了不该用的腔调，暗示了，她无中生有地猜想，自己是个脚踩两条船的婊子——不管什么原因，不论他是谁都会对她拳打脚踢，福妮雅只有喊救命的份儿。

莱斯特在他们离婚前曾两次把她送进医院。这会儿他仍然住在附近山里，自破产以来，一直替镇上的修路队干活。毫无疑问，他还是那么癫狂。她不仅为自己担惊受怕，她说，同样也为科尔曼，万一给莱斯特发现了的话。她怀疑当时斯莫基陡然甩了她，就是和莱斯特·法利有了某种接触或摩擦的缘故——因为莱斯特间断性地跟踪她前妻，发现了她和她老板的事，即使霍伦贝克的幽会地点特别隐蔽，藏在除了学院物业部门老板之外无人知晓或进得去的偏远老房子的犄角旮旯里。虽然斯莫基从他自己的物业部门招募女友，又在校园里跟她们约会，似乎显得有些不知分寸，但在其他方面，他处理自己的色情生活是和他对待学院工作同样地一丝不苟。以他能在暴风雪之后使校园道路在几小时内畅通无阻的干练，他是可以，如果需要的话，同样迅疾地摆脱一名女友的。

"那么我该怎么办呢？"科尔曼问我，"即使没有听说过那个暴躁的前夫，我也不反对就此事保密。我知道这类事迟早会发生。就算忘掉我曾经在她这会儿打扫厕所的地方担任过院长。我七十一岁而她三十四岁。保证仅此一项就够了。所以，当她说，这不关阿猫阿狗什么事的时候，我心想，她不需要我来管了。我连提都不需要提。这么做好像私通？无所谓。这就是为什么我们驱车上佛蒙特吃晚饭。这就是为什么我们倘若在邮局碰上，都不打招呼。"

"说不定有人在佛蒙特看见你们了。或许有人看见你们俩同坐在你的车子里。"

"对——很可能就是这样。也只有这个可能。也许是法利本人看见我们了。基督啊，内森，我差不多有五十年没跟人约会了——我以为那饭店……我真是个白痴。"

"不，你不是白痴。不，不是——你只是得了幽闭恐惧症。瞧，"我说，"德芬妮·鲁斯——我不想装作知道她为什么如此狂热地关心你退休后和谁上床,但既然我们晓得有些人对不能按世俗方式生活的人老是看不惯,就让我们把她当作那种人吧。但你不是白痴。你是自由的。一个自由独立的人。一个自由独立的老年人。你离开那地方失去了很多,但究竟得到了什么呢?你不再有义务启迪任何人——你自己就是这么说的。你也不是在测试自己到底能否彻底摆脱一切的社会禁忌。你现在退休了,但你是个在学术界度过了几乎一辈子的人——如果我对你的理解不错的话,这么做对你来说不是件寻常事。也许你从来就没想有个福妮雅出现。你甚至都会认为绝不应当让她出现。但即使最坚固的工事都满布瑕疵,同样,你万难料想的事也就无可避免地发生了。七十一岁上,有了福妮雅;一九九八年,有了伟哥;于是那几乎被忘却的东西卷土重来。巨大的欣慰。原始的威力。使人晕头转向的强烈感。科尔曼的最后一次纵情从天而降。据我们所知,这是最后的,了不起的最后一分钟的恣意纵情。于是福妮雅·法利的种种经历便和你自己的形成了令人费解的反差。这不符合正人君子构思的蓝图:在你这个岁数,以你的地位,谁应当和你上床——如果真有人应当和你上床的话。你说了'幽灵'这个词之后的结果符合正人君子的蓝图吗?艾丽斯的中风符合正人君子的蓝图吗?别理这空洞愚蠢的信。你干吗要让它给唬住了呢?"

"空洞愚蠢的匿名信,"他说,"有谁给我写过匿名信?有哪个理性的人会给人家写匿名信?"

"也许是法国玩意儿,"我说,"巴尔扎克笔下不是多得是吗?还有司汤达,《红与黑》里不就有得是匿名信吗?"

"我不记得有。"

"瞧,反正你的所作所为都应该用残忍加以诠释,而德芬妮·鲁斯的则应当永远奉为善举。神话里不就充斥着巨人、魔鬼、蟒蛇吗?把你界定为魔鬼,她自然成了英雄。她这是在刺杀魔鬼。对你吞噬弱者的行为进行复仇。她正在把整件事提升到神话的高度。"

从他宽容的微笑中,我看出即使开玩笑地对匿名指控胡诌一个类似早于荷马的神话阐释也无济于事。"编造神话,"他对我说,"解释不了她的思路。她没有编造神话的想象力。她只会编农民如何倒苦水的故事。邪眼。施巫术。我给福妮雅布了魔障了。她的专长是编造尽是女巫和男巫的民间传说。"

我们谈得津津有味起来,我意识到,在我努力强调他应以快乐为首要因素来化解他的冲天怒气时,我使得他对我的感情加深了——而且也对他暴露了自己的感情。我过分热情了,我知道。我对自己如此热切地去讨好别人感到惊讶,觉得未免话讲得太多了,解释得太多了,介入得太深了,兴奋得过了头,就像小时候那样,发现街那边新认识的男孩原来跟你非常投缘时,你会感到一股无法抗拒的追求友谊的冲动,你的举止会超乎常态,你会情不自禁地变得热情奔放。但自从科尔曼在艾丽斯死后敲我的门,建议我为他写《幽灵》的那天起,我实际上已经不假思索,未经盘算,认真地把他当作了朋友。我对他身陷囹圄的境况给予关注,并非进行思维练习。对他的困难我很在意,而我可是下了决心,在我的有生之年,除了工作的日常需要,绝不多管闲事,除了本职工作,绝不牵扯到任何别的事务中去,绝不到工作以外的任何地方猎奇——我连自身都难保,要我关怀他人无从谈起。

意识到这些我有些失望。维持离群索居,杜绝干扰,自觉远离一切的功名利禄、社会幻影、文化毒药、男欢女爱,恰似虔敬的教徒将自己深藏于洞穴、地窖,或密林的茅屋中所过的那种严苛的遁世隐居的生活,要求具备一种比之于我的更为食古不化的原料。我只独自待了五年的光景——五年在马达马斯卡山上几英里的一座惬意的两开间木屋里独自阅读和写作。小屋背后有个小池塘,而前面,穿过一条土路,则是一片方圆十英亩的沼泽。每到黄昏,定期迁徙的加拿大大雁便飞来过夜,还有一只耐心的蓝色苍鹭孑然一身,整个夏日待在这儿钓鱼。能以最小的痛苦居住在闹市中心,其秘诀是将尽可能多的人与你的妄想串在一起;而孤身一人隐居在这儿,远离一切令人烦恼的牵扯、诱惑、企望,特别是远离自身强烈的情绪,其诀窍乃在于赋予静默以想象,将圆圆的山顶设想为国会山,将静默设想为成倍增长的财富。笼罩一切的静默好比你首选的利益源泉,你唯一的密友。诀窍便是从(又是霍桑)"一个孤独的大脑与它自己的交流"中寻得养分。秘诀在于从诸如霍桑那样的人身上觅得养分,从才华横溢的已逝者身上觅得养分。

无视这种选择必然带来的困难需要时间,需要时间和苍鹭般的耐心去克服对于所消失的一切的渴望,但五年以后我已能够非常娴熟地分割我所过的每一天,以至于我拥抱的这种平静的日子竟然没有一个小时不在我眼里显得意味深长。它的日常必要性。甚至它的激动。我不再沉湎于另有所图的妄想中,我认为我最不能重新忍受的便是和另外一个人朝夕相伴。我晚饭后所放的音乐不是对静默的舒缓,而是对它的实证:每晚听一两小时的音乐并没有剥夺我的静默——音乐是静默的化身。夏日每天我一早起来花三十分钟在池塘里游泳,而在其他季节,早起写作以后——只要积雪不深,仍可步行——我几乎每天下午都要沿着山间小道行走两三小时。使我丧失了前列腺的癌症没再复发。六十五岁,健康,状态良好,工作努力——我对现状一清二楚。我必须一清二楚。

那么,为什么在把彻底的隐居实验变成一种丰富、充实的生活以后——为什么,毫无先兆地,我会感到孤独呢?因为什么而感到孤独呢?过去的就过去了。自我约束从未懈怠,退隐的决心从未动摇。究竟为什么感到孤独呢?很简单:为了我已厌恶的东西。为了我已背弃的东西。为了生活。为了与生活的纠缠。

这就是科尔曼缘何成了我的朋友,以及我如何走出隐蔽的小屋,告别不屈不挠独自一人与癌症抗争的过程。与科尔曼一起跳的舞直接将我送回到生活中来。起先是雅典娜学院,然后轮到我——他果真能让人起死回生。的确,那场舞使我们成了莫逆之交,还把他的灾难变成了我的题材。他的伪装也将随之成为我的题材。于是如何恰如其分地表现他的秘密便成了我必须解决的问题。这就是我为什么不能继续远离我本已逃脱的尘嚣和激情生活下去的原因。我只不过发现了一个朋友，竟惹怒了整个世界。

当天下午晚些时候，科尔曼领我去离他家六英里的一个小牛奶场见福妮雅，福妮雅住在那儿，以不时帮忙挤奶代付房租。奶场已经营好几年了，由两名离婚妇女所创办，都是受过大学教育的环保主义者，都来自新英格兰务农家庭。两人集中各种资源承担起难以想象的以出售鲜奶谋生的任务——包括集中她们的孩子，六个。孩子们——奶场主人老爱对顾客说——不用靠《芝麻街》了解牛奶是怎么来的。奶场的营运方式颇为独特，与大奶场毫无共同之处，看不到任何没有人情味的或工厂车间似的东西，在当今多数人眼里是个不成其为牛奶场的地方。场名叫"有机家畜"，它生产并装瓶的鲜奶，在当地杂货店及地区的某些超市有售。奶场也直接出售鲜奶，提供给每周购买三加仑以上的顾客。

十一头奶牛，纯泽西种，每头都有一个老式的牛的名字，而不是在耳朵上挂着号码标签以示区别。因为它们的奶没有混入注射过各种化学药剂的大牛群的奶，因为没被巴氏灭菌法弱化，也未遭均质破坏，牛奶呈现出母牛随着季节所吃的不同食物（未使用过除莠剂、除虫剂或化肥的饲料）的些微气息，甚至这些食物的隐约的味道。而且，因为它们的奶汁比混合奶更富有营养，深受附近居民的珍视，这些人正努力让全家吃上原汁原味的，而不是经过加工处理的食物。农场有一大群固定买主，多数是那些逃出大城市以躲避污染物、情绪沮丧、人格侮辱而隐居附近的人，有退休的，也有还在挣钱养家的。当地的周报每隔一段时间便登载一封读者来信，信中说自己在乡间新近找到了更为满意的生活，并且必定以崇敬的口吻提到"有机家畜奶"，不仅认为它美味可口，而且把它视为他们被城市摧毁的理想主义必不可少的一种振作精神、抚慰情绪的乡间纯洁剂的体现。在这些发表的来函中，诸如"善"和"灵魂"的字样不断冒出来，似乎喝下一杯"有机家畜奶"便不仅接受了营

人性的污秽

养的祝福，而且还经历了拯救灵魂的宗教仪式。"当我们喝'有机家畜奶'时，我们的身体、灵魂和精神全部受到了滋补。我们体内的各种器官接受了它的完整性，并以不为我们所见的方式欣赏着它。"诸如此类的句子的确可以让那些被无论什么烦恼从纽约或哈特福德或波士顿驱赶出来从而得到解脱的、在其他方面都属正常的成年人，伏在书桌上以假装七岁的稚童过把瘾。

虽然科尔曼每天也许总共只用半杯奶浇在他当作早点的麦片上，他却跟"有机家畜"签了一周三加仑的合同。这样做使得他有资格直接到奶场去取刚挤出的奶——驱车从路上进去，沿着拖拉机小道驶到牛棚边，走进牛棚，从冰箱里拿出冰镇的奶。他安排这么做，并不是为了获得订购三加仑以上顾客可以享受的价格优惠，而是因为冰箱正好放在牛棚入口处，离开牛被一头一头领进去挤奶的隔栏不过十五英尺。每天两次，下午五点（当他出现时）的那次，福妮雅一星期有好几次刚从学院下班，就在那儿挤奶。

他去不过是看她挤奶而已。即使那时附近极少有人，科尔曼也总待在栏外朝里看，让她继续干活，不必烦神跟他说话。经常他们相互不说话，因为不说话给他们带来的快感更为强烈。她知道他在看她；因为知道她知道，他就看得更起劲——而他们不能当场在泥地上躺到一块儿，也毫无关系。他们能在他床以外的地方单独厮守就足够了；维持被不可逾越的社会障碍分离的事实，扮演他们分别为农工和退休大学教授的角色：她是个三十四岁强壮、瘦削的劳动妇女，语无伦次的文盲，只有肌肉和骨头，刚在院子里用丫杈打扫早晨挤奶留下的污物的乡下女人，而他则是个七十一岁思想深沉的年长公民，学富五车的古典文学研究者，精通两门古老的语言、脑子灵通的智囊，各自能如此完美地表现自我，足够了。在充当毫无相似之处的两个人的同时，始终不忘他们能够将各自不可调和的一切——产生一切能量的人类的差异，浓缩成情欲的精华，足够了。感受到双重生活的刺激，足够了。

那天下午我在牛栏里看见那个女人,科尔曼指出是他的瓦露塔。那女人满身污渍,瘦骨嶙峋,穿着短裤和T恤,脚蹬橡胶靴,乍一看让人很难立即产生肉欲。论肉感,要数那些派头十足的生灵,肉体占据整个空间的奶白色乳牛,有着桁架般的肥臀,酒桶大的肚子,奶水充溢的乳头活像卡通画里所见,大得变了形。对于这些大眼、温和、行动迟缓的畜生——从不闹工潮的奶牛,每头都是座自给自足的工厂而言,一边就着满是饲料的食槽大嚼,另一边被,不是一个,两个,三个,而是四个脉动着,永不休止的机械嘴吮吸一干——对于它们而言,同时在两个端口接受肉欲刺激,乃是消受性欲快感的义务。它们每一个都过着富足的畜生的日子,幸福地缺乏精神深度:边喷边嚼,边拉边撒,边吃边睡——这便是它们全部的生活理由。有时(科尔曼给我解释)一只戴长橡皮手套的人臂伸进直肠,掏出粪便,然后,隔着手套顺着肠壁摸,引导另一只胳膊进来,将注射器似的生殖枪插入输卵管,植入精子。这意味着,它们繁殖,但无须忍受公牛的骚扰,甚至在怀孕期便受到呵护,生产时享受助产——据福妮雅的话推断,那个时刻可能成为每个相关人员的感情历程——甚至在风雪交加、冰点以下的深夜。肉体所需一切的极致,包括用它们懒洋洋、软绵绵、湿漉漉的嘴,大口品尝它们自己黏糊糊的反刍物。没有几位达官贵人的情妇曾过得如此这般惬意,更不用说上班族妇女了。

在这些快乐的生灵及它们散发出来的浓郁的、泥土气的、与其庞大的雌性器官相吻合的气味里,福妮雅操劳着,恰似一头负重的牲口,她在母牛的反衬下,分明是进化过程中一个更为可怜的蝇量级生物。把它们召唤出露天牛棚——它们正悠然自得躺在混合着牛粪的干草堆里——"咱们走吧,黛西,别让我为难。来吧,麦琪,乖妞儿。挪挪屁股,弗洛茜,你这个老婊子。"——抓住它们的项圈,又撑又哄,将它们赶过院子的泥沼,让它们踏上一级台阶,踩到挤奶厅的水泥地面上,推着笨重的黛西和麦琪们走向食槽,直至它们一个个都安全地进入槽口,为每

人性的污秽

一个计量并倾倒出不同分量的维生素和饲料,给它们的奶头消毒,擦净,用手猛挤几下以促使下奶,然后将消毒过的奶头连接到挤奶臂末端的吸杯上。在这整个过程中,她手脚没有停过,毫不懈怠地对待每一个环节,但和母牛执拗的驯良形成强烈的反差,她始终以蜜蜂般的灵巧操持着,直至牛乳顺着透明的奶管流入铮亮的不锈钢奶桶,她才终于安详地站到了一边,观察着,以保证万无一失。母牛也安详地站定了。不一会儿,她又忙碌起来,按摩乳房,检查乳汁是否已全部挤出,挪开吸杯,把挤过奶的牛从槽口放出,为即将待挤的牛按量倒出饲料,给站在交替使用的槽口前的牛拿来谷子。然后,在那狭窄的空间里再一次抓住挤过奶的母牛的项圈,将它庞大的身躯转过来,用手在它背上一推,用肩膀一搡,蛮横地命令它:"滚出去,滚到外面去,赶快——"随之领它走过泥泞的院子,返回露天牛棚。

福妮雅·法利:细腿、细腕、细胳膊,有着清晰可辨的肋骨和突出的肩胛,可是当她使劲的时候,你发现她的四肢很结实;当她伸出手或伸长手臂够东西的时候,你看到她的乳房丰满得令人惊讶;当她用巴掌拍打脖子或屁股的时候——因为在这个闷热的夏天,苍蝇和小昆虫围着牛群嗡嗡叫——你看得出她可能有多活泼,尽管在别的时候显得很呆板。你看见她的身体结构非同一般地精干严谨,是个毫无赘肉的女人,恰在此时保持了平衡,既不再成熟,又尚未衰颓,一个处于巅峰之巅峰期的女子。她那一小撮白发基本上是误导性的,因为她鲜明的扬基轮廓的面颊和女人味十足的长脖子都还没有臣服于年龄的威力而显示出任何变化。

"这是我邻居,"当她停下用胳膊肘抹脸上的汗,朝我们这边看的时候,科尔曼对她说,"内森。"

我没料到她的面容会如此镇定。我期待的是一个当众发火的面孔。她只对我扬了扬下巴,却是个她以此表达许多意思的动作。那是个她借以表情达意的下巴。抬起时,像她惯常的那样,赋予她阳刚之气。在她的反应中亦然：某种男性的、不可通融的、无可争辩的东西。这种表情属于一个把性交和背叛都看得跟面包一样普通的人。是出逃者以及始终走霉运的人惯常使用的表情。她的金发正处于令人心碎的无可阻止的转型初期，在脑后用橡皮筋扎成一把，但有一缕在她干活时老是掉到眉毛上来。此刻，当她默默朝我们看着的时候，她用手将它捋到后面，于是我第一次在她脸上注意到一个小小的特点——可能看错了，因为我正在寻找征兆——一个泄露天机的特点：眉骨与上眼睑之间外突的眼泡肉。她是个薄嘴唇的女子，有着挺直的鼻梁，清澈的蓝眼睛，整齐的牙齿和突出的下颌，而眉骨之下的眼泡肉是她唯一具有奇异情调的标志，唯一性诱惑的徽号，某种充溢着欲望的东西。它也在很大程度上说明了她目光为什么总是令人捉摸不透的平直乏味。

总之，福妮雅不是摄魂夺魄的女妖塞壬，但是个轮廓鲜明的女人。看见她，你会想，她小时候一定很漂亮。的确如此：据科尔曼说，她是个金发、漂亮的孩子，有钱的继父不断骚扰她，被宠坏了的母亲不肯保护她。

我们站在那儿看着，她挨个给十一头牛挤奶——黛西、麦琪、弗洛茜、贝茜、朵利、美顿、甜心、笨蛋、爱玛、友爱和吉儿——我们站着看，她以一成不变的手法逐头侍弄着。当这些都结束之后，她走进挤奶大厅隔壁那间有着大水池、水龙管和消毒设备，墙壁粉刷得雪白的屋子。我们看着她走进那个门，把碱液和洗涤剂混合在一起，将真空管从管线上卸下，将吸杯从挤奶臂上拔下，把两只奶桶从套子里取出——把带进去的挤奶设备全部拆卸完——便开始用各种刷子和一大盆一大盆的清水刷洗每根管子、每道阀门、每个垫圈，塞子、盘子、衬垫、帽盖、圆盘、活塞，直到一切的一切都一尘不染，清洁卫生工作方告一段落。在科尔曼终于取出他的奶，我们一道上他的车离开之前，我和他在冰箱旁足足站了将近一个半小时，而在此期间，除了他把我介绍给她以外，没有任何一个人再说过一句话。你所能听到的只有在牛棚做窝的燕子飞

人性的污秽

过我们身后牛棚敞开处的椽子时发出的飕飕声和唧唧的叫声，福妮雅摇晃饲料桶时颗粒物掉进水泥槽的毕剥声，以及她又推又拽，领着牛群进入槽口时，牛蹄在挤奶厅地面上发出的咔哒咔哒的拖拉声，随后便是吮吸声和奶泵轻柔的鸣响。

在他们俩都被埋葬了四个月以后，我回想起那次观看挤奶的经历，感到仿佛是一出舞台剧，我在其中扮演了跑龙套的角色，一个局外人，而现在我果真是个局外人了。一夜又一夜，我无法入眠，因为我忍不住走上台加入两名主角和母牛合唱团，观察全体演员无懈可击地表演一个坠入爱河的老人如何观看他的秘密情人，一位农场清洁女工干活：一个充满伤感、催眠术和性压抑的凄婉的戏剧场面，其中女人为牛所做的一切，她如何操纵它们、抚摩它们、侍弄它们、对它们说话，都被他贪婪的痴迷据为己有；一个男人被某种长期压抑，几近泯灭，却在我眼前重新迸发出令人目瞪口呆的威力的东西所控制的戏剧场面。我想，这犹如观看阿申巴赫狂热地观看塔齐奥似的——前者的性欲由于人必有一死这令人极度痛苦的事实而达到沸点，只不过我们不是身处威尼斯丽都的豪华酒店，也并非德文或甚至那时就有的英文写成的小说中的人物：我们的时间是盛夏，地点是我国东北部的一座牛棚，在美国，正是美国总统遭弹劾的那一年，而且，我们不是杜撰品，动物也并非神话虚构或填充而成的标本。当天的阳光和炎热（那件幸事），与每头牛生性不变的安详相匹配的所有在场者的安静，坠入情网的老人观看能干的、活力充沛的女人的柔韧身躯时，心中升起的顶礼膜拜感，他眼里流露的极其赞美的神情，以及与此同时我自己心甘情愿的等待，我自己对他们二人间广泛的差异，对性安排的不协调、多样性和诸多不规则性的迷惑——以及对强加于我们身上的，包括人与牛，高度区别的又几乎无区别的生活，不仅是忍受，而是*生活*的要求，要求不断地索取、舍弃、喂食、挤奶，并全心全意地认可，此即神秘之所在，生活的无意义的意义。这一切的一切都被千万个细微的印象真实地记录在案。感觉的充实、无所不包、丰富——超级丰富——生活的细节,这便是狂想曲。科尔曼和福妮雅,现在死了,深埋于川流不息的意外之中,日复一日,分分秒秒,他们自己便是超级丰富中的细节。

没有任何东西恒久存在,然而也没有任何东西瞬息即逝。没有任何东西瞬息即逝,正因为没有任何东西恒久存在。

和莱斯特·法利的麻烦是从那天晚上开始的,当时科尔曼听见房子外面灌木丛里有动静,断定不是鹿或浣熊作祟,便从厨房桌边——他和福妮雅刚在那儿吃完通心粉晚饭——站起来,走到厨房门口,就着夏日夜晚半明半暗的光线,看到一个人穿过屋后的田野,朝树林飞奔。"嘿!你!站住!"科尔曼大声叫唤,但那人既没停下,也没回头望,迅速地消失在树木之间。这并不是近几个月来他第一次感到有人隐藏在距房子不足几英寸的地方监视他,不过,前几次的时间都要更晚些,天色太暗,他不能确定听到的是个窥视者,还是什么动物。而且那几次他都是一个人在家。这回福妮雅第一次在场,她不需要看见那人奔过田野的剪影便一口咬定闯入者是她的前夫。

离婚以后,她告诉科尔曼,法利一直跟踪她,尤其在两个孩子死后的头几个月里,当他指控她由于粗心大意导致他们死亡时,他更是变本加厉地凶残。有两次他不知从哪儿冒出来——一次在超市停车场,一次是当她在加油站的时候——从轻便货车窗口对外尖叫:"杀人的婊子!杀人的母狗!你杀死了我的孩子,你这个杀人的母狗!"许多次,在她早晨去学院上班的路上,只要朝后视镜看一眼,必定能见到他的货车,以及他在挡风玻璃后龇牙咧嘴的面孔,仿佛正在说:"你谋杀了我的孩子。"有时他会在她从学院回来的路上尾随她。那时她还住在孩子由于加热器着火窒息身亡后,剩下的半间没烧掉的平房车库里。出于对他的恐惧,她从那儿搬到西里福的一间屋子住。后来,在一次自杀未遂后,搬入奶场,奶场的两位主人和她们年幼的孩子几乎无时无刻不在身边走

人性的污秽

动,她被他缠上的机会也就不再那么大了。第二次搬家之后,法利的货车较少出现在她的后视镜中。再后来,接连几个月都不见他的踪影,她巴不得他从此消失。但现在福妮雅确信无疑,他还是发现了她和科尔曼的事,于是新仇旧恨交织,重新燃起对她的怒火,又返回到原先疯狂的跟踪,躲在科尔曼房子外窥探她在里面做什么,他们在里面做什么。

那天夜里当福妮雅上了她的老雪佛兰车后——先前按科尔曼的意思停在他别人看不见的车库里,科尔曼决定驾车尾随六英里,直到她安全抵达经过牛棚通往农庄的土路。然后在他回家的一路上,留意地观察是否有人尾随他。到家以后,他从车库步行前往住房的路上,一只手挥动着一根轮毂铁条,左右前后地抽打,以防潜伏在黑地里的任何人近身。

第二天早晨,躺在床上与焦虑斗争了八小时以后,他决定不向州警察局报案。因为法利的身份无从确定,警察对他也无可奈何,再说,一旦泄露科尔曼曾与他们有过联系,他的报案电话便只会证实已经流传得沸沸扬扬的关于前院长与雅典娜清洁女工有染的闲言碎语。那不是办法,在不眠之夜以后,科尔曼能够忍气吞声地以静制动:早饭后,他给他的律师纳尔逊·普赖姆斯打电话。当天下午,他到雅典娜与他磋商有关匿名信的事,不顾普赖姆斯叫他忘记这件事的建议,强制他给在学院上班的德芬妮·鲁斯写了如下的信:"亲爱的鲁斯女士:我是科尔曼·西尔克的代理律师。几天前你给西尔克先生发出一封冒犯、骚扰、诋毁西尔克先生的匿名信。你信的内容如下:'人人皆知你正在性欲上剥削一个受凌辱、没文化、比你小一半的女人。'你已不幸地介入并参与一件与你无关的事情。与此同时,你损伤了西尔克先生的合法权益,应当被起诉。"

几天以后,普赖姆斯收到德芬妮·鲁斯的律师写来的三句简短的句子。中间一句断然否认德芬妮·鲁斯为匿名信作者,科尔曼将它用红线画出。"你信中无一说法是正确的,"她的律师在写给普赖姆斯的信中说,"而且,都是诽谤性的。"

科尔曼立即从普赖姆斯处得到波士顿一位资深文件鉴定专家的名字，一位为私营公司、美国政府机构以及本州做法庭辩论工作的笔迹分析家。第二天，他亲自驾了三小时的车到波士顿，将德芬妮·鲁斯笔迹的样本连同匿名信及其信封交到文件鉴定专家手中。过了一星期，他收到鉴定结果。"应你的请求，"报告称，"我审查并将已知的德芬妮·鲁斯笔迹与一封写给科尔曼·西尔克的可疑的匿名信及其信封进行了比照。你要求获得关于可疑文件上的笔迹作者的认定。我鉴定了笔迹特点，诸如斜度、分隔、字母形状、线条性质、力度规格、比例、字母高度关系、连接、首尾字母笔画的形状，等等。依据所提交的文件，我以专家身份认为，标明为德芬妮·鲁斯亲笔所写的标准笔迹与可疑的匿名信及其信封上的笔迹为同一人所为。此致。道格拉斯·戈登，文件鉴定专家。"当科尔曼将鉴定报告交到纳尔逊·普赖姆斯手中，指示他送一副本给德芬妮·鲁斯的律师时，普赖姆斯不再提出异议，但为看到科尔曼几乎和早先跟学院打官司时一样愤怒而感到非常苦恼。

自他那晚上看见法利逃进树林后总共过了八天，八天中他决定最好还是让福妮雅避避风头为妙，他们相互间用电话联络。为了不招惹任何局外人对他们二人中的任何一个进行窥测，他连到农场取鲜奶的事都免了，尽可能多地待在家里，小心观察着，特别是天黑以后，以确定究竟有没有人在周围窥探。同样，他也叫福妮雅在奶场小心观察，告诫她无论驾车到哪里，都要瞄着后视镜。"就好像我们对公共安全是个威胁似的。"她对他说，一面像她惯常的那样大声笑着。"不对，是公共卫生，"他回答，"我们不符合卫生部的规定。"

八天过去了，他至少可以证明德芬妮·鲁斯是匿名信作者，虽然法利是否是闯入者尚待确定，科尔曼横下心来断言他已竭尽所能抗击了所有一切讨厌的、挑衅性的干扰。福妮雅那天午休时打电话给他，问"隔离期过了没有"时，他终于感到他大可放心地——或咬咬牙决定放心地——发出安全信号。

人性的污秽

他预计她当晚七点左右会来，于是在六点吞服了一颗伟哥，给自己倒了杯葡萄酒之后，便拿着电话，走到外面，在一张帆布椅上坐定，给他女儿拨电话。他和艾丽斯抚育了四个孩子：两个儿子现在已经四十有余，都是大学理科教授，成了婚，有了孩子，住在西海岸；而那对双胞胎，莉萨和马克，尚未结婚，已三十好几，住在纽约。所有的西尔克后代中除了一个，都设法每年北上伯克夏三四趟，看望父亲，还每月给他打一次电话。那个例外便是马克，马克一辈子都和科尔曼闹别扭，每隔一阵就会完全不理他。

科尔曼给莉萨打电话，因为他意识到已经有一个多月，抑或两个月，都没跟她说过话了。也许他不过是屈从于一种暂时的孤独感——当福妮雅到来时便会消失。但无论他的动机何在，电话接通前他对将要发生的事一无所知。可以肯定的是，他绝对不会寻求更多人的反对，尤其是来自那个孩子的，单单她的嗓音——尽管在纽约下东区度过了十二年艰难的教师生涯，依然柔和、韵味十足、少女气不减——就足以让他获得慰藉，使他平静，有时，甚至作用更大：让他重新对这个女儿产生痴情。他当时或许正做着绝大多数上年纪的父亲或母亲所习惯做的事，不管什么理由，他或她把一个长途电话看作重温老关系的机会。科尔曼和莉萨之间连续不断、明确无误的温柔史使她成为最不可能当面侮辱他，而是与他仍然心心相印的人。

大约三年前——远在幽灵事件之前——当莉萨不知道自己放弃课堂教学，变成一名"排除阅读障碍"教师，是否犯了个极大的错误时，科尔曼曾去纽约住了好几天，了解她的处境。艾丽斯当时还活着，还非常活跃，但莉萨要的并非艾丽斯充沛的精力——并不需要艾丽斯用她喜欢的使人发动起来的方式帮助她发动起来。她宁可要这位老院长以他有条不紊的、斩钉截铁的方式解开谜团。艾丽斯肯定会叫她勇往直前，那只会让莉萨不知所措，越发感到一筹莫展；他用的方法则是留有余地的，倘若莉萨果真不能坚持下去，他会告诉她，如果她愿意，可以立即退出,一走了事,以免损失更大——这样反而促使她狠下决心继续干。

他不仅在第一个晚上在她的起居室里坐到夜深,倾听她诉苦,而且第二天还亲自到她的学校去了解究竟是什么让她心灰意冷。他明白了,原来如此:早晨,首先,连续四节半小时课程,每一节都是教一个六岁或七岁儿童,全是一、二年级里成绩最差的。以后余下的所有时间,都是四十五分钟一堂的课,每班八个孩子,其阅读能力并不比那些一对一的孩子好,却没有足够的受过训练的教师进行强化教学。

"正常班过大,"莉萨对他说,"所以教师没办法感化这些孩子。我是担任课堂教学的。学习费劲的孩子——三十个当中有三个。三四个。不算太糟。你有着所有其他孩子的进步带动你的教学进度。教师不是停下来,提供给无助的孩子所需要的,而是敷衍塞责地对待他们,以为——或者装作——他们跟着全班往前移动。他们给拖到二年级,三年级,四年级,然后真的不及格了。但在这里只有这些孩子,这些教不会的、不开窍的孩子。因为我对我的孩子们和我的教学非常有感情,这影响了我整个的身心——我整个的世界。学校、领导层——爸,不高明。有个校长,她缺乏想象力,不明白她需要的是什么。还有一群乱七八糟的人,做着自以为是最好的事情。倒不在于究竟什么是最好的。我十二年前刚来时,多有意思啊。校长真的很优秀,她把整个学校都翻过来了。但现在,四年里我们走了二十一名教师。不少啊。我们失去许多优秀人才。两年前我换到'排除阅读障碍班',因为我对课堂教学心灰意冷。十年来天天如此。我再也吃不消了。"

他让她讲,很少插嘴,因为她只差几岁就满四十了,他很容易地就抑制住了把这个遭现实打击的女儿搂入怀抱的冲动,在他的想象中她也抑制了同样的冲动,没有把不开窍的六岁儿童搂进怀里。莉萨有着艾丽斯全部的激情,却没有艾丽斯的权威感,对于一个只为别人而活着的人——无可救药的利他主义是莉萨天生的诅咒——身为一名教师,她无时无刻不处于精疲力竭的边缘。一般她身边总有个颇有要求的男友,她

人性的污秽 53

忍不住要对他好，为了他，她不在乎掏心挖肺；对男友而言，无一例外地，她纯洁的伦理上的童贞终会变成极其可恶的东西。莉萨在道德上过分苛求，然而又不忍心看到别人因为需要没有得到满足而失望，也没有足够的毅力直面自身力量究竟有多大的事实。这就是为什么他知道她永远也不会放弃弱智班教程，为什么他对她所怀抱的父爱不仅负荷着恐惧，而且还不时带有几近于轻蔑的厌烦。

"你得照看三十个孩子，不同的级别，有着不同的经历，而你必须使一切奏效。"她告诉他，"三十个来自不同背景的不同孩子，以三十种不同的方式学习。要下很大的功夫管理，要做很多的书面工作，要花大量的时间做一切的一切。但还是没有一样能和这个相比。肯定的，即使做这件事，即使在弱智班，有时我也会想，今天我干得挺好，但大多数时候我都想跳楼。我思想斗争很剧烈，不知这种教程是否适合我。因为我非常投入，你可能不太明白。我要以正确的方式教学，可是并不存在正确的方式——每个孩子都不一样，每个孩子都一筹莫展，而我又必须进课堂，做出成绩来。当然每个人都在差生身上大费周章。可你拿一个识不了字的孩子怎么办？想一想——一个识不了字的孩子。很困难。爸爸。你的自尊心有些受不了，你知道。"

莉萨，一个心中怀有那么多关爱的人，一个良知从不含糊的人，一个希望只为助人而生存的人。莉萨这永不幻灭的，莉萨这毋庸置疑的理想主义者。给莉萨打电话，他对自己说，绝对想不到他会从这个傻气的圣人似的孩子嘴里听到她接电话时那种冷冰冰的厌恶口吻。

"你听起来好像不对劲。"

"我没问题。"她对他说。

"出了什么事，莉萨？"

"没什么。"

"夏季班怎么样？教学怎样？"

"不错。"

"乔西好吗?"目前的男友。

"不错。"

"你的孩子们好吗?那个不识字母n的小鬼怎样了?他有没有达到十级?那个名字里都是n的孩子——赫尔南多。"

"样样都不错。"

他这才轻轻地问:"你想不想知道我过得怎样?"

"我知道你过得怎样。"

"是吗?"

没有回答。

"什么让你不快活,宝贝?"

"没什么。"一个"没什么",这是第二个,意思太清楚了,你别叫我宝贝。

出了什么不可理喻的事了。谁告诉她了?他们跟她说了些什么了?在中学时代,以及战后在大学里,他一直孜孜不倦地钻研最困难的课程;任雅典娜院长期间,他在一个繁重劳累的工作岗位上取得骄人的成绩;在幽灵事件中,作为被控方他自始至终与虚假的指控做斗争,从没软弱过;即使他从学院退休,也不是一个投降的举动,而是愤怒的抗议,故意表白他不屈不挠的蔑视。但在他所有的与职责,与挫折,或与惊愕相抗争的年月里,他从来没有——即使在艾丽斯死后——感到过如此的无助,当听到莉萨,这个善良得几乎令人忍俊不禁的典型,在那一个"没什么"里集中了那么多的恶意。她以前从没有,一辈子都没有找到一个值得领受它的对象。

随后,甚至就在莉萨的"没什么"依然还在散发着它可怕的含义时,科尔曼看见一辆货车从他房子那边沿着柏油路面缓缓开过来——向前爬行一两码,刹住,重又向前滚动,然后又刹住……科尔曼站起来,开始迟疑地走过草坪,伸长脖子张望,然后,边跑边叫:"你!你想干

人性的污秽   55

什么！喂！"但货车迅速加大油门，不等科尔曼走近发现任何有关驾驶员或卡车的有用的线索，便消失得无影无踪了。因为他分不清车型，从他所站的地方甚至都看不出卡车是新的还是旧的，他最后只知道车子的颜色，一种不明确的灰色。

现在电话里什么声音都没有了。在跑过草坪时，他无意触到了挂断键。要不是这，就是莉萨故意中断了联系。当他再拨时，是个男人接电话。"是乔西吗？"科尔曼问。"是。"那男人说。"我是科尔曼·西尔克。莉萨的父亲。"沉默一分钟后，男子说："莉萨不想谈话。"就挂断了。

马克的所作所为。一定是。不可能是任何别的人。不可能是这个他妈的乔西——他是谁？科尔曼想不出马克怎么会听说福妮雅的事的，就像他不明白德芬妮·鲁斯或其他人是怎么知道的一样，但此刻那些都无关紧要——是马克用他们父亲的罪行挑拨了他的孪生妹妹。因为在那孩子看来，是罪行。几乎从他一学会说话起，马克就再也没放弃过他的信念：父亲老跟他作对，喜欢两个大儿子，因为他们年纪大些，在学校里出人头地，毫无怨言地接纳了他们父亲知识分子的臭架子；喜欢莉萨，因为她是莉萨，家里的小女孩，无可置疑地是爸爸的最爱；跟马克作对，就因为他孪生妹妹所有的一切——可爱、有爱心、善良、动人、彻底的高尚——马克没有，并且拒绝拥有。

马克或许是科尔曼命里注定必须付出最大努力与之格斗的对象，并非理解的对象——他的怨气太容易被理解了。在他还不到上幼儿园的年龄，就开始嘀嘀咕咕，生闷气了，不久便和家人及其对世事的感受对着干起来，无视一切安抚劝慰的企图。他的逆反性情随着时间的流逝凝固为他性格的核心。十四岁时在尼克松弹劾听证会期间，他大叫大嚷支持尼克松，而家里其余成员无不赞成让总统终身监禁；十六岁时他成为正统犹太人，而其余的孩子都从他们的反教会、无神论的父母那儿接受了熏陶，只是名义上的犹太人而已；二十岁时他在只差两学期就毕业的情况下悍然从布兰迪斯退学，使父亲火冒三丈。现在，几乎四十岁了，在从事又放弃了十多个他认为不屑一顾的工作后，终于发现自己是个叙事诗人。

因为他对父亲不可动摇的敌意，马克使自己成为全家都不可能成为的人——更令人悲哀的是，逼自己成为他本来不可能成为的人。一个聪明的孩子，阅读广泛，思维敏捷，伶牙俐齿，却始终不能绕过科尔曼看清自己的出路。直到三十八岁上，作为一名就《圣经》题材写作的叙事诗人，他终于能够以一个一事无成者的傲气孕育他伟大的赋予生命活力的愤怒。一名忠实的女友，一个毫无幽默感、易激动、严守教规的年轻女子，在曼哈顿当牙科技术员挣钱养活他们俩，而马克则待在他们位于布鲁克林没有电梯的楼房里，撰写由《圣经》启发的，甚至连犹太杂志都不愿刊载的诗作，连篇累牍地叙述大卫如何冤枉儿子押沙龙，以撒如何冤枉儿子以扫，犹大如何冤枉兄弟约瑟夫，以及先知拿单在大卫和拔示巴犯罪后如何发毒咒——以各种铺张虚浮的手法写成的诗篇，念念不忘地返回一成不变的理念，在那理念上，马克押上了并且输掉了他的所有。

莉萨怎么能听他的呢？莉萨怎么能把马克的任何指控当真呢？她不明白他一辈子都受那些指控的驱使吗？不过莉萨对她哥哥一向宽容，不论她知道扭曲了他性格的敌意有多荒谬，她还是顾念旧情，不忘他们双胞胎的身世。因为她生来悲天悯人，因为当她还是个小女生时就为自己得宠而感到内疚，她总是容忍她孪生哥哥的抱怨，而且在家庭纷争中充当他的安抚者。但她对于他们二者中获得较少宠幸的那一位的关切，一定得延伸到这疯狂的指控上来吗？究竟指控什么？父亲犯了什么过错，将怎样的伤痛强加在了他儿女的身上，以致这一对双胞胎非得与德芬妮·鲁斯以及莱斯特·法利联手？还有另外两个，他的科学家儿子们——他们和他们的顾虑是否也加入了进来？他有多久没听到他们的声音了？

他此刻回想起艾丽斯葬礼结束后屋子里那个尴尬的一小时，不仅回

人性的污秽　57

想起来，而且再次被马克对他的指责深深地刺痛。当时两个大孩子进来，把他拖到他的老房间里去，他在里头待了整整一下午。以后的几天里，孩子们都还没走，科尔曼愿意将那孩子胆敢说的话归罪于马基[1]的哀伤，而不是马克，但这并非意味着他忘记了，或迟早会忘记。马基在他们从墓地驱车回来几分钟后，就开始训斥他："学院没干。黑人没干。你的敌人没干。是你干的。你杀死了母亲。你用这方式杀死了一切！因为你必须正确！因为你不愿道歉，因为每次你都是百分之百正确，现在是母亲死了！而这一切原本应当很容易就解决的——二十四小时里就能解决一切，只要你知道如何平生第一回向别人道歉。'对不起，我说了"幽灵"。'你只需要这么做，伟人，只要走到那些学生面前，说声对不起，母亲就不会死了！"

待在外面的草坪上，科尔曼突然感到一阵揪心的愤怒，自从马基发火后的第二天他只花了一小时写成并提交了他的辞呈以来，就再没有这么愤怒过了。他知道对孩子怀有这种情绪是不正确的。从幽灵事件他得知如此等级的愤怒是疯狂的一种形式，可能置他于死地。他知道像这样的愤怒不会带来问题的恰当、合理的解决。作为育人者他知道如何育人，作为父亲他知道如何教子，作为七十多岁的老人他知道不可以一成不变的眼光看待任何事情，尤其在家庭内部，即使这个家庭有个像马克那样怨天尤人的儿子。他并不是从幽灵事件中才得知什么可以败坏、扭曲一个自认为蒙冤受屈的人。他从阿喀琉斯的愤怒中，从菲罗忒忒斯的怒火中，从美狄亚的狂怒，埃阿斯的疯狂，伊莱克特拉的绝望，普罗米修斯的苦难中都统统看到了。当愤怒达到极点时，恐怖事件将层出不穷，复仇将以正义的名义索求，而冤冤相报将从此开始。

幸亏他明白这一切，因为只有这些，只有古雅典悲剧和古希腊史诗的预言才使他克制了自己的冲动，没有当即打电话给马基提醒他，他是

---

[1] 马克的昵称。

个刺头,而且一向都是。

和法利的正面冲突发生在大约四小时后。依我事后对当时情形的重构,科尔曼为了证实没人在屋外监视,亲自在福妮雅来到后的几小时里从大门、后门、厨房门进进出出了不下六七次。直到十点左右,当他们两人站在厨房纱门里,拥抱着互道晚安时,他才得以摆脱一切腐蚀性的愤怒,从而允许他生活中真正有意义的东西——最后一次纵情的陶醉,托马斯·曼描写阿申巴赫时所称的"迟到的感情冒险"——重新抬头,控制他的全部身心。在她即将离开时,他发现自己渴望拥有她,仿佛除此之外的一切都无关紧要——都无关紧要,不论他女儿、他儿子、福妮雅的前夫,还是德芬妮·鲁斯。这不仅仅是生活,他想,这是生活的结束。不堪容忍的并非他和福妮雅引起的荒唐的众怒;不堪容忍的是他已走到了生命的末端,生命的尽头,时不再来,倘若曾有过时机让他了结争端,放弃反驳,从他哺育四个活泼孩子的意识中超脱出来,忍耐好斗的婚姻,影响固执的同事,尽力引导雅典娜平庸的学生理解二千五百多年前的文学。是屈服的时候了,是该让这单纯的渴望作为他的向导的时候了。超脱他们的指责。超脱他们的控告。超脱他们的审判。趁你没死之前,他告诫自己,学会超脱他们令人发怒的、讨厌的、愚蠢的谴责的权限,我行我素地生活。

和法利的冲突。那晚和法利的冲突,和一个永不言败却一败涂地的农场主,一名从不计较工作何等卑贱却始终全力以赴的本镇养路工,一名为祖国出征不是一次而是两次(第二次回去完成倒霉任务)的忠诚美国人的冲突。重新入伍,又回到那儿去,因为第一次回家的时候,人家都说他跟原来大不相同了,他们不认识他了,而他知道他们说得对:他们全都怕他。他从丛林战回到他们中间,他们不赏识他就算了,反倒怕他,所以不如回去。他并不指望别人像英雄似的对待他,可是大家就以那种眼光看着他？所以他第二次出征，这次可是加大油门的。精疲力竭。又重新充气。一个敢作敢为的武士。第一次去时不像这样雄心勃勃。第一次去时他是随和的莱斯，不知什么叫绝望。第一次去时只是个伯克夏男孩，信任别人，完全不知道生活会有多下贱，不知道吃药打针是什么滋味，不感到自卑，一个什么都不在乎的莱斯，对社会从不构成威胁，成群结队的朋友，飙车，尽是那一类的玩意儿。第一次去时他割过耳朵，因为他在那儿，而且都那么干，仅此而已。他不属于那种人，那种人一旦到了无法无天的境地就急不可待地动手，那是些乌合之众，跟着他们起步有点过分，他们只要一个小小的机会就大发兽性。队伍里有个家伙，他们叫他大个子，刚到还没一两天就把一个怀孕女人的肚子劈开了。法利自己只是在他第一次出征即将结束时才变得娴熟起来。但第二次，他的部队里有许多家伙也是重返战场的，他们回来并不是为了消磨时光，或多赚几块钱，这第二次，和这些始终盼望上火线，兽性大发，明知恐怖却感到无比美妙的家伙待在一起，他也就变得疯狂起来。在枪林弹雨中，躲避险情，用枪射击，你不可能不感到可怕，但你可以发疯，可以蛮干，所以第二次他肆无忌惮起来。第二次他赤膊上阵，胡作非为。生存在死亡边缘，开足马力，既兴奋又恐惧，日常生活中没有东西可以和它相提并论。舱门射击。他们正失去直升机，需要舱门射手。他们在某个位置上征求舱门射手，他跳起应征，自愿报名。高高地在战场上空往下看，一切都显得微不足道，他只管朝下猛射。只要是移动着的。死亡和毁灭，这便是舱门射击的全部目的。再加上你不必成天待在下面莽丛里，这也是它吸引人的地方。但当他回到家里，并不比第一次好，而是更糟。不像二战那些家伙：他们乘船返回，他们放松，有人看护他们，询问他们身体怎样。没有过渡。前一天他还在越南进行舱门射击，目睹直升机爆炸，在半空中眼见战友血肉横飞，贴近地面时闻到人皮焦臭味，听见惨叫声，看见整座整座村庄付之一炬，第二天就回到了伯克夏。现在他真的失去了归属感。另外，他对他脑袋里的东西也有些害怕。他不想和别人相处，不想笑，也说不出笑话，他感到自己不再是他们世界的一分子，他看见了并且亲手干下了周围人绝对想象不到的事，他跟他们接不上气，他们也跟他接不上。他们告诉他，他可以回家？他怎么能回家？家里没有直升机。他独自待着，酗酒，找到退伍军人服务部，他们对他说他只是来拿钱的，可是他知道他要寻求的是帮助。早先他尝试找政府帮助，但他们只给他一些安眠药片，操他政府的。把他当垃圾。你还年轻，他们告诉他，你会好的。所以，他试着好起来。搞不过政府，因此他不得不自己对付。只不过出征两次后回来靠自己安顿下来不容易。他平静不下来。烦躁。不安。酗酒。动不动就发火。老想那些东西。他并没放弃：总算有了老婆、家、孩子、农场。他想一个人过，可她想有个家，和他一起搞农活，所以他也努力强迫自己安定下来。那些他记得十或十五年前，越战爆发前那个随和的莱斯向往的东西，他现在也努力让自己重新想要。问题是，他不能真正和家人沟通。坐在厨房里，和他们一起吃饭，淡而无味。他没办法从那儿到这儿。但他仍然努力着。有两三次他半夜醒过来掐她脖子，但不能怪他——是政府的错。政府把他变成这个样的。他以为她是该死的敌人。她以为他想干什么？她知道他会恢复正常的。他从没伤害过她，从没伤害过孩子。那些都是谎话。她向来只关心她自己。他当初不该让她带孩子们离开。她一直在等，直到他进了康复中心——那就是为什么她要送他去康复的原因。她说等他身体好了，他们就可以重新在一起，结果她利用这件事和他斗，把孩子从他身边带走了。这母狗。这骚货。她骗了他。他不该让她带孩子走。他也有错，因为当时他烂醉如泥，他们就可以用强制手段送他去康复，但如果他像他说的那样，把他们统统干掉的话，要好多了。应当杀了她，应当杀了孩子，要不是被送去康复，早杀了。而且她知道，知道要是她再想把他们带走，他就会像那样杀死他们。他是父亲——如果有人抚养孩子，非他莫属。如果他抚养不成，孩子最好死了算了。她无权偷他的孩子。把他们偷走，然后她亲手杀死他们。他在越南所作所为的报应。他们在康复中心全都这么说——这个报应,那个报应,但并不因为大家都那么说,它就不成其为报应。是报应,全是报应,孩子的死是报应,她操的木匠是报应。他不知道他为什么没杀死那家伙。起先他只闻到烟味。他在路那头的灌木丛里监视躲在木匠轻便货车里的这两个人。他们把车停在她家门口。她走下楼——她租住的屋子在一栋平房后面车库的楼上——她钻进货车,既没有灯光,又没有月亮,但他知道正在发生着什么。随后他闻到烟味。他从越南活着回来,唯一的窍门就是任何变化、响动、动物的气息,莽丛里的任何动静,他都能比别人早发现一步——具有丛林中灵敏的警觉感,就好像他是那儿土生土长的一样。看不见烟,看不见火苗,天黑得什么也看不见,但突然他嗅到烟味,那些事情闪过他的脑海,他开始朝前跑。他们看见他跑过来,以为他要偷走孩子。他们不知道房子着火了。以为他疯了。但他能闻到烟味,知道是从二楼冒出来的,而且知道孩子在里头。他了解他老婆,愚蠢的母狗婊子,不会采取任何行动的,因为她正在卡车里操木匠。他径直从他们身边跑过。他此刻不知道自己在什么地方,忘记了地点,只知道他必须冲进去。他跑上楼梯,撞开边门,正朝着火的地方跑,突然看见两个孩子坐在楼梯口,蜷缩在楼梯最上层,张大嘴喘粗气,他是在这个时候把他们抱起的。他们在楼梯上瘫成一团,他一把抱起他们,冲出边门。他们活着,他肯定。没想过他们会死。只认为他们吓坏了。这时他抬起眼睛,看见谁在门外站着旁观,就是那木匠。一刹那间他神志不清了。不知道自己在干什么。他冲上去掐他的喉咙。动手掐死他,那婊子竟然不去管孩子,却担心他会掐死她混账的男朋友。混账婊子担心他会杀死她男朋友,而不担心她的亲生孩子。他们本来可以有救的。这就是为什么他们死掉了。因为她对孩子根本不关心。她从来不管。他们在被他抱起的时候还没死。有热气。他知道死人什么样。两次赴越作战,你就不要告诉他死人是什么样的了。他需要的时候都能闻出死人味。他尝得出死人味。他知道死是怎么回事。他们——

没——有——死。那个男朋友才要死了哩。结果警察和政府勾结，带着枪来了，把他扣了起来。婊子杀死了孩子，她的疏忽，可是他们把他抓走了。耶稣基督啊，就认同我一分钟吧！婊子不关心孩子！她从不关心。比如说他有预感他们会遭遇伏击。说不清为什么，但他知道他们给人下了套子，没人相信他，结果他是对的。有个蠢蛋军官派进他们连，不愿听他的话，结果有人给杀死了。结果有人给烧死了！这就是那些蠢驴怎么让你最要好的两个伙伴送了命！他们不听他！他们不信他！他活着回来了，不是吗？他四肢健全地回来了，带着他的阳具回来了——你知道这要什么代价吗？但她不听！从不听！她背叛他，背叛他的孩子。他只是个疯疯癫癫的越战老兵。但他见过世面，妈的。而她一无所知。但他们有没有抓那蠢婊子？他们抓的是他！他们给他灌药，然后又把他禁闭起来，他们不让他走出北安普顿退伍军人康复中心。而他所做的一切都是他们训练他做的，你看见敌人，你杀死敌人。他们训练你一年，然后他们花一年时间企图杀死你，可是当你正做着他们训练你做的事情时，他们给你套上橡皮镣铐，让你吞一肚子的狗屎。他做他们训练他做的事，当他正做着，他的混账老婆出卖他的孩子。他早该把他们统统杀死。特别是他。那个男朋友。早该把他们的混账脑袋砍下来了。不明白他怎么会没砍的。最好别他妈的走近他。要是他知道混账男朋友在什么地方，他会让他死了都不明白怎么死的，他们不会知道是他干的，因为他知道怎么神不知鬼不觉地把人干掉。因为政府训练他这么干的。感谢美国政府，他是个训练有素的杀手。他尽自己的职责。按照指令办事。他们就他妈的这样对待他？他们把他关进锁着的病房，他们诓他，竟然诓他！他们连张支票都不给他签。为这一切他得到混账的百分之二十。百分之二十。断送掉整个的家只得到百分之二十。就为这一点他还得求人。"那么告诉我我出了什么事。"他说，那些矮子社工，有大学学位的小矮子心理医生。"你在越南杀过人没有？"在越南有他没杀过的人吗？他们送他去越南不就要他干那个吗？杀混账黄脸皮。他们说怎么都行？

所以怎么都行。都和这个词"杀"相关。杀黄脸皮！如果"你杀过人没有？"不算坏，他们还给他一个混账黄脸皮心理医生，这人像个瘪三。他为国效劳，还得不到个妈的说英语的医生。北安普顿到处都是中国餐馆、越南餐馆、韩国超市——但他呢？你要是越南人，你要是中国人，你能出头，你开间餐馆，开家超市，你搞个杂货店，你成个家，你受个好教育。但他们却弄个混账活儿给他。因为他们想要他死。他们巴不得他永远回不来。他是他们最坏的噩梦。他不应当回来。现在又来个大学教授。知道政府把我们一条胳膊绑在背后送我们进去的时候他在哪儿？他正在那边领导混账的抗议。他们给他们钱上大学，教书，教孩子，不是让他们去他妈的抗议越战的。他们什么鬼机会也没给我们。他们说我们打了败仗。我们没打败仗，是政府打了败仗。但当纨绔子弟大学教授兴致一来，可以哪天不去上课，而跑到外面罢课反战，这就是他为国效劳得到的报答。这就是他一天又一天出生入死得到的报答。他没有一夜睡得着。妈的二十六年来他都没睡过一次好觉。为了这个，就为这个，他老婆跟了个不值钱的犹太人？在越南可没有许多犹太人，反正他不记得。他们搞学位都来不及哩。犹太杂种。那些犹太杂种有点不对劲。他们看上去不对劲。她跟了他？耶稣基督啊。恶心，老兄。这么做究竟为了什么？她不懂世道。一辈子没过过一天苦日子。他从没伤害过她，从没伤害过孩子。"哦，我继父对我太下作了。"继父常用手指插她。应当操她，那样可以让她清醒一点。孩子们今天还会活着。他的混账孩子们今天还会活着！他就会跟外面所有的家伙一样，有家庭，有漂亮的车子。而不是关在个混账的退伍军人机构里。这就是他得到的报答：冬眠灵。他所得到的报答就是氯丙嗪大杂烩。就因为他以为他又回到了越南。

这便是从灌木丛里呼啸着冲出来的莱斯特·法利。这便是在科尔曼和福妮雅站在厨房门里时，从房子侧面黑魆魆的灌木丛里呼啸着冲过来向他们发起袭击的那个人。上述的一切仅仅是他脑袋里所想的冰山之一角。他一夜又一夜,熬过整个春天,进入初夏,接连几小时地躲藏,虽行动受限制,但依然如故,心潮起伏,坚守在隐蔽处等着看她干那事儿。她的两个亲生孩子在烟雾里窒息身亡时干的事儿。这回还不是和一个跟她年龄相仿的家伙。甚至都不是法利的年龄。这回不是跟她的老板,伟大的标准美国人霍伦贝克。霍伦贝克至少可以给她些什么作为回报。你几乎可以因为霍伦贝克而对她刮目相看。但现在这女人无可救药,愿意分文不取,就跟随便什么人干。眼下姘上个灰白头发皮包骨的老头,一个高高在上、神气活现的犹太教授,他那犹太黄面孔快活得都变了形,他颤抖的老手紧紧抓住她的头。还有谁有个老婆操犹太老头的?还有谁?这回这个放荡、杀人、呻吟的婊子正用她的淫嘴像唧筒似的吮吸一个令人作呕的老犹太稀薄的精液。而罗莉和小莱斯却不能死而复生了。

报应。没完没了。

感觉仿佛在飞翔,感觉仿佛在越南,感觉仿佛回到你发狂的一刹那。更疯狂,突然之间,因为她在吮吸那个犹太人,比上回因为她杀死孩子时更疯狂,法利向上飞去,尖厉地叫着,犹太教授也朝他尖叫,犹太教授举起轮毂铁条,只是因为法利手无寸铁——因为那天夜里他直接从消防队训练场过来,没能从他尽是枪械的地下室里抄上一杆带来——他才没有当场把他们的脑袋打爆。他怎么没伸手夺过轮毂铁条,就此了结一切,他百思不得其解。他能用那根铁条创造多美妙的奇迹啊。"放下!我会用它打烂你脑袋瓜!妈的,放下!"犹太人放下了。犹太人运气好,他放下了。

那夜他回到家以后(也不知道是怎么回的家)直到凌晨——当消防队的五名人员,他的五名伙伴,最终制服了他,套上橡皮铐,驾车送他到北安普顿——莱斯特突然看见了那一切,一切,就在他自己的屋子

人性的污秽 65

里,忍受着酷热,忍受着淫雨和他自己厨房桌子旁地毡上的泥泞、巨蚁、杀人蜂,他腹泻、头痛,他饥肠辘辘,喉干舌燥,弹药短缺,肯定活不过今夜,等着死亡来临。福斯特踩上地雷,奎林淹死了,他自己只差一点淹死,神智错乱,朝四面八方投手雷,大声叫唤:"我不想死!"战斗机混作一团,朝他们射击。德拉戈丢了一条腿、一只胳膊和鼻子,康理逊烧焦的身体粘在他两只手上。叫不到一架直升机,驾驶员说他们没办法降落,因为我们遭攻击。他气得发疯,知道自己要死了,他准备把直升机射下来,射下我们自己的直升机——他曾目睹的最惨无人道的夜晚,此刻就在他自己的破房子里重新上演,也是最漫长的夜晚,他在世上最漫长的夜晚。他的每个行动都受阻,伙伴们嚎叫着、谩骂、哭泣着。他自己没料到会听到这么多哭声。有的伙伴被击中脸部,在等死,奄奄一息,等死。康理逊的身体粘满他两手,德拉戈的血流得到处都是,莱斯特拼命想把死掉的什么人摇醒,嚎叫着,不停地嚎叫:"我不想死!"死亡没有暂停。死亡没有间歇。死亡没有逃生之路。死亡不可能松手。整夜和死亡作战,直到凌晨,一切都处于高度紧张状态。剧烈的恐惧,剧烈的愤怒,没有一架直升机愿意着陆,还有在他混账房子里的德拉戈的血腥味。他以前不知道这味道会这么恶心。**一切都那么剧烈,每个人都离家那么遥远,愤怒愤怒愤怒愤怒愤怒怒火万丈!**

几乎去北安普顿的一路上——直到他们再也无法忍受,堵上他的嘴巴为止——法利都在半夜三更掘土。早晨醒来时,他总是和蛆虫一道躺在什么人的坟墓里。"劳驾!"他大声呼唤,"我受够了!够了!"所以他们没别的办法,只好封上他的嘴巴。

在退伍军人医院,一个只有用武力才能迫使他进来的地方,一个他多年来始终设法从中逃跑的地方——从他对付不了的政府开办的医院里逃出一条生路的地方——他们将他送进上锁的病房,把他捆在床上,给他补水,让他安定,给他解毒,帮他戒酒,治疗他的肝病。于是,在随后的六星期里,他每天早晨在小组医疗班上讲述罗莉和小莱斯是怎么死的。他告诉他们每个人所发生的事情，每天告诉他们在他看见两个孩子窒息的面孔，断定他们死了时，所没能发生的事情。

"麻木了，"他说，"绝对麻木。没有感情。对我自己孩子的死麻木不仁。我儿子翻着白眼，没有脉搏。没有心跳。我儿子没有气了。我的儿子。小莱斯。我唯一有过的儿子。但我一点都不觉得难过。我举手投足就好像他是个陌生人。对罗莉也一样。她是个陌生人。我的小女儿。混账的越南，都是你搞的！战争过去那么多年，你还在搞！我所有的感情都耗尽了。没事的时候我感到好像我的一边脑袋给什么小东西击中了似的。等到真出了事，出了妈的弥天大祸时，我反而什么感觉都没有。一片麻木。我孩子死了，但我身体麻木，脑子空白。越南。这就是为什么！我从没为我孩子哭过。他五岁，她八岁。我对自己说：'为什么我不难过？为什么我没救他们？为什么我救不了他们？'报应。报应！我不断想起越南。想起我认为我死了的那些年月。这样我开始明白我不能死。因为我死过了。因为我已经在越南死掉了。因为我是个他妈的死掉了的人。"

小组的多数成员是像法利这样的越战老兵，只有两名从海湾战争回来的，像好哭的婴儿，在一场四天的地面战里眼睛里进了沙。一场百小时战争。一串沙漠中的等待。越战老兵是在战后岁月里亲身经受了生活中一切罪孽的人——离婚、酗酒、毒品、犯罪、警察、牢房、毁灭性的精神压抑、无可控制的哭泣、想尖叫、要砸东西、双手颤抖、身体痉挛、面部紧绷、从头到脚大汗淋漓，由于重温枪林弹雨、刺眼的爆炸、血肉横飞的场面，由于回想起屠杀俘房、平民家庭、老妇以及儿童的罪行——所以，虽然他们对罗莉和小莱斯的事点头，并且对他在看见他们翻白眼不感到难受，因为他自己已经死掉了表示理解，但他们，这些真是有病的家伙（当他们罕见地谈论起其他人如何在街上游荡，随时张嘴冲天大叫"为什么"，谈论起其他人怎么不能得到他们应得的尊敬，以及只有在他们死了，埋了，被忘得一干二净了以后方才快活之时）还是一致认为，法利最好把那些事都丢到脑后，继续过自己的日子。

过自己的日子。他知道那是一派胡言，但他只剩这个了。继续过吧。OK。

八月下旬，他给放出医院，决心继续过。在他加入的一个支持小组，特别是在一个拄拐杖走路，名叫吉米·伯理若的人的帮助下，他至少成功了一半；非常艰难，但在吉米的帮助下，他或多或少地在努力着，驾驶货车将近三个月，直到十一月。但突然——不是因为有人对他说了什么，或者因为他在电视上看见什么，或者又是一个无家可归的感恩节即将来临，而是因为对法利而言别无选择，没有办法阻止过去的一切卷土重来，重新复苏，呼唤他投入战斗，召唤他强烈的反应——一切并没有抛到脑后，而是就呈现在他的眼面前。

又一次，它成为他的生活。

第二章

闪拳
躲重

当科尔曼第二天到雅典娜去询问要怎样才能保证法利不再擅自闯入他的领地时,律师纳尔逊·普赖姆斯对他说了他不爱听的话:他应当考虑结束他的风流韵事。他第一次向普赖姆斯咨询是在幽灵事件开始之时,因为普赖姆斯提供了明智的建议——还因为在这年轻律师的态度里有点儿趾高气扬的直率,让他回想起自己当年的模样,以及虽然普赖姆斯和城里其他律师别无二致,都有着善于交际的随和态度,但语气里却不加掩饰地流露出对滥情陈述细枝末节的厌恶——他后来把德芬妮·鲁斯的信也交给他。

普赖姆斯三十刚出头,是位年轻博士——科尔曼大约四年前聘任的哲学教授——的丈夫,两名幼小孩子的父亲。在一个诸如雅典娜这样的新英格兰大学城里,大多数专业人员都穿着 L. L. Bean 品牌的服装上班,但这位时髦英俊、头发乌黑油亮的年轻人——颀长,匀称,犹如体操运动员似的灵活——每天早晨穿着笔挺的量身定制的西服,铮亮的黑皮鞋和上过浆的、不露声色地绣着姓名首字母的白衬衫。全身行头不仅表现出气势压人的自信和个人的重要地位,而且表现出一种对任何形式的邋遢的反感——同时也暗示纳尔逊·普赖姆斯所觊觎的不止校园对面托伯特商店楼上的写字间而已。他妻子在这儿教书,所以此刻他在这儿。但不准备久留。一头袖口戴着链扣,穿着一丝不苟的年轻黑豹——一头随时准备猛扑的黑豹。

"我不怀疑法利是精神病患者,"普赖姆斯对他说,字斟句酌,而且两眼紧盯着科尔曼的脸,"他要是想跟踪我,我会很担心的。但他在你跟他前妻交往之前有没有窥测你?他连你是谁都不知道。德芬妮·鲁斯的信完全是两码事。你要我给她写信——虽然我认为不妥,但还是为你写了。你要找个专家鉴定笔迹——虽然我认为不妥,还是为你找人鉴定了。你要我把笔迹鉴定送交她的律师——虽然我认为不妥,也照办了。即使我希望你有小事化了的肚量,我还是履行了你所有的指令。但莱斯特·法利并非小事一桩。德芬妮·鲁斯跟法利不能同日而语,她不是精神病患者,她也不是敌人。在法利的世界中福妮雅只是勉强设法存活下来,而当她走进你的家门时,她便不得不将它也带了进来。莱斯特·法利在养路队干活,是吧?如果我们搞到一个对法利实施的限制令,那你的秘密就会传遍你那个闭塞寂静的小镇。很快也就会传遍这个镇,这所学院,你将被恶意的清教主义抹上柏油再粘上鸡毛,你以前所遭受的一切羞辱与之相比只能是小巫见大巫了。我清楚地记得当地幽默漫画周刊不理解对你的荒唐指控以及你辞职的含义所发表的言词:'前院长在种族主义的疑云下离开学院。'我记得在你照片下的说明:'在课堂里使用一个诋毁性的别称迫使西尔克教授退休。'我记得当时你的感受,我也认为我理解你现在的感受,而且我相信当全县都得知在种族主义疑云下离开学院的家伙犯了性越轨行为时,我还将一如既往地理解你的感受。我并不是说在你卧室门内发生的事除了你,别人都能干涉。我知道这不对。现在是一九九八年。自从詹尼斯·乔普林和诺尔曼·布朗改良事态以来已经过了很多年。但在伯克夏这儿还是有人,不论是乡巴佬还是大学教授,就是不愿转换他们的价值观,不愿有礼貌地屈服于性革命。思想狭隘的教徒,礼教信奉者,各种各样的落后群众热切地想揭露和惩罚像你这样的家伙。他们可以让你浑身发燥,科尔曼——可不是以你伟哥的方式。"

聪明的家伙,自己提起伟哥。卖弄,不过他以前帮过忙,科尔曼想,所以不要打断他,不要压制他,不管他的那种自以为是的态度有多讨厌。在他的盔甲中没有丝毫同情的缝隙？我无所谓。你征求他的意见，所以听他把话说完。你不想由于缺乏警告而犯错误。

"我当然可以给你搞到限制令，"普赖姆斯对他说，"但那会约束他吗？一张监禁传票只会让他火上加油。我给你找过笔迹鉴定专家。我可以给你搞到限制令，我可以给你搞到防弹背心。但我不能为你提供只要你跟这个女人掺和就永远也别想拥有的东西：远离丑闻、远离非难、远离法利的生活。没有人盯梢的宁静心态。没有丑化。没有斥责。没有误判。顺便问一下，她是否艾滋病毒检测呈阴性？你有没有叫她测试过，科尔曼？你用不用避孕套，科尔曼？"

他以为自己无所不知，可是他并不能真正理解面前的老人和他的性欲，不是吗？在他看来，这似乎是不折不扣的反常行为。但谁在三十二岁上能够料想到七十一岁时还会完全一模一样呢？他在想，这家伙为什么，又怎么去干这种事呢？我老迈的生殖力及其引发的麻烦。我三十二岁时，科尔曼想，也不能理解。然而，他却以比他年长十或二十岁的权威口吻对他讲述着世间的人情世故。他究竟积累了多少经验，遭受过多少生活困境，以至于能够以这种居高临下恩赐的口气对一个比他年长一倍的人说话？少得可怜，如果不是一无所有的话。

"科尔曼，如果你没有用，"普赖姆斯说，"她用了什么没有？如果她说她用，你能否相信？就连穷困潦倒的清洁女工都不时隐瞒真相，有时还因为她们接受的污秽不得不求医问药。当福妮雅怀孕了怎么办？她可能会像许多妇女自从生养私生子的法令被吉姆·莫里森和大门乐队推翻以来所设想的那样进行思考。福妮雅很可能不采取措施，而且成为一位有名望的退休教授的孩子的母亲，不管你如何耐心地规劝。作为知名教授的孩子的母亲比起作为一败涂地的精神病人的孩子的母亲来，其变化可能是身价的提升。她一旦怀了孕，倘若她决定不再伺候人，想永远不干任何工作，一个开明的法庭会毫不犹豫地判你养活孩子和单身母亲。好吧，我可以在父权诉讼中代表你，如果以及当我必须那么做的时

人性的污秽　73

候，我会为你努力争取将你的义务降低到你退休金的一半。我将竭尽全力保证在你进入八十高龄之际你银行存折上还留下点儿什么。科尔曼，听我一句：这是个失算的交易。在各个方面，无论如何都划不来。如果你找你享乐至上主义的高参，他会给你别的什么忠告，但我是你的法律顾问，我要告诉你这是笔可怕的交易。我要是你，我不会充当莱斯特·法利疯狂的复仇路上的绊脚石。如果我是你，我会撕掉这份福妮雅合同，一走了事。"

不得不说的一切都说过了，普赖姆斯从他的书桌后站起身来——宽大而光泽度极高的书桌上所有文件档案都被自觉地清理干净，除了镶嵌着年轻太太和两个孩子相片的镜框外，不见任何别的杂物。桌面浓缩了没有污点的一清二白的个人记录，这只会引导科尔曼做出推断：没有任何差错拦在这位口若悬河的青年律师的仕途上，无论是性格的软弱，或极端的观点，或草率的冲动，甚至连因疏忽所犯的错误也没有，不会有任何隐瞒得不好或很好的事情突然冒出来阻止他获得每一项报偿和一切中产阶级的成功。在纳尔逊·普赖姆斯的生活中不会有幽灵事件，不会有福妮雅或莱斯特·法利，不会有马基轻视他或莉萨抛弃他。普赖姆斯已对自己约法三章，绝不允许任何殃及自身的不洁事件破坏章法。但我难道没有过约法三章，而且丝毫也不手软吗？我难道在追求合法目的，以及一个有价值的平稳的生活中稍为放松过警惕吗？我难道在我自己无懈可击的谨慎后大踏步前进时信心略有过动摇吗？我难道不如你高傲吗？难道这不恰恰是我在充当罗伯特打手最初的一百天里对付老朽的方式吗？我难道不就是这样逼得他们发疯，将他们赶走的吗？我难道不是同样无情地相信我自己吗？然而那一个词就摧毁了一切。它绝不是英语中最具煽动性、最凶残、最恐怖的字眼，然而却足以让所有人在无视我是什么人以及我是干什么的情况下，干出揭露、认清、裁判、发现等一系列勾当。

直言不讳的律师——实际上在每个词上都添加了某种警告性的讥

讽，使之相当于直截了当的教训，其目的也没有用任何委婉的手法对他颇有身份的年长当事人稍加掩饰——从他书桌后绕出来，护送科尔曼走到写字间门口，随后，又陪同他走下楼梯，直到外面阳光下的街道上。在很大程度是为了贝丝，他太太，普赖姆斯才想一定要尽可能将一切讲清楚，不论显得有多不友善，也要把该说的都说出来，以阻止这位曾经是重要的学院人士的名誉进一步蒙受损伤。那个幽灵事件——恰巧与他妻子的猝死相吻合——使西尔克院长的精神严重受创，以致他草率地辞职（当时案件已接近它荒谬过程的尽头）。而现在，两年后，他依然不能权衡什么符合以及什么不符合他的长远利益。在普赖姆斯看来，似乎科尔曼·西尔克还没有被冤枉够，似乎正以倒霉蛋的狡诈的顽固，像个冲撞了神灵的人，疯狂地寻求最后的、恶毒的、使他进一步蒙羞的攻击，那将使他的冤屈遭受盖棺论定的终极不公。一个曾经在自己的小世界里拥有巨大权力的家伙似乎不仅无力保卫自己不受德芬妮·鲁斯和莱斯特·法利的侵犯，而且无力防止自己免遭那种老男人常用以补偿失去阳刚之气的可怜诱惑，这同样有损于他严阵以待的自我形象。普赖姆斯可以从科尔曼的面色中判断他关于伟哥的猜测是正确的。又一种化学威胁品，年轻人想。这家伙不如吸食可卡因，就算伟哥给了他什么好处。

在外面街上，两人握手。"科尔曼，"普赖姆斯说——他太太那天早晨听说他将会见西尔克院长时表达了对院长离开雅典娜的遗憾，又一次轻蔑地提到德芬妮·鲁斯，对后者在幽灵事件里所扮演的角色嗤之以鼻——"科尔曼，"普赖姆斯说，"福妮雅·法利不属于你的世界。你昨晚清清楚楚地看到了塑造了她并碾碎了她的那个世界，由于你我都明了的原因，她永远也不可能从中脱逃。比昨晚更严重的事，严重得多的事还会发生。你不再在一个大家蜂拥而出企图毁灭你、赶你下台、用他们自己人取而代之的世界里作战。你不再是跟一伙文质彬彬的，高雅的，将野心隐藏在高尚的理想之后的平均主义者作战。你此刻正在一个没有人会费神将残忍用人道的修辞包裹起来的世界里作战。这些人对生活的

人性的污秽　　75

基本态度是他们被不公正地压榨了一辈子。你因为你的案子在学院里被那样处理而深感不悦,虽然非常可怕,却是这些人每分每秒的感受……"

够了,这两个字如此清晰地写在科尔曼凝视的目光中,甚至普赖姆斯都明白是他该闭嘴的时候了。在整个会见过程中,科尔曼始终沉默地听着,压制着自己的情绪,努力保持头脑冷静,不去计较普赖姆斯在用花哨词句对着一个比他年长几乎四十岁的教授就谨慎的美德进行说教时过于明显的愉悦。为了让自己高兴起来,科尔曼想,对我发火使他们每个人都有了好心情——每个人对我说我错了以后,都感到如释重负。但等他们到了外面的街上,已不再能够继续将争论从情绪表达中分离出来——或者说,将他自己从他曾经一贯都是的那个负责者、下命令者与被服从者中分离出来。普赖姆斯直截了当对自己的当事人说话并不需要那么多的讥讽装饰。如果目的是为了以一种具有说服力的律师方式给予劝诫,非常轻微的嘲讽可以更有效地达到目的。但普赖姆斯对自己才华横溢与前途无量的感觉似乎占了上风,科尔曼心想,以至于挖苦一个可笑的老傻瓜吞服十美元一片的药用合成物以恢复性功能,未免太过分了。

"你是个口若悬河、喋喋不休的说教大师,纳尔逊。那么聪颖。那么流利。一个没完没了使用故弄玄虚、精雕细刻词句的说教大师。而且对于每一个你从来不必面对的人性问题又怀有那么浓厚的蔑视。"他当时的冲动是一把抓住律师衬衫的前襟,把这目空一切的小狗崽一巴掌打到托伯特商店的橱窗里去。但相反,他后退一步,按捺住自己的情绪,有策略地尽量柔和地讲话——然而却并非如他所愿的那样谨慎。科尔曼说:"我再也不愿听到你那个自我欣赏的嗓门,或看到你那张自鸣得意的纯白种面孔了。"

"纯白种?"当晚普赖姆斯对他太太说,"为什么'纯白种'?你永远也猜不出当人们认为自己被利用、被剥夺了尊严时,会用什么言辞破口大骂。但我有没有故意显出攻击他的样子呢?当然没有。比那更糟。更糟，因为那老家伙晕头转向，而我想拉他一把。更糟，因为那人正处于将错误推向灾难的边缘，我想阻止他。他所认为的对他的人身攻击，实际上是我这个刚愎自用的人要让他严肃对待、让他刻骨铭心的一番努力。我失败了，贝丝，完全处理错了。也许因为我当时有些心虚。他显出一副无足轻重的小人物的样子，内里却蕴涵着一股气势。我从没见过他当大院长时的派头。只是在他倒霉时才认识他的。但你感到大院长的存在。你意识到为什么人家被他吓倒了。当他坐在那儿的时候，另一个人也在场。虽然，我不知道是什么。对一个你一生中只见过五六次的人很难摸透他的个性。也许主要是我身上的什么愚蠢的东西在作祟。但不论原因何在，我犯了书本上所列举的所有业余律师的错误。精神病理学、伟哥、大门乐队、诺尔曼·布朗、避孕、艾滋病。我无所不知。特别是对于我出生前所发生的事更是了如指掌。我应当简明扼要，实事求是，避免主观性；相反，我却是挑衅性的。我想帮他，却侮辱了他，把事情给他弄得更糟。不，我不怪他像那样对我发泄。但，亲爱的，问题仍然存在：为什么纯白种？"

科尔曼已有两年没到雅典娜校园去过，现在若非万不得已，他连城都不进。他已不再痛恨任何一名雅典娜教员，他只是不想和他们有任何瓜葛，担心要是他停下来交谈，即使闲聊，也可能掩盖不住他的痛苦或者掩盖不了他掩盖痛苦的企图——阻止不了自己站在那儿冒火，或更糟，阻止不了自己精神崩溃，或像蒙冤受屈者那样滔滔不绝地叹苦经。他辞职后没几天便在布莱克威尔的银行和超市开了新账户，那是个位于河边的不景气的磨坊小镇，离雅典娜约十八英里，甚至还在当地图书馆办了张卡，虽然馆藏少得可怜，他还是决定使用它，而不愿再在雅典娜的书架之间徜徉。他加入了布莱克威尔的基督教青年会，并放弃了近三十年来在一天结束时到雅典娜学院游泳池游泳以及下班后去雅典娜体育馆做垫上运动的习惯，宁可每周两次在布莱克威尔青年会不怎么惬意的

人性的污秽　77

泳池里游几圈——他甚至上楼去常年失修的健身房,而且,开始以比四十年代慢得多的速度用速度球锻炼体力并击打沙袋,这还是自研究生院毕业后的第一次。到北面的布莱克威尔比驱车下山往雅典娜要多花一倍的时间,但在布莱克威尔他不太可能碰见老同事,即使碰上,他也不会过于伤感,最多毫无笑容地点点头,并继续做自己的事。在雅典娜漂亮的古老街道上可就不同了,那儿没有一条街道、一张板凳、一棵树,校园里没有一座纪念碑,不会或多或少让他回忆起成为学院种族主义者之前、一切都不一样时的他自己。绿地对面鳞次栉比的商店本来是没有的,他被委任为院长后引来了各色人等到雅典娜来,有教职员、学生、学生的父母。于是,多年下来,他不仅唤醒了学院,而且也让周边社区改头换面。气息奄奄的古玩店、败坏胃口的餐馆、维持温饱水平的杂货店、土里土气的小酒铺、乡镇剃头店、十九世纪男子服装店、存货贫乏的书店、穷酸斯文的茶馆、黑黢黢的药房、令人沮丧的小客栈、无报纸可售的报摊、空空荡荡令人感觉莫测高深的魔术店——所有这些都消失了,取而代之的是各种企业机构。你可以在里面或吃上一顿像样的饭菜,或啜饮一杯香喷喷的咖啡,或按处方配药,或买到一瓶好酒,或觅到一本写的是关于伯克夏以外的人或事的书,或找到除秋衣裤以外可供冬日御寒的别的什么东西。曾被认为是他强加在雅典娜教职员和课程设置上的"质量革命",虽然是无意的,但也是他给市镇大街的馈赠。这一切只会增加他成为陌路人的痛苦和惊讶。

现在,两年后再度来到镇上,他感到的不再是被他们围困的苦恼——除了德芬妮·鲁斯,雅典娜还有谁仍然关注科尔曼·西尔克以及幽灵事件?——而是对他自己勉强压制下去却又极易冒出头来的怨恨倍感厌倦;走在雅典娜的街道上,他现在(首先)对自己比对那些出自冷漠或胆怯或野心而拒绝提出任何有利于他的抗议的人更觉反感。那些他亲自聘任的有着博士头衔的知识分子,他以为他们有能力进行理性的独立思考,到头来竟没有一个愿意衡量指控他的荒唐证据并由此得出恰当的结论。种族主义分子：在雅典娜学院突然之间成为人人唯恐避之不及的最具感情色彩的形容词，在这唯情论（同时对他们个人履历和未来升迁的担忧）面前，他的整个教职员队伍俯首称臣。以官方腔调发出"种族主义分子"的一声共鸣，立刻连最后一个潜在的盟友都抱头鼠窜。

步行到学院去？现在是夏天，学校放假了。在雅典娜工作了近四十个寒暑，在一切都毁于一旦之后，在他经历了那一切才来到这儿之后，为什么不呢？首先是"幽灵"，现在又是"纯白种"——谁知道下一个略为过时的惯用语，下一个几乎魔幻般退出时空却不期然而然地溜出他嘴皮的俚语，又将揭示什么可厌的缺陷呢？一个人可以怎样被圆足的字眼所揭露、所毁灭啊。是什么东西烧毁伪装、掩体和隐蔽所？就是这，自发吐出的正确的字眼，甚至无须经过大脑思考的字眼。

"这是第一千遍：我说幽灵，因为我的意思就是幽灵。我父亲是酒吧老板，但他坚持要我用精准的语言，而我保持了他的信念。字词是有含义的——就连我只受过七年级教育的父亲都知道得一清二楚。在酒吧后面，他藏着两件东西帮他解决与顾客的纷争：一根包革铅棒和一本字典。我最好的朋友，他告诉我，字典——今天对我也同样如此。因为如果我们查字典，我们会发现什么是'幽灵'一词的第一个意思？主要的意思。'1，非正式。鬼魂；幽灵。'""但西尔克院长，这可不是它被理解的意思。让我读给你听字典里的第二条解释。'2，贬义。黑人。'这是被理解的意思——你可以同样看出其中的逻辑：有人认识他们吗，或者他们是你们不认识的黑人？""先生，如果我打算说：'有人认识他们吗，或者因为他们是黑人，你们不认识他们？'我就会这么说。'有人认识他们吗，或者你们没有人认识他们，因为这两人碰巧是黑人学生？有人认识他们吗，或者他们是没人认识的黑人？'要是我的意思是这个，我就会完全像这样说。但如果我从来没有见过他们，除了他们的姓名以外对他们一无所知，我怎么可能知道他们是黑人学生？我所知道的，不容辩驳的，便是他们是不可见的学生——表示不可见的、鬼魂、鬼怪的这个

人性的污秽

词，就是我以它主要意思使用的这个词：幽灵。看看它的形容词'幽灵似的'，这个词紧接着'幽灵'。幽灵似的。一个我们自童年就记得的词，什么意思呢？根据大词典：'非正式。1，像或适合幽灵或鬼魂的；暗示幽灵的。2，怪异的；恐怖的。3，（特指马）神经质的；易惊的。'特指马。现在是否有人愿意指出我的两名学生也被我描述成了马了呢？没有？但为什么不呢？你们正是那么做的嘛，为什么不可以顺便再来一个别的呢？"

最后看一眼雅典娜，让羞辱圆满吧。

西尔基。西尔基·西尔克。他已有五十年没听人叫过这名字了，然而他几乎随时都期待着会有人大声呼唤："嘿，西尔基！"仿佛他又回到东奥兰治，放学后走在中央大道上——而不是穿过雅典娜的城镇大街自退休以来第一次上山往学院走去——和他妹妹，欧内斯廷，走在中央大道上，听着她忍不住要告诉他的关于前一天晚上她偷听到的事情。那晚分斯特曼博士，犹太医生，妈妈工作的纽瓦克市医院的大外科大夫来拜访他们的父母。当时科尔曼正在健身房和田径队一起锻炼，欧内斯廷在自家的厨房里做功课，听得见分斯特曼博士说的话。医生和爸妈坐在起居室里，正向他们解释为什么他儿子伯特作为毕业班致辞代表对他和他太太如此重要。正如西尔克夫妇所知，现在科尔曼是他们班上的第一名，伯特位居第二，虽然成绩仅比科尔曼差一级。上学期伯特成绩报告单上有一个B，物理学得的B，虽然照道理完全应当得A——那个B就是将毕业班两名优等生区分等级的唯一东西。分斯特曼博士向西尔克先生和太太解释道，伯特想继承父业，学习医科，但那样他必须有一个全优的记录，不仅在大学里，而且奇怪地还要追溯到幼儿园。也许西尔克夫妇不了解这种为排斥犹太人进入医学界所设置的歧视定额，尤其是哈佛和耶鲁的医学院，但分斯特曼博士和分斯特曼太太相信只要给伯特机会，他一定能在上述医学院中崭露头角。由于大多数医学院分配给犹太人的名额微乎其微，分斯特曼博士自己当年不得不到亚拉巴马求学，在那儿他亲眼见到有色人所必须与之抗争的一切。分斯特曼博士知道在学术界对有色人种学生的歧视比对犹太人的要严重得多。他知道西尔克一家克服了什么障碍才获得模范黑人家庭的殊荣。他知道西尔克先生自眼镜店在大萧条时期倒闭后所经历的各种磨难。他知道西尔克先生和他一样是个大学毕业生，而且知道他在火车上当乘务员——"他用来指称侍应生的词，科尔曼，一个'乘务员。'"知道他的职务与他所受过的专业训练丝毫不相称。西尔克太太，他当然在医院里是认得的。按分斯特曼博士的评估，医院员工中没有比她更优秀的护士了，没人比她更聪慧、更有知识、更可靠、更能干——包括护士长本人。按他所想，格拉迪丝·西尔克应当早被任命为外科手术部门的护士长了；分斯特曼博士要对西尔克夫妇所作的其中一项承诺，是他将竭尽所能从人事部长那儿为西尔克太太在努楠太太退休后争取这一职位。而且，他准备一次性提供西尔克夫妇一笔无息、无须偿还的三千美元"贷款"，到时候科尔曼上大学，家里肯定需要额外支出。而他所要求的回报并不如他们可能想象的那么高。作为第二名，科尔曼仍然是一九四四年毕业班上排名第一的有色人学生，更不用提是首个以全优成绩毕业的名次最高的有色人学生。以他的平均分数，科尔曼很可能是全县有色人学生中的第一名，甚至是全州的。他以第二名身份而不是第一名身份从中学毕业对他进入霍华德大学没有任何影响。以他这样的名次，他连遭受最轻微损失的机会都将无足挂齿。科尔曼不会失去任何东西，而西尔克夫妇将得到三千美元支付孩子们的大学费用；再说，有分斯特曼博士的大力支持，格拉迪丝·西尔克将顺利提升，要不了几年，便会成为纽瓦克市内所有医院所有部门里的第一位有色人护士长。对科尔曼的要求只是请他选择两门最弱的课程，在期终考试里得 B，而不要得 A。伯特将尽全力在他所有的课程里得 A——以此承担交易的另一端。倘若伯特不够努力，没有得全A，而使大家都失望的话，两个孩子便以平局握手言欢——说不定科

人性的污秽　81

曼还可略胜一筹当上第一名,但分斯特曼博士仍然会履行承诺。无须说明,每个参与此项安排的人都必须严守秘密。

听到这番话,科尔曼大喜过望,挣开欧内斯廷的手沿着大街飞奔而去,欣喜若狂地从中央大道跑到长青路,又折回来,口里大声嚷嚷:"我两门最弱的课程——是什么?"仿佛分斯特曼博士在把学习上的弱点强加给科尔曼,是讲了个最令人开怀的笑话。"他们说什么,欧内?爸说什么?""我没听见。他说话声太小。""妈说什么?""我不知道。我也听不见妈的声音。但医生走后他们说的话,我听见了。""告诉我!说什么了?""爸说:'我要把那人杀了。'""他说了?""真的。说了。""那妈呢?""'我咬住舌头才没说。'妈就这么说——'我咬住舌头才没说。'""但你没听见他们对他是怎么说的?""没有。""好吧,我来告诉你一件事——我不会那样做。""当然不会。"欧内斯廷说。"但如果爸对他说我会呢?""你疯了,科尔曼?""欧内,三千美元比爸一整年挣的还要多。欧内,三千美元!"一想到分斯特曼博士将塞满那些钱的大纸袋递到父亲手上,他禁不住再次撒腿飞奔,疯子般地跨着想象中的低栏(他已连续几年是埃塞克斯县低栏冠军及百米短跑亚军)一路跑完长青路,又掉头返回。又一次凯旋——他想的是这个。伟大的、无敌的、唯一的西尔基·西尔克的又一次创纪录的大胜利!他不仅是田径明星,而且是毕业班致辞代表,不错,但他还只有十七岁,分斯特曼博士的建议在他听来只意味着他在众人心目中占有至高无上的地位。至于弦外之音,他无从理解。

在东奥兰治几乎所有的人都是白人,不论是穷苦的意大利人——住在北面奥兰治城区边缘或南面纽瓦克第一看守所旁,还是圣公会成员和富人——住在郊外阿普萨拉边或南哈里森周围的大房子里,犹太人比黑人还要少,然而那些日子里犹太人和他们的孩子在科尔曼的课外生活中比任何别的人所发挥的影响都要大。先是奇斯纳医生,去年科尔曼加入他的拳击夜校时都几乎被他领养了,而现在分斯特曼博士又提供三千美元让科尔曼在学业上退居第二以使伯特能独拔头筹。奇斯纳医生是位牙医,喜爱拳击,一有机会便到四处——泽西的月桂园和梅朵溪圆形体育场、纽约的麦迪逊广场花园乃至城外的圣尼克——观看比赛。大家都说:"坐到医生旁边才知道自己对拳击原来一窍不通。在奇斯纳医生身边你明白你和他看的并非同一场比赛。"医生在埃塞克斯县各地主持业余比赛,包括纽瓦克的金手套赛,犹太父母从奥兰治、梅普伍德、欧文顿——从远在纽瓦克西南角的威克瓦西区——把他们的儿子送到他在当地开办的拳击班来学习自卫的技术。科尔曼进奇斯纳医生的训练班并不是因为他不知如何保卫自己,而是因为他父亲发现他自中学二年级起就自作主张在田径队训练后——甚至有时一周三次——溜到纽瓦克贫民窟商业街默顿街上的男生俱乐部,秘密地将自己训练成一名拳击手。开始时他只有十四岁,一百一十一磅,每次他在那儿练上两小时,做准备运动,拳击三回合,击打沙袋,击打速度球,跳绳,做体操,然后赶回家做功课。有两三回他甚至跟库珀·富勒姆对阵,后者上一年在波士顿赢得全国大赛冠军。科尔曼的母亲在医院里连着做一轮半班的工作,甚至接连上两轮班;父亲在火车餐桌上伺候人,除了睡觉,几乎不回家;他哥哥瓦特,先上大学,然后入伍;所以科尔曼进进出出全凭自己高兴。他令欧内斯廷发誓保密,并保证不让自己的分数下滑。在自修教室里,夜间在床上,在往返纽瓦克的巴士上——来回各乘两路车——他比惯常更卖力地做功课,以保证不会有人发现默顿街的秘密。

  如果你想成为业余拳击手,纽瓦克男生俱乐部便是你该去的地方。如果你干得不错,年龄在十三至十八之间,你就有机会和来自帕特森、泽西城、巴特勒的男生俱乐部队员、来自铁汉的成员以及其他俱乐部的队员交手。在男生俱乐部里有成群结队的孩子,分别来自拉威、林顿、伊丽莎白,甚至还有两名从莫里斯顿远道而来。有个聋哑儿,他们叫他达米,来自贝尔威。但其中大多数都是纽瓦克人,而且全部是有色人,不过俱乐部的两名老板倒都是白人。一个是西区公园的警察,马克·马

人性的污秽 83

克罗恩,他有把手枪,他对科尔曼说要是他发现他不好好练长跑,就毙了他。马克重视速度,这就是他看中科尔曼的原因。速度、步法和反击。当马克教会科尔曼怎样站立、怎样移动以及怎样出拳以后,当他看见这孩子学得有多快,有多机灵,反应有多灵活以后,便不失时机地教他更为精细的技巧。如何转动脑袋。如何躲闪。如何封拳。如何反击。在教他猛刺时,马克反复交代:"就像你从鼻尖上挥走一只跳蚤。一下子把它给挥走。"他教会科尔曼怎样只用刺拳战胜对手。出刺拳,封拳,反击。一个刺拳打来,你闪开,以右拳回敬。或者内侧闪开,用勾拳回击。或者就势低头,右手出拳猛击他心窝,左手出勾拳猛击他胃部。虽然很瘦小,科尔曼有时会用双手抓住对方的刺拳,拖住对手,然后用勾拳击打他胃部,再站直身体,用勾拳猛击他头部。"封住他的拳。反击。你是个反击手,西尔基。你是的,那就是你的全部价值。"后来他们去了帕特森。他的第一次业余大赛。那孩子挥出刺拳,科尔曼向后仰,但他的双脚扎根在地上,能够回身用右拳打击对手,在整场的过程中他不断用这招对付他。那孩子不断那样出拳,科尔曼也就不断那样回击,连赢三个回合。在男生俱乐部,这成了西尔基·西尔克的风格。当他挥拳时,拳头的力道让所有的人都看到他站在那儿时并非无所事事。大多数情况下,他会先等对方出拳,然后回敬两三拳,再次退出,等待。科尔曼能够以后发制人而不是先发制人更有效地打击对手。科尔曼十六岁时,仅在埃塞克斯和哈得孙两县,先后在军队训练场,在皮西厄斯骑士会,在老兵医院慰劳演出中,打败不下三名金手套冠军得主。据他统计,他那时已经赢了一百十二、一百十八、一百二十六磅……重量级的比赛,只是他无法参加金手套大赛,因为那样不可避免地要见报,而他家人也就会发现他的秘密。但他们最终还是发现了。他不知道他们怎么发现的。他不必知道。他们发现了,因为有人告诉了他们。就那么简单。

全家在一个星期天上过教堂后围着餐桌吃午饭时,父亲说:"你干得怎么样?"

"我什么干得怎么样?"

"昨天晚上。在皮西厄斯骑士会。你干得怎样?"

"皮西厄斯骑士会是什么?"科尔曼问。

"你是不是以为我昨天才出生,小子?皮西厄斯骑士会是他们昨晚举行大赛的场地。对阵表上有几场赛事?"

"十五场。"

"那你干得怎样?"

"我赢了。"

"到目前为止你一共赢了多少场?在巡回赛中。在表演赛中。自你开始赢了几场?"

"十一场。"

"输了几场?"

"一场都没有。"

"你卖那只表得了多少钱?"

"什么表?"

"你在里昂老兵医院赢的表。老兵奖励你打赢对手的表。你在马尔伯里街典当的表。纽瓦克城里,科尔曼——你上星期在纽瓦克典当的表。"

这人什么都知道。

"你以为我得了多少钱?"科尔曼大着胆回嘴,虽然说话时没有抬起眼睛——一直盯着星期天专用的好桌布上的刺绣图案。

"你得了两美元,科尔曼。你计划什么时候当专业的?"

"我那样做并不是为了钱,"他说,两眼仍然不敢抬起来,"我想要的不是钱。是因为我喜欢。如果你不喜欢,你所从事的任何运动都不成其为运动。"

"你知道,如果我还是你父亲,你知道我现在会对你说什么?"

"你是我父亲。"科尔曼说。

"哦，是吗？"他父亲说。

"唔，肯定……"

"唔——我一点儿都不肯定。我在想也许纽瓦克男生俱乐部的马克·马克罗恩才是你父亲。"

"别生气，爸。马克是我的教练。"

"明白了。那么谁是你父亲，我冒昧地问一下？"

"你知道。你是。你是。爸。"

"我是吗？是吗？"

"不是！"科尔曼叫起来，"不，你不是！"当即，就在星期日午餐开始的时候，他冲出家门，在马路上不停地跑了将近一个小时，沿中央大街跑过奥兰治线，然后穿过奥兰治一直跑到西奥兰治线，又横穿瓦乔恩大道到罗斯戴尔墓地，再向南跑过华盛顿路到商业大街，边跑边挥动拳头，冲刺，然后光跑，然后光冲刺，然后一路打着空拳返回布里克教堂站，最后冲刺完剩下的路程，再冲刺到家门口，走进去，回到全家人正在吃甜食的桌边，回到他熟悉的地方，坐到自己的位置上，比他一头冲出去的时候镇定得多了，等待父亲重新捡起话头。父亲从不发脾气。父亲有另外的办法叫你服输。用言辞。用话语。用他所谓的"乔叟的、莎士比亚的、狄更斯的语言"。用任何人都别想从你身上夺走的英语，用西尔克先生以浑厚的嗓音说出的，始终完美、清晰、满怀激情的英语道白，仿佛即使在日常对话中他也是在朗诵马克·安东尼在恺撒尸体旁发表的演说。西尔克先生给他三个孩子每人一个中间名，都取自他记得最牢的戏剧，在他看来，那是英国文学最精彩的亮点，古往今来文人笔下对于背叛最有教育意义的研究：西尔克长子是瓦特·安东尼，次子科尔曼·勃鲁托斯，他们的小妹妹欧内斯廷·卡尔普尼亚，则是恺撒忠实妻子的名字。

西尔克先生自主经营的生意不幸在银行倒闭时结束了。他花了相当长的时间才克服，如果他真的最终克服了失去奥兰治眼镜店造成的哀痛。可怜的爸爸,母亲常说,他总想自主经营。他在南方上的大学,在他家乡佐治亚——母亲来自新泽西——务农并饲养家畜。但后来他不干了,来到北方,在特伦顿进了光学学校。后来他应征入伍参加第一次世界大战,再后来遇见母亲,和她一起搬到东奥兰治,开店,买房,不料破产,现在他是餐车上的侍应。但如果他不能在餐车里,至少可以在家里,以他深思熟虑、精确、直截了当的方式说话,他能用言辞把你打蔫。他对于孩子的用词非常挑剔。成长过程中,他们从来不说:"看那只汪汪。"他们甚至都不说:"看那只狗狗。"他们说:"看那头多伯曼犬。看那头小猎兔犬。看那头小猎梗。"他们得知事物是分类的。他们学到了精确用词的威力。他时刻都在教授他们英语。甚至那些到他们家来的孩子,他孩子的朋友,都在英语方面接受过西尔克先生的指点。

当他是一名验光师,在牧师似的黑西服外罩着一件医生的白大褂,工作时间或多或少比较正规时,他会在甜食以后坐在餐桌边读报纸。他们大家都会读上一段,每个孩子,甚至小宝宝,欧内斯廷,也会选读一段《纽瓦克晚报》上的新闻,而不是滑稽笑话。他的母亲,科尔曼的祖母,由她的女主人教会识字,黑奴解放后,进入当时称作佐治亚州立有色人师范及工业学校的地方就读。他的父亲,科尔曼的祖父,曾经是卫理公会牧师。西尔克全家通读所有的古典名著。西尔克夫妇从来不带孩子去看职业拳击赛,而是带他们到纽约大都会艺术博物馆去看盔甲。带他们到海顿天文台去学习有关太阳系的知识。定期带他们参观自然历史博物馆。后来在一九三七年七月四日,虽然票价很昂贵,西尔克先生还是把所有的孩子都带到百老汇音乐盒剧院观赏乔治·M. 柯汉演出《我宁可不做错事》。科尔曼仍然记得第二天父亲在电话里对他弟弟博比叔叔说的话:"当大幕在乔治·M. 柯汉谢幕后终于落下时,你知道那人又做了什么?他出来,唱了整整一小时,唱了所有的歌曲。每一首。对于一个孩子来说,还有什么比这更好的戏剧入门教育?"

"如果我是你父亲,"科尔曼的父亲对着庄严地端坐在空盘子前的孩

人性的污秽　　87

子，接着说道，"你知道我现在要对你说什么？"

"什么？"科尔曼说，声音很轻，并不是因为他长跑过后精疲力竭，而是因为他对父亲——不再是验光师而是餐车侍应，并且直到死都会只是餐车侍应的父亲——说他不是他父亲之后，感到悔过自新。

"我会说：'你昨晚赢了？好。现在你可以以不败的纪录退休了。你退休了。'这便是我要说的话，科尔曼。"

科尔曼后来跟他谈话时，要容易得多了，那时他已做了一下午的功课，母亲已经借机和父亲详谈并进行了劝解。他们都多多少少能够平静地坐在起居室里，听科尔曼描述拳击的荣耀，那种通过全力拼搏而获胜的荣耀甚至远胜于田径场上的成功。

现在是母亲提问，回答她没有丝毫的困难。她的小儿子被格拉迪丝·西尔克所有的美梦所包裹，仿佛是上天赐给她的一件礼物，他变得越英俊，越聪明，她就越难将这孩子与梦想相区分。她虽然对医院里的病人既温柔又体贴，但对于其他护士，甚至医生，包括白人医生，她都会既严格又严厉，把强加在自己身上的苛刻的行为准则强加在他们身上。她也会那样要求欧内斯廷。但对科尔曼却从来不。科尔曼得到的是与病人同等的待遇：她无微不至的仁慈与呵护。科尔曼享有他想要的一切。父亲的指导，母亲的关爱。古老的模式：严父慈母。

"我不明白你怎么对一个根本不认得的人撒野。特别是你，"她说，"你有着快乐的天性。"

"不是撒野，只是投入。这是个运动项目。比赛前你热身。你做空拳练习。你做好准备应付任何针对你的举动。"

"如果你以前从未见过对手呢？"父亲问，尽其所能克制着嘲讽。

"我的意思是，"科尔曼说，"你不必撒野。"

"但，"母亲问，"如果那孩子撒野了怎么办？"

"不要紧。头脑决定胜负，而不是撒不撒野。让他撒野。谁在乎？你得动脑子。就像下象棋。就像猫捉老鼠。你可以引诱那家伙。昨天晚上，我和那家伙对打，他大约十八或十九岁，有点迟钝。他一拳打在我头顶上。所以他第二次那么干的时候，我就有了准备，砰的一下。我用右拳，而他不知道我拳头从哪来。我把他打倒了。我平时不把人家打倒在地上，可是我把这家伙打倒在地上。我赢了是因为我诱使他以为他可以再次用同样的拳法击中我。"

"科尔曼，"他母亲说，"我不喜欢我听到的声音。"

他站起来，演示给她看。"瞧。这是个慢拳。看见吗？我看见他出拳很慢，而且没有重击到我。没有伤到我，妈。我心里想如果他再来，我就闪开，用右拳出击。所以当他又挥出拳头，因为慢，我看得很清楚，我出拳对抗，并击中了他。我把他打倒了，妈，但并不是因为我撒野，而是因为我打得比他好。"

"但这些你和他们斗拳的纽瓦克孩子。他们跟你的朋友不一样。"她充满爱心地提起他在东奥兰治同年级的两名最有礼貌、最聪明的黑孩子的姓名，他们的确是跟他一起吃午饭、在学校里朝夕相处的伙伴。"我看见街上的那些纽瓦克孩子。那么粗野，"她说，"田径比拳击文明多了，对你更合适，科尔曼。亲爱的，你跑得多美啊。"

"他们有多粗野也好，或想象自己有多粗野也罢，都无济于事。"他对她说，"在街上起作用，但在场子里不。在街上那家伙说不定能把我打傻了。但在场子里？有规则的情况下？戴着拳套？不，不——他一拳都打不中。"

"但当他们真的击中了你怎么办？你会受伤的。撞击力。一定会的。那多危险。你的头。你的脑子。"

"你边打边转头，妈。就为这他们教你怎么转头。像这样，看见了？这减轻了冲撞力。有一次，只有一次，而且只因为我笨，只因为我愚蠢的错误，因为我当时不习惯和左撇子斗，我感到有点头晕。就像你头撞到了墙似的，感到有点晕或站不稳。但突然你身子复位了。你只需抓住对方或让开，随后你的头脑就清醒了。有时，你鼻子挨了一拳，眼睛有

人性的污秽　89

一秒钟湿漉漉的,仅此而已。如果你知道你在做什么,一点危险都没有。"

听到这句话,父亲感到听够了。"我见过有人给一拳打得从此不省人事。当那种事发生的时候,"西尔克先生说,"他们的眼睛可不会湿漉漉的——当那种事发生的时候,他们被打得咽了气。即使是乔·路易斯,如果你记得的话,都被打断了气——不是吗?我说错了吗?如果乔·路易斯可以被打得断了气,科尔曼,你也可以。"

"是啊,但爸爸,斯克默令,在他和路易斯第一次交手时看出一个破绽。那破绽是当路易斯挥拳时,他不是接着上——"孩子又站了起来,向父母演示他的意思,"他没有接着挥拳,而是放下他的左手——看见了?——于是斯克默令便不断进攻——看见了?——这就是斯克默令怎么把他打倒的。都是要动脑子的。真的,是这样的。爸,我向你发誓。"

"别那么说。别说'我向你发誓'。"

"我再也不会说了,不会了。但你要明白,如果他在回到位置后不再继续挥拳,如果他反而走到这儿,那么对方肯定要用右拳出击,最后打倒他。这就是那第一次发生的事。这恰恰就是当时所发生的。"

但西尔克先生已见过很多比赛,在军队里见过为部队在夜里举行的士兵间的拳击赛,参赛者不仅被当场打得咽了气,像乔·路易斯那样,还有的伤势严重,血流不止。在基地上他还见过有色人拳击手用头作为主攻武器,他们实在应当给脑袋戴上拳套,粗野的街道斗士,用头撞了又撞的蠢人,直到对方的脸不成人形。不,科尔曼必须激流勇退,如果他为了爱好而打拳击的话,他可以练习,但不在纽瓦克男生俱乐部,那个俱乐部在西尔克先生眼里是专供贫民窟孩子、文盲以及将与贫民区或监狱终生结缘的无赖消遣的地方。他可以就近在东奥兰治,在奇斯纳医生的管教下练习。医生曾是电业工人联合会的牙医,西尔克先生在生意倒闭前,也曾为工会成员配眼镜。奇斯纳医生仍然是牙医,但在先教犹太医生、律师和商人的儿子们拳击基本技巧几个小时后才行医。在他的班上,你大可放心,没人受伤退出或落下终生残疾。对科尔曼的父亲来说,犹太人,即使像分斯特曼博士那样厚颜无耻令人生厌的犹太人,都和印第安哨兵一样,是为外人引路,展示社会可能性,向一个有文化的有色人家庭演示成功之道的精明人士。

这就是科尔曼如何进入奇斯纳医生训练班,成为那些享受特权的犹太孩子所认识的有色人孩子——很可能是他们一生将认识的唯一一个有色人孩子的。很快地,科尔曼当上医生的助手,教那些犹太孩子基本功,而绝不是马克·马克罗恩教给他的王牌学生如何节约力气和动作的绝招,因为他们目前的水平也只能如此——"我说一,你出拳,我说一一,你挥两下。我说一二,左拳出,右拳挡。一二三,左拳出,右拳挡,左勾拳。"在其他孩子都回家以后——偶尔有孩子鼻子淌血需要敷药,从此不再来——奇斯纳医生单独训练科尔曼,有的晚上为增强他的耐力跟他集中进行近身殴斗,在殴斗中被拽,被拖,被击打,所以后来,与此相比,通常的拳斗成了小菜一碟。医生要求科尔曼在送奶人的马一大早拖着车来到街区送奶的时候就起床,到户外练长跑和击空拳。科尔曼五点钟出门,在寒风里穿着他灰色带帽的运动衫,下雪也在所不辞,在第一遍上课铃响之前,他已在外面待了三个半小时了。周围不见人影,没有人跑步,早在别人尝到跑步的滋味前他已快跑了三英里,一路挥拳,只是当他阴森森地深藏在修道服似的连帽衫里,冲刺前进,与送奶人擦肩而过时,为了不吓到那匹块头大、棕褐色、步履迟缓的老牲口,才稍停片刻。他不喜欢单调的长跑——可他一天都没间断过。

在分斯特曼博士到他们家向科尔曼父母提出请求前约四个月的光景,科尔曼有个星期六发现自己乘坐在奇斯纳医生的车子里驶往西点,医生将在那儿为一场军队和匹兹堡大学之间的比赛做裁判。医生认识匹兹堡的教练,想要教练看看科尔曼斗拳。医生肯定,以科尔曼的成绩,教练可以为他争取到上匹兹堡四年的奖学金,比他搞田径高得多的奖学金,他所需做的只是为匹兹堡队打拳。

确实,医生在路上并没有对他说要他告诉匹兹堡教练他是白人。他只是叫科尔曼不要对教练提起他是有色人。

"如果没有人问,"医生说,"你就别提。你既不是这也不是那。你是西尔基·西尔克。这就够了。就这么成交。"医生的口头禅:就这么成交。又是一句科尔曼父亲不准他在家里重复的粗话。

"他不会知道吗?"科尔曼问。

"怎么会?他怎么会知道?他究竟怎么会知道?来的是东奥兰治中学的优等生,又和奇斯纳医生在一起。你知道他会怎么想,如果他真的想什么的话?"

"怎么想?"

"你有那样的相貌,你和我在一起,他会以为你是医生的一个徒弟。他会以为你是犹太人。"

科尔曼从没把医生看作说笑话的高手——不像马克·马克罗恩,会讲纽瓦克警察的段子,但他对医生的这个说法大笑不止,然后提醒他:"我是要上霍华德的。我不能上匹兹堡。我必须上霍华德。"在科尔曼的记忆中,他父亲早已决心把他,三个孩子中最聪明的一个,送进历史悠久的黑人大学,和黑人知识阶层儒雅之士的享有特权的后代一起求学。

"科尔曼,为那家伙打拳。没别的。就这么成交。等着看会发生什么。"

除了和家人一道去纽约市受教育,科尔曼以前从没出过泽西,所以他先在西点到处闲逛,假装他是因为打算上西点才到西点来的。然后他为匹兹堡教练打拳,对手跟他在皮西厄斯骑士会斗过拳的那家伙非常相似——迟缓,那么迟缓,以至于科尔曼在几秒钟里就明白那家伙无论如何也不是他的对手,即使他已经二十岁,而且是大学拳击手。耶稣啊,科尔曼在第一回合结束时想,如果我一辈子将和这家伙比,我的战绩会比雷伊·罗宾逊更好。不仅是因为科尔曼比他在皮西厄斯骑士会作为业余拳击手上场时重了约七磅,而且是一种他甚至都讲不清的东西使他想做出往常不敢做的更具毁灭性的动作,在那天做出不只是赢场比赛的事。是否因为匹兹堡教练不知道他是有色人?是否因为他真正的身份完全是他个人的秘密?他的确对秘密情有独钟。那种没人知道你脑子里想些什么,爱想什么就想什么而别人无从得知的隐秘感。所有其他的孩子都整天哇啦哇啦吹嘘自己,但那并非威力之所在,也没有快感。力量与快感存在于它的反面,存在于对抗表白之中,正如你是个反击手一样,他明白这一点,无须别人多言,也无须自己多想。这就是为什么他喜欢打空拳,击打沙袋:为了其中的秘密。这也是他爱好田径的原因,但这个更好。有些人只是一味捶打沙袋。科尔曼不。科尔曼思索,与他在学校里或在赛道上所用的方法一样:把一切不相干的东西都排除出去,不让任何不相干的东西钻进来,一心一意只关注这一件事,题目,比赛,考试——不论必须掌握的是什么,一律成为这一件事。他能够在学习生物学时那样做,他能在冲刺时那样做,他能在拳击时那样做。不仅不受任何外部动静的干扰,任何内心活动也都置之度外。如果赛场上人群中有人冲他喊叫,他能充耳不闻;如果与之相斗的人是他最好的朋友,他也可以视而不见。比赛过后,他们有的是时间重修旧好。他设法强制自己无视感情,不论是恐惧、犹豫,甚至友谊——要有这些感情,但和他自己脱钩。比方说,当他打空拳时,不仅是全身放松,同时还设想有另外一个人存在,在脑子里和另外一个人进行一场秘密打斗。临赛时,即使另外那人完全是真实的——臭气熏天的、鼻涕满面的、汗流浃背的、正在眼前实实在在挥拳的,那家伙仍然无从得知你在想什么。没有一名教师要求得到对这个问题的答案。你对你在场上获得的答案秘而不宣,你通过各种方法使你的秘密大白于天下,唯独不经过你的嘴巴。

于是在魔幻般的、神秘的西点,在那个那天飘扬在西点旗杆上的旗帜的每一英寸仿佛都比他所见过的旗帜包含着更多的美国的地方,在那个军校学员铁面无情的面孔对他讲述着最强烈的英雄主义的地方,即使在那儿,在爱国主义的中心,在他的国家百折不挠的脊柱的脊髓,在那个他十六岁的幻想和官方营造的幻象完全吻合的地方,在那儿他所见到的一切都使他产生不仅对自己热烈的爱,而且对所见一切热烈的爱,似乎大自然中的一切都是他自己生命的体现——太阳、天空、山峦、河流、树木,正是放大百万倍的科尔曼·勃鲁托斯"西尔基·西尔克",即使在那里也没有人知道他的秘密,于是他在第一回合出场时,便一反常态,不像马克·马克罗恩手下不败的反击手,而是从一开始就施出浑身解数击打那家伙。往常当对手和他属于同一口径时,他得用脑子,但当对手很容易对付,而且科尔曼一眼就识破时,他出拳总是会更加凌厉。这便是在西点所发生的情况。不等你回头,他已经打伤那人的眼睛,那人的鼻子正在流血,他的拳头正接二连三地落在那人身上。这时从未发生过的事发生了。他挥出一个勾拳,似乎打入那人四分之三的身体。如此之深,他吃了一惊,但远不如匹兹堡队员的惊讶。科尔曼体重一百二十八磅,几乎是个不可能一拳将人打晕的年轻拳击手。他并没有认真拉开架势,以便挥出那凌厉的一拳,这一向不是他的风格;然而打在那人身上的一拳进入得如此之深,以致那人向前勾起身子,一名已有二十岁的大学拳击手,被科尔曼打成奇斯纳医生称之为"捧腹"的状态。就在捧腹中,就在那人蜷曲着身体时,科尔曼有一刹那以为那人会向上跃起,于是不等他跃起,不等他趴下,科尔曼上前再次用右拳猛击——在那白人倒地时,他眼里只看见一个他非要将他打得断气的人,但突然匹兹堡教练,比赛裁判,高声叫道:"住手,西尔基!"就在科尔曼举手准备挥出最后一下右拳时,教练抓住他胳膊,终止了赛事。

"那孩子,"医生在驾车回家的路上说,"那孩子也是个优秀拳手。但当他们把他拖到角落里去时,不得不告诉他比赛结束了。那孩子已经退到角落里去了,但还是不明白他是怎么被打中的。"

沉浸在胜利之中,沉浸在那最后一拳的神奇与狂喜之中,沉浸在愤怒的甜美泛滥的狂喜之中,这愤怒公开发作,不仅使他的手下败将而且也使他自己惊讶。科尔曼一面在脑子里再现比赛场景,一面说——几乎像是在睡梦中啜嚅,而不是在汽车里大声讲话——"我想我太快了,他来不及招架,医生。"

"没错,太快了。当然太快了。我知道你快,但又非常强壮。那是你挥出的最棒的勾拳,西尔基。我的孩子,你对他来说太强大了。"

是吗?真的强大吗?

他还是去了霍华德。如果不去,他父亲会——光用言辞,光用英语——杀了他。西尔克先生早就设想好了一切:科尔曼进霍华德,从医,在那儿遇见一个正派黑人家庭出身的浅色皮肤的女孩,结婚,安家立业,生儿育女,再将他们送入霍华德。在全黑人的霍华德,科尔曼智力和相貌上的巨大优势必将迅速将他送入黑人社会的最高阶层,使他成为大家永远景仰的人物。然而在他进入霍华德的第一个星期里,当他兴致勃勃地和同室,一个来自新布伦瑞克的律师的儿子,在周六外出参观华盛顿纪念碑,停在伍尔沃斯连锁商店买热狗时,他却被叫作黑鬼。他的第一次。他们不肯卖给他热狗。在华盛顿市中心的伍尔沃斯买热狗遭拒绝,出门被人叫作黑鬼,其结果并不能像他在赛场上那样,很容易地就将自己从情绪中超脱出来。在东奥兰治中学他身为毕业班致辞代表,在种族隔离的南方只不过是另一个黑鬼。在种族隔离的南方,不存在个体身份,即使对他和他的同室也不例外。绝不允许这类细微的差别存在,其撞击力是可怕的。黑鬼——指的是他。

当然,即使是在东奥兰治,他也没能逃过略微客气一点的,将他家以及小小的黑人社区与东奥兰治其他人在社交方面分隔的排斥形式——一切都源自他父亲称之为这个国家的"恐黑症"。而且他也知道,他父亲为宾州铁路公司工作,不得不在餐车里忍受侮辱和公司的歧视,不论加不加入工会,这远非科尔曼这名东奥兰治孩子所能想象的,况且他的

人性的污秽　　95

皮肤浅到黑人不能再浅的程度，天性开朗、热情、机敏，又碰巧是体育明星和全优生。他常看见父亲因为工作不顺心，下班回家后尽可能找事做以免发作。对那些不顺心的事，如果他想继续干下去，也只好逆来顺受，忍气吞声地说："是，先生。"浅肤色黑人受到的待遇要好些的说法并不一定是真的。"每当一个白人跟你打交道时，"他父亲总是告诫他家人，"不论他意图有多善良，他总会以为你存在着智力低下的问题。即使不直接用言词，他也会用面部表情，用语气，以他的不耐烦，甚至相反——以他的忍耐力，以他美妙的人道的表现——跟你谈话，仿佛你是个白痴，而倘若你不是，他就会非常惊讶。""出了什么事，爸？"科尔曼会问。但，出自厌恶，同样出自骄傲，他父亲极少明说。对他们点出要害以达到教育的目的就足够了。"所发生的事，"科尔曼母亲会解释，"你父亲认为重复一遍都有失他的身份。"

在东奥兰治中学，有的教师表现出科尔曼感觉到的偏心，他们对他的肯定与他们慷慨施予聪明白人孩子的赞赏相比，是有偏差的，但并没有达到阻挠他实现目标的程度。不论他遇到什么轻视或障碍，他都以跨越低栏的方式加以克服。即使只是为了假装坚不可摧，他也会将事态轻描淡写地打发过去，而别人，比如瓦特，就做不到或不愿那么做。瓦特是大学足球队员，功课上乘，肤色和科尔曼一样，作为黑人浅得有点反常，但他总显出愤世嫉俗的样子。比方说，当他没被请进一个白人孩子的家门，而被迫等在门外时，当他没受到邀请参加一个被他傻乎乎地当成好友的白人队员生日派对时，和他分住一间卧室的科尔曼就会接连几个月听他唠叨不停。当瓦特在三角学没得到他该得的 A 时，他直接跑到教师面前，站在那儿，冲着那人的白脸皮，说："我认为你犯了个错误。"教师查看记分册，又看过瓦特卷子上的分数后，回来找到瓦特，在承认错误的同时，还厚着面皮说："我不相信你的分数有那么高。"只有在说了这句话后才把 B 改成 A。科尔曼连做梦都不会想到请老师改分数，他也从来没有这个必要。或许因为他不具备瓦特怒发冲冠的倔强，或许因为他很幸运，或许因为他更聪明，在功课上出类拔萃，不用下瓦特那么大的功夫，他一开始就得了 A。七年级时，他没被邀请参加一个白人朋友的生日派对（而那孩子就住在街区尽头拐角处的公寓里，公寓管理人的小白人儿子，从幼儿园起就和科尔曼同出同进），科尔曼没有把那当作白人的歧视——在最初一阵莫名其妙之后，他把那看作迪基·瓦特金愚蠢的父母对他的排斥。当他教奇斯纳医生的班级时，他知道有孩子讨厌他，不喜欢被他碰上，或沾上他的汗水，偶尔会有个孩子退出——再一次，又是因为父母不愿让孩子接受来自一个有色人孩子在拳击或在任何方面的指导——然而，不像瓦特，瓦特对任何轻慢都耿耿于怀，科尔曼却最终能设法忘记，一笔勾销，或决定做出不计前嫌的样子。田径队里曾经有过一个白人运动员在车祸中受重伤，队员们争先恐后到他家献血，科尔曼也是其中之一，然而他的血却是那家人没有接受的。他们对他表示感谢，告诉他他们已有了足够的血，但他知道真正的原因是什么。不，并不是因为他不了解情况。他太机灵，不可能不明白。他跟许多纽瓦克白人运动员在田径赛上竞争，从巴林杰来的意大利人，从东区来的波兰人，从中部来的爱尔兰人，从威克瓦西来的犹太人。他看见了，他听到了——他偷听到了。科尔曼明白身边发生的事。但他同样知道此刻不在身边发生的事，那恰是他生活的核心。他父母的护佑，他六英尺两英寸半哥哥的保护，他自己内在的自信，他快乐的魅力，他跑步的本领（"奥兰治跑得最快的孩子"），甚至别人有时无法给他定位的肤色——所有这一切加在一起使得科尔曼忍受瓦特不能忍受的侮辱。另外还有性格的差异：瓦特就是瓦特，绝对是瓦特，而科尔曼绝对不是瓦特。也许没有比这更能解释他们不同的反应了。

但"黑鬼"——指他？这使他怒不可遏。然而除非他想引起更大的麻烦，否则只有走人，别无他法。这不是在皮西厄斯骑士会的业余拳击赛场。这是华盛顿特区的伍尔沃斯连锁商店。他的拳头派不上用场，他的脚力派不上用场，他的愤怒也同样无能为力。忘掉瓦特。他父亲会如

人性的污秽 97

何接受这个侮辱？每一天都在餐车上以某种形式接受诸如此类的侮辱！科尔曼以前从来没有意识到，尽管他聪明绝伦，他的生活一直受到多少的呵护，也没有测量出他父亲的毅力有多么坚韧，或明白父亲是股多么强大的威力——强大并不因为是他父亲。终于他看清了父亲所必须承受的一切。他也看清了父亲的无助。以前他很天真，以为西尔克先生处处表现得盛气凌人，不苟言笑，有时令人不堪容忍，定是个刀枪不入的铁人。但因为有人终于，虽然晚了些，当面叫科尔曼黑鬼，才使他最终认识到父亲原来是为他抵挡非同寻常的美国威胁的巨大屏障。

  但这并没有使得他在霍华德的生活有丝毫的改善。尤其是当他开始与他同室的孩子相比时，他都感到自己身上存在着某种黑鬼的东西，他们有着各色各样的新衣服穿，口袋里有的是钱花，夏天不必在家乡炎热的街道上溜达，而是去"营地"——并非泽西乡间的童子军营，而是高档游乐场，他们在那里骑马，打网球，演戏。究竟什么是"沙龙舞"？高地海滩在什么地方？这些孩子到底在谈些什么？他是一年级浅肤色中肤色最浅的学生之一，甚至比他茶色同室还要浅，但他好像是最黑的、最倒霉的农工，尽管他们都知道他不是。他从入学第一天起就痛恨霍华德，不出一星期，痛恨华盛顿，所以十月初当得知父亲在从费城三十街车站开往威尔明顿的宾州铁路餐车上伺候乘客用餐的过程中突然倒地身亡时，科尔曼回家奔丧，他告诉母亲他跟那所大学玩完了。她请求他再给它一个机会，告诉他肯定还有和他一样来自贫困家庭的学生，像他一样领取奖学金的孩子，可以相处交友，但不论他母亲说什么，再正确，也改变不了他的想法。只有两个人可以在他下决心后让他改弦易辙，他父亲和瓦特，即使他们也只有在几乎摧垮他的意志时才能做到。但瓦特正跟着美军驻扎在意大利，而科尔曼不得不按指令行事才能与之和解的父亲已不在身边以洪亮的嗓音下达任何命令了。

  当然他在葬礼上哭了，而且知道有一件多么巨大的东西被突然夺走了。当牧师朗读《圣经》上的材料之后，又从父亲最心爱的莎士比亚戏剧集——那本特大号有着松软皮封面的书,科尔曼小时候一看见它总要联想起长耳可卡犬——选读《居里厄斯·恺撒》的片段时,儿子对父亲的威仪感到前所未有的震撼:他恢宏的抑扬顿挫,对于那种恢宏,身为刚离开东奥兰治狭小家园仅一个月的一年级大学生,科尔曼开始依稀辨认出其中的真谛。

> 懦夫在死亡之前已经死亡过多次;
> 勇士一生却只尝到一次死的滋味。
> 我所听到的所有异象中,最使我
> 奇怪的却是人们看到死亡来临,
> 居然会感到害怕,这死亡原是
> 必然结局,说来就来。

牧师吟诵"勇士"一词时,将科尔曼企图保持清醒、冷峻和克制的男子气的努力涤荡一空,暴露出一个孩子回到他永远也无法再见的最亲的人身边的渴望,那大气磅礴的、秘密受难的、谈吐流利恢宏、只用言辞的威力就在潜移默化中使他向往伟大的父亲。科尔曼以最原始的、最深厚的感情痛哭流涕,无可奈何地缩减成他不屑一顾的小不点。少年时他向朋友抱怨父亲,总爱以比他实际感到的或能够感到的要多得多的蔑视描述他——假装以不带感情色彩的方式评判自己的父亲好像又是一个为创造并拥有坚不可摧的美誉而设计出来的方法。但失去父亲的约束和界定却使他感到好像不论朝哪个方向看,所看到的钟,以及所有的表,都统统停止了转动,以致无法确定当下的时间。那天傍晚他到达华盛顿,走进霍华德,过去是父亲不由分说地为科尔曼策划未来,现在他不得不自己决定,前景是可怕的。然而,并非如此。可怕的、吓人的三天过去了。可怕的一周,两周,过去了。突然,它从天而降,振聋发聩。

"人的命运/决定于万能的神明,有谁能够逃避?"也是《居里厄

人性的污秽 99

斯·恺撒》中的诗行，父亲引用给他听的，然而直到父亲进了坟墓，科尔曼才愿意洗耳恭听——当耳边回响起这些词句时，他立刻将它们的意义提升到新的高度。这是由万能的神有意安排的！西尔基的自由。那个原始的我。充当西尔基·西尔克的一切精妙。

在霍华德，他发现他不仅是华盛顿特区的黑鬼——似乎这给他的打击还不够大，他在霍华德也还是个黑人，而且是个霍华德的黑人。一夜之间原始的我变成了牢不可破的我们中的一分子，他不愿和这个身份或随之而来的下一个压迫性的我们沾亲带故。你最后离开了家，我们中的稀有金属，却找到另外一个我们？跟那个一模一样的地方，那个地方的替代品？在东奥兰治长大，他当然是个黑人，很大程度上属于他们约有五千人左右的小社团，但拳击，跑步，学习，在他全力投入并大获成功的一切之中，在他独立漫游整个奥兰治以及有或没有奇斯纳医生的陪同越过纽瓦克的边界时，他，想当然地，还是其他的一切。他是科尔曼，伟大的先锋中最伟大的那个我。

随后他去了华盛顿，在第一个月里他成了黑鬼，别无其他，他又成了黑人，别无其他。不，不。他看见命运等待着他，可他却并不拥有它。根据直觉抓住了它，却又自发地退缩了回来。你既不可以让大的他们将大的偏执强加于你，也不可以让小的他们变成一个我们，将它的伦理强加在你身上。绝不接受这个我们的专制，以及我们的说教和我们要压在你头上的一切。永远也别想要他接受这个死命地将你吮吸进去的专横的我们，这个诱骗性的、无所不包的、历史悠久的、无从脱逃的、满口道德经的、以阴险狡诈的合众为一[1]为特征的我们。既不是伍尔沃斯的他们，也不是霍华德的我们。而是具备一切灵动性的原始的我。自我发现——这便是造成捧腹状的那一拳。特立独行。为争取独特性而进行的满怀激情的斗争。特立独行的动物。滑动的人际关系。不是静止的而

---

1 原文为拉丁语，E pluribus unum，美国国徽上的格言之一。

是滑动的。自我了解,却秘而不宣。还有什么比这更强大?

"留心三月十五日。"滚蛋——什么也别顾忌。自由。随着两大防护墙的消失——大哥在海外,父亲死了——他重新充电,自由自在地想当什么就当什么,自由自在地追求最高的目标,他骨子里有信心当自成一品的我。自由到他父亲无从想象的地步,自由得正如他父亲不自由一般。自由得不仅摆脱了他父亲,而且摆脱了他父亲不得不忍受的一切。强迫,羞辱,阻挠,内伤和痛苦和故作姿态和羞耻——所有内心饱尝的失败及挫折的煎熬。而是自由地走上大舞台。自由地勇往直前,成就大事业。自由地上演无拘无束、自我导演的有关代名词我们、他们和我的大戏。

战争仍然在继续,除非明天一早结束,否则他无论如何都会应征入伍。如果瓦特在意大利跟希特勒作战,他为什么不也去打那个杂种呢?现在是一九四四年十月,他离十八岁还差一个月。但他能够很容易谎报年龄——把生日向前推一个月,从十一月十二日推到十月十二日,不会有任何问题。在他忙于应付母亲的悲伤以及对他退学的惊讶时,他并没有立即想到,如果他愿意,也可以照样谎报自己的种族。可以随心所欲地玩肤色这张牌,任意选择人种。不,他没有想到,直到他坐在纽瓦克联邦大楼里,对着摊开在面前的所有入伍表格,在动手填写之前,仔细地,如同当年研究中学考卷一样认真地——仿佛不论他手头做的是什么,不论事大事小,在他聚精会神的整个过程中,那便成为世界上独一无二的头等大事——通读一遍时。即使在那时,他也没有想到。当这念头第一次闪现在他心头时,他的心开始怦怦乱跳,仿佛一个处于首次犯大罪边缘的人。

一九四六年,科尔曼退役。欧内斯廷当时已考入蒙特克莱尔州立师范学院的初级教育专业,瓦特在蒙特克莱尔州立学院读毕业班,两人都和他们的寡妇母亲住在家里。但科尔曼决心独居,靠自己生活,住在河对面的纽约,进入纽约大学。较之于纽约大学,他更想住在格林尼治村;较之于为学位苦读,他更想当诗人或剧作家。但他所能想到的既不用找工作养活自己,又能实现理想的最便捷的门路,便是接受政府的军人补助金。但他一开始上课,成绩全优,越来越有兴趣时,问题就来了,不等二年级结束,他已经转入通往全美优等生联谊会的跑道,并为获得古典文学荣誉学位而摩拳擦掌。他敏捷的思维和惊人的记忆力以及课堂上的应对自如使得他在学校的表现一如既往地突出,结果他来到纽约最想做的事却被身边所有的人认为他应当做、鼓励他做、羡慕他做得如此辉煌的专业所替代。这似乎成了一种模式:因为他学业上的功力,不断被别人所吸纳。当然,他可以受之无愧,甚至感到喜悦,那种以超然脱俗的态度做个世俗人的愉悦,但这毕竟不是他所心仪的东西。他在中学时代便是拉丁语和希腊语的奇才,而当他想参加金手套大赛时却得到霍华德奖学金;现在他又成为大学的奇才,可是他的诗作在拿给教授看时却没有点燃任何激情的火花。起初他继续长跑,练习拳击,纯粹是为了兴趣,直到有一天在体操房有人叫他到圣尼克竞技场打一场四回合的比赛,以三十五美元的报酬替代一个被拖下去的拳击手,他接受了,主要是为了弥补失去金手套的机会,结果却令他喜出望外,秘密地成为职业拳击手。

这样他便有了学校、诗歌、职业拳击,还有女孩子,懂得如何走路、如何着装、如何摆动裙子的女孩子,和他从旧金山复员转业中心前往纽约途中所想象的别无二致的女孩子——懂得如何恰到好处地把格林尼治村的街道和华盛顿纵横交错的人行道派上用场的女孩子。在一些春暖花开的下午,在整个战后凯旋的美国,更不用说在中古世界里,都难以找到比行走在他前面的女孩的那双美腿更具吸引力的东西了。他并非是从战场回来后唯一沉溺于此的男子。那个年头对聚集在格林尼治村咖啡馆和露天餐馆浏览报纸或下棋的纽约大学的退役军人而言,没有比鉴赏过往女人的美腿更为引人入胜的娱乐项目了。谁都说不出所以然,不论从社会学角度或别的什么角度,那年头是伟大的美国性感大腿时代,每天至少有一两次,科尔曼尾随其中一双走过一个又一个街区,为了不至于看不清它们怎么移动,是什么线条以及在街角信号灯由绿转红站定时,又是怎么个模样。当他估计时机成熟了的时候——已尾随得足以想好用词,同时又情欲难耐了——便加快步伐,追上去。当他开口讲话,赔着笑脸请求被允许走在她身边,并询问她的芳名,逗她发笑,让她接受约会时,实际上,不论她知情与否,是在向她的美腿提出邀约。

而女孩子们,反过来,也喜欢科尔曼的腿。斯蒂娜·帕森,来自明尼苏达的十八岁少女,甚至写了一首诗献给科尔曼,其中就提到他的腿。诗写在一张笔记本格子纸上,落款是"斯",折成四方形,塞进他在地下室的房间楼上铺地砖门廊的信箱。当时距他们第一次在地铁站调情已有两个星期,是他们第一次二十四小时马拉松式约会的周日后的星期一。科尔曼已赶去上早课,而斯蒂娜还在浴室里化妆;几分钟后她自己也得动身上班,却在走之前赶写了那首诗,尽管他俩在前一天都自觉地表现出旺盛的精力,她还是感到不好意思当面交给他。因为科尔曼的日程表催他马不停蹄地从课堂到图书馆,接着又在晚间跑到唐人街的一个破烂赛场去锻炼,所以那天夜里直到十一点半他回到萨利文街时,才发现露出信箱口的诗。

> 他有个身体。
> 他有个美丽的身体——
> 他腿后以及脖子后的肌肉。
>
> 而且他聪明又鲁莽。
> 他比我大四岁,
> 但有时我觉得他更年轻。

他很甜，安静，又浪漫，
虽然他说他不浪漫。

对于这个人我几乎是危险的。

我说得出多少
我在他身上见到的东西？
我禁不住要问他在将我
囫囵吞下之后做什么。

就着门廊昏暗的灯光他急促地读着斯蒂娜的手迹，起初他将"脖子"误认作"黑人"——和他黑人的脊背1……他黑人的什么？在此之前，他曾经惊讶于那是一件多么容易的事。那件被认为是困难的、羞耻的或毁灭性的事不仅易如反掌，而且并无严重后果，无须付出任何代价。但此时此刻他汗如雨下。他继续读着，比原来更快，但字与字却组合不成意思。他的黑人什么？他们一天一夜都是赤条条地腻在一起，大多数的时间里即使分开也不超过一两英寸。自他不再是婴儿以来，除了他自己，没有第二个人曾经在这么长的时间里研究过他身体的结构。既然她颀长苍白的身躯，他没有一处不仔细观察了，没有一处她隐瞒了，没有一处他现在不能以画家的意识，恋人激动的、仔细的品鉴家的眼光，描绘出来，既然他一整天都不仅被他想象中的她叉开的双腿，而且被她在他鼻孔里的存在所刺激，那么可以推断他的身体也没有一处没有被她以显微镜似的目光所观察，在那无处不铭刻着自我进化特点的表面上，在他作为一个独特个体的男儿身上，没有一样东西，他的皮肤、毛孔、唇髭、牙齿、双手、鼻子、耳朵、嘴唇、舌头、双脚、睾丸、血

---

1 科尔曼将诗句里的"脖子（neck）"误认作"黑人（negro）"，进而把"脖子后（the back of his neck）"看成了"黑人的脊背（the back of his negro）"。

管、阴茎、腋窝、屁股、缠结的阴毛、头发、躯体上的茸毛，在他笑、睡、呼吸、移动、散发的气息里，以及在他达到高潮时痉挛的抽搐中，没有一样东西没有被她记录在案。记住了。考虑了。

是否是那个行为本身所起的作用，它绝对的亲密性，当你不仅进入另一个人的躯体，而且被她紧紧包裹？或是因为裸体的缘故？你脱去衣服，和一个人躺在床上，那的确是你所隐瞒的一切，以及你的特征，不论是什么，不论如何包装，终将被发现的地方，因此才会产生羞涩，引得人见人怕。在那无政府的疯狂的状态下，我身上有多少东西被看见了，有多少东西被发现了？现在我知道你是谁了。我清清楚楚地看穿了你，通过你黑人的脊背。

但怎么发现的，根据所看见的哪样东西？会是什么呢？是否只有她看得见？不论是什么，因为她是个金发碧眼的冰岛荷兰人，是源远流长的金发碧眼冰岛人和荷兰人，斯堪的纳维亚人祖先的后代，不论在家里、学校里、教堂里，在她一辈子与之交往的伙伴中都只……突然科尔曼认出诗中那个字由四个，而不是五个字母组成。她所写的并不是"黑人"。而是"脖子"。哦，我的脖子！只是我的脖子！……他腿后以及脖子后的肌肉。

那么这句又是什么意思："我说得出多少/我在他身上见到的东西？"究竟是什么使得她在他身上所见到的东西显得如此模棱两可？如果她用的是"辨别出"而不是"说得出"，会不会明白一点呢？或使意思更为含糊？他越钻研那简单的诗行，意思就变得越晦涩——意思越晦涩，他就越肯定地认为她已明确地感到科尔曼给她的生活带来了什么问题。除非她写的"我在他身上见到的东西"的意思跟怀疑论者常挂在嘴边，用来质询坠入爱河的人"你究竟在他身上看中什么了？"同义。

那这个"说"字又作何解释呢？她对谁说呢？她用"说"指"理解"——"我能理解多少"等等。不然她是否想说揭露，或暴露？"对于这个人我几乎是危险的"又是什么意思呢？"对于……是危险的"是

人性的污秽　　105

否不同于"对……造成危险"？不管哪种说法，危险何在？

每次他企图深究她的寓意，每次都捉摸不透。站在门廊里度过疯狂的两分钟后，他能够肯定的只有他的恐惧。而这使他非常惊讶——如同科尔曼一贯的作风，他的疑窦令他吃惊的同时，也让他感到羞耻，从而发出 SOS 求救信号，对自我警惕拉响不得松懈的警铃。

聪明，活泼，美丽如斯蒂娜，只有十八岁，刚从明尼苏达的弗格斯福尔斯来到纽约，然而他却感到她——及其几乎难以置信的毫不含糊的金色，比他在拳击场上所遇见过的任何人都更具威胁性。甚至只有那晚在诺福克妓院，当那女人——一个大奶头、肥胖、多疑的妓女，并不完全丑陋，但肯定不中看（也许她本人有三十五分之二的东西不是白的）——躺在床上看着他动手脱军装时，刻薄地笑着说："你是个漆黑的黑鬼，是吧，小子？"说着便唤来两名打手把他撵了出去，只有那晚，他的狼狈才能和读斯蒂娜诗行时的狼狈相比拟。

> 我禁不住要问他在将我
> 囫囵吞下之后做什么。

即使这他也看不懂。趴在房间里的书桌上，他和这最后一段似是而非的含义一直较量到清晨，找出又放弃一个接着一个复杂的阐释，直到天亮，他所能肯定的是斯蒂娜，令人销魂的斯蒂娜，在他心里所留存的一切，已化作袅袅轻烟，随风飘走了。

大错特错。她的诗没有任何含义。甚至都不算诗。在她自己思维紊乱的压力下，支离破碎的心得、粗糙的想法，统统乱七八糟地在淋浴时涌入她的脑海。于是她从他的一本笔记本里撕下一张纸，在他书桌上随手写下脑子里蹦出的随便什么字眼，然后往邮箱一塞，便赶去上班了。那些诗行只是她做的一件事——她必须做点什么，因为她难以言表的晕头转向的强烈新鲜感。诗人？不沾边，她笑起来：只是一个刚跃过火圈的人罢了。

　　他们有一年多的时间在他的床上共度周末，互相吞噬对方，如同单独囚禁的犯人疯狂吞食他们每日定量的面包和水一样。她在一个星期六的晚上站在他的两用沙发末端只穿着短衬裙跳的舞让他大吃一惊——也让她自己大吃一惊。当时她正在脱衣服，无线电开着——辛伏尼希德的作品。但首先让她启动，进入情绪的却是放送的贝西伯爵和一组爵士乐手即席演奏的《小姐乖乖听话》，野性十足的现场录音唱片。随后，又是格什温，阿蒂·肖改编的，罗伊·埃尔德里奇将一切都变得火辣辣的主打歌《我爱的人儿》。科尔曼斜靠在床上，正做着他周六晚上在他们最喜欢的十四街地下室餐馆享用过价值五块钱的基安蒂红葡萄酒、通心粉和卡诺里卷后回到家后最爱做的一件事：看着她脱衣服。突然，并没有受到他的任何暗示——似乎只因为听着埃尔德里奇的小号，她开始跳起科尔曼喜欢描述的一个在纽约待了不到一年的弗格斯福尔斯姑娘所跳过的最为妖娆的舞蹈。她能用那个舞把格什温本人从坟墓中惊醒，还有她那样唱的那首歌。随着一个有色人号手吹奏的犹如黑人单恋情歌似的歌曲，她翩翩起舞，通体白色的威力一览无余。那白色的庞然大物。"有一天他会来到我身旁……我爱的人儿……他会又强大又结实……我爱的人儿。"词句毫无惊人之处，连大多数天真的一年级学童都可随口编造，但当唱片放完以后，斯蒂娜用双手捂住脸，半真半假地表示羞怯。这个动作并没有起到任何保护作用，更不用说让他稍许克制，反而使他欣喜若狂。"我在哪儿找到了你，瓦露塔？"他问，"我是怎么找到你的？你是谁？"

　　就在那个时期，在那最为晕头转向的日子里，科尔曼放弃了晚上在唐人街健身房的锻炼并且缩短了他清晨五英里的跑步。最后，对自己变成职业拳击手一事也无论如何严肃不起来了。他已赢了满满四场职业赛，包括三场四回合赛，以及，在决赛中，他打了一场六回合赛，全部都是在老圣尼古拉斯竞技场举行的星期一晚间赛。他从没告诉过斯蒂娜

人性的污秽　　**107**

有关拳击比赛的事，也从没告诉过纽约大学的任何人，当然更没对他的家人吐露过半个字。在最初几年的大学生活里，这是又一个秘密，即使他在赛场上打拳用的是西尔基·西尔克的名字，而圣尼克赛场的比赛结果，第二天还会用小号字加花边醒目地刊载在各种小报的体育版上。从他第一场三十五美元四回合赛事的第一回合的第一秒钟起，他以职业拳手的身份进场的态度便与他业余时期的大不相同了。并不是说他作为业余拳手时曾经想输过。但作为职业拳手，他付出双倍的努力，哪怕仅仅为了向自己证明只要他愿意便有能力在那里站住脚跟。没有一场比赛比完全程，在最后一场比赛上，六回合的那场——对手是对阵表上的头牌波·杰克——他得了一百美元，只在两分几秒的时间里就把那家伙了结了，而且赛后一点都不感到累。当他沿着过道去迎击这场六回合赛时，必须走过场边比赛承包人索利·塔巴克的座位，在此之前，后者已经在科尔曼眼前晃动过一份合同，如果科尔曼签字的话，可以在以后的十年中得到他净赚的三分之一。索利拍拍他屁股，以他有力的耳语声关照他说："在第一回合测试一下那黑鬼，看看他有什么本事，西尔基，让观众觉得花钱买票不亏。"科尔曼对塔巴克笑着点点头，但在走上台时，心里却想，滚你的。我才赚一百块钱，我会让那家伙打我，让观众觉得花钱买票不亏？我该给坐在第十五排的什么人弄出点挨打的丑态当回扣？我一百三十九磅，五英尺八英寸半，他一百四十五磅，五英尺十英寸，而要我让他在我头上多打四拳、五拳、十拳，纯粹为了逗乐子？滚你的蛋。

比赛结束后，索利对科尔曼的行为不满意。他感到他在耍小孩子脾气。"你可以在第四回合了结那黑鬼，而不是在第一回合，让观众觉得花钱买票不亏。但你没有。我很客气地要求你，可你不照我的要求做。为什么，聪明的家伙？"

"因为我不跟黑鬼调情。"这就是他说的，这位纽约大学古典文学本科生，死去的验光师、餐车侍应、业余语言学家、语法学家、教育家的儿子,莎士比亚·克莱伦斯·西尔克的学生,本身曾荣获毕业班致辞代表的身份。他就是这样固执,他就是这样有城府——不论他从事什么工作,他都是这样不讲情面,这个从东奥兰治中学毕业的有色人孩子。

为了斯蒂娜的缘故,他结束了拳击生涯。不论他如何曲解她诗行的含义,他坚信使得他们性欲居高不衰的神秘威力——他们变成脱缰野马似的恋人,以至于斯蒂娜以新手的身份在自我赞叹、自我解嘲时用中西部人的风格为他们俩提炼出一个标签"两个精神病例"——终将有一天成功地帮助他当着她的面把自己的身世一吐为快。那会在什么情况下发生,他不得而知,将如何防止它发生,他也不得而知。但拳击对解决问题有百弊而无一利。她一旦发现有关西尔基·西尔克的事,问题便会接踵而至,最后将不可避免地导致她发现真相。她知道他在东奥兰治有个母亲,是注册护士,每周必上教堂做礼拜,有个哥哥,刚开始在阿斯伯里园教七年级和八年级,还有一个妹妹正在蒙特克莱尔州立大学毕业班念教师资格证,每个月有一个星期日他在萨利文街床上的活动得缩短时间是因为东奥兰治有顿饭等科尔曼回去吃。她知道他父亲曾是个验光师——仅此而已,一个验光师,还有他老家在佐治亚。科尔曼十分谨慎,不让她有任何理由对他告诉她的话产生怀疑,当他永远放弃拳击后,连那个谎也不需要说了。他对斯蒂娜没有撒过谎。他不过是遵照奇斯纳医生那天在他们驱车往西点去的路上交代他的话行事(而那已使他在海军顺利服役):如果没有人问,你就别提。

他请她到东奥兰治吃星期天正餐的决定,如同他现在所有其他的决定一样——甚至包括在圣尼克以把对手在第一回合就击倒的方式一声不吭地对索利·塔巴克说滚你的蛋的决定——都是依据他自己的想法,而不是任何别人的。他们相遇已将近两年了,斯蒂娜二十岁,他二十四,他已不再能够想象自己走在第八街上身边没有她,更不要说继续活下去身边没有她。她日常轻松的随波逐流的外表,与她周末放纵的激情相结合——全都由一种身体发出的炽烈的光所融合,一种少女的、美国闪光灯似的灿烂,几乎具有伏都教的魔力——已经征服了诸如科尔曼那样无情的独立不羁的意志:她不仅使他与拳击以及被包裹在西尔基·西尔克身份之中的战无不胜的次中量级职业拳手对长辈的抗争脱钩,而且使他摆脱了对任何其他女人的欲念。

然而他却不能告诉她他是个有色人。他耳边回响着那句不得不说的话,那句话必将使一切都显得比实际情况还要糟——必将使他显得不如实际上的他。如果他这时就让她自己想象他的家人,她脑海里出现的图像肯定会和他们实际的样子大相径庭。因为她连一个黑人都不认识,她会根据电影里所见的或从无线电收听的或道听途说的笑话加以想象。他知道她并不偏执,而如果她能和欧内斯廷、瓦特及他母亲会面的话,她会立刻看出他们是多么世俗,他们碰巧跟她只想离得越远越好的弗格斯福尔斯一样注重令人厌烦的体面礼节。"别误解我的意思——那是个可爱的城市,"她慌忙向他解释,"很美的城市。非同凡响。弗格斯福尔斯,东面有奥特泰尔湖,离我家不远有奥特泰尔河。我认为它比那一带别的差不多大小的城镇要摩登一些,因为它就在南边,在法戈-穆尔黑德的东面,法戈-穆尔黑德是这个国家在那个地区的大学城。"她父亲开一间五金用品店,还拥有一个小小的木材加工场。"一个势不可挡、巨人似的、令人目瞪口呆的人物,我父亲。硕大无朋。像一大块火腿。他能在一个晚上喝干你酒桶里所有的酒,不论什么酒。我简直不能相信。我现在还是不相信。他就这么独断专行。有一次他对付一个机器部件时,小腿划开一道裂口——他让它去,连洗都不洗。他们都像那样,冰岛人。推土机类型的。有趣的是他的个性,让人叹为观止的人物。我父亲跟人交谈起来,整个房间就只听见他一个人的声音。他并不是唯一的。还有我帕森祖父母。他父亲是那样的人。他*母亲*也是那样的人。""冰岛人。我都不知道你叫他们冰岛人。我都不知道他们在美国。我对于冰岛人一无所知。他们什么时候,"科尔曼问,"来到明尼苏达的?"她耸耸肩,然后笑了。"问得真好。我想说是跟着恐龙来的。似乎真是那样。""那他就是你想逃避的人?""我想是的。做那种成天大叫大嚷的人的女儿真是太难了。他好像把你一股脑儿都淹没了似的。""那你母亲呢?他把她淹没了吗?""那是家里丹麦的一边。名叫拉斯穆森的。不,她可是淹没不了的。我母亲非常讲求实际,绝对淹没不了。她家的特点——我认为也不是她一家的特点,我想丹麦人都那样,挪威人在这方面也没有区别——是只对东西感兴趣。各种各样的东西。桌布。碗碟。花瓶。他们无了无休地谈论每样东西的价格。我母亲的父亲也这样,我拉斯穆森外公。她一家子。他们心里没有梦想。他们身上没有一点不切实际的东西。一切都是由实实在在的东西构成的,这些东西卖多少钱,可以付多少钱买到手。她走进别人家里,审视所有的摆设,知道其中一半的来历,告诉他们到什么地方买花的钱更少。还有衣服。每一件。照章办事。实惠。所有的人无一例外,赤裸裸的实惠。节省。极度节省。清洁。极度清洁。就连我放学回家可能会在一个指甲下留着的吸墨水时沾上的一星星墨水迹,她都不会放过。她要是星期六晚上请客,星期五晚上五点钟左右就摆好餐桌了。一样不少,每只酒杯,每件银器。随后她将一块薄纱似的东西往上一盖,防止出现任何灰尘痕迹。一切都井井有条。烹饪手艺堪称绝顶,你要是能对哪道菜的香料或盐或胡椒有意见,我就服了你。或者随便哪种味道。这就是我父母。我特别不能跟她刨根问底。不管是什么。一切都流于表面。她将样样东西摆弄得有条不紊,而我父亲将样样东西弄得落花流水,这样我长到十八岁,从中学毕了业,就上这儿来了。因为如果我到穆尔黑德或北达科他州立大学读书我就还得住在家里,我说大学见鬼去吧,就来到了纽约。所以瞧,我在这儿,斯蒂娜。"

她就是这样向他解释她是谁,从什么地方来,以及为什么要离家出走。可是在他那方面就没有这么简单了。以后吧,他对自己说。以后——等到他能做出解释的时候,等到他能要求她理解为什么他拒绝让自己的前程被种族这个专制的牌号加以不公正限制的时候。如果她平心

人性的污秽　　**111**

静气地听他把话讲完，他有把握可以让她明白为什么他宁可将自己的前途攥在自己的手里，而不是把命运交由一个愚昧的社会任意处置——在这个《解放黑奴宣言》发表八十多年后的社会里，偏执狂们碰巧发挥的作用过于巨大而不适合他的胃口。他会让她明白他决定冒充白人并没有错，任何具备他的相貌、性情和肤色的人都会自然地做出这个选择。他自童年起所向往的，就是自由：不当黑人，甚至不当白人——就当他自己，自由自在。他不想以自己的选择侮辱任何人，也不企图模仿他心目中的任何一位优等人物，或对他的或她的种族提出某种抗议。他知道，在循规蹈矩的人眼中，世上的一切都早有安排，都是一成不变的，他们永远也不会认为他做得对。但，不敢越雷池一步，固守正确的界限，向来不是他的目标。他的目标是决不将自己的命运交由一个敌视他的世界以愚昧和充满仇恨的意图主宰，而必须在人力所能为之的范围内，由他自己的意志决定。为什么要以任何别的条件接受生活呢？

他将这么对她说。她会不会觉得一派胡言，就像为推销伪劣产品大肆自吹自擂的谎言？除非她先见到他的家人——猛然面对事实：他和他们一样都是黑人，他们不是她想象的那种黑人，他也不是。说那些话或任何别的话都只会让她觉得又是一种欺瞒。在她坐下来和欧内斯廷、瓦特，以及他母亲一起吃饭，听他们每个人在一天的时间里轮流相互说些安慰鼓励的客套话之前，他对她所做的任何解释都会显得是自我标榜、自我美化、自我辩白的弥天大谎，文过饰非的夸夸其谈，那种虚假不仅在她的眼里，就是在他自己的眼里都是耻辱。不，他不可以说那些鬼话。有失身份。如果他要一辈子跟这姑娘在一起，他现在需要的是勇气，而不是卖弄辞藻，花言巧语的哄骗，像克莱伦斯·西尔克所做的那样。

在斯蒂娜拜访他家人的前一个星期里，虽然他没有关照任何人，自己却以赛前聚精会神做思想准备的方式准备停当，当他们在那个星期天在布里克教堂站走下火车时，他甚至默念起他总是在比赛铃响之前几秒钟里半神秘地念叨的咒语:"任务,只有任务。和任务结为一体。别的不让进来。"唯有那样做了以后,他随着铃声从角落里冲出来——或者在这里,走上通往大门的台阶——时,才加上了普通大兵的战斗号令:"动手干。"

西尔克一家自一九二五年科尔曼出生前就住在他们独门独户的房子里。当他们刚来的时候,街上其他的住户都是白人,卖给他们这幢小小的木板房的夫妇由于对邻居恨得咬牙切齿,才决心把房子出售给有色人,以此表示对邻居的蔑视。但私房住户没有任何人因为他们家搬了进来而逃跑的,即使西尔克夫妇从不跟邻居交往,住在通向圣公会教堂和教区长住宅的那段街上的每个人都对他们和和气气的。虽然教区长几年前刚上任的时候,靠在圣坛上,用眼睛扫视了一下四周,看到有不少属于英国国教的巴加人和巴巴多斯人在场——其中许多是东奥兰治有钱白人家的佣工,他们是岛民,知道自己的身份,坐在后排,以为已被接受。在开始他第一个礼拜天的布道前,他说:"我看见我们中间有些有色人家庭。我们得对这件事采取措施。"可是邻居们依然和和气气的。在请示过纽约神学院后,教区长设法超越教会基本法规,将为有色人种举办的礼拜仪式和周日学校开办到他们的家里。后来,中学的游泳池也关掉了,白人孩子从此不必和有色人孩子一起游泳了。这个大泳池多年来用于上游泳课和训练游泳队,是体育教程的一部分,但既然雇用黑人孩子父母——当女佣、马夫、车夫、园丁和场地工——的白人孩子父母提出异议,游泳池的水只得被抽干,用东西覆盖起来。

泽西这个四平方英里、人口不满七万的巴掌大的居民区小镇,在科尔曼青年时代和全美国一样,存在着种种被教会神圣化、被学校合理化的严格的阶级和种族的区分。但在西尔克家所在的安静的绿荫夹道的小街上,普通人不必对上帝和政府亦步亦趋,倒是愿意维持社区人性化,以免游泳池和别的一切遭受不纯洁思想的污染,因此邻里基本上对特别体面、浅色皮肤的西尔克一家——黑人,没错,但,用一个科尔曼幼儿园小伙伴通情达理的母亲的话来说:"他们的肤色非常讨人喜欢,很像蛋奶酒。"——相当友好,甚至上他们家来借工具,或借梯子,或当车子发动不起来的时候主动过来帮忙查找原因。可是街拐角的大公寓里直到战前还住的全是白人。后来,在一九四五年后期,当有色人——主要是专业人士,包括教师、内科医生、牙医的家庭——入住街道属于奥兰治的一端时,每天都有一辆搬家公司的卡车停在公寓外面,仅在几个月里半数白人家庭就不见了踪影。但事态很快平息下来,虽然公寓主人开始租房给有色人,以维持开销,留在附近的白人一直等到有了并非恐黑症的理由才离开。

动手干。他拉响门铃,推开大门,大声招呼:"我们来了。"

瓦特那天不能从阿斯伯里园赶来,从厨房走进门厅的是他母亲和欧内斯廷。瞧,这是他女朋友,上他们家来了。她可能符合也可能不符合他们的想象。但科尔曼母亲没有问。自从他单方面决定以白人身份参加海军后,她就几乎没敢问过他任何问题,唯恐听到她害怕的答案。现在她离开了医院——在那里,她最后不靠分斯特曼博士的帮助当上了纽瓦克一家医院的护士长——并让瓦特照顾她的生活和接管全家的事务。不,她没问过有关这女孩的任何问题,有礼貌地谢绝了解,同时鼓励欧内斯廷也不要过问。科尔曼反过来也没有告诉任何人任何事情。于是就这样,肤色白到极致,而且——手中提着与浅口皮鞋相配的蓝色小包,穿着棉印花布翻领连衣裙,戴着小小的白手套和平顶小圆帽——与任何活着并且年轻的一九五〇年的女孩一样干净利落、中规中矩的斯蒂娜·帕森出现了,冰岛和丹麦的美国后裔,其血缘可追溯到克努特王或更加遥远的时代。

他做到了,按他自己的方式完成的,谁也没有退缩。谈到物种的适应力。没人张口结舌,没人沉默寡言,也没人胡乱跑题。平庸的话题,不错,老一套,的确——太多的空泛言辞、老生常谈、陈词滥调。但斯蒂娜没有白白地在奥特泰尔河边长大:如果都是陈词滥调,她懂得怎么说得好听。即使科尔曼在介绍三位女士相互认识前就蒙上她们的眼睛，而且一整天都让她们蒙着眼交谈，她们的谈话也不会比此刻微笑地直视对方眼睛所说的话更有内涵。其用意也不会超出标准的范围，即，我不会说任何可能得罪你的话，倘若你不说任何得罪我的话。不顾一切代价地遵守体面的规范——在这方面帕森家和西尔克家不分彼此。

说来奇怪，三位在讨论斯蒂娜的身高时却都犯了糊涂。对，她五英尺十一，几乎比科尔曼高出整整三英寸，比他妹妹或母亲高六英寸。但科尔曼父亲是六英尺一，而瓦特比父亲高一英寸半，所以对这个家庭来说高大本身并不新鲜，即使，对于斯蒂娜和科尔曼来说，女方碰巧比男方高。然而斯蒂娜的三英寸——大约相当于从她的发际到眉毛的距离——却引发出关于身体畸形的、具有颠覆性的、几乎酿成一场灾难的对话，直到十五分钟后科尔曼嗅出一丝刺鼻的气味，女士们——三个同时——冲进厨房去抢救快要着火的饼干。

在那以后，从午餐开始到结束，直到年轻的一对动身回纽约，再没有出现过丝毫的纰漏。从外表上看，完全是个体面家庭所梦想的圆满快乐的礼拜天，正因为如此，必然与生活本身形成强烈反差，即使家里最年轻的成员都已亲身体验到生活所固有的不稳定因素一时一刻都不甘心受到整肃，更不用说当它被逼而显露出预见之中的本质时。

斯蒂娜是在载着她和科尔曼的列车黄昏时分回到纽约，驶入宾夕法尼亚站时才放声大哭的。

据他所知，从泽西出来的一路上她都是把头靠在他肩膀上熟睡着——实际上他们在布里奇教堂站一上车她就开始睡觉，以消除下午她出色的努力所造成的极度疲劳。

"斯蒂娜——出什么事了？"

"我做不到！"她大叫一声，接着，没有再做任何别的解释，大口喘着气，痛哭流涕，死命抓着手袋捂住胸口——连睡着的时候他一直替她拿在怀里的帽子都忘记了——独自一人冲下火车，飞奔而去，似乎后面

人性的污秽　　115

有人追杀，自此便杳无音信，再没有给他打过电话或约他相见。

四年以后，一九五四年，他们突然在中央火车站外几乎撞了个满怀。两人同时停下脚步，拉起对方的手，谈话的长度足以重新召回他们分别是二十二岁和十八岁时相互在对方身上唤起的神奇感，然后各奔东西，都沮丧地明白诸如这次邂逅般精妙的奇迹以后再也不可能发生了。他当时已经结婚，快要做父亲了，在艾德菲当古典文学讲师，进城来办事的，而她在街那头莱辛顿大道的一家广告公司工作，仍然单身，仍然漂亮，但现在已是个成熟的女人，衣着相当时髦的纽约人，显然跟现在的她到东奥兰治去，结局肯定会大不相同，倘若访问顺延至今的话。

那个可能出现的结局——现实已明确投了反对票的结局——是唯一盘旋在他脑海里的念头。他惊讶地发现自己根本没有忘记她，她也根本没有忘记他。他在转身离开时，懂得了过去除了阅读古希腊悲剧外从不费心理解的东西：生活如何轻而易举地就成了这个样子而不是那个样子，一个人的前途如何偶然地就成了定局……可是在另一方面，当事情看来万无一失时，命运却又显得多么偶然。也就是说他从她身边走开时，什么也没有理解，知道什么也理解不了，虽然他幻想自己可以在形而上学的层面上理解他固执地要掌握自身命运的决心有多么重要的意义……要是这种事情是能够被理解的。

她在之后的一个星期里寄到学院转交给他的迷人信件，写在两张纸上，谈到他们第一次在他萨利文街的房间约会时他令人惊讶的"猛扑"技巧——"猛扑，几乎像那些鸟一样，它们飞过陆地或海洋，窥见什么东西在动，什么血气方刚的东西，便猛地扎下去……一把抓住"。信是这样开始的："亲爱的科尔曼，我非常高兴在纽约见到你。我们的会面虽然很短暂，但我见到你以后感到一种秋日的惆怅，或许是因为自我们初识以来的六年时光让我清清楚楚地明白了叫我心痛如绞的事实：我生命中有多少时日永远地'一去不复返'了。你看上去棒极了，我很高兴你生活快乐……"末尾那有气无力，飘忽不定的旋律由七个短句和一个充满渴望的结语构成,他反复阅读之后,认为这几句话表达了她对自己的损失感到遗憾的程度,也是一种承认自己悔之莫及的暗示,痛楚地向他发出了一个隐晦曲折的致歉的信号:"好吧,就这样。够了。我本不该打扰你。我答应你以后再也不会了。保重。保重。保重。爱你的,斯蒂娜。"

他一直没有把信扔掉,当他在文件堆里碰到它时,不论正在做什么,都要停下来看一遍——他都有五六年把它给忘了。他思索着那天在马路上轻吻斯蒂娜的面颊,跟她道永别以后的念头:如果她嫁给他——如他所愿,她会知道一切——如他所愿,那么,随之发生的关系到他家人、她家人、他们自己儿女的一切,都会跟他和艾丽斯结婚后的情况截然不同。发生在他母亲和瓦特身上的事也会很容易地就避免了。斯蒂娜当时如果说"没关系",他就会过上另外一种生活。

我做不到。这句话包含着智慧,相对于一个年轻女孩而言的大智慧,绝非那种二十岁女孩普遍拥有的智慧。但正因为如此,他才爱上了她。正因为她这种坚实的智慧——为自己着想的常识。如果她没有……如果她没有,她不可能成为斯蒂娜,而他也不可能要她做妻子。

他反复思索着这些无用的念头——对像他这样并无巨大才华的人无用的念头,但对索福克勒斯另当别论:一个人的命运成为定局是多么偶然……或者说,当它无可避免的时候,却显出多么偶然的一派假象。

在她第一次向科尔曼描述她本人及出身时,艾丽斯·吉特尔曼已具有任性、聪明、暗中叛逆的个性——从小学二年级起就秘密策划如何逃离令她窒息的环境——一个整日轰鸣着对每种形式的社会压迫(特别是拉比的权威及其弥天大谎)的仇恨的帕塞伊克家庭。她那说意第绪语的父亲,如她所刻画,是个彻头彻尾的异端无政府主义者,以至于没有让艾丽斯的两个哥哥施行割礼。同时,她父母自己也不屑于领取结婚证,并拒绝俯首帖耳地接受世俗婚礼。他们自认为是夫妻,自我标榜为美国人,甚至称自己是犹太人。这两个没有受过教育的移民无神论者在看到一位拉比路过时,会立刻朝地上啐一口唾沫。但他们却自由自在地爱怎么称呼自己就怎么称呼,并不要向如他父亲所轻蔑描述的,一切天然及善良东西的虚伪的敌人——即官方,那些非法执掌大权的家伙——征求许可。位于默特尔大道,他们有个家庭糖果铺——一间拥挤不堪的店面,那么小,她说:"别想把我们五个人并排埋进去。"在冷饮柜上方,在那面满布裂纹、污渍斑斑的墙上悬挂着两幅肖像,一幅是萨科,另一幅是凡泽蒂,都是从报纸的插图页上撕下来的照片。每年八月二十二日,马萨诸塞州一九二七年以谋杀罪名——艾丽斯及其兄长被告知这纯属捏造——处决这两名无政府主义者的周年纪念日,生意都要暂时停下,全家人退避进楼上那间狭小、幽暗的公寓房间——其疯狂的混乱与楼下的店面相比有过之而无不及——绝食一天。这是艾丽斯父亲,做出教长的派头,以凭空杜撰的仪式,古怪地模仿犹太人的赎罪日。她父亲对他所谓的思想并没有真正的认识——深深植根于他内心的不过是绝望的愚昧、无从剥夺他人财产的痛苦,以及一筹莫展的革命者的仇恨。每句话都是捏紧拳头说出来的,每句话无不是危言耸听。他知道克鲁泡特金和巴枯宁的名字,但对他们的著作一无所知,他在公寓房间里无时无刻不把无政府主义意第绪语周刊《劳工自由之声》捧在手里,每夜他却很少不是没看上几个字就呼呼入睡的。她父母,她向科尔曼解释——一切都是当他在华盛顿广场邀上她以后,坐在布里克街咖啡馆里戏剧性地,异常戏剧性地发生的——她父母其实是头脑简单的人,被一个他们连说都说不清楚,更无法进行理性辩护的幻想所控制,可是为了这个幻想,他们宁可狂热地牺牲朋友、亲戚、生意、邻居的善意,乃至他们自身的神志,即使他们孩子的神志也在所不惜。他们只知道与他们毫无共通之处的是什么,而那些东西,随着年龄的增长,在艾丽斯眼里,却是身边的一切。社会之所以成其为社会的一切——它不断变动的力量、无处不在的利与害的潜网、激烈的争权夺利的战斗、无了无休的吞并降服、派系的纵横捭阖、狡诈的道德术语、习以为常的仁厚独裁、变幻不定的稳定的幻觉——社会之所以成其为社会的一切，始终如此、必须如此的一切，对他们而言，居然跟康涅狄格的扬基人眼中的亚瑟王朝一样陌生。然而，这种情况的出现并非因为他们被最为牢固的纽带与另外某个时代或地域相连，尔后又被逼迫到一个全然陌生的世界落户的缘故：他们更像是直接从摇篮踏入成年时期的两个人，没有接受过有关人类兽性如何发作与控制的干预性教育。艾丽斯从她还是个娃娃起就不明白，她究竟是在由疯子还是由幻想家所抚养，她必须分享的激烈仇恨究竟是出自对可怕真相的揭露，还是本身就是一个荒诞的笑话，一种神经错乱的表现。

整个下午她对科尔曼讲述着如同民间传奇般有趣的故事，致使在帕塞伊克糖果铺楼上活下来并长大成为诸如莫里斯和艾瑟尔·吉特尔曼那样生动愚昧人物的女儿似乎是引自俄罗斯滑稽小报，而非俄罗斯文学中的恐怖冒险，吉特尔曼夫妇仿佛就是题目叫作《卡拉马佐夫孩子》的星期日滑稽连环画里那对神志不清的邻居。对一个刚从河对岸的泽西逃出来的——他在村里的熟人，有谁不是逃出来的，有的还是从遥远的阿马里洛逃来的哩——刚满十九岁的女孩来说，故事讲得算是出神入化，令人叫绝的了。一个除了自由，别的念头一概全无，第八街舞台上的又一名身无分文的异乡人，一个舞台效果极强、浓眉大眼、活力充沛、肤色黝黑的姑娘，感情上充满原动力，用当时的时髦话来说，"浑身性感"，在远离闹市的艺术学生联合会半工半读，靠给写生班当模特赚取奖学金，其做派是不加隐瞒的直露，在公共场合招摇过市的胆量似乎并不亚于肚皮舞者。她一头头发颇具特色，由迷宫般错综复杂、起伏不定的大大小小、长长短短的发卷所构成，毛茸茸的，犹如攀援植物，庞大得足以当作圣诞节装饰品。她童年的全部烦恼似乎都转换成了她这一头相互纠缠、扭曲、浓密的头发。她不可逆转的头发。你可以倒上一罐又一罐发油，却绝对无法改变它的建构，仿佛是从黑黢黢的大洋深处采集上来

人性的污秽

的某种构成礁石的有机物,一种浓稠的珊瑚和海藻的石华混合物,说不定还富含药用元素哩。

整整三小时,她以她的喜剧、她的愤怒、她的头发,以她生产激情的天赋,以一种疯狂的、未经训练的少年的智力,以及演员点燃自身、对自己的每句夸张言辞信以为真的能力,让科尔曼着迷,使科尔曼——绝无仅有的自我配置者,其配方的专利除了他自己,天下没有第二人掌握——感到相形见绌,活像个对自己一无所知的傻瓜。

但当他那晚把她带到萨利文街时,一切都变了样。原来她根本不知道自己是谁。你一旦穿过她的头发,便发现她所有的一切都是糊状物。恰恰与这支瞄准生活的箭头,即二十五岁的科尔曼相反——同样是自我解放的斗士,然而却是一个找不到北的、晕头转向的版本,一个无政府主义的版本。

如果她得知他是在一个有色人家庭出生长大的,并且几乎一辈子都承认自己黑人的身份,她连五分钟的脑子都不会伤的。倘若他要她为他保密,她也不会有任何思想包袱。容忍出格的人与事绝非艾丽斯·吉特尔曼所不能承受的负担——出格的人与事对她来说反而最符合法理。同时当两个人而不是一个?有两种肤色而不是一种?隐瞒身份,或以伪装面貌走在大街上,既非此,又非彼,而是居于两者之间?具有双重、三重、四重人格?在她看来这类离奇古怪的事情丝毫也不可怕。艾丽斯开明的观点甚至都不属于那种自由主义分子或鼓吹自由至上人士引以为荣的道德品质;更像是狂人的特征,褊狭的疯狂的反面。大多数人不可或缺的期待、对意义的假设、对权威的信任、对连贯性和秩序的神圣化,比生活中任何别的东西更让她感到——荒诞不经,莫名其妙。如果所谓的常态是生存所固有的,那么世事怎么会那样发展,历史书怎么会那样写?

然而,他告诉艾丽斯他是犹太人,西尔克是埃利斯岛对西尔伯兹维格的简化,由一名慈悲心大发的海关官员强加给他父亲的。他甚至有

《圣经》记载的割礼标志,当时在他东奥兰治的黑人朋友中实属罕见。他母亲由于在一个犹太医生占绝大多数的医院里工作,对刚萌发的割礼所具备的重要的卫生意义也深信不疑,因此西尔克夫妇安排了这个传统上只在犹太人中流行的仪式——日后,被越来越多的非犹太教父母选择为孩子出生后的外科手术,由一名医生在他们出生两周后的男婴身上施行。

科尔曼现在已有好几年允许自己做个犹太人了——或任由别人这么以为,如果他们愿意的话。自从他意识到在纽约大学就像在咖啡馆聚集地里一样,他认识的许多人一直以为他是犹太人。他在海军里学到的技法是你只要对自己的身世坚持一种过得去而且始终如一的说法,别人是不会多问的,因为没有人会有那种兴趣。他在纽约大学和格林尼治村里的熟人会很容易地猜想——就跟他在军队里的战友一样——他有中东人血统,但当时正是犹太人的自我陶醉在华盛顿广场知识分子先锋派中达到战后巅峰的时期,当鞭策他们犹太人精神的自我夸张开始显得失控,一种文化重要性的气息不仅从《评论》《中流》《党派观点》,而且从他们的玩笑、他们的家庭轶事、他们的笑声、他们的扮丑、他们的讥诮、他们的辩论——甚至从他们的辱骂——中渗透出来的时候,他难道会拒绝追赶潮流吗?特别是他在中学时代协助奇斯纳医生,当过埃塞克斯县犹太孩子的拳击教练,声称自己是个新泽西犹太男孩,比假装成有着叙利亚和黎巴嫩血统的美国水手所冒的风险要少得多。披上人造的声望,以一个敢想敢为、自我解析、蔑视礼教的美国犹太人身份,尽情嘲弄曼哈顿边缘生存方式,原来他花几年时间苦思冥想为自己设计伪装并不像看上去那么疯狂。然而,足以令人愉悦的是,当他回想起分斯特曼博士提出给他家提供三千美元,要科尔曼假装在毕业考时马失前蹄,致使才华横溢的伯特成为毕业班致辞代表一事时,不禁感到那也是件耸人听闻的滑稽事,一件惊世骇俗的特大笑话。这个世界有着多么伟大的包罗万象的思想,才使他变成这么一个人——多么崇高的世俗恶作剧!倘若曾

人性的污秽

经有过某种完美的独一无二的创造物——难道独树一帜、特立独行不始终是他内心深处自我利益推动的雄心壮志吗？——那便是他魔幻般变成他父亲的分斯特曼儿子。

他不再游戏人生。有了艾丽斯——思维紊乱，未经驯化，与斯蒂娜截然不同，不信犹太教的犹太人艾丽斯——作为他重新起步的载体，他最终步入正途。他不再试一个，扔一个，不再无了无休地练习和热身。就是这一个了，这就是答案，他秘密的秘密，其中掺和了一丁点笑料——救赎性的、慰藉性的笑料，生活对每个人类决定的小小奉献。

作为美国自有史以来便遭人嫌弃的两样最无共通之处的东西所混合而成的迄今无人知晓之物，他终成正果。

不过，其间还有过一个插曲。在斯蒂娜之后，艾丽斯之前，一个五个月的插曲，名叫埃莉·玛吉，一个身材娇小玲珑的有色人姑娘，黄褐色皮肤，鼻梁和面颊上散落着零零星星的浅色雀斑，外貌尚未越过少女和女人的分界线，在第六大道的村门商店打工，兴奋地出售书架部件和门——带腿的书桌门和带腿的床门。饱经沧桑的老犹太店主说，雇用埃莉使他的生意增长了百分之五十。"原来这儿什么都卖不动，"他告诉科尔曼，"勉强糊口。但现在村里每个小伙子都要给书桌配扇门。大家都进来，他们要见的不是我——他们指名要见埃莉。他们打电话来，要找埃莉说话。那小姑娘改变了一切。"此言不虚，没有人阻挡得了她的魅力，包括科尔曼，他先是被她蹬在高跟鞋上面的两条腿所吸引，然后被她一派自然而然的风格所折服。今天跟被她吸引的纽约大学白人男生外出，明天跟看上她的纽约大学有色人男生约会——一个晶莹闪亮的二十三岁孩子，尚未受到任何伤害，从她在那儿长大的扬克斯搬来格林尼治村，过着正如广告上所宣称的，不落俗套的村生活，只是"不"字写得小些而已。她是一大发现，于是科尔曼也走进去买了张不需要的书桌，当晚就带她出去喝一杯。在斯蒂娜之后，在经受了丧失心上人的痛楚之后,他重新快乐起来,重新活过来了,而一切都起自他们开始在店里调情的那一刻。当时她是不是以为他是个白人男生?他不知道。有意思。后来那天晚上她咯咯笑起来,滑稽地斜着眼看他,说:"你究竟是什么人?"她一眼认出了什么,并脱口这么问。但此时他没有像误读斯蒂娜的诗时那样大汗淋漓。"我是什么人?你爱当我是什么人就当我是什么人好了。"科尔曼说。"你就是这么玩的?"她问。"当然这就是我的玩法。"他说。"那么白人女生以为你是白人?""我不管她们怎么想,"他说,"随她们自己想。""也随我自己想?"埃莉问。"同等待遇。"科尔曼说。这是他们玩的小游戏,成为他们的兴奋点,在模棱两可上做文章。他并没有和任何人亲密到无话不谈,他学校里的熟人以为他正和一个有色人姑娘约会,而她的朋友以为她正和一个白人男生交往。被别人当作重要人物刮目相看的滋味真是太好了,他们所到之处人家几乎都以这种目光看他们,那是一九五一年。朋友们问科尔曼:"她什么样?""热辣辣的。"他说,把这个字眼拖得长长的同时,还用手作上下扭动的状态,就像当年东奥兰治的意大利人。在这一切之中有着日复一日、分分秒秒的奇妙感,他的生活中多了一丝电影明星的光耀:只要他和埃莉一起外出,他便进入特写镜头。第八街上没有人了解实情,他满心喜欢。她有两条美腿。她老笑个不停。她是个毫不矫揉造作的女人——从容随和又天真烂漫,他的心都醉了。有点像斯蒂娜,唯有她不是白人,结果他们没有急急忙忙地去拜会他的家人,也没有去拜会她的。他们干吗要去呢?他们住在村里。带她去奥兰治的念头,他压根没想过。也许因为他不想听到那一声欣慰的叹息,被告知,即便是无言的,他这次做对了。他反思了把斯蒂娜带回家的动机。诚实待人?结果又能怎样?不,不要家人插手——无论如何至少现在不要。

与此同时,他和她在一起时是那样地心情舒畅,以至于一天夜里真相滔滔不绝地冒了出来。甚至连他当拳击手的事也没有漏掉,他对斯蒂娜绝对说不出口的,告诉埃莉却不费吹灰之力。她没有表示异议,更使

人性的污秽　　**123**

得他对她的评价提高了一分。她不落俗套——却通情达理。他与之交往的是个完全没有心眼的人。了不起的姑娘什么都想听。于是他侃侃而谈，无拘无束的时候，他的谈锋非同一般，埃莉听得入迷了。他告诉她他当海军的经历。他告诉她他的家庭情况，原来和她的家庭大同小异，只是她在哈林区开药房、当药剂师的父亲还健在，虽然不赞成她搬进村，但所幸的是他忍不住一如既往地爱她。科尔曼说给她听霍华德的事，告诉她他怎样无法忍受那个地方。关于霍华德他们谈了很多，因为那也是她父母想要她去的地方。自始至终无论他们谈到什么话题，他都发现自己能轻而易举地让她忍俊不禁。"我以前从没见过那么多有色人，即使家人在南泽西大团圆时也没有。霍华德大学在我看来是个挤满了黑人的小地方。各种派别的，各种类型的，但我就是不要像那个样子跟他们混在一起。根本看不出和我能扯上什么关系。那儿的一切都高度地浓缩，就连我曾经拥有的任何自尊都被削减了。被一个高度浓缩的、虚假的环境彻底削减了。""像一瓶太甜的苏打水。"埃莉说。"嗯，"他告诉她，"倒不是放进了太多的什么，而是别的一切都被抽掉了。"和埃莉开诚布公地交谈使科尔曼浑身舒畅，如释重负。不错，他不再是英雄，但也绝不是坏蛋。对，她是个斗士，这位斗士。她获得独立的超脱，她成为一名格林尼治村姑娘的转化，她处理和家人关系的手法——她似乎是以一种你应当能够做到的方式成长起来的。

一天晚上，她把他带到布里克街上的一间小珠宝店，店主是个白人小伙子，能用珐琅做出美丽的饰品。只是逛逛街，看看橱窗而已，但在他们离开时，她告诉科尔曼那小伙子是黑人。"你搞错了，"科尔曼对她说，"他不可能是。""别说我搞错了，"——她笑起来——"你才是瞎子哩。"另一个晚上，将近午夜时，她带他到哈得孙街一家酒吧去，画家们常聚在那儿喝酒。"看见那人没有？那个奶油小生？"她轻轻地说，脑袋倾向一个漂亮的白人男生，二十五六岁，正在向吧台上所有的姑娘大献殷勤。"他也是。"她说。"不可能。"科尔曼说，现在轮到他笑了。

"你在格林尼治村,科尔曼·西尔克,美国最自由的四平方英里。每隔一个街区就有这么一个。你那么自负,以为是你自己的独创。"如果她知道有三个——她的确知道,那么就会有十个,只多不少。"他们从全国各个角落,"她说,"直接来到第八街。就像你从小小的东奥兰治来一样。""可是,"他说,"我根本看不出来。"这让他们笑啊,笑啊,笑啊,笑个没完,因为他无药可治,看不出别人身上的印记,又因为埃莉是他的向导,把他们一一指出来。

开始时,他尽情享受着解决问题的快乐。丢掉秘密,他捡回了小男生的感觉。那个怀有这个秘密之前曾经的小男生。重又像个顽童似的。他从她的自然而然的处世态度中获得返回天然自我的乐趣和从容。倘若你打算当个骑士和英雄,你得全副武装,而现在他得到的却是解除武装的快乐。"你是个幸运儿。"埃莉的老板对他说。"幸运儿。"他重复一遍,真心诚意的。有了埃莉,秘密不再起作用。不仅因为他什么话都能对她说,他正这么做着,而且因为如果或一旦他想回家,他可以马上拔腿就走。他能面对他哥哥,否则,他明白,他永远也不能。他母亲和他也能重归于好,恢复往日亲密无间的关系。但半路来了艾丽斯,一切就了结了。和埃莉在一起很开心,而且一直都很开心,可是少了某个方面。整个事情缺乏雄心壮志——不能满足他一辈子都受其驱使的自我意识。正好艾丽斯来了,于是他又回到竞技场。他父亲曾对他说:"现在你可以以不败的纪录退休了。你退休了。"但此刻他咆哮着冲出他的角落——他重新捡回他的秘密。还有重新拥有秘密的天赋,可遇而不可求的。也许另有不下一打的像他这样的家伙在村里流连,但并不是每个人都有这个天赋。也就是说,他们即使有,也都是小里小气的:他们总在撒谎。他们不像科尔曼那样,以堂堂正正又煞费苦心的方式保有秘密。他重返外向流轨。他已获得怀有秘密的丹方,如同会流利地说另一种语言——仿佛处在一个不断产生新鲜感的境地。他已在失去它的境况下生活过了,很不错的,没有发生任何可怕的事情,没有令人反感的回忆。

很开心。天真的乐趣。但其他的一切都有缺憾。诚然,他捡回了童真。不错,是埃莉还给他的。但童真何用之有?艾丽斯给得更多。她将一切提升到一个新的高度。艾丽斯使他得以重返他一心向往的那种规模宏大的生活。

他们相遇两年以后决定结婚,这是为了他领取的这份执照、他测试过的这个自由、他胆敢做出的这项决定——他是否真能以更为狡诈或聪敏的手段成就一个可上演的自我,大到足以包容他的雄心,强到足以应付整个世界——而被迫支付的第一笔庞大经费的时候。

科尔曼到东奥兰治去见他的母亲。西尔克太太之前并不知道艾丽斯·吉特尔曼的存在,不过当他告诉她他打算结婚,而且姑娘是个白人时,她一点都不惊讶。甚至当他告诉她姑娘不知道他是有色人时,她也处之泰然。如果有人感到吃惊的话,反倒是科尔曼。在公布自己的意图之后,他突然怀疑这项决定,他一生最壮观的举措,是否建立在一个所能想象到的最为不严肃的东西上:艾丽斯的头发,那些宛如灌木丛似的纠缠盘绕,远比科尔曼的头发更像黑人的头发——比他的头发更像欧内斯廷的头发。当欧内斯廷还是个小女孩时,经常问那个有名的问题:"为什么我没有妈妈那样的飘飘头发?"——意思是,为什么她的头发不会在微风里飘动,不仅不像她母亲的,而且和家庭母系亲属中所有女人的头发都不相同。

面对母亲的极度痛苦,科尔曼心头掠过一丝离奇古怪的恐惧:自己想从艾丽斯身上得到的莫非就是她的相貌对他们孩子的发质所能提供的解释。

但诸如这样一个直截了当、明晃晃的功利主义的动机又怎么会直到现在才引起他的注意呢?因为是无稽之谈?眼见母亲遭受如此的折磨——科尔曼内心对自己的行为感到震惊,却咬着牙,如同他一贯的作风,决定将手头的事进行到底——他怎么能够对这令人愕然的念头无动于衷？即使他端坐在他母亲的对面，显出一副从容镇定的模样，心里却明明白白地感到他出自世界上最愚蠢的理由选择了一个老婆，而他自己则是世界上心灵最空虚的男人。

"那她相信你父母双亡，科尔曼。你是这么对她说的。"

"对。"

"你没有哥哥，你没有妹妹。没有欧内斯廷。没有瓦特。"

他点点头。

"还有什么？你还告诉了她什么？"

"你认为我还会告诉她什么？"

"任何适合你口味的事。"这是她一下午所能说的最刺耳的话了。要她对他生气，她过去做不到，以后也永远难以做到。只要见到他，从他出世的那一刻起，便唤起她无法抵御的感情，和他的身价毫不相干。"我永远也别想认识我的孙儿们了。"她说。

他有备而来。要紧的是忘掉艾丽斯的头发，让她讲下去，让她一鼓作气讲下去，从她自己柔和的语流中创造出他的辩解词。

"你永远不会让他们见到我，"她说，"你永远不会让他们知道我是谁。'妈，'你会关照我，'妈，你到纽约火车站，坐在候车室的那条板凳上，上午十一点二十五，我会带着穿戴得跟星期天一样整齐的孩子走过你面前。'那将是五年后我的生日礼物。'坐在那儿，妈，别做声，我会慢慢走过去。'而你深知我是一定会等在那儿的。火车站。动物园。中央公园。不论你说哪里，我当然就去哪里。你告诉我唯一能让我抚摸我孙子的办法是，你雇用我以布朗太太的身份看护孩子，照看他们睡觉，我会照办。叫我以布朗太太身份给你打扫房子，我也会照办。我肯定会做你吩咐我做的一切。我别无选择。"

"没有吗？"

"我有选择吗？是吗？我的选择是什么，科尔曼？"

"跟我脱离母子关系。"

几乎是以嘲弄的态度,她假装考虑了一下。"我想我可以对你如此绝情。是的,这可以做到,我想。但你认为我到哪儿才能找到对我自己如此绝情的力量?"

这不是他回忆童年的时刻。这不是他赞赏她的洞察力或她的讥讽或她的勇气的时刻。这不是允许自己被这几乎是病理现象的母爱所淹没的时刻。这不是他听得见她没有说出来却比说出来的更有力的话语的时刻。这不是思考他有备而来之外的念头的时刻。当然这不是诉诸解释,开始精明地合计优缺点,假装这只不过是个符合逻辑的决定的时刻。他给她造成的蹂躏,没有一个解释能够说出口。此刻应当强调他上这儿来要达到的目的。如果与他脱离母子关系对她而言是一个拒绝接受的选择,那么接受打击便是她所能做的一切。安详地讲话,少说为妙,忘记艾丽斯的头发,同时不管需要多长时间,让她继续使用语言将他所做的最残忍的事情的残忍性吸收进她的身心。

他正在谋杀她。你无须谋杀你父亲。世界将为你动手。有的是各种势力要逮住你父亲。世界会关照他的,正如它关照西尔克先生那样。需要谋杀的是母亲,他正眼见自己对她下手,儿子是被爱过的,就像他被这个女人深爱过一样。代表他令人振奋的自由理想杀死她!没有她,一切容易得多。但只有通过这个考验,他才能成为自己心目中的人物,义无反顾地和与生俱来的东西一刀两断,自由自在地为自由,如同任何个人所企求获得的自由,而斗争。为了以自己的条件从生活中得到这另一个命运,他必须做无可回避的事。大多数人不都想要迈出老天派给他们的倒霉命运吗?但他们做不到,那就是他们之所以是他们,而他之所以是他。挥拳出击,砸烂一切,永远锁上门。你不能对一个无条件爱你、使你幸福快乐的好母亲下此毒手,你不能将这痛苦强加于她,然后还以为能够回到从前。太可怕,你所能做的只有一辈子承受着它。你一旦做了一件像这样的事,你所施加的暴行便永远无法消解——这正是科尔曼想要的。正如在西点那家伙倒下去的那一刹那。只有裁判才能够使他逃过科尔曼心里想对他做的事。当时就像现在一样，他正体验着作为一名斗士的威力。因为，将真实的、不可饶恕的人性意义赋予断绝关系的残忍性，当你的命运横亘在某种巨大的东西面前时，以当时最强烈的现实感和清晰度给予抗击，乃是又一种考验。这就是他的。这个人和他的母亲。这个母亲和她至爱的儿子。如果，为了磨炼自己，他动手去做想象中最为心狠手辣的事情，那么眼下的正是，只差没有用刀捅进她的心窝。这使他直达问题的要害。这是他生命中最重要的行动，而他也鲜明地、自觉地感受到它无与伦比的威力。

"我不知道为什么我没有做更好的心理准备，科尔曼。我应当做的，"她说，"你几乎从来到这儿的那一天起就开始发出清晰的警告。你甚至认真地拒绝接受我的乳房。是的，你不情愿。现在我明白为什么了。即使那样做都会延误你的出逃。我们家总有某种东西，我指的不是肤色——我们身上有种东西妨碍了你。你像个奴隶似的思维。你是的，科尔曼·勃鲁托斯。你白得像雪，但却像黑奴似的思维。"

这不是称赞她智力的时候，她甚至可以使用最动人的语句来体现某种特殊的智慧。他母亲常常能够使听者感觉似乎她了解的比她说出来的要多。这理性的另一边。这是将雄辩让给他父亲，相比之下似乎父亲说了算的结果。

"现在，我只能告诉你，无路可逃，你一切逃跑的企图只会将你带回你起步的地方。这就是你父亲会对你说的话。在《居里厄斯·恺撒》里可以找到佐证。但一个像你这样人见人爱的年轻人？一个漂亮、迷人、聪敏的年轻小伙子，有着你这样的体格、你的决心、你的机智、你所有的美好的天赋？有着你绿色的眼睛、深色的长睫毛？唉，对你来说会有什么难题呢？我想回家来看我是越来越难了，看看你坐在这儿多么镇定啊。这是因为你知道你的行为有道理。我知道有道理，因为你不会追求一个没道理的目标。当然你将失望。当然结果不会像你所想象的那样，尽管你如此镇定地面对我坐着。不错，你特殊的命运将是特殊的——但又怎样呢？二十六岁——你要明白还早着呢。但倘若你什么也不做，结果难道就会有所不同？我猜想生活中任何重大的改变都意味着必须对某人说：'我不认识你。'"

她连续不断地说了将近两小时，一篇回溯到他婴儿时期自主性的长长的讲话，老练地以描述她不赞成、无望加以反对，并且不得不忍受的一切来吸纳痛苦。其间，科尔曼竭尽所能不去注意——在那些最普通的东西之中，比如她变稀的头发（她母亲的头发，而不是艾丽斯的头发），她前倾的头，她水肿的足踝，她隆起的腹部，她大门牙夸张的外露。自从三年前的那个星期天，当她极尽殷勤之道，帮助斯蒂娜获得宾至如归的感觉以来，她已又被向着死亡拖近了多少。下午过去一半的某个时刻，科尔曼似乎觉得她踏上了那巨大变化的边缘：像老年人那样，抵达了转折点，变成一个小得可怜的不成形状的东西。她讲的时间越长，他越相信这种变化正在发生。他努力不去想象将置她于死地的疾病，他们将为她举行的葬礼，在她墓旁将朗读的悼词，以及将为她献上的祝祷。但他也努力不去想象她继续活下去的景象，他离开，她待在这儿，活着，年复一年，她思念他、他的孩子和他的妻子，更多的岁月消逝，而他们二人之间的关系由于断绝在她的心里只会越来越牢固。

不论是他母亲的长寿或死亡都不能影响他正在做的事情，她一家人在劳塞德挣扎求生的经历也不能。她出生在劳塞德的一间破板棚里，跟她父母和四个兄弟住在一起，直到她七岁那年父亲去世为止。她父亲的家人自从一八五五年起就住在新泽西的劳塞德。他们是逃跑的奴隶，由贵格会教徒通过"地下铁路"从马里兰带到北方，送到西南泽西。黑人开始把这地方称作"自由天堂"。当时没有白人住在那儿，现在也只有一小撮，远远地住在两千座城镇中的一个小镇边上，几乎每个居民都是受到哈登菲尔德的贵格会教徒保护的逃跑奴隶的后代——市长、消防队长、警察局长、税务员、小学教师、小学生。但作为黑人城镇的劳塞德的独特性并没有对任何事情产生影响。位于泽西更南面，靠着开普梅的高德镇的独特性也一样。她母亲的家人是从那儿来的，她父亲死后她一家便搬到那儿去了。另一个有色人的聚居地，许多人几乎是白人了，包括她自己的祖母，每个人都跟另一个人有亲缘关系。"很早很早以前。"科尔曼小时候，她常向他解释——尽她所能地将她听来的传说简化浓缩——一个奴隶属于一个大陆军士兵，士兵在法印战争中被杀。奴隶照顾士兵的遗孀。他干所有的活，从早到晚手脚不停地料理所需料理的一切。他砍伐拖运木料，收割庄稼，掘地搭盖白菜屋，贮藏白菜，储存南瓜，把苹果、萝卜、土豆埋起来过冬，把黑麦、小麦堆进谷仓，杀猪，腌猪肉，宰牛，腌牛肉，直到有一天寡妇和他结了婚，他们生了三个儿子。儿子们娶了高德镇的姑娘，这些姑娘的家庭源自十七世纪最早建立的定居点，由于独立战争这些人家都是相互通婚，血缘极其混合的。他们中一个又一个或全部，她说，都是一个和瑞典人结婚、住在位于印第安菲尔兹的大利内浦聚居地的印第安人的后代——当地瑞典人和芬兰人已经替代了原有的荷兰居民。那印第安人和他的瑞典人妻子生了五个孩子；一个又一个或全部都是那两个混血兄弟的后代，两兄弟由一条从格林尼治驶往布里奇顿的商船从西印度群岛带来，给为他们出路费的土地所有者当佣工，后来他们自己又给两名荷兰姐妹出路费从荷兰来跟他们结婚；一个又一个或全部都是约翰·芬尼克孙女的后代，约翰·芬尼克，英国男爵的儿子，克伦威尔公国军的骑兵军官，兄弟会成员，在新凯撒利亚（位于哈得孙和特拉华之间被英王的弟弟立契转让给两名英国业主）变成新泽西后没多少年，去世。芬尼克死于一六八三年，葬在他购买、建立并统治的私人领地的某处，他的领地从布里奇顿向北延伸到塞勒姆，往南及东延伸到特拉华。

芬尼克十九岁的孙女，伊丽莎白·亚当斯，嫁给一个有色人，高德。"那个毁了她的黑人"是她祖父在遗嘱里描述高德的用语，他在遗嘱里剥夺了伊丽莎白分享他房地产的权利，直到"主让她睁开双眼看见她对主犯下的滔天罪行"。依据传说，高德和伊丽莎白的五个儿子中只有一个没有夭折，他是本杰明·高德，娶了芬兰姑娘，安，做妻子。本杰明死于一七七七年，此前一年在特拉华对面的费城签订了《独立宣言》。他留下一个女儿，萨拉，和四个儿子，安东尼、塞缪尔、阿比佳和埃利沙，高德镇由此而得名。

科尔曼从母亲嘴里得知追溯到贵族约翰·芬尼克时代迷宫般的家史，约翰·芬尼克之于新泽西西南地区犹如威廉·佩恩之于包围费城的宾夕法尼亚那部分一样——而且有时候似乎高德镇所有的居民都成了他的后代。然后他又从姑奶奶、叔爷爷嘴里，从曾姑奶奶和曾叔爷爷嘴里，从将近一百名亲属嘴里重又听说了一遍，虽然细节并非全部吻合，那是在他们孩提时代，他、瓦特、欧内斯廷跟父母南下到高德镇参加一年一度的家族团圆的时候——几乎有二百多名亲属，来自西南泽西、费城、大西洋城，还有从波士顿远道而来的，吃油炸蓝鱼、煨鸡、炸鸡、自制冰激凌、糖渍桃子、馅饼、蛋糕——整天品尝心爱的家常菜，打棒球，唱歌，回忆往事，述说从前女人如何纺织、炖肥猪肉、烤大面包给男人带下地，缝制衣服，从井里汲水，用主要是从树林里采集的药草泡制而成的药物治疗麻疹，用糖蜜和洋葱配置的糖浆治疗百日咳。有的故事讲述家庭主妇开办牛奶场制作可口的奶酪，女人进费城当管家、裁缝、教师，女人在家成为杰出的好客主妇。有的故事讲述男人如何在林子里设套子捕捉、射杀冬季猎物提供肉食，农夫犁田，伐木用作柴火和筑围栏，做买卖，屠宰牲口。发财的人，经商的，把成吨的盐浸过的干草，从他们拥有的海滩和河滩盐碱沼泽地割来的草，出售给特伦顿陶器作坊作包装用。有的故事讲述男人们离开树林、农场、沼泽、杉树丛，去当兵——有的作为白人，有的作为黑人——参加南北战争。有的故事讲述男人下海当走私贩子，到费城开殡仪馆，当印刷工、理发师、电工、雪茄工和非裔卫理公会主教会牧师——还有一个随泰迪·罗斯福及其第一义勇骑兵团出征古巴，也有几个惹上麻烦的，逃走后就再也没有回来。有的故事讲述像他们这样家庭出身的孩子，经常衣衫褴褛，有时都没鞋或外套穿，冬夜睡在简陋房屋冰冷的房间里，烈日炎炎的夏季和大人们一起叉草、装草、运草，但由父母管教，懂得礼貌，在长老会办的学堂里通过问答学习《圣经》——也学读书写字，即使在那种日子里也始终能吃上足够的猪肉、土豆、面包、糖蜜和野味，长大以后体格强壮，诚实，健康。

但一个人并不会因为劳塞德逃跑奴隶的历史、高德镇大团圆丰硕的一切以及盘根错节的家族美国谱系而决定不当拳击手——或因为劳塞德逃跑奴隶的历史、高德镇大团圆丰硕的一切以及盘根错节的家族美国谱系而决定不当古典文学教师，正如一个人可以因为这些而什么也不当一样。许多事情从一个家庭的生活中消失了。劳塞德是一个，高德镇是另一个，家谱是第三个，而科尔曼是第四个。

在最近的五十多年中，所有听说过为特伦顿陶器作坊收割盐碱地干草的故事，或在高德镇大团圆时吃过油炸蓝鱼和糖渍桃子，而长大后像这样消失的孩子里，他并非第一个——消失了，如同过去家里人常说的那样："直到无影无踪。""对他的家人来说音信全无"是他们的另一种表达方式。

祖先崇拜——科尔曼这样称呼它。尊重过去是一回事——作为偶像崇拜的祖先崇拜，又是另一回事。让那种束缚见鬼去。

那个晚上从东奥兰治回到村里后，科尔曼接到他哥哥从阿斯伯里园打来的电话，事态的发展比他预计的要快得多。"不准你再靠近她。"瓦特警告他说，嗓音里回荡着勉强压制下去的东西——因为被压制而越发可怕——是自从父亲过世后科尔曼再也没听到过的。家里又有了另一股力量将他一股脑儿推到另一边去。这个发生在一九五三年的行为，是由一个大胆鲁莽的年轻人在格林尼治村犯下的，一个特定的人在一个特定的地点和特定的时间做出的，但现在他将永远地待在另一边了。然而这，如他所发现，正是问题之关键所在：自由是危险的。自由是非常危险的。而且没有什么会长期屈从你的意愿。"不准你再找她。不准有任何联系。不准打电话。什么也别想。永远不准。听到没有?"瓦特说,"永远不准。永远不准你再在那幢房子附近显露你那张纯白种面孔!"

第三章

你拿一个
识不了字的
孩子怎么办？

"要是克林顿操了她,她也许就会闭上嘴了。比尔·克林顿不是他们说的那种人。如果他在椭圆办公室把她身子转过来操她,什么事都不会有了。"

"嗯,他从来没有控制她。他留了一手。"

"你看,他自从进入白宫就没有控制过任何人。控制不了。他也没有控制威莉[1]。所以她生他气了。自从他当上总统以后就失去了在阿肯色州控制女人的能力。只要他还是一个名不见经传的小州的首席检察官和州长,就什么问题都没有。"

"当然。珍妮弗·弗拉沃斯。"

"阿肯色出什么事了?如果倒台的时候还是待在阿肯色,就不会爬得高,跌得重了嘛。"

"对。而且必须是个性交高手。这是传统。"

"可是一旦你入主白宫,就控制不了了。当你无法控制,那么威莉小姐就跟你翻脸,莫妮卡小姐也跟你翻脸。要获得她的忠诚必须操她才行。这是契约。这才能把你们绑在一条船上。可惜没有契约。"

"嗯,她害怕了。她本不想说。斯塔尔威胁她。有十一个家伙待在她酒店房间里?威逼她?团伙施暴。是斯塔尔在酒店里导演的一场轮奸。"

"对。千真万确。不过她原来就对琳达·特里普说了。"

"哦,对。"

人性的污秽

"她对每个人都说。她属于那种白痴文化。呱唧，呱唧，呱唧。这一代当中就有那么些人为自己的浅薄深感自豪。只要是真诚的，什么都行。真诚，空洞，十足的空洞。真诚无处不见。比虚假还坏的真诚，比败坏更坏的天真。隐藏在天真后面的全部贪婪。还有隐藏在辞藻后面的。他们都善用美妙的辞藻，他们表面上似乎相信——他们'缺乏自信'，其实他们真正相信的是他们应当拥有一切。他们的无耻，他们叫作爱心，而无情被伪装成失去的'自尊'。希特勒也缺乏自尊。那便是他问题之所在。这些孩子玩的就是这套把戏。把最微不足道的感情高度戏剧化。关系。我的关系。澄清我的关系。他们一张嘴，就让我目瞪口呆。他们全部的语汇是近四十年中所有痴呆的总和。结论。这就是一个。我的学生在必须思考的地方待不下去。结论！他们把每个经历都固定在因循守旧，分成开始、中段和结尾的叙事体上——无论它多么模棱两可，错综复杂，或神秘莫测，都必须纳入到这个规范化、世俗化、主心骨人物的陈词滥调中去。只要哪个学生说'结论'，我就给他不及格。他们要结论，这就是他们的结论。"

"嗯，无论如何——她是个自恋狂，诡计多端的小婊子，贝弗利山历史上表现欲最强的犹太女人，被优越感腐蚀透了——他事先统统明白。他可以看透她。要是他连莫妮卡·莱温斯基都看不透，怎么能看透萨达姆·侯赛因？要是他真的看不透莫妮卡·莱温斯基，又不如她狡猾，这家伙就不该当总统。弹劾就有了实实在在的依据。不，他全都明白。我不认为他会长期受她封面故事的蛊惑。她败坏透顶又十足天真，当然他明白。十足天真便是败坏——她的败坏，她的疯狂，她的狡黠。这就是她的力量，全部的综合。她没有深度，而这正是她在当了一天总司令的他面前的魅力所在。浅薄的强度便是它的吸引力。更不要提这种强度的浅薄了。她童年的故事。吹嘘她可爱的任性：'瞧，我只有三岁，

---

[1] 指凯瑟琳·威莉，她与下文中的珍妮弗·弗拉沃斯都是克林顿性丑闻的当事人。

可是我已经有个性了。'我能断定他知道凡是他做的不符合她幻觉的事都会成为对她自尊的又一次残忍的打击。但他不了解的是他必须操她才行。为什么？让她闭上嘴巴。我们总统奇怪的行为。那是她给他看的第一样东西。她把它贴到他脸上。她主动提供给他。而他竟然什么也不干。我真搞不懂这家伙。要是他操她，我不相信她还会告诉琳达·特里普。因为她不会想说那种事。"

"她倒想说雪茄的事。"

"那不一样。那是小孩子的把戏。不，他没有给她实实在在她不想开口的东西。某种他想要而她却开不了口的东西。这就是错误所在。"

"在屁眼里你才能创造忠诚。"

"我不知道那能不能让她闭嘴。我不知道让她闭嘴是否人力可为。那不是深喉。是大嘴。"

"不过，你还是得承认这女孩是自多斯·帕索斯以来揭露美国最透彻的人。她把一支温度计插进了这个国家的屁眼。莫妮卡的美国。"

"问题是她从克林顿身上得到的恰是她从别的家伙身上得到的。她想从他身上得到不同的东西。他是总统，她是恋爱恐怖分子。她要他跟那个她正在搞关系的教师不一样。"

"对，温文尔雅害了他。不是他的野蛮，而是他的文雅。不是按他的规则做游戏，而是按她的。她控制了他，因为他心甘情愿。全都错了。你知道当她来求职的时候，肯尼迪会对她怎么说？你知道尼克松会对她怎么说？哈里·杜鲁门，甚至艾森豪威尔都会对她那么说。那个打第二次世界大战的将军，他知道怎样不客气。他们都会对她说，不仅不会给她工作，而且只要她活着一天，就没人会给她工作。她连在新墨西哥的霍斯·斯普林斯开出租车的活都别想找到。什么都没有。她父亲的事务所将被捣毁，他也将失业。她母亲将永远不能工作，她兄弟将永远不能工作，她一家人再挣不到一分钱，如果她胆敢开口提起十一次口交的事。十一次。连个一打的整数都不是。我想在两年多的时间里不到一

人性的污秽　　139

打的口交没资格获得淫荡界的海斯曼大奖，你说呢？"

"他的谨慎，他的谨慎害了他。绝对是。从头到尾像个律师似的。"

"他不想给她留下任何证据。所以不愿发情。"

"那样做是对的。一旦发情就完了。她有货了。采集了一个样本。冒烟的精液。要是他操了她，整个国家就省掉了这场灾难。"

他们哈哈大笑。一共是三个人。

"他一直没有真正地投入。一只眼瞄着门。那里他有自己的系统。是她拼命加码。"

"这不正是黑手党的手段吗？你塞给什么人他们不能说的东西。然后揪住他们不放。"

"把他们扯进来共同犯案，就有了个共同腐败。肯定如此。"

"所以他的问题是他不够腐败。"

"哦，是的。绝对是的。而且不世故。"

"正是他所受指控的反面。他不足以受责难。"

"当然。如果你正干着那种事，干吗不到位就收手呢？那不是假正经吗？"

"你一旦收手，就表明你害怕了。而当你害怕时，你就完蛋了。你的毁灭不会比莫妮卡的手机更远。"

"他不想失控，你知道。记得他怎么说的？我不想钩在你身上，我不想迷上你。这话听起来倒还真实。"

"我认为那是根钓线。"

"我不认为如此。我想多半是她的记忆作怪，听起来像钓线，但我认为他的动机——不，他不想接这个性爱的钓钩。她不错，却是可以替换的。"

"每个人都可以替换。"

"不过你不了解他过去的经历。他没给任何东西钓上过。"

"肯尼迪就给钓上了。"

"哦，对。真玩意儿。克林顿这家伙，小学生玩意儿。"

"我不认为他在阿肯色的时候是个小学生。"

"对，阿肯色的口径正合适。在这儿一切都失常了。他一定给逼疯了。美国总统，什么都唾手可得，却什么都不能碰。真跟地狱似的。特别是和那个道貌岸然的老婆在一起。"

"她是个道貌岸然的娘们，你认为？"

"哦，肯定的。"

"她和文斯·福斯特？"

"这么说吧，她会爱上一个人，但她绝不会做出疯狂的事，因为他是有妇之夫。她能让通奸都变得索然寡味。她才是实际上的有罪者。"

"你认为她和福斯特有染？"

"对。哦，对。"

"现在整个世界都爱上了道貌岸然。这才是他们实际爱上的。"

"克林顿的天才是给了文斯·福斯特一个在华盛顿的职位。就把他放在那儿。叫他为政府做点儿贡献。这是神来之笔。克林顿这一手就像个优秀的黑手党老大，把她钳制住了。"

"是啊。这一手没问题。但他跟莫妮卡就没这么做。你瞧，他只有跟弗农[1]谈莫妮卡的事。弗农是可以交谈的最好人选。但他们判断有误。因为他们以为她只不过是对她愚蠢的加利福尼亚山谷小女伴吹牛而已。没问题。又会怎样。但那个琳达·特里普，那个埃古[2]，那个斯塔尔偷偷在白宫豢养的埃古……"

听到这里，科尔曼从他坐的地方站起身，向校园方向走去。这就是科尔曼坐在草坪板凳上思考他下一步行动时无意听到的全部合唱。他听

---

[1] 指弗农·乔丹（1935—2021），美国民权运动的领袖人物，曾是克林顿执政期间的贴身顾问。
[2] 莎士比亚戏剧《奥赛罗》中狡猾残忍的人物，暗施毒计使奥赛罗出于嫉妒和猜疑将无辜的妻子杀死，被认为是欧洲文艺复兴时期反面人物典型。

人性的污秽

不出他们是谁，因为他们背对着他，他们的板凳环绕着树的背面，所以他看不到他们的面孔。他猜想是三个年轻人，自他走后才来的教职员，刚从镇上的网球场健身回来，聚在小镇绿地上喝着瓶装水或无咖啡因饮料，一块儿放松放松，聊聊当天克林顿的新闻，然后再回到家里的老婆和孩子身边。在他听来，他们在情场方面既老到又自信，这些是他原来不会跟年轻副教授，特别是雅典娜的，联系在一起的。对于学界的玩笑来说，相当粗野，相当不入流。遗憾的是他在的时候这些家伙还没来。他们或许可以发挥骨干作用，抵制……不，不会的。上面的校园里头，可不是每个人都能成为网球搭档，这种力量在没有完全受到自我压制时可能会在玩笑里发散出来——一旦要求集结在他身后，他们很可能不会比其余的教职员动作快多少。反正他又不认识他们，也不想认识。他不再认识任何人。已有两年时间，在他埋头撰写《幽灵》期间他已完全断绝了与之交往了一辈子的朋友、同事以及熟人的联系，所以直到今天——正午前，在他和纳尔逊·普赖姆斯面谈后——面谈不仅破裂，而且由于科尔曼出乎自己意料地破口大骂，以令人惊讶的糟糕局面破裂——他才像此刻正在做的这样，偏离市镇大街，沿南区走，在南北战争纪念碑的地方，登上山坡，往校园进发。他料想不会碰到认识的人，也许除了那些给在七月份参加学院为期两周的老年招待所项目的退休人士授课的教师，项目包括参观坦格伍德音乐会、斯托克布里奇画廊和诺门罗克威尔博物馆。

当他登上山顶，从老天文大楼背后绕出来，走进光影斑驳的校园中心方形庭院时——这会儿这里甚至比雅典娜简介封面上的图片更充满矫揉造作的学院风情——首先映入他眼帘的便是这些暑期班学员。他们正朝自助餐厅走去吃午饭，成双成对地沿着广场蜿蜒的林荫小道迤逦而行。双行纵队：丈夫和妻子，丈夫和丈夫，妻子和妻子，寡妇和寡妇，鳏夫和鳏夫，以及在老年班相遇后重新组合的寡妇和鳏夫——或许只是科尔曼为他们所做的安排。所有的人都整整齐齐地穿着轻便的夏季服装，许多人穿着衬衫或色彩明丽的短袖衫，纯白或浅色卡其布长裤，有些穿着布鲁克兄弟品牌的夏季方格花纹料子裤。多数男士戴着长舌帽，有各种颜色的，许多上面绣有专业运动队的标志。他见不到轮椅、助行架、拐棍、手杖。他腿脚麻利的同龄人，看上去跟他一样健康，有的稍许年轻些，有的明显老些，但享受着退休为那些多少尚能顺畅呼吸、腿脚好歹尚能行走、思维多少尚且清晰的幸运儿所提供的自由。这是他应当待的地方。恰当的归属。得体的。

得体的。当下流行的字眼，意思是尽力抑制任何偏离健康指南的行为，以使每个人都觉得"舒服"。不做他正在做的那种倍遭指责的事情，而要做，他想，只有上帝才知道的我们之中哪位道德哲学家认可的事情。芭芭拉·沃尔特斯？乔伊斯·布拉泽斯？威廉·贝内特？《NBC日界线》节目？倘若他在这地方做教授，他可以教"古希腊戏剧中的得体行为"，一门不等到开始就已经宣告结束的课程。

他们正去吃午饭，沿途看得见北大楼，那幢覆盖着常青藤、历经风雨却美丽依旧的殖民时代砖结构楼房。十多年里，科尔曼作为院长占据了楼内正对着校长套间的办公室。学院的标志性建筑，有着锥形尖顶，顶上插着国旗的北大楼六角形钟塔——可以从山下雅典娜镇远眺，如同巍峨的欧洲大教堂可以被那些经常徒步赶赴教堂所在城镇的民众所识别一样——敲击着正午时刻。他坐在方形庭院最有名的满身树瘤的老橡树浓荫下的长椅上，坐着，沉静地思索着礼数的重压。礼数的专制。在一九九八年已经过去一半的时候，即使让他相信美国礼数的持久力都是件不容易的事了，而他感到自己正是个遭其迫害的人：对舆论仍具有的约束力，对个人搔首弄姿所提供的灵感，在这个折损阳气的布道坛上促销美德的活动中几乎无处不在，被 H. L. 门肯指认为愚民政策，被菲利普·怀利视作母性崇拜，被欧洲人罔顾历史地称之为美国的清教主义，被罗纳德·里根之流称之为美国的核心价值，并坚持以某种假面具——假扮成其他任何东西——出现的广泛的裁判权。作为一种力量，礼数变

人性的污秽 143

幻多端，以千百种伪装出现的一种女性权威，颇具渗透力，如果需要，可以作为公民责任、特权白人的尊严、女权、黑人骄傲、少数民族归属，或感情充沛的犹太伦理感。看来倒并不像马克思或恩格斯或达尔文或斯大林或希特勒或毛泽东从未出现过——反倒好像辛克莱·刘易斯从未出现过似的。反倒好像，他想，《巴比特》这书从未出版过。好像甚至连最基础水平的想象思维都从未被允许进入意识而引发最微弱的不安。一个世纪无与伦比的灭顶之灾戕害着人类——成千上万的百姓被迫遭受一次又一次的浩劫，一次又一次的暴行，一次又一次的邪恶，半数以上的世人屈从于作为社会政策的病理性虐待，整个社会被套在狂暴迫害的组织枷锁中，个人生命的尊严遭受摧残的规模史无前例，国家破碎，民族沦为将他们洗劫一空的思想罪犯的奴隶，全体国民如此心灰意冷，甚至丧失了早晨起床时起码的面对一天的愿望……所有本世纪呈现的可怕的试金石，而在这里他们却全副武装地对付福妮雅·法利。在这里，在美国，不是福妮雅·法利便是莫妮卡·莱温斯基！这两人闲适优雅的生活被克林顿和西尔克不得体的举止搅乱了！这，在一九九八，是他们不得不忍受的邪恶。这，在一九九八，是他们遭受的折磨，他们的烦恼，以及他们精神的死亡。他们最大的道德绝望的根源，福妮雅吮吸我，我操福妮雅。我遭到羞辱，不仅因为对一个白人班级说了"幽灵"这个词——请注意，当时我并不是站在那儿重温奴隶制传说、黑豹党人的怒吼、马尔科姆·X的变形、詹姆斯·鲍德温的修辞，或者《阿莫斯和安迪》节目的无线电高收听率，而是正在点名。我遭受羞辱不仅因为……

这一切都是在他坐在板凳上注视着他曾在里面当过院长的漂亮房子不到五分钟的时间里发生的。

但错误已经铸就了。他回来了。他回到了这儿。他回到他们将他撵走的山上，随之而回来的还有对当时没有集结在他身边的朋友、不愿支持他的同事、轻而易举就将他事业的全部意义一笔勾销的敌人的蔑视。

揭露他们自以为是的愚蠢所造成的任意妄为的残酷的冲动使他怒火中烧。他是由于愤怒的驱使而回到山上来的,他感觉得到它强烈的张力正驱散一切的理智,要求他立即采取行动。

德芬妮·鲁斯。

他站起身开始朝她的办公室迈步。到了某个年龄,他想,最好为了自己的健康不要做我正打算做的事。到了某个年龄,一个人的世界观最好采取中庸之道,倘若不是听天由命,倘若不是彻底投降。到了某个年龄,一个人应当安然度日,既不要过多提起以往的冤屈,也不要对现存神圣构成挑衅。然而,放弃发挥一切作用,只扮演社会分配的角色,在目前的情况下便是告老还乡者的角色——在七十一岁上,肯定是得体的行为,这对科尔曼来说,如同他很久之前就以必要的残忍向他的亲生母亲所展示的,是无法接受的。

他不是个被激怒的无政府主义者,犹如艾丽斯疯狂的父亲,吉特尔曼。他绝不是个政治上煽风点火的人。不是个疯子。也不是个激进分子或革命家,甚至从知识或哲学层面上来说都不是,除非相信对规定的社会最具限制性的界限的傲视及独立要求一个合法并自由的个人选择是基本人权之外的某种东西,是革命性的——除非当你成年以后拒绝主动接受在你出生时签字画押的合同,是革命性的。

现在他已走过北大楼的背面,正朝通往巴顿和德芬妮·鲁斯办公室的滚木球长形草坪走去。他不知道,倘若在这么一个明朗的仲夏日,离秋季班开学还有六到七星期,看到她坐在办公桌边,他会说些什么——他也没来得及细想,因为,他在还没接近环绕巴顿的宽宽的砖砌小路时,就看到离北大楼背面不远,有五个学院的清洁工聚集在邻近地下室电梯口的一小块背阴的草地上,穿着UPS快递咖啡色的衬衫和长裤,正从一个快餐盒里分吃比萨饼,给什么人的笑话逗得乐不可支。五人中唯一的女人,同时也是队友午餐时间注意的焦点——开了这个玩笑或说了什么俏皮话或逗弄了什么人,而且也是其中笑得最开怀的——福妮雅·法利。

男人们看上去都是三十岁刚出头的样子。两个蓄着胡须，其中一个炫耀着脑后的长马尾，体格壮硕，特别像公牛。他是唯一站着的，似乎更能直接居高临下地接近坐在地上的福妮雅，她长长的腿伸在面前，头快乐地朝后仰起。她的头发叫科尔曼大吃一惊。全都放了下来。在他的经验里，从来都是紧紧地束在一个橡皮圈里——只在床上当她拿下橡皮圈让头发落在她赤裸的肩膀上时才披散着。

和小伙子们一道。这些一定是她所指的"小伙子"了。其中一个最近才离婚，一个倒运的当过一阵子汽车行技师的人，他一直帮她维修她的雪佛兰，而且在那鬼东西无论怎么摆弄都发动不了时，开车送她上下班。另一个想在自己老婆在布莱克威尔纸箱厂做夜班时带她去看色情片，还有一个天真得连什么叫阴阳人都不懂。当他们聊天提到这些小伙了时，科尔曼不加评论地听着，对她所说的有关他们的事没有表现出懊丧，尽管在福妮雅报告了他们的谈话内容之后，他非常想了解他们对她究竟抱有多大的兴趣。但由于她并没有无了无休地谈论他们，他也没有就他们向她提问以助谈兴，这些小伙子并没有给科尔曼留下，比如可能给莱斯特·法利留下的那种印象。当然，她可以自觉地选择，让自己的举止不要那么无拘无束，让自己较少合作地适应他们的幻想，但即使科尔曼很想这么建议，他还是轻易地克制住了自己。她可以自主决定，或漫无目的或有针对性地对任何人说话，而且不管产生什么后果，她都得承担。她不是他的女儿。她甚至都不是他的"女友"。她是——她自己。

但当他从他躲回的北大楼背光的墙壁后窥视时，要采取如此豁达大度的态度却没那么容易。因为此刻他不仅看到他一贯看到的——生活赋予她的东西如此之匮乏对她造成的影响，而且或许还看到如此之匮乏的原因；从他不到五十英尺开外的有利视点，他几乎像透过显微镜似的观察到她如何在没有他的提示下，转而从身边最粗鲁的榜样，最粗俗的，那个生活指数最低下的、自我概念最肤浅的人身上接受提示。因为，不论你可能多有学问，实际上却是瓦露塔使你的一切假想成为现实，某些可能性从未形成过，更不用说大力揣测过了，正确评估你的瓦露塔的品格是你完全没有资格进行的一件事……直到，比如此刻，你溜进荫头里，看着她倒在草地上，膝盖弯曲着，微微张开，比萨饼的奶酪从一只手上往下淌，另一只手挥舞着一瓶无糖可乐，笑得晕头转向——笑什么？阴阳人？而在她面前耸立着，以一个失败的机械工人形象出现的，是与你本人生活方式大相径庭的一切。另一个法利？另一个莱斯·法利？也许没有那么可怖，却是法利的替代品，而不是他的。

倘若科尔曼远在当院长时的某个夏日碰到这个场面，他会把它当作毫无意义的校园景致——无疑他碰到过无数次——那时不仅会显得无害，而且还会是一道赏心悦目、充满美好夏日户外进餐乐趣的风景，但此刻却有载不动的意义。不论纳尔逊·普赖姆斯，还是他亲爱的莉萨，甚至由德芬妮·鲁斯匿名发出的隐晦的指控都没有使他确认任何东西，可是在北大楼后草坪上的这毫不起眼的一幕却终于彻底向他揭示了自己的耻辱。

莉萨。莉萨和她的那些孩子。小小的卡门。此刻闪进他的脑海，小卡门，六岁，但用莉萨的话来说，像是个更年幼的孩子。"她很伶俐，"莉萨说，"但像个婴儿似的。"当他看见她的时候，的确是可爱的伶俐的卡门：苍白，浅棕色皮肤，漆黑的头发扎成两条硬邦邦的辫子，眼睛不像他在别的任何人脸上看到的，却犹如燃烧着蓝色火焰的煤团，从里而外地放着光。孩子敏捷灵活的身躯套在整洁的微型牛仔裤和运动鞋里，脚上穿着彩色短袜，白色T恤窄小得犹如烟斗通条——一个活泼的小女孩，似乎对一切都很关注，特别是对他。"这是我的朋友科尔曼。"莉萨说。此时卡门一早起来就擦洗得干干净净的小脸上挂着一丝窃喜，一丝自大的嘲弄的微笑，正不急不慢地踱入房间。"你好，卡门。"科尔曼说。"他只是来看看我们做些什么。"莉萨解释。"OK。"卡门说，语气够友好的，但她审视他的目光与他审视她的同样专注，似乎带着笑意。

人性的污秽　　**147**

"我们来做我们天天做的事。"莉萨说。"OK。"卡门说,但此刻她正以一个更加严肃的微笑对他进行测试。然后,她转过身,拿起吸附在又矮又小的黑板上的活动塑料字母,莉萨叫她推动字母,组合成"want""wet""wash"和"wipe"四个字——"我总是告诉你,"莉萨说,"你得看着第一个字母。我们看你怎么读第一个字母。用手指着读。"——这时,卡门不停地、间断性地转动脑袋,然后整个身体,看着科尔曼并且靠着他。"任何东西都会分散她的注意力。"莉萨轻声对她父亲说。"好了,卡门小姐。好了,亲爱的。他是隐身人。""什么意思?""看不见的,"莉萨重复,"你看不见他。"卡门笑起来——"我能看见他。""快,快回到我这儿来。第一个字母。对了。好。但你还得把其他的都读出来。对吗?第一个字母——现在其余的。好——'wash'。这个是什么?你认得的。你认得这一个。'wipe'。好。"科尔曼来排除阅读障碍班旁听的那一天,卡门已经在班上待了二十五个星期了,虽然她取得了进步,但不多。他记得她怎么费劲地学认她正在朗读的那本看图识字故事书里的"your"这个词——用手指在眼睛四周挠个不停,把衬衫前襟挤捏成球状,将腿盘到她小椅子侧面的横档上,慢慢地,却稳稳地,把屁股挪得离椅子座位越来越远——可是仍然不能认出"your"或读不出声。"现在是三月了,爸。二十五个星期了。跟'your'的麻烦够长的了。混淆'couldn't'和'climbed'也够长的了,但眼下我非要解决'your'。按规定在班上待二十个星期就得离开。她上过幼儿园——她应当看图学过一些字。但当我在九月份给她看列在表上的一些字时——那时她都应当上小学一年级了——她说:'这是什么?'她甚至都不知道文字是什么东西。还有字母:h 她不认得,j 她不认得,她把 u 当 c。你知道她为什么会那样做的,两字母看上去很相似,但二十五个星期以后她依然有这个问题。m 和 w。i 和 l。g 和 d。对她还是问题。对她都是问题。""卡门让你相当气馁。"他说。"嗯,每天半小时?教得很多,功课不少。她应当在家里读,但家里有个十六岁的姐姐刚生孩子,父母忘记了她或根本就不管她。父母是移民，他们是第二语言学习者，他们用英文读给他们的孩子听有困难，虽然卡门连西班牙语怎么读也从没听见过。而这就是我日复一日要对付的。想象一下，竟然有孩子连书都不会拿。只是测试一下看看孩子们会不会翻书看——我把书给他们，像这样一本书，标题下有大大的一幅图画，我说：'给我看封面。'有的孩子会，但多数不会。印刷品对他们来说毫无意义。而，"她说，精疲力竭地微微笑着，和卡门迷人的笑容不能比，"我的孩子们并不被认为是无法学习的痴呆儿。卡门在我读的时候不看着字。她没心思。这就是为什么你在一天结束时备感沮丧。其他老师任务也不轻，我明白，但经过卡门，卡门，还是卡门的一天之后，你回到家里只能心灰意懒。那时候我什么也不能阅读了。甚至都不能打电话。我随便吃点什么，就上床了。我真正喜欢这些孩子。我爱这些孩子。但这何止是消耗性的工作——是在让我赔上一条命。"

福妮雅现在在草地上坐正了，喝干她的饮料，其中一个小伙子——最年轻的，最瘦的，他们当中最像小男孩的，不相称地在下巴尖上蓄着山羊胡，身穿咖啡色制服，却扎着条红格子方巾，脚上穿着一双好像是高跟牛仔靴似的东西——正在收拾午餐的垃圾，将它们塞进一个垃圾袋，其余的三个站在一边，站在阳光下，每人都在抽上班前的最后一支烟。

福妮雅独自待着。现在不做声了。严肃地坐在那儿，手里拿着空汽水罐，想着什么呢？想着十六和十七岁在佛罗里达当女招待的那两年，想着不带太太进来吃午饭的退休生意人，问她是否愿意住漂亮公寓，有好看衣服、一辆漂亮的新平托汽车，还有在保罗哈博所有服装店、珠宝店和美容院的赊账卡，作为交换，只要每星期几次，外加周末，充当一个女友角色？仅在第一年里就有不是一个、两个、三个，而是四个这样的建议。还有古巴人开出的条件。她从每个男友身上净得一百块，还不付税。对于一个有着大奶头的精瘦的金发碧眼姑娘，一个像她那样高挑、漂亮的女生，精力充沛，又野心勃勃，套上一条迷你裙、吊带背心和一双靴子，一夜赚一千块算不上什么。一年，两年吧，如果那时她愿意，她可以退休——她退得起。"你没有干？"科尔曼问。"没有。嗯——嗯。不过别以为我没想过，"她说，"所有肮脏的餐馆、那些讨厌的人、疯狂的厨师、我不会读的菜单、不会写的点单，样样都得用脑子记得一清二楚——可不是闹着玩的。就算我不会读，可我会算。我会加。我会减。我不识字可我知道莎士比亚是谁。我知道爱因斯坦是谁。我知道谁打赢了南北战争。我不傻。只是个文盲。区别很小，但有区别。数字不同。数字，相信我，我明白。别以为我不知道那可能根本不是个坏主意。"但科尔曼不需要这样的提示。他不仅认为她十七岁时想当婊子可能是个好主意，还认为那个念头她不仅仅简单地在脑子里品味一下而已。

"你拿一个识不了字的孩子怎么办？"莉萨曾绝望地问他，"这是通往一切的钥匙，所以你必须努力，但努力使我心力交瘁。第二年应当好过些。第三年更好些。可这是我第四年了。""没有改进？"他问。"很难。这么难。一年比一年难。但如果连一对一的辅导都没有效果，你怎么办？"嗯，他对不识字的孩子所做的是让她当自己的情妇。法利所做的是让她当自己的沙袋。古巴人所做的是让她当自己的婊子，或者是婊子中的一个——科尔曼经常这么想。当他的婊子有多久？这是不是福妮雅在起身前往北大楼打扫走廊之前所想的东西呢？她是否在想她的这些经历持续了多长时间了？母亲、继父、从继父身边逃跑、南方的栖身地、北方的栖身地、男人们、殴打、打工、结婚、农场、牛群、破产、孩子、两个死孩子。难怪在阳光中的半小时和小伙子们分一个比萨饼对她来说犹如天堂。

"这是我朋友科尔曼，福妮雅。他只是来看看的。"

"OK。"福妮雅说。她穿着一件绿色灯芯绒无袖连衣裙，干净的白色长袜，铮亮的黑皮鞋，不像卡门那样活泼——镇定，守规矩，永远地有点自卑,一个漂亮的中产阶级白人孩子,留着金黄色长发,两边别着蝴蝶发夹,而且,不像卡门,当他被介绍时,对他没有表示出兴趣,也不感到好奇。"你好。"她顺从地嗫嚅着,继续听话地转回身移动磁性字母,将 w、t、n 都推到一起,在黑板的另一个部分则将所有的元音字母集合起来。

"用两只手。"莉萨吩咐她,她于是用两只手。

"这些是什么?"莉萨问。

福妮雅读所有的字母。都读对了。

"我们来些她知道的。"莉萨对她父亲说,"拼出'not',福妮雅。"

福妮雅动手做。福妮雅拼出"not"。

"干得好。现在来点她不知道的。拼'got'。"

久久地,紧紧地盯着字母,但没有结果。福妮雅什么也没拼出来。什么也不做。等待。等着下面会发生什么。她一生都在等着下面会发生的事情。总是有事发生。

"我要你把第一个字母变动一下,福妮雅小姐。快。你知道的。'got'的第一个字母是什么?"

"g。"她把 n 移开,在单词的开头用 g 来代替。

"干得好。现在拼出'pot'这个词。"

她拼出来了。pot。

"好。现在用手指着读。"

福妮雅在每个字母下面移动手指,一面清晰地读出声来:"扑——啊——突。"

"她蛮机灵的。"科尔曼说。

"是的,就算吧。"

这间大房间里还有另外三个孩子跟着另外三个排除阅读障碍教师在学习,所以科尔曼可以听到周围轻轻的朗读声,遵从着不论内容的相同幼稚的起伏模式,他听到别的老师说:"你知道这个—— u,就像

人性的污秽　　**151**

'umbrella'——u，u——"又听到："你知道这个——ing，你知道 ing——"还听到："你知道 I——好，干得好。"而当他环视左右时，他看见别的在学习的孩子也都是福妮雅。到处都是字母表，每个字母都有图画举例说明它的用途，到处都有塑料字母可以随手捡起来，颜色各不相同，帮助你根据读音一次一个字母地拼成单词，到处都堆放着讲述最简单故事的简易读本："……星期五我们去海滩。星期六我们去机场。""'熊爸爸，熊宝宝和你在一起吗？''不。'熊爸爸说。""早晨一条狗对着萨拉叫。她害怕了。'努力做个勇敢的孩子，萨拉。'妈妈说。"除了所有这些书、所有这些故事、所有这些萨拉、所有这些狗、所有这些熊、所有这些海滩，还有四位老师，四位老师都在教福妮雅，可是他们仍然教不会她按她的年龄段阅读。

"她上一年级。"莉萨对父亲说，"我们希望如果我们四个人整天整天地教她，到年底我们能让她加速。但让她主动学习很困难。"

"漂亮小女孩。"科尔曼说。

"对，你觉得她漂亮？你喜欢那种类型？你的类型是不是那种，爸，漂亮的，字认得慢的，有着金黄色头发，意志力破碎的，别着蝴蝶发卡的？"

"我没那么说。"

"你不需要说。我一直在看着你和她在一起的样子。"她指着房间里所有四个静悄悄坐在黑板前的福妮雅，她们正在用彩色塑料字母拼了又拼"pot""got""not"这几个词。"她第一次用手指拼出'pot'时，你都不能把眼睛从这孩子身上挪开。嗯，要是那让你兴奋的话，你真该在九月份就上这儿来。九月份她把自己的名和姓都拼错了。刚刚离开幼儿园，可是列出的单词中只认得一个词'not'。她不明白印刷符号包含着信息。她不懂先看左页，再看右页。她不知道《金发姑娘和三只熊》。'你知道《金发姑娘和三只熊》吗，福妮雅？''不。'这表明她在幼儿园的经历——因为他们在那儿听到的就是这些东西，童话、儿歌——不怎么样。今天她知道了《小红帽》，然后呢？忘了。哦，如果你九月份见到福妮雅，刚以不及格的成绩从幼儿园出来，我保证，爸，她会把你逼疯的。"

你拿一个识不了字的孩子怎么办？这孩子在一辆停在她家门口小路上的轻便货车里用嘴吮吸什么人的阴茎，以为在楼上，车库顶上的小屋子里，她年幼的孩子睡着了，取暖器开着——两个无人照看的孩子，一场煤油大火，可是她和那家伙在货车里。这个自从十四岁就出逃的孩子，一辈子都在逃出她令人费解的生活。这孩子结婚了，为了他将提供的稳定和保障，一个战斗狂老兵，只要你在睡梦中翻个身，他就会掐你脖子。虚假的孩子，隐瞒身份说谎的孩子，不识字却识字的孩子，假装不识，心甘情愿将这个致残缺点加在自己身上，为了更方便地假扮归属于她并不属于也无须属于的那个低端团伙，为了一切错误的原因，她要他相信她是那个团伙的成员。这孩子的生活在七岁时变成一片幻影，十四岁时遭恶变，以后便是一场灾难，她的职业既非女招待，也非娼妓，也非农场主，也非清洁工，而永远是一个好色继父的养女，一个自恋母亲的毫无自卫能力的孩子，一个不信任任何人的孩子，把每个人都看成是骗子，然而又不加防范的孩子，不屈服于威胁，具有非凡的忍耐力，然而对生活的索取却微乎其微，噩运最爱光顾的严阵以待的孩子，每件可能发生的坏事都发生在她身上而运道却没有显示任何转换的迹象，可是她却是自斯蒂娜以来唯一令他激动、让他发情的女人，从道德层面上来讲，不是最让他产生排斥感，而是最不让他产生排斥感的人，一个他感到自己被深深吸引的人，因为在那么长的时间里他的目标一直锁定在相反的方向——因为他朝相反的方向走而失去了一切——因为以前控制他的潜在的正确的得体感正是现在推进他的动力，表面显得毫不匹配的红颜知己，他与之共享灵与肉结合的人，一个绝非玩物的女人，他一周两次将身体投掷给她，以维持自己动物的天性，一个对他来说比地球上任何别的人都更像志同道合的战友的人。

你拿这样一个孩子怎么办？尽快找到一部付费电话，修正你愚蠢的错误。

他以为她正在想这一切延续有多久了，母亲、继父、从继父身边逃走、南方的栖身地、北方的栖身地、男人们、殴打、打工、结婚、农场、牛群、破产、孩子、死孩子……也许她正在想这些。也许她想的是这些，即便，此刻独自待在草坪上，小伙子们正在抽烟，打扫午餐垃圾，她以为自己在想的是乌鸦。她常常想到乌鸦。到处都是乌鸦。它们在离她睡觉的地方不远的树林里做窝，它们在她到牧场上给牛群开关栅栏时在那儿，今天它们满校园地叫唤，所以她并没有像科尔曼以为的那样思考她正在思考的问题，她正在想的是那只经常光顾西里福商店的乌鸦。那时，大火过后她还没有搬到农场住，她在那儿租住一间带家具的房间，企图躲过法利。在邮局和商店之间的停车场上流连的乌鸦，曾被什么人当作宠物的乌鸦，因为遭遗弃或因为母亲被杀——她一直不知道是什么原因使它成了孤儿。现在它又一次被遗弃，不得不在停车场盘桓，那儿是每个人白天都得穿梭往返的地方。那只乌鸦在西里福制造了许多麻烦，因为它开始俯冲攻击进邮局的人，追逐小女孩头发上的蝴蝶发卡，等等——如同所有的乌鸦，因为它们天性爱收集发光的东西，碎玻璃什么的。于是邮局女局长在和镇上几位感兴趣的居民讨论过后，决定把它送到奥杜邦学会，关进了笼子，只是偶尔放飞一下；不能放生它是因为留恋停车场的鸟在自然界根本无法适应。那只乌鸦的嗓门。她无时无刻不记得，白天或黑夜，醒着，睡着或半睡眠状态。有着一个奇怪的嗓门。不像其他的乌鸦，可能是因为它没跟其他乌鸦一起长大。大火过后我常去奥杜邦学会看望那乌鸦，每当访问结束，我转身离开时，它都会用那嗓门唤我回去。是的，在笼子里，但作为那样一只鸟，待在那儿更好。还有别的鸟关在笼子里，人家送进来的，因为它们不能继续生活在野地里了。有一对小猫头鹰，浑身长着斑点，活像玩偶。我也常探望这对猫头鹰。另有一只灰背隼，叫声很尖厉。很好的鸟。后来我搬到这儿，和以前一样孤单，我对乌鸦有了从未有过的了解。它们对我也一样。它们的幽默感。是那个吧？也许不是幽默感。不过在我看来像。它们来回走动的样子。它们把脑袋缩起来的德性。要是我没有面包给它们吃它们就冲我尖叫的派头。福妮雅，拿面包去。它们大摇大摆地走起来。它们对周围的鸟差来遣去。星期六在坎伯兰和红尾鹰谈话后，回家的路上，在果园里听到那两只乌鸦。我知道出事了。那种报警的鸟叫声。果然看见三只鸟——两只乌鸦一起叫，呱呱嚷着，要撵走那只红尾鹰。也许正是我几分钟前和它说话的那只。撵走它。很明显红尾鹰不想干好事。但对付一只鹰？是不是个好点子？可以让别的乌鸦对它们刮目相看，但我不知道我会不会那样干。它们俩就想对付一只鹰？好勇斗狠的小杂种。大多数都心存敌意。有种。曾经看到过一张照片——一只乌鸦径直走到一只鹰面前，冲着它呱呱叫。鹰根本不理。甚至都没看见它。乌鸦有点门道。它飞的方式。它们不像渡鸦飞得那么漂亮，渡鸦飞起来，会做出那些美妙好看的杂技动作。它们有一个笨重的机身，得从地面举起来，却不一定需要助跑。只要走几步就行了。我观察过。不只是股蛮劲。它们一使劲，就飞了起来。我以前常带孩子们到弗兰德里冰激凌店去吃东西。四年前。那儿有成千上万的乌鸦。弗兰德里在布莱克威尔的东大街上。下午。天黑前。停车场上有成千上万只。弗兰德里的乌鸦聚会。乌鸦和停车场有什么关系？其中有什么门道？我们永远也不会明白其中的门道，就和任何别的事一样。其他的鸟跟乌鸦相比都好像有点迟钝。对，蓝松鸦的蹦跳很逗。蹦床上的步子。挺不错的。但乌鸦会蹦，还会猛地把胸一挺。令人难忘。脑袋从左转到右，探测周边动静。哦，它们可神气啦。最酷不过的。呱呱的叫声。刺耳的呱呱声。哦，我爱听。跟它心有灵犀。狂叫的意思是有危险。我喜欢。当时就跑出去。可能是清晨五点，我不管。一声狂叫，就冲到外面，随时都能见到这种场面。其他的叫声，我不能说我懂得它们的意思。也许，没什么

人性的污秽

意思。有时候一带而过。有时候很深沉。不想跟渡鸦的叫声混淆。乌鸦跟乌鸦配对,渡鸦跟渡鸦配对。从来不会搞错,太奇妙了。反正,据我所知,从来没有搞错过。那些说它们是丑陋的清道夫鸟的人——几乎人人都那么说——统统都是笨蛋。我认为它们很美。哦,是的。非常美。它们的柔滑。它们的色调。乌黑,你都能看见泛出的紫光。它们的头。嘴巴根上的那簇毛,像唇髭的东西,从羽毛里伸出来的那些绒毛。肯定有名字的。但名字无关紧要。从来都无关紧要。要紧的是它们在那儿。谁也不知道原因。正如别的一切——就在那儿。它们的眼睛全都是黑色的。每一个都长着黑眼睛。黑爪子。飞起来怎样?渡鸦会翱翔,乌鸦似乎只顾往目的地去。据我所知它们才不空兜圈子呢。让渡鸦翱翔吧。让渡鸦表演翱翔的技术吧。让渡鸦冲刺九万八千里,打破纪录,领取奖杯吧。乌鸦得从一个地方赶往另一个地方。它们听说我有面包,所以就到这儿来了。它们听说两英里外有人有面包,于是就上那儿去了。当我把面包撒给它们吃的时候,总有一只站岗放哨,你能听到远处还有另一只,它们前后递送情报,让每只都明白眼下的形势。简直难以想象每个人都会为别人放哨,但看上去的确如此。我从没忘记小时候一个朋友说给我听的一个美妙的故事,是他母亲讲给他听的。一些乌鸦聪明绝顶,它们想出了把手头无法打开的坚果送到公路上去的法子,它们观察灯光,红绿灯,它们知道什么时候车子会启动——它们那么聪明,知道灯光怎么变。它们把坚果放在轮胎前,壳子就给轧开了,一等灯光有变,它们就下去取。我当时信以为真。当时什么都信以为真。现在我了解它们了,比对任何别的东西都了解得多,我就又相信那故事了。我和乌鸦。这是门票。忠于乌鸦,你就无忧无虑了。我听说它们相互梳理羽毛。可从没见过。看见过它们相互紧挨在一起,不知道它们在干什么。但从没见过它们真正那样做。连它们梳理自己的羽毛都没见过。不过那时候我是它们的邻居,并不住在它们窝里。巴不得住里面。宁愿是只乌鸦。哦,是的,绝对愿意。绝无三心二意。巴不得是只乌鸦。它们不必劳神，为躲避什么人或什么东西而搬家。它们要搬就搬。它们不需要收拾行李。它们说走就走。当它们被什么东西撞上了，得，一命呜呼。掉只翅膀，一命呜呼。脚骨折断，一命呜呼。比这个好多了。也许我将做个乌鸦再回到世上来。在我像这样回到世上来之前是个什么？是只乌鸦！对！我是只乌鸦。而我说："上帝，我希望我是下面那个大奶头女生。"我如愿以偿，现在，基督啊，我真想回到我乌鸦的身份。我的乌鸦身份。乌鸦的一个好名称。身份。对任何黑色的大东西都是好名称。跟那种趾高气扬的步态相配。身份。小时候我眼睛很尖。我爱鸟。总喜欢看乌鸦、老鹰和猫头鹰。夜里，开车从科尔曼那儿回家时仍然看得到猫头鹰。我忍不住从车里出来去和它们说话，不应当。应当直接开回家，别让那杂种有机会杀我。乌鸦听到别的鸟唱歌时会怎么想？它们会想好傻帽哦。的确傻帽。呱呱叫。唯一的选择。一只高视阔步的鸟唱甜蜜的小调，绝对不相称。不，拼命地呱呱叫吧。那才是妈的门票——拼命地叫，天不怕地不怕，当场吃一切死掉的东西。要是你想那样飞的话，在一天里就得有许多动物死在路上。别费心拉走，就地在路上吃掉。有车子驶来时，也要等到最后一分钟才起身离开，但并不走远，以至于车一开走，就可以一脚跳回来，重又埋头大嚼。就在路中央吃。不知道肉变坏了怎么办。也许对它们来说没有变坏的问题。也许所谓清道夫指的就是这个。它们和土耳其秃鹫——专干这一行。它们照看树林里和大路上所有那些我们不想搭理的东西。全世界没有一只乌鸦挨饿。从来不会饥一顿饱一顿。什么腐烂了，你看不到乌鸦躲开。有死亡，就有它们。什么东西一死，它们就来取。这我喜欢。我非常喜欢。把那只浣熊吃掉，管它三七二十一。等着卡车过来，将脊椎骨噼啪轧开，然后回头，将所有的好东西嚼食一净，以至于有力气把那美丽的黑色身躯从地面抬起来。当然，它们的举止也有奇特的地方。跟任何别的东西一样。我看到过它们待在那些树上，聚在一起，相互交谈，出了什么事。但我永远也不可能知道究竟是什么事。做了某种重大的安排。但我一点都不知道它们自己是否明白。也可能像所有其他的事情一样，毫无意义。不过，我敢打赌，不会没有意义，一定比这儿的任何事情都他妈的重要一百万倍。难道不是吗？不是有许多东西看上去好像很不一样，其实并没什么不同？也许不过只是基因遗传发生在"嘀嗒"一下的瞬间。想象一下，如果由乌鸦管事。会不会同样乌七八糟？它们的问题是太实际。它们飞行的样子。它们说话的样子。甚至它们的颜色。所有那种黑色。纯粹的黑色。也许我曾经是只乌鸦，也许不是。我以为我有时候相信我已经是一只了。是的，已经有好几个月断断续续地相信。为什么不呢？有的男人被锁在女人的身体里，也有的女人被锁在男人的身体里，所以我为什么不能是只乌鸦被锁在这个身体里呢？对了，哪里去找个医生来做他们一贯做的事，把我放出去？我到哪里去做外科手术，可以让我成为原本的我？我和谁说？我上哪儿去，我该做什么，我他妈的怎么才能挣脱出去？

我是只乌鸦。我知道。我知道！

从北大楼下到山腰处，科尔曼在学生会大楼走廊里发现一个付费电话，正对着那些老年招待所学员在里面吃午饭的自助餐厅。他透过双开门能一直看到里面的长形餐桌，成双成对的老人正在那儿愉快融洽地进餐。

杰夫不在家——现在洛杉矶大约是上午十点，科尔曼听到的是自动答录机，于是他在他的地址簿里搜索大学的办公室号码，祈祷杰夫还没去教室上课。父亲必须对他长子说的话非得立即就说。他最近一次给杰夫在类似情况下打电话是告诉他艾丽斯的死讯。"他们害死了她。他们打算害死我的，结果害死了她。"这是他对每个人说的话，而且不只是在最初的二十四小时里。那是崩溃的开始：一切都被愤怒所征用。但现在却是一切的结束。结束——这正是他要告诉儿子的消息。也是要告诉他自己的。结束放逐，返回过去的生活。心平气和地接受那些不如自我放逐般宏伟辉煌的东西,以及对自身力量压倒性的挑战。与自己的失败以一种谦和的态度共处,重新以理性作为生活准则,抹去伤痛和愤怒。倘若不屈服,则静静地不屈服。平静地。尊严的沉思冥想——这才是门票,正如福妮雅爱说的。以一种不会使自己想起菲罗克忒忒斯的方式生活。他不必像他课程里的悲剧英雄那样过日子。以原始初民为解决之道并非新鲜事——向来如此。欲望乃万变之源。一切毁灭都可从中找到答案。但选择以坚持抗争的手段延续丑闻?四面八方都是我的愚蠢。到处都被我搞得乱七八糟。还有那粗俗不堪的情感。重温和斯蒂娜的旧梦。开玩笑似的和内森·祖克曼一起跳舞。对他推心置腹。和他畅谈往事。让他大饱耳福。使他的作家现实感变得越发敏锐。填饱那个大投机分子的胃囊,一个小说家的脑子。不论出现什么大灾大难,他都可以变成文章。灾难是他的饲料。但我又能把这变成什么?我陷在里头无以自拔。情况正是如此。没有语言、形式、结构、意义——没有三一律,没有净化,什么都没有。更多的无可转化的无可预料。为什么会有人贪得无厌呢?然而那名叫福妮雅的女人正属于无可预料。在情欲上和无可预料相互缠绕,可是世俗传统又令人无法忍受。正人君子的处世原则实在令人无法忍受。和她躯体的接触才是唯一的原则。没有什么比那更重要的了。她讥讽的韧劲。直达骨髓的另类。和那个互通。必须使我的生活屈从于她的生活及其离经叛道之处。它的飘忽不定。它的出格。它的离奇古怪。原始性爱的欢愉。拿起福妮雅的椰头对抗一切老八代,一切冠冕堂皇的说教,打出一条通往解放的道路。从何处解放?从作古正经的愚蠢荣耀中解放出来。从可笑的对意义的追求中解放出来。从永无止境的追求合法的运动中解放出来。七十一岁时的自由之战,将一辈子的生活甩掉的自由——也称之为阿申巴赫式的疯狂。"就在当天"——《死于威尼斯》的结束语——"上流社会震惊地获悉了他去世的消息。"不,他无须像任何课程里的悲剧英雄那样生活。

"杰夫!我是爸。你父亲。"

"你好。情况怎样？"

"杰夫，我知道为什么我没接到你的电话，为什么没接到麦克尔的电话。马克，我是不指望他打电话来的——莉萨在我上次打过去时中途挂断了。"

"她给我打了电话。她告诉我了。"

"听着，杰夫——我和那女人的事了结了。"

"是吗？为什么？"

他想，因为她没指望。因为男人已经打得她半死。因为她的孩子在大火里烧死了。因为她的职业是清洁工。因为她没受过教育，而且自称不识字。因为她自十四岁起就不断地逃跑。因为她甚至都没问过我："你干吗跟我在一起？"因为她知道所有的人干吗跟她在一起。因为她已看破世道，而且没有指望。

但他对儿子只说了一句话："因为我不想失去我的孩子们。"

杰夫再温柔不过地笑了一下，说："你想失去我们都不行。你肯定没法子失去我。我不相信你会失去麦克尔或莉萨。马基另作别论。马基渴望得到我们谁也无法给他的东西。不仅是你——我们都做不到。对马基来说是很伤心的事。但我们要离开你？我们自母亲死后以及你从学院辞职后就一直在失去你？那是我们一直感到困扰的事。爸，我们都不知道怎么办。自从你走上和学院交恶的路，要和你联系上就不太容易了。"

"我明白，"科尔曼说，"我理解。"但交谈了不到两分钟，他已经感到无法忍受了。他理性的、能力超强的、随和的儿子，年纪最大的、头脑最冷静的，平静地和父亲谈论家庭问题，而父亲正是问题之所在，其尴尬的程度并不亚于他非理性的小儿子对他发火，强词夺理，胡搅蛮缠。他正向他们索取同情——他自己孩子的同情，太过分了！"我理解。"科尔曼又说一遍，而正因为他理解，才更加难堪。

"我希望她没出什么太尴尬的事。"杰夫说。

"她？没有。我只是决定适可而止。"他不敢多说，生怕会说出什么非常不一样的话。

"那好,"杰夫说,"我大可放心了。没有什么后遗症,如果你指的是那个。太好了。"

后遗症?

"我不明白你的意思,"科尔曼说,"为什么说后遗症?"

"你自由了,脱身了?你又恢复原样了?你说话的口气多少年都没像现在这样自然了。你打了电话来——这才是最重要的。我一直在等待,我一直在期盼,终于你打电话来了。没有什么要说的了。你回到我们身边了。我们原来就担心这个。"

"我听不懂,杰夫。告诉我什么情况。我不明白我们这会儿谈的是什么。从何而来的后遗症?"

杰夫停顿了片刻才又开口,当他说话的时候,语气吞吞吐吐:"流产。自杀企图。"

"福妮雅?"

"对。"

"流产?企图自杀?什么时候?"

"爸,雅典娜每个人都知道。我们才听说的。"

"每个人都知道?谁是每个人?"

"好了,爸,没有后遗症……"

"从来没有的事,儿子,所以不存在'后遗症'。从来没有的事。没有过流产,没有过自杀企图——据我所知没有。而且据她所知也没有。但究竟这每个人是谁?活见鬼,你听到一个像那样的故事,一个像那样无聊的故事,为什么不拿起电话,为什么不来找我?"

"因为轮不到我找你。我不找你那个年纪的人……"

"好,你不找,是吗?相反,无论你听说了什么关于我这个年纪的人的事,不论多可笑,不论多刻薄和荒谬,你都相信。"

"如果我说错了话,我真的非常抱歉。你是正确的。当然你是正确

人性的污秽 161

的。但对我们大家来说,这都是一段难熬的日子。你不像以前那样容易找到了,因为……"

"谁告诉你的?"

"莉萨。莉萨第一个听到的。"

"莉萨从谁那儿听到的?"

"好几个来源。熟人。朋友。"

"我要名字。我要知道谁是这每个人。哪些朋友?"

"老朋友。在雅典娜的朋友。"

"她亲爱的童年朋友。我同事的后代。谁告诉他们的,我想知道。"

"没有过自杀企图。"杰夫说。

"没有,杰夫,没有。据我了解,也没有流产。"

"嗯,那就好。"

"如果有呢?如果我的确让那女人怀孕,她做了流产,流产过后企图自杀,又怎样呢?设想一下,杰夫,她甚至自杀成功了。又会怎样呢?又会怎样呢,杰夫?你父亲的情妇自杀身亡。又会怎样呢?对付你父亲?你的罪犯父亲?不,不,不——让我们回到前面去,走回一步,回到自杀企图。哦,我喜欢那个话题。我真想知道,谁发明了这个自杀企图。是不是因为流产的缘故,她企图自杀?让我们把这个莉萨从她在雅典娜的朋友那儿听来的情节剧搞搞清楚。因为她不要流产?因为流产是强加于她的?我明白了。我明白其残酷性了。一个在大火中失去两个孩子的母亲跟情人有孕了。欣喜若狂。一个新生命。一个新机会。一个替代死去孩子的新孩子。但情人——不行,他说,并拽着她的头发,把她拖去做流产,然后——当然——在设法使她屈从于自己的意志后,将她赤条条、血淋淋的身体……"

杰夫早已挂上了电话。

但现在科尔曼已不再需要杰夫继续讲下去了。他只要看见老年招待所的夫妻们在自助餐厅里吃完午饭再去教室上课,他只要听见他们在里面从容地谈话，尽享余生之乐——得体的老年人，模样和腔调都符合规范——就明白即使他所做的世俗的事情也没有给他带来宽慰。他不仅是个教授，不仅当过院长，不仅保持了——历尽沧桑——和一个同样令人生畏的女人的婚姻，而且拥有一个家庭，抚育了聪明的儿女——这一切的一切都没有给他带来任何宽慰。如果别人的儿女都能理解这些，为什么他的就不能？所有的学前教育。所有对他们的朗读。一套套的百科全书。考试前的准备。晚餐时的对话。就生活的多重性进行的无了无休的指导，艾丽斯的，他的。对语言的一丝不苟的要求。我们做了这一切，他们反过来却以这种思维对付我？在上了那么多学，读了那么多书，说了那么多话，得了那么多杰出的 SAT 分数之后，依然让人无法忍受。过去始终那么重视他们。当他们说了什么傻话的时候，照样严肃地对待。全力培养理性、思维和富有想象力的同情。培养怀疑精神，知识丰富的怀疑精神。培养独立思考的能力。而现在竟全盘听信第一个谣言？所有的教育，一点都没起作用。无力隔绝最低级的思想。甚至都不问问他们自己："这听起来像不像我们父亲？对我来说这听起来像不像他？"相反，你父亲是个一目了然的家伙。从来不让你们看电视，你们却表现出肥皂剧的思维模式。只允许你们阅读希腊的或同类著作，你们却把生活弄成一出维多利亚肥皂剧。回答你们的问题。你们的每一个问题。从不回避任何一个。你们问到你们的祖父母，你们问他们是谁，我告诉你们。我年轻的时候，他们死了，你们的祖父母。爷爷在我上高中时，奶奶在我离家当海军时。我战后回家，房东早就把所有的东西都放在街边上了。没留下任何东西。房东对我说，他负担不起这个那个，收不到租金，我都能宰了那杂种。照相簿。信件。我童年的纪念品，他们童年的纪念品，全部的，所有的，点滴不存。"他们在哪儿出生的？他们住在哪儿？"他们出生在新泽西。他们家是出生在那儿的第一代。他是个酒吧老板。我相信他父亲，你们的曾祖父，在俄国开酒馆。卖烈性酒给那些俄国佬。"我们有姑妈和叔叔吗？"我父亲有个兄弟，在我还是个小不点时就去了加利福尼亚，我母亲是独生女，跟我一样。生我之后，她不能再生孩子了——我始终不知道为什么。那兄弟，我父亲的哥哥仍然是个姓西尔伯兹维格的——据我所知他一直没用改了的姓。杰克·西尔伯兹维格。出生在老家，所以保留那姓氏。当我准备乘船从旧金山出发时，我查遍所有加利福尼亚电话簿，企图找到他的地址。他和我父亲合不来。父亲认为他是个懒汉，不想和他有任何交往，所以没人知道杰克叔叔住在哪个城市。我查找了所有的电话簿。我想告诉他他兄弟死了。我要和他见见面。我唯一的那边的亲戚。所以，即便他是个流浪汉，又怎样？我想见见他的孩子，我的堂兄妹，如果有的话。我在西尔伯兹维格名下找。在西尔克名下找。在西尔伯名下找。也许在加利福尼亚他成了西尔伯。我不知道。我现在还是不知道。我一点头绪也没有。后来我不找了。当你没有自己家庭的时候，你关心这些事。后来我有了你们，不再担心有过一个叔叔和堂兄妹……每个孩子都听过同样的故事。唯一不满意的是马克。大孩子们没问得那么多，但双胞胎穷追不舍。"过去有过双胞胎吗？"我的理解——我相信他们是这么对我说的——曾经有过一个曾祖父，或曾曾祖父，是个双胞胎。这也是他告诉艾丽斯的故事。所有这一切都是为艾丽斯编造的。这是他们在萨利文街第一次会面时他讲给她听的故事，是他始终坚持的故事，原版定型新闻稿。唯一不满足的是马克。"我们的曾祖父母是从哪儿来的？"俄国。"哪座城市？"我问过我父母，但他们似乎不能确定。有时一个地方，有时另一个地方。整整一代的犹太人都像这样。他们从来都不真正了解。老人不多谈，美国孩子在这种事情上没有多少好奇心，他们非常兴奋，成了美国人，这样，在我家里，就像在许多人家里一样，普遍存在着地理健忘症。当我问他们时，科尔曼对孩子们说，只得到"俄国"这个回答。但马基说："俄国大得很，爸。俄国什么地方？"马基不愿意安静。为什么？为什么？没有回答。马基要获得关于他们是谁，以及他们从哪来的知识——他父亲永远也不可能传授给他的一切。那就是为什么他加入了正统犹太教？那就是为什么他撰写《圣经》题材的抗议诗歌？那就是为什么马基那么恨他？不可能。有吉特尔曼夫妇。吉特尔曼祖父母。吉特尔曼姑妈叔叔。泽西到处都有小吉特尔曼表兄弟表姐妹。还不够？他需要多少亲戚？必须还有西尔克和西尔伯兹维格？那不成其为怨恨的理由——不可能！然而科尔曼禁不住怀疑，纵然显得有些没道理，马基生闷气是否跟他自己的秘密有关系。只要马基跟他不和，他就不能不怀疑，但这怀疑从来也没有像在杰夫挂断电话后那样使他感到锥心的痛苦。孩子们在自己的基因里带着他的起源，而且将把这些起源传给他们自己的后代，倘若连他们都能如此轻而易举地怀疑他对福妮雅犯下了最为残酷的罪行，那么还能用什么别的作解释呢？因为他永远不能把家史告诉他们？因为他有告诉他们的义务？因为不对他们传授这个知识是错误的？没道理！报应不是在毫无知觉或毫不知情的情况下发生的。不存在这样的一报还一报。绝不可能有。但，在打过电话后——在离开学生会大楼，离开校园，眼里噙着泪水，驾车返回山里时——这正是他心里的感受。

他驾车回家的一路上回忆着他几乎要告诉艾丽斯的那个瞬间。那是在双胞胎出生以后。家庭现在完整无缺了。他们成功了——他终于做到了。他所有的孩子身上都没有任何他秘密的标记，似乎他从此摆脱了他的秘密。从中解脱出来的狂喜几乎将他带到和盘托出全部事实的边缘。是的，他要将自己所拥有的最伟大的礼品奉献给妻子：他要告诉他四个孩子的母亲他们父亲的真实身份。他要告诉艾丽斯真相。在她生下他们漂亮的双胞胎之后，他是那样兴奋和轻松，脚下的大地显得那样坚实，他带着杰夫和麦基[1]到医院去见他们的新弟弟和妹妹，为他们的担心，最可怕的担心，从他的生活中一扫而光。

但他永远也没能将这份大礼献给艾丽斯。他幸免于那么做的麻

---

[1] 麦克尔的昵称。

烦——或者说他没有为了却心愿而遭殃——都是因为降临在她最亲近友人头上的一场灾难。她在艺术家协会董事会里的闺蜜，一位漂亮、文雅的业余水彩画画家，名叫克劳迪亚·迈克切斯尼。她的丈夫，县里最大建筑公司的老板，惊爆隐私：包二奶。八年来哈维·迈克切斯尼养着一个比克劳迪亚年轻好多的女人，那女人在塔科尼克附近椅子厂当会计，他和她生了两个孩子，小的一个才四岁，大的六岁，住在紧靠马萨诸塞州边界的纽约州里，他每周过去看望两次，他养着她，似乎很爱她，而迈克切斯尼在雅典娜的家室却一无所知，直到接到一个匿名电话——一定是哈维建筑业对手中的一个——向克劳迪亚及其三个十来岁的孩子揭露当哈维不上班时究竟在干些什么。克劳迪亚当晚就崩溃了，完全垮掉了，试图割腕，幸亏艾丽斯从凌晨三点开始，在一位心理医生朋友的帮助下，组织抢救，天亮前得以将克劳迪亚送进奥斯汀里格，一家位于斯托克布里奇的心理治疗医院。艾丽斯，一面给两个新生儿喂奶，看护另外两个学前男孩，一面每天上医院去，跟克劳迪亚聊天，稳定她的情绪，让她宽心，把盆栽植物带去让她照管，拿艺术书籍让她阅读，甚至给克劳迪亚梳头，编辫子，直到五个星期后——不仅由于心理治疗，而且由于艾丽斯的投入——克劳迪亚回到家里，开始采取必要的措施摆脱那个造成她一切苦难的男人。

只花了几天的工夫，艾丽斯就为克劳迪亚打听到了一位住在皮茨菲尔德的离婚律师的姓名，带着所有西尔克的孩子，包括被绑在旅行车后座上的两个婴儿，开车送朋友前往律师事务所，以确保首先安排分居，并同时着手进行克劳迪亚和迈克切斯尼的离婚程序。当天回来的路上需要做许多鼓舞斗志的工作，不过鼓舞斗志是艾丽斯的特长，她决不允许克劳迪亚开始新生活的决心由于后怕而前功尽弃。

"对别人干出这种伤天害理的事，"艾丽斯说，"不在于那个女朋友。够恶劣的，不过时有发生。不是那些小孩子，连那都不算——甚至那女人的小儿子、小女儿都不算，虽然任何做妻子发现了都会感到痛苦和残忍。不，是那个秘密——那是伤天害理的事，科尔曼。所以克劳迪亚不想活下去。'亲密无间到哪里去了？'那才是每次让她一想到就痛哭流涕的原因。'亲密无间到哪里去了，'她说，'什么时候有了这么一个秘密？'他能把这瞒着她，他要对她一直瞒下去——那才是为什么克劳迪亚感到无助，那才是为什么她仍然想一死了之。她对我说：'就像发现了一具尸体。三具尸体。三具藏在我们地板底下的人的尸体。'""是的，"科尔曼说，"就像出自希腊神话。出自《酒神的女祭司》。""更糟，"艾丽斯说，"因为不是出自《酒神的女祭司》，而是出自克劳迪亚的生活。"

经过几乎一年时间的门诊治疗，克劳迪亚和她的丈夫重修旧好，他搬回雅典娜的家里，迈克切斯尼一家又恢复了和美的生活——当哈维同意放弃另一个女人，但不包括他的那两个孩子，对那两个孩子，他发誓会始终做个负责任的父亲时——克劳迪亚似乎对保持与艾丽斯的友谊并不像后者那么积极。在克劳迪亚从艺术家协会引退以后，这两个女人就不再在社交场合或任何该组织的聚会上碰头，而艾丽斯通常是那些聚会的主脑。

科尔曼也就没有跨越雷池——双胞胎出生时他的喜悦曾指令他前进——去告诉他妻子他的惊世骇俗的秘密。如此避免了，他想，他所能做出的最幼稚的滥情噱头。突然开始用傻瓜的思维模式思考问题：突然把每件事和每个人都往最好的方面想，完全抛弃对别人的怀疑、自我谨慎、自我怀疑，以为自己的一切困难都迎刃而解了，一切的困扰都不复存在了，不仅忘记了自己身在何处，而且忘记了自己是如何到达的，拱手交出勤勉、纪律、寸土必争的韧劲……就好像每个人的单打独斗都可以放弃了，就好像一个人可以随手捡回和扔掉自我，独具个性的、不可改变的——从一开始战斗就是为了它而进行的——自我。他连最后一个孩子生下来都是雪白的，这差点儿使他把自身最强大、最智慧的东西掏出来撕得粉碎。他得以幸免，多亏那句老话："一动不如一静。"

但先前，早在他们第一个孩子出生后，他就几乎做出同样愚蠢、同样滥情的事。当时他是一名年轻的来自艾德菲的古典文学教授，到宾夕法尼亚大学参加为时三天的关于《伊利亚特》的研讨会；他递交了一篇论文，建立了一些联系，甚至还收到一位颇具名望的古典学者私下的邀约，鼓励他申报普林斯顿的一个空缺。于是，在回家的路上，以为自己已登凌绝顶，在泽西收费站不是向北行驶，去长岛，而几乎要向南转，取道塞勒姆和坎伯兰两县的小路，往高德镇去，到他小时候他们经常举行家族年度野餐的地方，他母亲的老家去。是的，再说那时，他已当上了父亲，他准备让自己享受一下轻松的快感，那种凡是停止思考时人人都会追寻的颇有意思的感觉。但有了一个儿子并不能因此而要求他南下到高德镇去，同样，在这次旅途中，也不能因为有了一个儿子就要求他在到达北面的泽西时取道纽瓦克出口，驶往东奥兰治。还有另一个冲动必须克制：想见母亲的冲动，告诉她所发生的一切，带孩子去看她。这个让母亲见到他本人的冲动，在抛弃她两年之后，不顾瓦特的警告。不。绝对不行。于是，他继续往前驶去，直接回家，回到他白人妻子和白人孩子的身边。

现在大约四十年以后，他从学院驾车回家的一路上，内心充满反责，回想起他生活中某些最好的时刻——他孩子的出世，兴高采烈，一派纯真的兴奋，他决心的狂野动摇，几乎摧毁他决心的巨大宽慰——他也回想起他生活中最坏的夜晚，回想起他海军的差事和他被撵出诺福克妓院的夜晚，那座名叫奥利斯的著名白人妓院。"你是个漆黑的黑鬼，是吧，小子？"几秒钟后保镖就已经将他扔出开着的大门，甩过人行道边的台阶，丢在了马路当中。他应当找的地方叫露露，在那头的瓦维克大道——露露，他们在他身后大声叫着说，才是他黑屁股的归属。他的前额撞在了路面上，但他还是奋力爬起来，朝前跑，直到看见一条小胡同，才钻进去躲避大街和海岸巡逻队——星期六到处都是挥舞着警棍的海岸巡逻队员。最后他狼狈不堪地在唯一他敢进入的酒吧厕所里停了下来——一个有色人的酒吧,离汉普顿路和纽波特的纽斯渡口(有渡船载水手到露露去)只有几百英尺,离奥利斯约十个街区。自他成为东奥兰治学童以来,这是他去的第一个有色人酒吧,那时候他和一个朋友常到纽瓦克边界线上的比利夕照俱乐部门外参与橄榄球赌博。在中学的头两年里,除了秘密地练习拳击,他整个秋天都围着比利夕照进进出出。也就是在那儿,他积累了酒吧知识,日后他声称那些知识是他——作为一名东奥兰治的白人孩子——从他犹太老爸开设的小酒馆里学来的。

他回想着他怎样拼命设法止住他脸上伤口的血,他怎样徒劳地擦拭他的白上衣,而血又怎样不住地往下滴,溅得满地都是血迹。蹲坑糊满了粪便,潮湿的木板地上覆盖着尿液,水槽——如果那是个水槽的话——一个盛满痰液和呕吐物的槽,以至于他由于肘部的疼痛开始呕吐时,宁可往墙上吐,也不愿将自己的脸朝着那些污秽低下去。

那是个可怕、嘈杂的低级酒吧,最坏的,他从没见过的,他所能想象的最令人作呕的酒吧,但他必须有个藏身之处,所以,他找到一条离那些云集在酒吧里的人渣最远的板凳,内心充满恐惧地强迫自己吮吸一杯啤酒,以稳定情绪和减轻疼痛,努力避免引起注意。其实在他买了啤酒,消失在墙角空桌子后面以后,酒吧里就再没人朝他的方向看了:正如在白人的低级妓院里一样,没有人怀疑他的身份。

面对第二杯啤酒,他依然明白他待在了一个他不该待的地方,但倘若海岸巡逻队遇见他躺在街上,倘若他们发现他被撵出奥利斯的原因,他就全完了:军事法庭,判决,长期苦役,最后羞辱性的退役——一切都是因为他对海军谎报了自己的种族,一切都是因为他愚蠢地踏进了一道门,门里仅有的那些纯血统黑人不是在洗脏衣服,就是在擦拭污水。

这就结了。他将服完他的兵役,作为白人度过他的时日,只能这么结了。因为我不能把军服脱掉,他想——我根本就不想脱掉。他从来没经历过真正的羞辱。他从来没尝过躲避警察的滋味。从没因为挨打而

人性的污秽　　**169**

流过血——在所有那些业余拳击比赛里他从没流过一滴血,也没受过伤,或在任何方面受到过损害。但现在他的白上衣跟外科绷带一样红,裤子浸透凝结的血液,双膝落在阴沟里,裤子撕裂了,肮脏得发黑。手腕受了伤,也许都骨折了,自从他用手撑地减轻落地的分量起,他就再也不能转动它,不能碰它。他喝完啤酒,又要了一杯,企图麻木疼痛。

这就是没有履行他父亲理想的结果,将他父亲的命令抛到九霄云外的结果,一股脑儿背叛他死去的父亲的结果。如果他像父亲那么做,像瓦特那么做,一切就会是另外一个样子。但他先是违反法律,靠说谎进了海军,现在又出来找个白种女人操,他陷进了不可能更坏的灾难。"让我熬到退役。让我退出。以后我再也不说谎了。就让我服完兵役,没别的要求!"这是他第一次在他父亲死在餐车后对父亲说话。

如果他继续这么干,他的生活将毫无意义。科尔曼怎么会知道这些?因为他父亲正在回答他——过去权威性的说教再次从他父亲的胸腔里隆隆发出,回荡着一个正直人格不容置疑的合法性。如果科尔曼继续这样下去,他将遭人割喉管,葬身阴沟。看看他此刻待在什么地方。看看他跑进什么地方藏身。怎么会的呢?为了什么呢?因为他的信条,因为他目空一切的、傲慢的"我不是你们中的一分子,我不能容忍你们,我不属于你们黑人的我们"的信条。反对"他们的我们"的伟大英勇的斗争——瞧他现在的德性!为争取宝贵的个性而进行的激烈抗争,他为反对黑人命运所进行的单枪匹马的反抗——瞧,这个蔑视一切的伟人落到了什么地步!这就是你,科尔曼,来寻找生活深层意义的地方?一个充满爱的世界,那是你原来拥有的,可是你却为了这个而抛弃了那个!你悲剧性、鲁莽的行为!而且不仅对你自己——对我们大家。对欧内斯廷。对瓦特。对母亲。对我。对在坟墓中的我。对在坟墓中的我父亲。你还在计划什么辉煌的壮举,科尔曼·勃鲁托斯?你打算下一步引入歧途并出卖的是谁?

但,他仍然不敢离开酒吧到大街上去,因为他害怕海岸巡逻队,害怕军事法庭,害怕舰上的禁闭室,害怕将永远追随他的不名誉的退役。他内心翻江倒海,以至于手足无措,只能不停地喝酒,直到,当然,一名妓女来和他在板凳上做伴。那名妓女,毫不隐讳的,是他的同类。

当海岸巡逻队在早晨发现他的时候,他们把血淋淋的伤口、骨折的腕部和一身肮脏、揉皱的制服全都归咎于他在黑人城过夜的缘故,又是一个醉心于黑婊子的白人风流家伙——一夜间在惊吓中被折腾得死去活来(顺便加上个恰当的文身),之后被扔在渡船船坞后的那个遍地玻璃碴的地方,等着拾荒者去挑拣。

"美国海军",文身只说了这些,高度仅有四分之一英寸的几个字,用蓝色颜料刺在一个蓝色铁锚的两个蓝色臂膀之间,铁锚本身有两三英寸长。就军人的文身而言,是个非常简朴的图案,而且谨慎地、恰恰安置在右胳膊肩关节下,无疑是个相当容易隐藏的文身。但当他回想如何将它刺上去时,它不仅成为一个唤起他生命中最糟糕夜晚狂乱情景的标记,而且成为一个唤起潜伏在狂乱背后之一切的标记——它是他全部的历史,他的英雄主义与羞耻不可分割性的缩影。镶嵌在那个文身里的正是他的一个真实、完整的自我形象。其中可见无法磨灭的身世,如同根深蒂固事物的原型,因为文身恰恰象征着永远无可变更的一切。其中也包含着巨大的业绩。包含着外部势力。不可预知未来的整个链接,一切暴露的危险,以及一切隐藏的危险——甚至生命的荒谬性都隐含在那个小小的、傻乎乎的蓝色文身之中。

他和德芬妮·鲁斯的麻烦是在他返回课堂的第一学期开始的,当时他的一名学生,碰巧是身为系主任的鲁斯教授的得意门生,找到她那里去投诉科尔曼希腊悲剧课上的有关欧里庇得斯戏剧的事。一部是《希波吕托斯》,另一部是《阿尔克提斯》,这位学生,埃琳娜·米特尼克,发现这两部戏剧有损"女性的尊严"。

"那么我要怎样做才能让米特尼克小姐感到满意呢?从我的阅读名

单中删除欧里庇得斯？"

"根本不需要。十分清楚，一切有赖于你怎样教授欧里庇得斯。"

"那么近来，"他说，"什么是指定的教授方法呢？"就在他说话的时候他已经在想，这并非是一个他既有耐心，又有涵养来进行的辩论。再说，放弃辩论更容易挫败德芬妮·鲁斯。虽然她自以为学识出众，却只有二十九岁，实际上毫无社会经验，新上任，而且对学院乃至对这个国家而言，都是个新人。他从他们以往的交道中懂得了，对于她装出不仅是他的上司，而且是个目空一切的上司的企图——"十分清楚，一切有赖于"，等等，等等，最有效的压制手段便是根本不理会她的判断。除了她不能容忍他的其他理由之外，她还不能容忍的是，那些令她在雅典娜的其他同仁赞叹不已的学术文凭至今尚未使这位前院长为之倾倒。然而无论如何，她却难以逃脱对此人的恐惧，此人五年前非常勉强地录用了她，当时她刚走出耶鲁研究生院的大门。而他以后从未否认过他的懊恼，特别是当他系里那些心理上的笨蛋竟然决定由一个思维如此紊乱的年轻女人充当他们的主任时。

直到今天，她继续对科尔曼·西尔克的存在感到心神不定，以至于她一心想要他对她感到坐立不安。他身上的某种东西使她回想起自己的童年和一个早慧的孩子怕被别人看穿的恐惧；同时也使她重新产生一个早慧的孩子怕别人对自己看得不够的恐惧。唯恐被人戳穿，又渴望被人注视——进退两难的境地。他身上的某种东西甚至让她事后对自己的英语都颇感怀疑，而在别的时候她却是完全有左右逢源的自信心的。每当他们面对面时，总有某种东西使她觉得他只想把她的双手绑到她身子后面去。

这个某种东西究竟是什么？是他在她第一次进入他办公室接受面试时打量她的色情的目光，还是他打量她的非色情的目光？要判断他如何判断她是不可能的，而那还是在一个她知道她最大限度地调度了她全部威力的早晨。她想显出惊人的美貌，她做到了；她想要非常流利，她做到了；她想以学者口气说话，她成功了，她肯定。然而他朝她看着，仿佛她是个小女生，微不足道先生和太太的小不点孩子。

回想起来，也许是因为那条苏格兰格子百褶短裙——类似苏格兰短裙的迷你裙可能让他想起女生制服，特别是当穿裙子的人是个苗条、瘦小、黑头发的青年女子，有着一张只看见两只大眼睛的小脸，体重，连同衣服和别的一切，总共才一百磅。她的打算，穿着迷你裙，黑色开司米高领套头衫，黑色连裤袜和黑色高筒靴，既非用她的穿着使自己非女性化（她到目前为止在美国见到的大学女性似乎无一不在费尽心思这么做），也不是做出一种试探他的姿态。虽然据说他已有六十四五岁，可是他并不比她五十岁的父亲见老；实际上他很像他父亲公司里的一位年轻合伙人，父亲工程师同事中的一个，那人自她十二岁起就一直偷看她。坐在院长对面时，她两腿交叉，短裙前片分开了，她等了一两分钟才将裙片合拢——就像你合拢一个钱包似的不经意——只是因为，不论她看上去有多年轻，她并非心怀小女生的恐惧或小女生的拘谨，受制于小女生行为规范的小女生。她不希望给他造成这个印象，同样也不希望留下相反的印象：让裙片始终张开，以此诱使他想象她想要他在整个面试过程中凝视她套在黑色连裤袜里的苗条大腿。她在选择服装和如何举手投足方面，绞尽脑汁，为了打动他，让他看到由于自身所有的魅力交相辉映，才会在二十四岁上这般丰姿秀逸。

甚至她佩戴的一件珠饰，那天早晨她才戴到左手中指上的大戒指，她身上唯一的装饰品，也是经过精心挑选的，为了衬托出她是个什么样的知识精英：诚然，她公开地、不加防范地、以她毫不矫饰的品味和鉴赏力享受着生活美的表象，却又将自己纳入为学术事业奉献终身的轨道。那戒指，一枚十八世纪罗马图章戒指的仿制品，原来是某位男士佩戴的男式指环。在水平镶嵌的椭圆玛瑙上——正是这赋予戒指厚重的阳刚之气——雕刻着达娜厄接受化身为金雨的宙斯。四年前，在巴黎，当德芬妮二十岁时，教授将自己的这枚戒指馈赠给她，作为定情物——唯

人性的污秽

一的,她无法抗拒的教授,和那教授她有过一段热恋。凑巧,他也是名古典文学学者。他们第一次相遇,在他的办公室里,他显得那么高高在上,那么苛严,她感到自己由于恐惧而全身麻木,直到她发现他是在违反本性地勾引她。这是不是眼前这个西尔克院长正在干的事?

不论这戒指大得多么显眼,院长并没有要求看一看玛瑙上镌刻着的金雨,这,她想也无妨。虽然她如何得到这枚戒指的故事至少验证了她既大胆又老成,但他可能会认为戒指是轻浮放纵的结果,一个她缺乏成熟慎思的标志。除了这个离题的希望,她断定他从他们握手的那一刻起就顺着那些思路在考量着她——她猜对了。科尔曼对她的印象是她太年轻,不能胜任这项工作,充斥着太多又尚未解决的矛盾,有些过于自负,同时又像个孩子似的玩弄着自高自大,一个不完全具有自控力的孩子,对不赞同的语气反应灵敏,具有相当的感到遭受了委屈的才能,既由自我怀疑又由自信心拉动着,既作为孩子又作为女人,取得一个又一个成就,吸引一个又一个崇拜者,征服一个又一个领域。一个对她的年龄来说非常聪明的人,甚至过于聪明,但在感情方面却是不及格的,并在其他许多方面也严重地发育不良。

从她的履历以及一份十五页长、补充性质的自传性文章——详细描述了一段自六岁开始的知识探索历程——他获得了一个很清晰的画面。她的学术文凭的确非常优秀,但她的一切(包括文凭)都使他感到对于像雅典娜这么一个小地方而言,特别不对劲。优越的隆榭街第十六区童年。鲁斯先生,工程师,四十名雇员的公司老板;鲁斯太太(娘家姓德·瓦林古尔),与生俱来的古老的贵族姓氏,外省贵族世家,妻子,三个孩子的母亲,中古法国文学学者,拨弦古钢琴大师,拨弦古钢琴文献学家,教皇历史学家,"等等"。一个多么意味深长的"等等"!第二个孩子,独生女,德芬妮毕业于国立詹森·德萨伊中学,在学校里她学习哲学和文学、英语和德语、拉丁语、法国文学:"以非常严谨的态度阅读了全部法国文学作品。"在国立詹森之后,是国立亨利四世:"……竭尽全力，深入地研究法国文学和哲学、英国语言文学史。"二十岁，在国立亨利四世之后，是巴黎丰特奈高等师范学院："……成为法国知识精英中的一员……每年只招收三十名。"论文：《乔治·巴塔耶作品中的自我否定》。巴塔耶？别又来了。每一个酷毙了的耶鲁研究生都不是在写马拉美便是在写巴塔耶。要理解她想要他理解什么并不难，特别是因为科尔曼作为一个有家室的年轻教授曾经由富布莱特基金赞助在巴黎进修一年，对于那些由高贵的公学培养的雄心勃勃的法国孩子有所了解。接受过极端充分的预备教育，与知识界上层有广泛的联系，非常聪明，却不成熟的年轻人，被赋予最势利的法国教育，蓄志接受一辈子的羡慕，他们每个星期六的夜晚都聚集在圣雅克路上廉价的越南餐馆里，谈论伟大的事物，从不提及琐碎小事或闲聊——只谈理想、政治、哲学。甚至在他们的闲暇时间里，当他们完全独处时，想的也只是黑格尔在二十世纪法国知识生活中所处的地位。知识分子不应当轻浮。生活只是为了思索。不论经过洗脑成为激进的马克思主义者还是成为激进的反马克思主义者，他们都先天性地对一切美国的事物感到惊恐。从这么一堆只多不少的东西中，她来到耶鲁：申请获准教授本科生法国文学，并被吸纳为博士生，正如她自己在自传性文章中所强调的，她是全法国申报者中仅被接受的两名申报者之一。"我来到耶鲁时是个笛卡尔信徒，而耶鲁的一切则更为多元化，各种声音都有。"她对本科生颇感新奇。他们的知识层面在哪里？对他们玩游戏感到震惊。他们混乱的非意识形态性质的思考——及生活方式！他们甚至从未看过一部黑泽明的影片——他们的见识可没那么广。她在他们那个年龄早看过了所有的黑泽明，所有的塔科夫斯基，所有的费里尼，所有的安东尼奥尼，所有的法斯宾德，所有的维尔特米勒，所有的萨蒂亚吉特·雷伊，所有的雷内·克莱尔，所有的文·温德斯，所有的特吕弗、戈达尔、夏布洛尔、雷奈、罗默、雷诺阿，而这些孩子只看过《星球大战》。在耶鲁，她继续认真履行她的求知使命，选修最新潮的教授的课程。然而感到有点迷茫。混乱。特别不

人性的污秽　175

理解其他的研究生。她习惯跟使用相同的知识语汇的人交往，而这些美国人……并非每个人都发现她有趣。本来期待到美国来，会让每个人都说："哦，上帝啊，她是个高等师范生。"但在美国没有人欣赏她在法国所走的那条非常特殊的道路及其崇高的声望。她并没有得到她所受的训练期待她将得到的那种赏识，把她看做法国知识精英中崭露头角的新星。她甚至没得到她接受的训练期待她将得到的那种怨恨。找了个指导教师，写了论文。答辩。被授予学位。非常快地就获得了学位，因为她在法国就已经下过苦功。接受了那么多的学校教育，下过那么多功夫，现在就等着到大学校里任职了——普林斯顿、哥伦比亚、康奈尔、芝加哥。当她一无所获时，她变得垂头丧气。雅典娜学院的一个客座席位？雅典娜学院在哪儿，是个什么地方？她不屑一顾。直到她的指导教师说："德芬妮，在这个市场上，你伟大的工作可以从另一个工作开始。雅典娜学院的客座副教授？你可能没听说过，但我们听说过。无可挑剔的正派学院。作为第一份工作也是非常像样的。"她的外国研究生同学告诉她，到雅典娜学院是大材小用，太跌身份，但她的为了一个在连锁便利店锅炉房里教书的职位都会大动干戈的美国研究生同学却认为她的高傲是典型的德芬妮牌的。非常勉强地，她提出了申请——结果便是穿着迷你裙和高筒靴，和西尔克院长隔着桌子相对而坐。为了得到第二个工作，高档的工作，她首先需要这个雅典娜工作，但几乎整整一小时西尔克院长听她说的尽是和雅典娜工作风马牛不相及的东西。叙述结构和短暂性。艺术作品的内部矛盾。卢梭隐藏自身但他的修辞却将他暴露了。（有点像她自己，院长想，在那篇自传性文章里。）评论家的语气和希罗多德的一样严正。叙述学。时空宇宙。氛围现实性和模仿的区别。相等经验。文本的预期质量。科尔曼不用问这些都是什么意思。他知道所有耶鲁词汇以及所有高等师范词汇之所指，在希腊语中都有它们的原义。可是她知道吗？他干这一行都有三十多年了，却还没有时间过问这号东西。他想：为什么有人如此美丽，却要将她经历中的人性维度藏匿在这些词汇后面呢？也许恰恰因为她如此美丽。他想：如此仔细地自我品定，又如此彻底地自我欺骗。

当然她有文凭。但对于科尔曼来说她正是那种有威望的学术骗子，只会让雅典娜学生徒徒浪费脑力，可是她的魅力对于教师中的二流员工将会是不可阻挡的。

当时他想录用她以示开明。但更有可能的是因为她那么迷人。那么可爱。那么具有诱惑力。而且因为显得是个女儿家，越发不可抗拒。

德芬妮误读了他的凝视，略带戏剧性地以为——这种冲动是有损她灵秀的障碍之一，不仅匆匆跳至戏剧性结论，而且性感地屈从于戏剧性魔力——他想要做的是将她的双手反绑到她身子背后；他所要做的，出自一切可能的原因，是不让她四下走动。所以他才录用了她。于是他们便严肃地开始不对付。

现在轮到她把他传唤到她的办公室来进行面谈了。到一九九五年，科尔曼走下院长宝座，返回讲坛的那一年，娇小漂亮的德芬妮·鲁斯全方位的风度，隐秘性欲的妖冶暗示，连同她师范大学圆滑世故的殷勤（科尔曼称之为"她永恒的自我膨胀"），在他看来似乎已经赢得了几乎每位可追到手的傻瓜教授的欢心，并且，在尚未越出二十岁范畴的年龄段——但可能正觊觎着曾属于科尔曼的院长席位——她已经成功地升任为这个小系的系主任，这个系连同其他的语言系科，十几年前吸纳了科尔曼一开始在里面当讲师的古典文学系。这个新的语言文学系里，共有十一名教职员：一名俄文教授，一名意大利文教授，一名西班牙文教授，一名德文教授，德芬妮教法文，科尔曼·西尔克教古典文学，另有五名超负荷工作的助手、羽翼未丰的讲师和几名当地的外国人教授基础课程。

"米特尼克小姐对这两篇戏剧的误读，"他对她说，"源于根深蒂固的狭隘、偏执的意识形态方面的考量，不值得纠正。"

"那么你不否认她说的话了——你不想帮助她。"

"一个说我应该使用'派生语言'跟她讲话的学生，非我的援助所能及。"

"那么,"德芬妮轻声说,"这就是问题之所在,是吗?"

他笑起来——既是自发的,又是有目的的。"是吗?我说的英语对一个诸如米特尼克小姐那样文雅的思想而言,不够精致细腻?"

"科尔曼,你离开课堂已有很长时间了。"

"而你还从没离开过哩。我亲爱的,"他说,故意的,而且面带一个故意恼人的微笑,"我一辈子都在阅读思考这几部戏剧。"

"但从没有出自埃琳娜的女性主义角度。"

"甚至都不曾出自摩西的犹太教视角。更不曾出自时髦的尼采关于视角的视角。"

"科尔曼·西尔克,在这星球上,仅有他一人认为除了纯客观文学视角,便没有任何其他的视角。"

"几乎没有例外,我亲爱的。"——再一次?为什么不?——"我们的学生无知透顶。他们所受的教育差得令人难以置信。他们的生活在知识层面上是贫瘠的。他们一无所知地来,大多数也将一无所知地走。当他们走进我的课堂时,根本就不懂如何阅读古典戏剧。在雅典娜教书,特别是在二十世纪九十年代,教授美国历史上最愚笨的一代人,就跟你走在曼哈顿百老汇时自言自语一模一样,区别仅在于在街上听见你自言自语的那十八个人现在坐在了教室里。他们,别无二致,一无所知。在和这种学生——米特尼克小姐只是其中的一个典型罢了——打了几乎四十年的交道之后,我可以告诉你,使用女性主义视角阅读欧里庇得斯是他们根本就不需要的。向最为天真的读者提供一个女性主义视角诠释欧里庇得斯是你所能设想的最好的封闭他们思维的方法之一,使得他们的思维甚至都来不及有任何机会摧毁他们之中任何一个没有头脑的'同道'。我很难相信,一个有着像你那样的法国学术背景的知识女性竟然会相信的确存在诠释欧里庇得斯的女性主义视角,而不当它只是个愚蠢的玩意儿。你是当真在如此之短的时间里就对它心领神会了,还是仅仅是一种以眼下对自己女性主义同事的恐惧为出发点的老式的名利思想？因为倘若仅仅是名利思想作祟，我没有意见。那是人之常情，我理解。但如果是在知识层面上赞成这种白痴的论调，那我就大惑不解了，因为你并非白痴。因为你心里很明白。因为在法国万万不会有哪个师范学院的毕业生会把这种东西当真的。他们会吗？读了两部诸如《希波吕托斯》和《阿尔克提斯》的戏剧后，又就每一部听了一个星期的课堂讨论，然后无论对哪一部都无话可说，除了说它们'贬低妇女'，这不是'视角'，基督啊——这是漱口水。新近最流行的漱口水。"

"埃琳娜是个学生。她二十岁。她正在学习。"

"以感情用事的眼光看待自己的学生对你绝对不合适，我亲爱的。严肃对待他们。埃琳娜并不在学习。她只是在鹦鹉学舌而已。为什么她直接跑来找你，正因为你恰恰是她学舌的榜样。"

"不对，不过如果你喜欢在文化层面上对我做那样的界定，同样无所谓，而且完全在意料之中。如果你感到将我放置在那种痴呆的框子里会使你安全地获得优越感的话，那么悉听尊便，我亲爱的，"她此刻喜滋滋地面带自己特有的微笑说，"你对待埃琳娜的态度使她很反感。所以她跑来找我。你把她吓坏了。她很生气。"

"好吧，我在面对我竟然会聘任一个像你这样的人的后果时，往往会彰显令人生厌的个人风格。"

"同样，"她说，"我们有些学生在面对僵化的教学法时也往往会彰显令人生厌的个人风格。如果你坚持用你习以为常的乏味的方式教授文学，如果你坚持使用你自二十世纪五十年代就采用的所谓人文主义观点探讨希腊悲剧，诸如此类的矛盾必将层出不穷。"

"很好，"他说，"让它们来好了。"随即走出房间。于是就在那个学期，当翠西·卡明斯跑到鲁斯教授面前，两眼含着泪花，哽咽着说不出话来，十分沮丧地听说西尔克教授，背着她，对她的同学使用了一个恶毒的带有种族歧视的绰号刻画她时，德芬妮贸然确定，将科尔曼请到她办公室对这项指控进行讨论只会浪费时间。既然她肯定他的举止不会比前次一个女生投诉时更为谦和——而且从以往的经验中她可以推断,她要是传唤他,他会再次以恩赐的态度居高临下地对待她:又有一个女性新贵胆敢调查他的行为,又来了一名女暴发户,要是他屈尊俯就对她们说话,他就非得将她所关心的问题贬得一文不值——她将这件事上交给了接替他的平易近人的院长。自那以后,她得以腾出更多的时间帮助翠西,稳定她的情绪,安慰她,几乎照顾起这个姑娘来,一个无父无母的黑孩子,受到那么严重的打击,以至于在事件发生后最初的几个星期里,她还得设法防止她收拾起行李不告而别——无路可逃。德芬妮获准将她从宿舍里搬出来,住进她自己公寓住宅的一个空房间,并且认领她,临时地,作为某种监护人。虽然在学年结束时,科尔曼·西尔克,以自动退出教学岗位的方式,在实质上承认了他在幽灵事件中的恶行,但对翠西造成的伤害对于一个一开始就如此缺乏自信的人来说是无法弥补的:由于调查,她没办法专心于学业,同时因为害怕西尔克教授以偏见影响其他教师跟她作对,她所有的课程无一及格。翠西打点行囊,不仅离开了学院,而且干脆从镇上出走——离开雅典娜,德芬妮本希望在雅典娜为她找份工作,给她辅导,监护她,直到她能够返回学校。一天翠西搭乘公交车去了俄克拉何马,去投奔她住在塔尔萨的同母异父姐姐,可是德芬妮用这个塔尔萨的地址却再也没找到过这个姑娘。

不久德芬妮便听到关于科尔曼·西尔克和福妮雅·法利的关系,对此他正想方设法加以隐瞒。她不相信自己的耳朵——这人退休两年,七十岁,却还干这种勾当。再没有胆敢质问他偏见的女学生供他恐吓,再没有需要呵护的黑人女生让他嘲笑,再没有像她这样威胁他权威的青年女教授给他当面吹胡子瞪眼的侮辱,他便设法从学院最底层捞上一个可征服的对象,此人是孤苦无告女性的典型:一个不折不扣的遍体鳞伤的妻子。当德芬妮到人事处去设法了解福妮雅的背景时,当她读到有关她的前夫以及两个幼儿可怕的死亡情况时——孩子死于一场神秘的,有人怀疑，由前夫所纵的大火中——当她读到由于没有文化而限制了福妮雅只能从事物业部门的纯体力活时，她明白了科尔曼·西尔克想方设法挖掘到的不亚于出自厌女癖的心愿：在福妮雅身上，他发现了甚至比埃琳娜或翠西更为无助的女性，可以进行压榨的完美女人。不论在雅典娜曾经有谁胆敢顶撞过他荒谬的权威感，现在他都要叫福妮雅·法利做出回答。

而且还没有人阻止他，德芬妮想。没有人拦阻他。

他心里明白他已不在学院的管辖权限以内，因而可以不受任何约束地对她施行报复——对她，是的，对她，为了她曾采取的一切阻止他对他的女学生进行心理恐吓的措施，对她，为了她所自愿扮演的、剥夺他一切权威、将他撵出课堂的角色——她不能忍气吞声。他用福妮雅·法利作为她的替身。他正通过福妮雅·法利对她进行反击。除了我的面孔、姓名和身段，她还能让你想起谁的——是我在镜子里的形象，她能对你暗示的非我莫属。以引诱一个，跟我一样，受雇于雅典娜学院的女性，跟我一样，不到你一半的年龄，然而又是一名在方方面面都是我反面的女人——你精明地伪装了，同时又悍然地暴露了你一心一意想要毁灭的人是谁。你并非如此迂拙，不懂得玩这一手，此刻，你正高高在上、残忍地偷着乐哩。但我也并非如此痴呆，认不出你伸出手来要逮的，正是以模拟相出现的我。

理解来到得如此之快，出现在自发性爆炸的句子里，以至于就在她在信的第二页底部签名，并在信封上写上由他到邮局取件的字样时，她还禁不住气得七窍生烟，想着天下竟有如此狼心狗肺的人，把那个地位低下、丧失了一切的女人变成一件玩偶，随心所欲地将诸如福妮雅·法利那样受苦受难的人变成玩物，仅仅是为了在她身上发泄自己的私愤。怎么会是他干的？不，她已经写下的任何一个音节都不会更改，不会费神用打字机打出来让他看得省心些。绝不会让她亲手书写的向前倾斜的字体所形象地传递的信息失灵，绝不让他低估她的决心：现在没有任何

人性的污秽

东西对她来说比揭露科尔曼·西尔克,使他原形毕露,更为重要的了。

但二十分钟以后,她将信撕得粉碎。幸好。幸好。当不加约束的理想主义席卷她整个身心时,她倒不是总把它当作美妙的狂想曲的。不错,她必须谴责一个如此十恶不赦的食人肉者,但连翠西她都束手无策,还能想象去拯救一个像福妮雅·法利那样堕落的女人吗?谁能够想象与这样一个人开战并压倒他,这个人在他痛苦的晚年,不仅挣脱了任何机构的约束,以及——人文主义者他还是!——一切的人道关怀?对她而言,没有任何幻想比自以为能够和科尔曼·西尔克较量手腕更荒唐了。甚至一封如此清晰地表明是在白热化的道德义愤中一挥而就的书信,一封毫不隐讳地告诫他,他的秘密已大白于天下,他已被揭露、曝光、追踪的信件,落到他手里,也会变着法子,弄出针对她的指控,倘若机缘凑合,还会彻头彻尾地毁了她。

他残忍,他是个狂想症患者,而且不论她愿意与否,都有实际问题必须考虑。这些考量早几年当她是个站在马克思主义立场上的师范生时也许并不会使她有所顾忌,必须承认,她那时制裁非正义的无能往往使她失之偏颇。但现在她是名大学教授,早早地就得到了终身教职,已经是自己系的主任,几乎可以肯定未来某天将到普林斯顿、哥伦比亚、康奈尔、芝加哥工作,或甚而至于衣锦还乡,返回耶鲁。像这样的一封信,有她的签名,而且被科尔曼四下传播,最后,无可避免地,必定会落入什么人手中,出自嫉妒,出自气愤,因为她太年轻或他妈的太成功,可能希望颠覆她……对,这封信非常大胆,充斥着她的满腔愤怒,但会被他利用来贬低她,以此说明她不成熟,没有资格凌驾于任何人之上。他有人脉,仍然有人和他交往——他办得到的。他会那么做,把她的意思大加曲解……

很快地,她把信撕得粉碎,在一张干净纸的中央,用一支她平时从不用来写信的红色圆珠笔,以没人认得出是她笔迹的粗大的大写字母写道:

人人皆知

但就此打住。她在这里搁笔。过了三个夜晚,关灯后不到几分钟,她从床上爬起来,恢复了理智,走到书桌边,打算将开头写有"人人皆知"字样的那张纸揉成一团,扔掉并永远忘记,但却不然,靠在桌边,甚至都没有坐下——唯恐一等坐下她会再次失去勇气——就刷刷刷地添上十个单词,这下足以让他明了曝光只是早晚的事。信封上写好了地址,贴好了邮票,没有签名的短笺封在了里面,台灯轻轻地咔哒一声灭了,德芬妮,终于果断地解决了她在这种处境里力所能及的头等大事,大大地舒了口气,回到床上,怀着心满意足的道德感,打算美美地进入梦乡。

但她必须首先将那驱使她再次爬起来,撕开信封,重新读一遍她写的东西,看看她是否写得太少或者语气太弱,或者用词过于简约的种种思虑压制下去。当然那并非她的修辞手法。不可能是。所以她才那么写——太露骨,太粗俗,太像口号而不可能追踪到她头上。但也许正因为如此,而被她自己误判,并感到忐忑不安。她必须起床看看她有没有忘记伪装自己的笔迹——看看她有没有在那一刹那间鬼迷心窍,神不知鬼不觉地,在怒火中烧的瞬间,忘乎所以,签下了自己的姓名。她必须检查一下有没有任何地方无意间泄露了她的身份。而倘若泄露了,又会怎样?她应当签名。她全部的生活便是一场决不屈服于科尔曼·西尔克们的战斗,那些家伙利用手中的特权,蹂躏其他所有的人,以便为所欲为。对男人们讲话。冲着男人们讲话。即使对年纪大得多的男人也不例外。学会不要对他们装出的权威派头或道貌岸然的造作姿态感到恐惧。肯定她的智力的确是了不起的。敢于想象她与他们平起平坐。学会,当她提出一个论点却不起作用时,克服投降的渴望,学会调遣起逻辑、信心以及酷的派头,不断地辩论,无论他们为了封住她的嘴巴而说些什么或做些什么。学会采取第二步行动,持续努力,而不是崩溃。学会不退

人性的污秽

让地论证她的观点。她不需要遵从他,她不需要遵从任何人。他不再是当时聘任她的院长。也不是系主任。她才是。西尔克院长现在什么都不是。她真应当拆开那信封,签上自己的大名。他什么都不是。这有着曼特罗[1]的一切安慰:什么都不是。

她接连几个星期带着装有那个密封信封的小手提包四下走动,思索着她的理由,不仅为了要不要寄出,而且为了是否要斗着胆子签下大名。他选中这个倒霉的女人,一个根本不可能反抗的女人。跟他较量连门槛都找不到的。在智力上压根都不存在的。他选中一个从来没有进行过自卫的女人,不可能进行自卫,在这个地球上可供利用的最弱小的女人,在各个方面都绝对比他低劣的——选中她,则是出于最明显的对照动机:因为他认为所有的女人都等而下之,因为他惧怕任何有头脑的女人。因为我敢于为自己讲话,因为我不愿意受支使,因为我很成功,因为我很漂亮,因为我独立思考,因为我接受过一流教育,获得了一等学位……

后来,她在一个星期六去了纽约,去看杰克逊·波洛克的展览,在那儿,她从小手提包里抽出信封,几乎将这封十二个单词的信,没有签名的,丢进港务局大楼里面的一个邮筒,她从波南沙公交车下来第一眼就看见的邮筒。当她乘上地铁时,信还在她手里,但一等列车启动,她就把信的事全忘记了,又将它插回小手提包里,一心一意地享受着乘坐地铁的快感。她依然保持着对纽约地铁的惊羡与兴奋。她在巴黎的地下铁道里从没留意过它,但纽约地铁里乘客的忧郁和焦虑却一再使她坚信她来到美国是正确的。纽约地铁是她为什么要来的象征——她拒绝回避现实。

波洛克展览在感情上完全控制了她,以至于她从一幅令人惊叹的绘画走向另一幅时,体会到那种膨胀的、喧嚣的、疯狂欲望的感觉。一个

---

[1] 指印度教和大乘佛教中的祷文、符咒。

女人的手机突然铃响，而此时一幅标题为"1A号，一九四八"的绘画的混乱正狂野地挤进一片空间，而那片空间在那天早些时候——那年早些时候——还只不过是她的身体。她一下子火冒三丈，转过身来，大声指责："夫人，我真想掐死你！"

然后，她到四十二街的纽约公共图书馆。她每次在纽约都会这么做。她参观博物馆，看画廊，听音乐，她去看电影，那些绝对不会进入偏僻的雅典娜唯——一座寒酸电影院的影片。最后，不论她到纽约来有什么特别的事情要办，她都要花上一个小时左右的时间坐在图书馆主阅览室里，阅读身边所带的随便什么书。

她阅读。她四下张望。她留意观察。她对那里的男人几乎没一个动心。在巴黎，她在一个节日里曾看过《马拉松人》这部片子。（没有人知道她在看电影时是个可怕的滥情者，经常掉眼泪。）在《马拉松人》里，那个人物，那个假学生，在纽约公共图书馆外面徘徊，被达斯汀·霍夫曼带走，所以她始终以那个浪漫的眼光思量纽约公共图书馆。至今都还没有人从那里将她带走，除了一名医科学生，那人太年轻，太生硬，立刻说了错话。一开口他就针对她的口音说了些什么，而且她没法忍受他。一个根本没有生活的男生。他让她感觉自己像个老祖母似的。她不到他那个年龄就已经历过那么多次的爱情，那么多的思考和再思考，那么多层次的苦难——在二十岁上，比他小好几岁，她就已经不是一次，而是两次，亲身遭遇了伟大的爱情。她到美国来，有一部分就是为了逃避她的爱情故事（同时也是为了从一部名为《等等》的长篇戏剧的小角色的扮演中退出，那部戏剧几乎是她母亲罪恶而又成功的一生）。但此刻她在自己求偶的困境中却感到异常孤独。

其他的男人有时企图带她走的时候说的话还算中听，有时讥讽冷嘲或淘气得讨人喜欢，但——因为近看她比他们原来所想的还要美，而且，对于一个如此娇小的姑娘来说，比他们所预计的略为过分高傲了些——他们害羞起来，退避三舍。那些对她频送秋波的人又是她自发地

人性的污秽　　185

不喜欢的人。而那些埋头苦读的人，那些迷人地心无旁骛、迷人地称心如意的，却……忘情于书海。她在寻找的是谁？她在寻找那个将认出她的人。她在寻找那位伟大的慧眼识珠者。

今天她读的是一本法语书，一部由朱莉亚·克里斯蒂娃撰写的，研究忧郁的十分精妙的论著。而在她对面的下一张桌子边她看见一个男子读的，无独有偶，也是一本法语书，克里斯蒂娃的丈夫，菲利普·索莱尔斯的作品。索莱尔斯的顽主态度她已不再认真对待，尽管在她智力发展的早期曾经当过真；闹着玩的法国作家，不像东欧的那些闹着玩的作家诸如昆德拉，早已不再使她满意……但这并不是在纽约公共图书馆里该思考的问题。该思考的是这种巧合，一种几乎是险恶的巧合。在她饥渴难耐、坐立不安、正阅读着克里斯蒂娃的境况下，她放飞的思绪进入有关那个正在阅读索莱尔斯的男子的千百种揣测之中，感到一触即发的将不仅是一次约会，而且是一场恋爱。她知道这个黑头发的四十或四十二岁的男人恰恰具有她在雅典娜任何男人身上都不可能找到的沉稳庄重的气质。她从他静静地坐着读书的姿态里所能够猜测到的东西使她越来越充满希望，某种事情即将发生。

事情果然发生了：一位姑娘过来找他，绝对是个姑娘，比她还要年轻，他们俩便一前一后走了出去。于是她收拾起自己的东西，离开图书馆，在她看见的第一个邮筒前，从小手提包里抽出信——她放在小手提包里拎来拎去都有一个多月的那封信——一把塞了进去，胸中的怒火与她在波洛克画展上对那女人说她要掐死她的时候颇为类似。好吧！滚吧！我完成了！妙！

足足过了五秒钟，这错误的分量才使她觉得心头发慌，两膝发软。"哦，上帝啊！"即使她没有在上面签名，即使她使用的粗俗修辞并非是她自己的，信的源头对一个诸如科尔曼·西尔克那样把她当作眼中钉的人来说，是不会成为一个谜团的。

现在他绝不会放过她了。

第四章

哪个疯狂者的构想?

那个七月以后我在科尔曼还活着时只再见过他一面。他自己从没有告诉过我他上学院以及后来在学生会给他儿子杰夫打电话的事。我得知他那天在校园里，是因为有人看见了他——无意间通过一间办公室的窗口，那人是他过去的同仁，赫伯特·基布尔，当基布尔在葬礼上的致辞即将结束时，暗暗提到曾见过科尔曼缩回到北大楼背阴的墙壁后，明显是为了某种基布尔不得而知的原因，将自己躲藏起来。我得知电话的事，是因为杰夫·西尔克，他在葬礼结束以后跟我说话时提了一下，但足以使我明白电话的内容根本不在科尔曼的控制之中。我是直接从纳尔逊·普赖姆斯口里得知科尔曼曾在给杰夫打电话当天早些时候造访过律师事务所，而那次访谈，和电话一样，以科尔曼厌恶地大发雷霆结束。在那以后，普赖姆斯和杰夫·西尔克都再也没有和科尔曼说过话。科尔曼不回他们的电话，也不回我的电话——原来他什么人的电话都不回——之后似乎还关闭了答录机，因为很快当我试图与他联络时，只有铃声一个劲地响个不停。

然而，他正一个人待在屋子里——并没外出。我知道他在，因为在两个多星期里打电话一直不见回音后，八月初的一个星期六晚上，我天黑后驱车过去查看过。只有一两盏灯亮着，但，果不其然，当我绕过科尔曼家那棵枝繁叶茂的老枫树时，车熄了火，我一动不动地坐在车里面——车停靠在起伏不平的草坪尽头的柏油路面上，从装有黑色百叶窗的白色木板房开着的窗户里飘出阵阵舞曲，那将他带回斯蒂娜·帕森身

人性的污秽　189

边和战后萨利文街地下室的调频台周六晚间节目。他在里面,正和福妮雅一起,相互保护着对方,不受任何外人的侵扰——彼此,对对方而言,包容了整个世界。他们在里面跳舞,很可能光着身子,超越人世的苦难,置身于一个植根于世俗欲望的非世俗的天堂里,在那里他们的结合是一出他们倾注生命中所有的愤怒与失望的戏剧。我记得他告诉我福妮雅曾在他们共度的一次晚间的余晖中对他说的话,其间他们俩已经有过无数的对话。当时他对她说:"这不仅是性。"可她却直截了当地回答:"不,不对。你都把性忘得一干二净了。这是性。本来就是。别假装是别的什么把它给搅混了。"

他们现在是谁?他们是自身可能的最单纯的版本。个体的精粹。凝聚成激情的一切痛苦。他们也许都不再为事态发展成这样而感到后悔。他们安全地置身于厌恶之中,根本无暇他顾。他们已冲出曾经堆积在他们头上的一切。生活中没有东西能够引诱他们,生活中没有东西令他们激动,生活中没有东西犹如此刻的亲热那样消减他们对生活的恨。这两个根本不相似、如此不协调地在七十一岁和三十四岁上结合在一起的人是谁?他们是被告诫远离的灾难。和着汤米·道尔西的乐队与年轻的辛纳屈温柔的低吟,他们二人赤条条地直接舞入一场横死。世上每个人都以不同的方式画上句号:这就是他们的做法。现在已没有办法让他们及时停下脚步。无可挽回。

倾听着从路那边飘来的音乐,我并不孤单。

当我的电话得不到回应时,我自以为是科尔曼希望和我断交。出了什么差错了,我想,友谊突然中断时,人人都会作如是想——特别是一段崭新的友谊——我应当负责,倘若不光是因为说过什么不谨慎的话或做过什么不恰当的事深深地惹恼或得罪了他,那么就是因为我本身以及我的职业的缘故了。记住,是科尔曼先来找我的,因为他不现实地希望说服我写那本说明学院如何杀死他妻子的书;允许同一位作者窥探他的私生活恐怕是他现在最不想要的事了。我不知道除了下列的结论，我还能做何解释：他对我隐瞒他和福妮雅生活中的细节，无论出于什么理由，都让他感到比他继续对我吐露心声要明智得多。

当然，当时我并不了解他身世的真相——这，我也是在葬礼上明确得知的，所以我不可能从一开始就猜到我们在艾丽斯生前的若干年里之所以从未谋面，他之所以不希望与我结交，是因为我自己是在离东奥兰治不过几英里的地方长大的，是因为我对那地区不只是一般的熟悉，可能非常了解，或非常好奇，以至于动手细究他在泽西的根系。倘若我原来曾经是奇斯纳医生业余拳击班上的纽瓦克犹太孩子中的一个，那怎么办？事实上我的确是，不过那是发生在四六和四七年的事，当时西尔基已不再协助医生教授像我这样的孩子正确的站姿、步伐和挥拳，而是拿军人补助金上了纽约大学。

事实上，他撰写《幽灵》书稿期间与我交往，的确冒了很大的被揭露的风险，一个愚蠢的风险，在几乎六十多年以后，原来，在他以白人身份参加海军以前，是东奥兰治中学黑人学生第一名，来自默顿街男孩俱乐部的，在泽西周边参加业余拳击赛的有色人孩子；在仲夏时分将我甩掉无论如何是有道理的，即使我无法想象其中的原因。

好吧，谈谈我最后一次见到他。一个八月的星期六，由于孤独，我驾车前往坦格伍德，去听次日音乐会节目的公开彩排。距离我将车停靠在他屋外的那一天已过了一个星期，我仍然怀念科尔曼，怀念曾拥有一位密友的经历，于是我想加入那小小的星期六早晨的听众群。他们已经占据了为彩排搭建的音乐棚的四分之一座席。其中有来度夏的音乐爱好者和音乐系的访问学生，但多数是年长的观光客，戴着助听器的人，拿着望远镜的人，乘大巴到伯克夏做一日游，翻阅着《纽约时报》的人。

或许是由于我竟然迈出门槛四下走动而产生的奇怪感觉，那种成为一名社会人（或装出有社交性的人）的瞬间经验，或许是由于我突发奇想，将听众中老年人当作启程者，或被逐者，正济济一堂地等待乘着音乐的翅膀从无可隐晦、一目了然的老年人圈地中飘逝。无论如何，在这个科尔曼生命中最后夏日的风和日丽的星期六，音乐棚的确使我不断联想起曾经一度伸进哈得孙河的敞开式码头，犹如早在远洋轮还停靠在曼哈顿时的那种宽大的钢结构码头，此刻似乎从水中被抬了出来，巨大无比的身躯向北延伸一百二十英里长，被毫发无损地安置在开阔的坦格伍德草坪上，一次在群山环绕的新英格兰的高大树木和辽阔草原之间的完美着陆。

当我走向一个我所瞟见的单人空位时——靠近舞台的寥寥无几的空位之一，尚未被人丢件运动衫或夹克以示预留——我继续思索着我们正一道向着某个地方进发，并实际上已经抵达，而且已将一切都丢在了身后……突然之间发现我们所做的一切努力不过是为了准备聆听波士顿交响乐团排练拉赫玛尼诺夫、普罗科菲耶夫和里姆斯基-科萨科夫而已。音乐棚底下是夯实了的褐色泥土地面，再清楚不过地提醒你，你的椅子植根于结结实实的大地；在这所建筑的顶端歇息着鸟类，它们的鸣啭在乐团演奏间隙沉重的静默中传入你的耳鼓，燕子和鸫鹛忙碌地从山脚下的树林里飞过来，然后又嗖的一声飞走，没有一只鸟胆敢如此飞离挪亚漂浮的方舟。我们距大西洋西岸约有三小时的车程，但我却不能摆脱那种双重感觉：既置身于我所在的地方，又已被推了出去，与其他的老年公民一起，驶往一个未知的神秘水域。

思考着这种启程时，在我脑海里盘旋的是否仅仅是死亡？死亡以及我自己？死亡以及科尔曼？或者是否是死亡以及一群人，一群尚能如同夏令营度假者似的在乘坐大巴车来来去去之中觅得快乐，然而，作为肉体凡胎，又是一个由敏感的肌肉和温暖的红色鲜血构成的实体，只被一层最为稀薄、最为脆弱的生命与泯灭相隔离？

当我到那儿时，彩排前的节目刚刚结束。一位活泼的讲解员，穿着运动衫和卡其布裤子，站在空着的乐团椅子前，向观众介绍他们刚才听到的那些曲子——用录音带为他们播放的小段拉赫玛尼诺夫,并且声情并茂地讲解着《交响舞曲》"神秘、韵律的品格"。在他讲完以后,观众开始鼓掌,这时有人从两侧出来,揭开定音鼓,开始在乐谱架上摆放活页乐谱。远远地在舞台的一侧,又出现两名抬着竖琴的舞台工人。随后音乐家出场,他们一边三三两两地信步过来,一边相互交谈,个个都跟那位讲解员一样为这场排练穿着休闲装——一组双簧管手穿着灰色带风帽的运动衫,两名大提琴手身着褪色的李维斯牛仔服,小提琴手,不分男女,穿的似乎一律是香蕉共和国品牌的外衣。指挥架上他的眼镜——客座指挥,瑟吉厄斯·柯米希奥纳,一位年事已高的罗马尼亚人,身着圆翻领套头衫,一头白发,脚穿蓝色帆布登山鞋。孩子般懂礼貌的观众又一次鼓掌,这时我看到科尔曼和福妮雅沿通道走过来,寻找两个紧挨在一起的位子。

　　音乐家们,即将从一群似乎是无忧无虑的度假者转化为一台强大、流动的音乐机器,他们各自就座,开始调音。这时,这对情人——高挑、面孔瘦削、金发碧眼的女子,和匀称、英俊、灰白头发、不如她高却比她老得多,但仍然以轻快的体操运动员的步伐行走的男子——正朝我前面三排远、离我右边二十英尺的两个空位走去。

　　里姆斯基-科萨科夫的曲子是一首优美的双簧管和长笛吹奏的神话故事,它的甜美令观众陶醉,当乐团结束他们的第一轮演奏时,从年老的观众中再次爆发出充满孩童般激情的掌声。音乐家们的确揭示了我们生命中最年轻、最天真的思想,对于非现实、不可能实现的东西的根深蒂固的渴望。这或许是当我扭头朝我以前的朋友及其情人张望时的想法,我发现他们根本不是我自科尔曼从我视线中消失以来所想象的那般古怪或落寞。他们完全不像举止无度的人,福妮雅尤其是,她轮廓鲜明的扬基五官令我想起一间有窗却无门的狭小屋子。没有任何迹象表明两人正跟生活较劲或正发动攻击——或进行自卫。也许独自一人,在这不熟悉的环境中,福妮雅不会显得如此从容,但有科尔曼陪伴左右,她与

人性的污秽

背景的融合不亚于他。他们并肩而坐，不像一对亡命之徒，倒像一对已经取得他们自己最高度浓缩的平静感的夫妻，对他们的存在可能在世界范围内诱发何种感觉与幻想统统无动于衷，更不要提在伯克夏县了。

我想，科尔曼是否事先就他想要她如何举止对她进行过辅导。我怀疑，即使他进行了辅导，她会不会听。我怀疑辅导是否有其必要。我不禁设想他为什么决定将她带到坦格伍德来。仅仅因为他要听音乐？因为他要她听，并且看到音乐家现场演奏？在阿芙罗狄忒的保护下，以皮格马利翁的形象，在坦格伍德的环境里，退休的古典文学教授是否正引领执拗的违规的福妮雅进入有品味的文明化的伽拉忒亚的生活？科尔曼是否开始教化她，影响她——开始将她从她的另类悲剧中拯救出来？坦格伍德是否是通往使得他们的越轨行为稍显正统的旅程的第一步？为什么如此之急切？为什么要这么做？为什么，当他们所有的一切，一起所做的一切，都已经逐渐演进超脱了鬼鬼祟祟、赤裸裸的原始状态的时候？为什么要大费周章，为什么即使只是企图，以"夫妻"形象四处转悠来使这种结盟正常化或合法化？因为公开化只会消减激情的强度。是否，事实上，这正是他们真正想要的？他想要什么？驯化现在对于他们的生活是否至关重要，抑或他们在这儿出现并没有上述的含义？是否是他们所开的一个玩笑，一个设计来刺激别人的行为，一个蓄意的挑衅？他们是否正偷着乐，这两头性感的兽类，或仅仅坐在那儿听音乐而已？

因为他们在乐团休息的间隙中并没有起立活动筋骨，或四下走动，又恰好一台钢琴正被推上舞台——为普罗科菲耶夫的第二钢琴协奏曲做准备，我也就留在了座位上。在大棚里有股微微的寒意，更像秋凉，而不是夏日的凉爽，虽然阳光璀璨，普照着大草坪，温暖着那些喜欢边听音乐边待在外面玩耍的人，一个多数由二十岁上下的年轻夫妇、抱着幼儿的母亲和已经从大篮子中取出午饭开始野餐的家庭组成的比较年轻的观众群体。前面三排，科尔曼，头微微地倾向福妮雅，对她说着什么，静悄悄地，严肃地，但说的是什么，当然，我无从知晓。

因为我们不知道，是吗？人人皆知……所发生的事情是如何发生的？在一连串事件的无序状态之下，在莫测的变换、灾祸、前后矛盾、界定人类生命的令人震惊的阴差阳错的现象之下，潜伏着什么？无人知晓，鲁斯教授。"人人皆知"是陈词滥调的援引，是经验庸俗化的开始，正是人们在使用陈词滥调时的那种庄重又富有权威感的腔调最令人难以容忍。我们所知道的是，若以非陈词滥调的方式加以表述，人人都一无所知。你不可能知道。你知道的事情你也并不知道。目的？动机？后果？意义？我们所不知的一切令人惊讶。而更令人惊讶的是自以为知的一切。

　　当观众重新鱼贯而入时，我开始，以看动画片的方式，想象着致命的疾病，正不知不觉地在我们里面，在我们每个人的身体里面，拼命地忙上忙下：想象血管在棒球帽下堵塞，恶性肿瘤在烫过的白头发下生长，器官失灵、萎缩、关闭，千万亿的杀手细胞鬼鬼祟祟地将整个观众群押往前方不可思议的灾难。我无法使自己停下来。巨大的什一税——死亡正扫荡着我们所有的人。乐团、观众、指挥、技师、燕子、鸫鹛——设想一下从现在到公元四千年，仅在坦格伍德一地的数目吧。然后再用它乘以一切，数字翻倍。永无尽头的湮灭。什么念头！哪个疯狂者的构想？然而今天却是个多么可爱的日子，天赐良辰，一个完美无缺的日子，地点是马萨诸塞的一个度假点，本身比地球上的任何地方更无害又漂亮。

　　随后，布朗夫曼出场了。布朗夫曼，这头雷龙！嘹亮先生！布朗夫曼上场演奏普罗科菲耶夫，如此速度，如此气势，一下子便将我的病态挥出圈外。他上半身突出地粗壮，一股天然的气势由一件汗衫所伪装，似乎直接从马戏团信步走进音乐棚，在马戏团里他是大力士，钢琴在他手里仿佛是对他洋洋自得的高干大膂力的一个滑稽挑战。叶菲姆·布朗夫曼看起来不像来弹钢琴的人，更像来搬钢琴的伙计。我以前从未见过任何一个人这样对付钢琴，这个壮实得犹如小酒桶似的、满面胡茬的俄国犹太佬。我想,他结束以后,琴肯定得扔掉了。他把琴压垮了。他不让那架钢琴隐瞒任何东西。不论里头有什么,统统都得跑出来,举着手出来。当一切都跑出来以后,一切都公之于众以后,连同最后的最后的脉动,他本人起身,扬长而去,身后留下我们的救赎。洋洋得意地一挥手,他就不见了,虽然他以不亚于普罗米修斯的力量随身带走了他点燃的火,我们的生命此刻却变成不灭之火。没有人会死去,没有人——没有,只要布朗夫曼有话要说!

排演中又有一个间歇,当福妮雅和科尔曼这次起身,走出大棚时,我也这么做了。我等他们走到我前面,不能肯定如何面对科尔曼或——因为似乎我对他并不比周围其他任何人更有用一些——究竟要不要面对他。然而我的确想念他。而且我究竟做了什么了?那种对朋友的思念浮上心头,正如我们初次见面时,又一次,因为科尔曼身上的一股磁力,一种我永远也说不清道不明的、无法找到有效途径写明白的诱惑。

从后面十英尺开外的地方,我看着他们随着脚步拖沓的人群慢慢地沿着通道的斜坡,朝着阳光普照的草坪向上走去。科尔曼再次平静地对福妮雅说些什么,他的手放在她的肩胛骨之间,手掌抵住她的脊柱,一路导领她,边解释着他此刻正在解释的她不知道的什么东西。一到外面,他们便开始横穿草坪,显然是向大门和远处作为停车场的泥土地走去,我没有设法跟上。当我无意中向大棚方向回过头去时,看见,里面,在舞台灯光下,八把美丽的低音提琴整齐地排成一行,是音乐家们出去稍事休息前将它们横卧在那里的。为什么这也让我想起我们大家的死亡,我百思而不得其解。一个横躺的乐器的坟场?它们难道不能让我愉快地想起一群鲸鱼吗?

我站在草坪上伸懒腰,让我的脊背多接受几秒钟阳光的温暖,然后再回到座位上去聆听拉赫玛尼诺夫。突然看见他们走回来——显然,他们远离大棚仅仅是为了绕场地转转,也许科尔曼要带她领略一下南面的风景——现在他们回来听乐团公开排演压轴的《交响舞曲》。为了了解我所能了解到的东西,我当时决定朝他们迎过去,尽管他们依然显出一副他们的事务属于他们自己样子。我向科尔曼挥着手,边挥边说:"嗨,真巧。科尔曼,你好。"我堵住他们的路。

"我想我看见你了。"科尔曼说,虽然我不相信,但还是想,有什么更好的说辞能让她不感到别扭呢?让我不感到别扭。让他自己不感到别扭。脸面上没有任何别的痕迹,除了那随和的、精明强干的院长魅力,看不出丝毫被我的突然出现而惹恼的迹象。科尔曼说:"布朗夫曼真有两手。我正对福妮雅说,他至少让那架钢琴折了十年的寿。"

"你的想法跟我的不谋而合。"

"这是福妮雅·法利,"他对我说,然后对她说,"这是内森·祖克曼。你们两个在奶场见过的。"

更接近我的高度,而不是他的。精瘦且清癯。从那对眼睛里几乎探不出任何信息。绝对沉默寡言的面孔。性感?零。无处可见。出了挤奶厅,撩人的一切都关闭了。她设法使自己成为甚至别人在场都无法看见的人。动物的技巧,无论是猎食者或被猎食者。

她穿着褪色的牛仔裤,一双麂皮便鞋——跟科尔曼一样。另外,衬衫袖子卷起来,是件旧的领尖带纽扣的、浅色底上有深色方格图案的衬衫,我认出是他的。

"我想你哩,"我对他说,"也许哪天晚上我可以请你们二位吃饭。"

"好主意。对。一起吃顿饭。"

福妮雅不再留意我们说什么。她朝远处的树冠望去。树冠在风中摇摆,但她仔细观望,仿佛它们正在说话似的。我突然意识到她在某个方面缺少什么,我并不是指参与闲聊的能耐。我指的是什么,我会明确说明的,如果我能够的话。并非智力。并非镇定。并非礼貌或体面——她可以轻而易举地将那玩意儿扯掉。并非深度——肤浅不是问题。并非内心——你看得出她内心世界相当丰富。并非神志——她神志清醒,而且,以一种微微胆怯又傲慢的方式,表现出她的痛苦所赋予她的优越

人性的污秽　　**197**

感。然而,她肯定有一部分缺席。

我注意到她右手中指戴着一枚戒指,宝石呈乳白色。一颗蛋白石。我断定是他给她的。

与福妮雅恰恰相反,科尔曼形神合一,非常专注,或者看上去如此。毫无瑕疵地如此。我明白他不想带福妮雅到外面和我或者和别的任何人共进晚餐。

"马达马斯卡酒店,"我说,"露天吃。怎样?"

我从没见过科尔曼比他对我说谎时表现得更加郑重其事了:"那家酒店——对。我们一定要去的。我们会去的。但还是让我们请你吧。内森,我们再商量吧,"他说着突然慌张起来,一把抓住福妮雅的手,用头冲音乐大棚的方向示意,说道,"我要福妮雅听听拉赫玛尼诺夫。"随即便不见了,这对情侣,"逃走了",如同济慈所写,"逃入了暴风雨之中[1]"。

在几乎两三分钟的时间里就发生了这么多事情,或似乎发生了这么多事情——因为实际上并没有发生任何重要的事情,以致我没有返回座位,开始四下徘徊,起初像个梦游者,毫无目的地横穿散落着野餐者的草坪,又绕着音乐棚走了半圈,然后折回原路,向盛夏时分伯克夏风景可与东落基山媲美的地点走去。我听得见远处从大棚里传出的拉赫玛尼诺夫的舞曲,但除此而外,我可能完全是个独行客,深深地埋藏在层层叠叠的青山翠谷之间。我在草地上坐下,感到惊愕不已,无法解释我心里的想法:他有个秘密。这个沿着最令人信服、最可信的感情线索结构的人,这股具备强大历史背景的力量,这个善意地狡诈,温文儒雅,从头到脚都似乎充满阳刚之气的男子却隐藏着一个巨大的秘密。我怎么会得出这个结论的?为什么是个秘密?因为当他和她在一起时秘密在那儿。而当他不跟她在一起时,也在那儿——正是这秘密才是他的磁力之所在。是某种不在场的东西起着哄骗的作用,一直是那东西吸引着我,

---

[1] 出自济慈诗《圣亚尼节前夕》。

那神秘的、非他莫属的、他单独攥在手心里的它。他将自己像月亮似的建构起来,世人只能看到他的一面。我没法使他全部显露出来。有一个空白点。我最多只能这么说。他们,一起,一对空白点。在她身上有个空白点,同时,尽管他摆出一副稳扎稳打的派头,如果需要,还是个顽固、目的明确的对手——愤怒的教授巨人,宁可拂袖而去,也不愿接受他们羞辱性的垃圾,但在他身上的某处也有一个空白点,一个涂抹掉的,一个割除的东西,虽然我连猜测的头绪都没有……甚至都不知道,说真的,我是在企图剖析这预感,还是在动用想象力记录我对另一个人的无知。

仅在三个月以后,当我得知这秘密,并开始撰写这本书时——是他从一开始就请求我写这本书的,不过并不一定是按照他的要求写的——我才觉悟到加固他们契约的基础结构是什么:他已告诉她他的全部故事。只有福妮雅一个人知道科尔曼是如何变成他自己的。我怎么会知道她知道了?我不知道。当时我就连这也不可能知道。现在更不可能知道。既然他们死了,没有人能够知道了。好也罢歹也罢,我只能按每个自以为知道的人的办法去做。我想象。我被迫加以想象。碰巧这是我谋生的手段。我的职业。是我此刻所做的一切。

当莱斯从退伍军人医院出来并和他的支持小组挂上钩,以便远离酗酒,不再让疯病发作,路易·伯理若为他制定的长远目标则是要他进行一次朝圣,去参拜那座墙——倘若不是那座真的墙,华盛顿越战阵亡将士纪念墙,那么参拜那座移动墙也行,等到它在十一月份抵达皮茨菲尔德时。华盛顿特区是莱斯赌咒发誓绝不会踏足的地方,因为他痛恨政府,因为他瞧不起那个自一九九二年以来就睡在白宫里的逃兵役者。不过无论如何,要他从马萨诸塞州旅行到华盛顿也可能要求过高了一些:对于一个刚出院的人,乘坐大巴来来往往,经历的时间不免太长,耗费的感情不免太多。

人性的污秽

路易为莱斯参拜移动墙所做的准备和他为每个人所做的一模一样：在一个中国餐馆为他壮行，让莱斯和另外四五个伙伴一道吃中国饭，要多少次就安排多少次——如果有必要，两次，三次，七次，十二次，十五次——直到他能够完整地吃完一顿饭——从汤到甜点，所有上的菜——为止。其间衬衫没有给汗水浸透，手没有因为颤抖得厉害而握不稳勺子、不能喝汤，没有每隔五分钟就冲到外面去喘气，没有最后跑到卫生间去呕吐，没有躲在锁上的隔间里不出来，没有完全失控和出手狠揍中国侍应。

路易·伯理若拥有他百分之百的军人联络网，他远离毒品，持续治疗已有十二年之久了，而帮助老兵，他说，是他获得治疗的途径。三十多年了，那里仍然有着许多越战老兵忘不了伤痛，因此他几乎每天花上一整天的时间驾着他的面包车跑遍全州，领导老兵及其家庭的支持小组，为他们寻医问药，鼓励他们参加匿名戒酒者座谈会，倾听各种矛盾，家庭的、心理的、财务的，对老兵问题给予建议，并且努力把那些家伙送到华盛顿去瞻仰那面墙。

墙是路易的小宝贝。他操办一切：租用大巴，安排吃食，以他天赋的战友情，亲自呵护那些唯恐自己会哭得太厉害，或感到太恶心，或会突发心脏病而一命呜呼的伙伴。事先他们统统都会畏缩不前，说多多少少相同的话："不可能。我不能去看墙。我不能到那儿去看见某某的名字。不可能。没法子。做不到。"莱斯就是其中之一，对路易说："我听说你们上次的行程了。听说有多糟糕了。包车费每个人头二十五美元。说好包括午餐，结果大家都说午餐狗屎不如——不值两块钱。那个纽约的家伙不肯等在附近，那司机。是吧，路易？要早早赶回，跑一趟大西洋城？大西洋城！操他狗娘养的，伙计。赶着做每件事，催着每个人，好在最后大捞一票？别找我，路易。他妈的没门儿。如果我非得亲眼看到两个穿老虎部队军服的家伙相互拥抱着哭泣的话，我会作呕的。"

但路易知道去一次意味着什么。"莱斯，现在是一九九八年了。是二十世纪末了,莱斯特。是你该开始面对这东西的时候了。你不会立刻就做到的,我知道,没人那样要求你。不过到了该制订你的计划的时候了,朋友。时间到了。我们不从墙开始。我们会慢慢地来。我们从一间中国餐馆开始。"

但对莱斯来说,那可不是慢慢来;对莱斯来说,仅仅到雅典娜去买个外卖,他都不得不在福妮雅下车取食品时坐在货车里等。倘若他走进去,一看见那些黄脸皮他就想宰了他们。"但他们是中国人,"福妮雅告诉他,"不是越南人。""放屁!我才不管他们是他妈的什么东西!他们统统是黄脸皮!黄脸皮就是黄脸皮!"

就好像他这二十六年来睡得还不够坏,在到中国餐馆之前的一星期他根本没睡觉。他一定给路易打了不下十五个电话,对他说他没法去,而其中不止一半是在凌晨刚过三点打的。但路易照样接听,让他把心里的话统统说出来,甚至表示同意,从头到尾耐心地喃喃着:"嗯,嗯……嗯,啊……嗯,啊。"但结束时他总是以同样的方式让他闭嘴:"你必须坐着不动,莱斯,尽最大努力。你只要坐着别动。不管你心里想什么,不管是悲伤,不管是愤怒,无论什么——恨也好,愤怒也罢——我们都会和你在一起,你得尽量坐着,不要跑出去,也不要动手。""但那个侍应?"莱斯会说,"我应当怎样对付那个该死的侍应?我不行,路易——我会他妈的失控的!""我来对付侍应。你只要坐着就行了。"不论莱斯提出什么反对意见,包括他可能杀死侍应,路易一概回答说他只要坐着就行了。似乎别的什么都无须做,只要坐着——就能阻止一个人杀死他最坏的敌人。

一天晚上,共有五个人坐在路易的面包车里往布莱克威尔去,当时莱斯出院两星期还不到。首先是身兼父母、兄长、领袖的路易,光头,胡子剃得精光,穿着整齐,衣服都是新熨烫过的,头上戴着黑色越战老兵帽,手里拄着拐棍。因为他身材矮小,双肩下塌,大腹便便,又因为他用残疾的双腿行走,步履僵硬,所以看上去有点像企鹅。再就是那两

人性的污秽　201

个大块头，从不多话的：契特，离过三次婚的房屋粉刷工，原来是海军陆战队员——三个老婆都被这野兽般的庞然大物，愚钝的、扎着马尾巴的、从来都没有说话欲望的笨蛋吓得灵魂出窍——和伯波卡特，过去的步兵枪手，一只脚给地雷炸掉了，现在为迈达斯消音器公司干活。最后，是一个营养失调的怪物，骨瘦如柴，抽搐不停的哮喘病患者，嘴里已不剩几颗大牙，自称斯威夫特，在退役之后合法地更改了姓名，仿佛他不再顶着乔·布朗或比尔·格林或应征入伍时的随便什么名字，就可以在回老家以后每天早晨快快活活地从床上一跃而起。自从去过越南以后，斯威夫特的健康便几乎被各种皮肤、呼吸道和神经系统的疾病所摧毁，现在他正被一种对海湾战争老兵的敌视所吞噬，比起莱斯对他们的蔑视甚至有过之而无不及。在去往布莱克威尔的一路上，由于莱斯已经开始颤抖，并感到恶心反胃，斯威夫特越发抖擞起精神，填补那几个大个子家伙的沉默。他呼哧呼哧气喘吁吁的声音硬是不肯停下来。"他们最大的问题是他们上不了海滩？他们一见到沙就在海滩上给打趴了？狗屎。周末武士，突如其来地，他们不得不领教一下真正的战争。所以个个都疲软疲软的——统统编在预备队里，不曾料过会轮到他们头上，嘿，偏偏轮到他们头上。他们没干特工算运气。他们到现在都不知道战争是什么样的。那也叫战争？四天地面战？他们杀死多少黄脸皮？他们不高兴因为没逮着萨达姆·侯赛因。他们就只有一个敌人——萨达姆·侯赛因。让我歇一下。这些家伙也没错。他们要的不就是不花力气赚大钱吗？一粒疹子。你知道橙剂让我得了多少疹子？我活不到六十岁了，而这些家伙还在为一粒疹子担心哩！"

中国餐馆坐落在布莱克威尔北面的边缘上，在门窗给木板钉死的造纸厂那头的公路沿线，背朝河。水泥块垒成的粉红色建筑又矮又长，前面有个大玻璃窗，其余一半的墙面涂成砖砌的花式——粉红色的砖头。许多年前是个保龄球馆。大窗户里面，特意做出中国风味的霓虹灯招牌忽明忽暗地闪烁着几个字母，拼出"和谐宫"的字样。

对莱斯来说，那块招牌就足以泯灭最微弱的希望火花。他做不到。他永远做不到。他会一败涂地的。

那几个字机械地重复——却成了他克服恐惧所需的巨大力量。他必须蹚过血河，路过门口微笑的黄脸皮，到桌边就座。还有恐惧——令人精神错乱、无可抗拒的恐惧——微笑的杂种递给他一张菜单。杂种给他的杯子里倒水，太离奇古怪。给他倒水喝！他所有痛苦的根源可能就是那杯水。他感到一派疯狂。

"OK，莱斯，你表现挺好。真的挺好，"路易说，"只要一次叫一道菜。到目前为止真的不错。现在我要你对付菜单。没别的。就这菜单。打开菜单，打开，我要你集中注意力看汤。你所要做的就是点个汤。你只要做这个。如果你决定不了，我们帮你决定。他们这儿的云吞汤棒极了。"

"狗日的侍应。"莱斯说。

"他不是侍应，莱斯。他名叫亨利。他是老板。莱斯，我们看汤。亨利，他是来查看一下情况的。看看一切是不是运作正常。如此而已。他不知道别的东西。不了解，也不想了解。你的汤怎样？"

"你们大伙想吃什么？"他这么问。莱斯。在这出豁出老命的戏剧里，他，莱斯，终于设法从混乱中挣脱出来，询问他们打算吃什么。

"云吞。"他们异口同声地说。

"好吧。云吞。"

"OK，"路易说，"现在我们来点别的菜。我们要不要伙着吃？会不会太多，莱斯？要不然你点自己的菜？莱斯，你想要什么？你要鸡、蔬菜、猪肉吗？你要捞面吗？来点面条？"

他使劲看看自己还能不能再来一次。"你们大伙想吃什么？"

"嗯，莱斯，我们有的要吃猪肉，有的要吃牛肉……"

"我不管！"他之所以不管是因为这一切统统发生在另一个星球上，他们点中国菜的这些伪装。这些都不是真正在眼前发生的事情。

人性的污秽　203

"回锅肉？给莱斯回锅肉。OK。莱斯，现在你只要集中注意力就行了，契特会给你倒茶。OK？OK。"

"快叫这杂种侍应走开。"因为他眼角的余光已经察觉到某种动作。

"先生，先生——"路易大声招呼侍应，"先生，请你待在那儿别动，我们把点好的菜单送给你。如果你不介意的话。我们会把菜单送过去给你的——你只要保持距离就行了。"但侍应似乎不明白，当他再次朝他们走过来时，路易笨拙但快速地起身，站立在他残疾的双腿上。"先生！我们会把点好的菜单送给你。给。你。好吗？好。"路易说着，重新就座。"很好，"他说，"很好。"对着侍应点头，对方一动不动地站在十英尺开外的地方。"对了，先生。再好不过了。"

和谐宫是个幽暗的地方，沿墙三三两两地点缀着人工植株，大约共有五十张桌子顺着长形的餐厅排成几行。只有几张有人，而且离得很远，似乎没有别的顾客注意到刚才在餐馆尽头就餐的这五个人中发生的短暂的骚乱。出于谨慎，路易总是在一进门的时候就关照亨利给他们一伙人安排一个远离其他所有顾客的桌子。他和亨利以前有过同样的经历。

"OK，莱斯，我们控制了局面。你可以放掉菜单了。莱斯，放掉菜单。首先你的右手。现在你的左手。好。契特给你合上。"

两个大块头，契特和伯波卡特，各坐在莱斯的一边。他们被路易指派为今晚的宪兵，知道倘若莱斯做出一个错误的动作他们应如何应对。斯威夫特坐在圆桌的另一边，挨着路易，后者直接面对莱斯。此刻，斯威夫特，用父亲可能用来教儿子骑自行车的循循善诱的腔调，对莱斯说："我记得我第一次上这儿来的情形。我以为我永远也不可能坚持到底的。你的表现真的好极了。我那第一次，连菜单都不认得。字母统统朝我游过来。我想我得破窗而出。两个家伙，他们不得不把我架出去，因为我坐不住。你干得挺不错，莱斯。"如果除了注意自己的双手抖得多么厉害之外，莱斯还能够注意到任何别的东西的话，他就会意识到他从没见过斯威夫特曾经有过不抽搐的时候。斯威夫特此刻既不抽搐，也不发牢骚。这就是为什么路易带他上这来的缘故——因为帮助别人吃完一顿中国饭菜似乎是斯威夫特在这个世界上做得心应手的事。只有在这儿，在和谐宫——别的地方则都不行——斯威夫特仿佛尚能有一会儿记得什么是什么。在这儿，人们才最不会感觉到，他曾经手脚并用地爬着过日子。在这儿，变得一目了然的是在这个痛苦的残障人身上遗留的一星星、破损的、曾经拥有的勇气。"你干得好极了，莱斯。你没问题。你只要再来一点茶，"斯威夫特建议，"让契特给你斟上。"

"呼吸，"路易说，"对。呼吸，莱斯。如果你喝完汤感到坚持不下来，我们就走。但你必须从第一道菜开始。如果你坚持不到吃完回锅肉，那也OK。但你得喝完汤。我们来制定一个暗号，要是你必须出去的话。在绝对没有回旋余地的时候一个你能给我的暗号。用'茶叶'做暗号怎样？你只要说这两个字，我们即刻就出门。茶叶。如果你需要，这就得。但只可以在你需要的时候。"

侍应稍稍离开他们一动不动地站着，捧着摆有他们五碗汤的托盘。契特和伯波卡特一下子蹦起来，拿到汤，端到桌上。

此刻莱斯只想说"茶叶"，然后他妈的冲出去。可为什么他不说呢？我要出去。我要出去。

他对自己反反复复地说着"我要出去"这句话，得以使自己进入一种入定的状态，即便毫无胃口，也开始喝起汤来。咽下一小口肉汤："我要出去。"这让他看不见侍应，这让他看不见老板，但不能让他看不见坐在靠墙一张餐桌边的两个女人，那两个女人正在剥豌豆荚，将去壳的豌豆放进锅里煮。三十英尺远，莱斯能嗅到她们在四只黄脸皮耳朵根处喷了的什么劣质花露水——对他来说就跟泥土地的气味一样刺鼻。以他那得以在黑黢黢的越南莽林中觉察到一名无声无息的狙击手没洗过澡的体臭的奇异的逃生威力，他嗅到那两个女人，开始失控。没有人告诉过他会有女人在这儿干那事。她们打算继续干多久？两个年轻女人。黄

人性的污秽

脸皮。她们干吗坐在那儿干那事？"我要出去。"但他动弹不了，因为他不能将注意力从那两个女人身上移开。

"那两个女人干吗那么做？"莱斯问路易，"她们为什么不停下来？她们是不是非得继续干？她们是不是一整夜都要那么干下去？她们是不是准备一遍一遍地干个不停？有没有原因？什么人能告诉我原因？叫她们停下别干。"

"冷静下来。"路易说。

"我很冷静。我只是想知道——她们是不是打算继续干下去？有没有人能阻止她们？难道没有人能想出个法子？"他的嗓门粗起来，阻止他不见得比阻止那两个女人容易。

"莱斯，我们在餐馆里。在餐馆里他们烹制豌豆。"

"豌豆，"莱斯说，"那些是豌豆！"

"莱斯，你有了汤，你的下一道菜正送过来。下道菜：这就是目前整个的世界。这就是一切。没别的了。你下一步要做的就是尝尝回锅肉，就这样。"

"我汤喝够了。"

"是吗？"伯波卡特说，"你不想吃这个？你不吃了？"

四面八方都被即将到来的灾难所包围——痛苦要花多长时间才能转变成进食？——莱斯努力压低嗓门说："吃吧。"

就在这个时候，侍应动了一下——明显是来取走空盘子。

"别动！"只听莱斯大吼一声，路易已再次站了起来，此刻，活像马戏团的驯狮员——面对莱斯，莱斯浑身紧绷，准备发飙，对付侍应——路易用手杖指点侍应退回原位。

"你待在那儿，"路易对侍应说，"待在那儿。我们把空盘子送过去给你。你别过来。"

剥豌豆的女人已经停了下来，甚至不用莱斯站起来走过去告诉她们如何停止。

现在亨利插手了，很显然。这位身材细长、瘦削、面带微笑的亨利，穿着牛仔裤、花哨的衬衣和运动鞋，又是斟茶倒水，又是老板的年轻人，在门口盯着莱斯。微笑着，但同时又盯着。那人是个威胁。他堵住出口。亨利必须让开。

"一切正常，"路易对亨利大声说，"饭菜好极了。棒极了。所以我们又来了。"然后他对侍应说，"听我的指挥。"随即他放低手杖，重新就座。契特和伯波卡特收拾起空盘子，走过去，堆在侍应的托盘上。

"还有什么人吗？"路易问，"还有什么人可以讲讲他的第一次吗？"

"唔，唔。"契特说，而伯波卡特正愉快地自愿履行着把莱斯的汤一扫而光的任务。

这次，一看到侍应从厨房里出来，手里端着他们点的其他的饭菜，契特和伯波卡特便立即起身，朝那个笨嘴拙舌的黄脸皮迎上去，让他连抬腿朝他们的餐桌走过来的机会都没有。

现在被摆在了光天化日之下。饭菜。饭菜痛苦。虾仁牛肉捞面。蘑菇鸡片。麻辣牛肉。回锅肉。肋排。米饭。米饭痛苦。蒸汽痛苦。气味痛苦。摆在那儿的一切都被认为是用来拯救他免于死亡的。将他和过往的男孩莱斯相衔接的。这便是循环往复的梦：农场上那个没有破碎的小伙子。

"看起来不错！"

"吃起来更好！"

"你是要契特放些在你盘子上呢，还是你想自己动手，莱斯？"

"不饿。"

"没问题，"路易说，看着契特开始在莱斯盘子上堆菜，"你不需要饿。那不重要。"

"快完了吧？"莱斯说，"我要出去。我不开玩笑，伙计们，我真的要出去。吃饱了。吃不下了。我感到要失控。我吃饱了。你说我可以离开的。我要出去。"

"我没听见暗号,莱斯,"路易说,"所以我们还是继续下去。"

现在颤抖已压倒一切。他对付不了米饭。米粒从叉子上往下掉,他浑身哆嗦得厉害。

万能的基督啊,竟然出现了一个端着水的侍应。围绕桌子走一圈,从背后来到莱斯身边,不知从什么鬼地方冒出来的另外一个侍应。突然他们一起,跟莱斯只有一秒钟的落差,莱斯狂叫:"呀啊啊!"并袭击侍应的咽喉,水壶在侍应脚边炸响。

"住手!"路易大喝一声,"退后!"

剥豌豆荚的女人尖叫起来。

"他根本不需要水!"路易叫喊着,两脚站立,叫喊着,拐棍举过头顶,他在那些女人眼里活像个疯子。但她们其实并不明白疯子是什么样的,倘若她们以为路易是疯子的话。她们一窍不通。

别的桌上有客人站了起来,亨利冲过去,对他们悄悄地说了一番,他们才都又坐下了。他解释说那些是越战老兵,每次他们来,他都认为殷勤地招待他们、花一两个小时容忍他们的问题是他的爱国义务。

在那以后,餐馆里一片寂静。莱斯吃了几小口,其余的人则吃得一干二净,最后,桌上只剩下莱斯盘子里的东西。

"你不要了?"伯波卡特问他,"你不吃了?"

这次他连"吃吧"都说不出来。一旦说出这两个字,所有埋在餐馆地板底下的人都会一骨碌爬起来,伺机复仇。只要说一个字,如果你不是早在第一次就在这儿看到那种景象,这次你他妈的肯定会看到了。

送上了签运饼。他们对那总是很喜欢。看看各人的手气,哈哈大笑,喝喝茶——有谁不喜欢?但莱斯叫道:"茶叶!"拔脚就走。路易对斯威夫特说:"和他一道出去。追上他,斯威夫特。盯紧他。别让他跑出你的视线。我们去买单。"

回家的一路上只有沉默:伯波卡特沉默,因为他吃得五饱六足;契特沉默,因为他很早以前就从反反复复、无穷无尽的惩罚性的争吵中学到：对于一个像他这样倒霉的人来说，沉默是唯一显示友好的方式；斯威夫特也沉默着，一种痛心疾首、满腹牢骚的沉默，因为一等到忽明忽暗的霓虹灯退到他们的身后，他所拥有的关于他自己的记忆便随之消失——这个自己，他似乎只有在和谐宫时才拥有。斯威夫特此刻正忙着酝酿痛苦。

莱斯沉默，因为他睡着了。经过十天十夜彻底的无眠，作为这趟旅行的准备工作，他终于精疲力竭了。

当其他人都下了车，只剩下莱斯和路易两个人时，路易才听到他醒过来，于是说："莱斯？莱斯？你干得不错，莱斯。当时看见你淌汗，我心里想，坏了，坏了，坏了，他要干了。你真不知道你当时的脸色。我简直不敢相信。我以为侍应玩完了。"路易，他曾在他姐姐的车库里将自己的双手铐在一台电暖器上度过回家后的头几夜，以保证自己不会杀死那位好心收留他的姐夫。当时他刚从丛林返回四十八小时，现在他将醒着的时间全都用来为他人的需求服务，以至于任何邪恶的念头都不可能跻身其间。他十二年来保持清醒和干净，持续练习十二步，虔诚地服药——针对焦虑服氯硝西泮，针对抑郁服盐酸舍曲林，针对火辣辣作痛的脚踝、钻心疼痛的膝盖以及无情酸痛的胯骨服双水杨酯，一种消炎药，却有一半的时间除了给他一个灼热的胃、放屁和腹泻以外，别无其他——已经成功地清除掉足够的残渣瓦砾，得以重新礼貌地和别人交谈，并对自己在余下的生命里不得不靠着两条疼痛不堪的双腿效率低下地四处走动，不得不努力在黄沙之上高高挺立着，倘若并非感到自由自在，至少心中比原先少了许多疯狂的怨恨——乐天知足的路易笑起来。"我想他连一个机会都不会有了。不过，好家伙，"路易说，"你不仅对付了汤，你还坚持到他妈的运气小点心。你知道我用了多少次才坚持到签运饼？四次。四次，莱斯。第一次我直接跑进洗手间，他们花了十五分钟才把我拽出来。你知道我会对我太太怎么说？我会对她说：'莱斯干得好。莱斯行。'"

人性的污秽 209

但在必须再次去时，莱斯拒绝了。"我在那儿坐过了，还不够吗？"
"我要你吃，"路易说，"我要你吃饭。像人家一样走动，谈话，吃饭。我们有了新的目标，莱斯。""我可不再要你的什么目标了。我做到了。我没杀人。这还不够啊？"但一个星期以后，他们又驱车回到和谐宫，原班人马，相同的玻璃杯，相同的菜单，甚至相同的喷洒在餐馆女佣亚洲肌肤上冲着莱斯鼻息所发出的阵阵廉价花露水的香气，他可以据以追踪猎物的可疑气息。第二次他吃了饭，第三次他吃了饭还点了菜——虽然他们仍然不让侍应接近餐桌，第四次他们让侍应伺候他们，莱斯狼吞虎咽，直吃到几乎要爆炸为止，吃得就好像他有一年没见过食物似的。

出了和谐宫，个个都高举手臂，相互击掌。就连契特都兴高采烈。契特高谈阔论，契特大声欢呼："哥们儿！"

"下次，"莱斯说，当时他们正驱车回家，这种起死回生的感觉令人陶醉，"下次，路易，你会提出更过分的要求。下次你会要我喜欢上它的！"

但下次却是去面对那面墙。他得去看肯尼的名字。这他做不到。在他们从老兵管理局领到的书里看到过一回肯尼的名字就足够了。之后他病了一个星期。他心里没别的念头。他现在心里也没别的念头，除了这一个。肯尼躺在他身边，没有头。日日夜夜，他想，为什么是肯尼，为什么是契普，为什么是巴第，为什么是他们，而不是我？有时他想他们是幸运儿。对于他们来说，一切都结束了。不，不管怎样，无论如何，他都是不能走到那面墙跟前的。那面墙。绝对不行。做不到。不愿意。结了。

为我跳舞。

他们在一起大约有六个月了，一天夜里他说："来吧，为我跳个舞。"说着他在卧室里放上一张唱碟，阿蒂·肖改编，由罗伊·埃尔德里奇吹奏的《我爱的人儿》。为我跳个舞，他说，松开紧搂着她的胳膊，并且指着床前的地面。于是,不惊不乍地,她从那个她嗅着那股气息——科尔曼赤身裸体的气息,经过日光浴的皮肤的气息——的地方爬起来,从她深深依偎的地方爬起来,在那儿她的面孔埋在他裸露的体侧,她的牙齿,她的舌头薄薄地抹上了一层他的精液,她的手掌摊开在他肚皮下方那蜷曲的油光光的体毛上,在他盯着她的炯炯目光下——他那目不转睛地透过两排长长的深色睫毛的绿色凝视,根本不像一个随时可能晕倒的衰竭的老人,而恰似一个将自己的面孔紧贴在玻璃窗上的小伙子——她翩翩起舞,并非妖娆地,并非像斯蒂娜在一九四八年的那样,并非因为她是个可爱的姑娘,一个可爱的年轻姑娘,一个为悦己悦人而起舞、不太了解自己的所作所为的可爱的年轻姑娘,并对自己说:"我可以为他跳——他既然要,我又能跳,看吧。"不,不完全是花蕾绽放或小雌马成为母马的那一派天真烂漫的景象。福妮雅能为他跳,不错,但全然没有羞涩的成熟才是她的舞姿,没有青春的,朦胧的,对自我,对他,以及对所有活着和死了的人的理想化。他说:"来吧,为我跳舞。"于是,她从容地一笑,说:"干吗不呢?我在这方面一向是慷慨的。"说着开始扭动起来,抹平皮肤,仿佛是一件揉皱的衣服,特别留意地察看每样东西是否都到位,或绷紧、骨感,或浑圆,如同所应有的那样,她自身的一股气息,诱发性的生物体气息令人熟悉地从她指尖散发出来,她正用手指顺着颈项向上摸过温热的耳廓,然后慢慢地横过面颊,抵达嘴唇,头发,她正在变灰的,由于使过劲而变得湿漉漉、乱蓬蓬的黄头发,她抚弄着它仿佛是海藻,对自己假称是海藻,从来就是海藻,一大片滴滴答答浸透盐水的海藻,反正,这又要她付出什么代价呢?有什么了不起呢?纵身投入。倾情付出。倘若这正是他所向往的,拐骗这个男人,诱捕他。不会是第一个。

她从一开始就心知肚明:这事儿,这种联系。她蠕动着,从此刻是她舞台的床脚下的地板蠕动开去,浑身充满诱惑力地零乱,并由于前几个小时的缘故显得有点油腻,被此前的行为所涂抹,所润滑。金色头发。没有在农场给太阳晒黑的地方皮肤白皙,在六七个地方可以见到疤痕。一个膝盖头擦伤,像个孩子的,是她在牛棚里滑倒时留下的;在她胳膊和腿上都有一道道细如针脚、半愈合的抓痕,是牧场篱笆所致;她的手粗糙,发红,肿痛,由于转动篱笆时被玻璃纤维碎片扎到,由于每个星期拔出又插入那些木桩;一个花瓣形状、颜色鲜亮的伤痕,或在挤奶厅受的伤,或是他留下的,恰恰位于她咽喉和躯干的结合部;另一个伤痕,青紫色,位于她没有肌肉的大腿丫,那是她被咬被蜇的热点所在。他的一根发丝,呈&形,如同一颗精巧的灰色小痣粘在她的面颊上。她的嘴微微张开,仅露出牙齿的弧形,她并不急于到达某处,因为过程本身才是趣味之所在。她蠕动着,此刻他正审视着她,审视着这细长的身躯有节奏的蠕动,这苗条的躯体,比外表强壮得多,而且有着令人惊讶的沉甸甸的乳房,挂在她修长笔直的两条腿的把柄上,往下坠,往下坠,往下坠,朝他垂下来,犹如长柄勺,盛满了他的琼浆玉液。不加抗拒地,他横卧在起皱的被单上,一堆枕头乱七八糟地团成一气,支撑着他的头,他的头歇息在与她的大胯、肚子,她蠕动的肚子,同一水平线上,他审视着她,每一个分子,他审视着她,而且她知道他在审视她。他们已结为一体。她知道他要她提出要求。他要我站在这里,舞动,她想,并要求得到属于自己的东西。什么才是呢?他。他。他正向我奉献他自己。OK,这是高压电路,不过让我们来吧。于是,朝下给他递上一个媚眼,她蠕动着,她蠕动着,正式的能量转换开始了。她觉得非常舒服,像这样随着那首曲子扭动,而能量便传递过去,心里明白只要她发出一个最微小的号令,像招呼侍应似的打个响指,他就会手脚并用地从那张床上爬出来,舔她的脚。如此快速地在舞蹈中,她已经能够将他当作水果,剥掉皮,一口吞。并不是只有遭毒打,当清洁工,在学院打扫别人的垃圾,在邮局打扫别人的粪便,在那些里面,在清除别人的废弃物的活儿里,有着可怕的韧劲;要是你想了解真相,那种活儿吸你的血,别对我说没有好点的差事,不过我得到了这份差事,这就是我的工作,三份,因为这部车只剩六天就到期了,我得买辆能跑的便宜车,所以我打三份工,并不是头一回。再说,牛奶场也有一大堆要命的活儿,你听起来以为了不起,你看起来以为了不起,福妮雅和奶牛,但别的不说,它先把我的背都累断了……可是这会儿我赤身裸体和一个男人待在一间屋子里,看着他带着他的阳具和那个海军文身躺在那儿,很平静,他很平静,甚至看我跳舞充了电,还是那么平静。他也是个倒运的人。死了老婆,丢了工作,作为种族主义教授,当众受到羞辱。而什么叫种族主义教授?并不是说你刚刚变成了一个。人家说的是你刚被发现而已,所以你原来一辈子都是。并不是说你有一次做了件错事。如果你是个种族主义者,那么你就终身是个种族主义者。突然你整个一生都成了个种族主义者。是个污点,而且甚至都不是真的,然而此刻他却很平静。我能让他这样。我能使他如此平静,他能使我如此平静。我只要这样不断蠕动。他说为我跳舞,我想,为什么不?为什么不,除非这让他以为我会一直跟着他走,会和他一起假装这里面另有含义。他会假装说世界是我们的,而我会让他这么假装,然后我也会假装。不过,话虽如此,为什么不呢?我能跳……但他得记住。仅此而已,即使我什么都没穿,只戴着这蛋白石戒指,一丝不挂,只戴着他给我的这枚戒指。这就是站在你的爱人面前,在灯光里赤裸着身子,并且扭动着身躯的情景。OK,你是个男人,已过了鼎盛期,度过了你自己的一生,我并不在其中,但我拥有当下。你作为一个男人走向我。所以我走向你。这不简单。但仅此而已。我在你面前开着灯赤条条地跳舞,你也一丝不挂,那么所有其他的一切都无关紧要。这是我们所做的最简单的事——就这样。别胡思乱想把它弄复杂了。你千万别,我可不会。它不需要比这更复杂。你知道怎么了?我看见你了,科尔曼。

然后她说出声来:"你知道怎么了?我看见你了。"

"你看见了?"他说,"那么现在地狱开始了。"

"你在想——如果你一直都想知道——有没有上帝?你想知道,为什么我来到这个世界？有什么意思？就这个意思。意思是，你在这儿，而我就为你跳舞。意思是不要想你是别的什么人，在别的什么地方。你是个女人，你在床上和你丈夫在一起，你不为操而操，你不为射精而操，你在操，因为你和你丈夫睡在床上，这样做是对的。你是个男人，和你老婆在一起，你操她，但你想要操的却是邮局清洁工。OK——你知道怎么了？你就和清洁工在一起了。"

他笑了一笑，柔声说："这证明上帝的存在。"

"如果这不证明，没东西能证明。"

"继续跳。"他说。

"你死的时候，"她问，"你没嫁对人有没有关系？"

"没关系。连你活着的时候都没关系。继续跳。"

"那是什么呢，科尔曼？什么才有关系？"

"这个。"他说。

"这才是我的好孩子，"她回答，"现在你有了长进。"

"难不成——你在教我？"

"是该有人教教你了。对，我在教你。但别看着我就好像我还会做别的什么似的。别的比这更重要的。别那么想。和我一起待在这儿。别走。抱住这个念头不放。别想任何别的东西。和我一起待在这儿。我愿意为你做随便什么你想要我做的事。你有多少次听一个女人这么对你说而且是真心实意的？我愿为你做任何你想要的事。别错过了它。别把它带到别的地方去，科尔曼。我们在这儿就是干这个的。别以为这是为了明天。关上所有的门，以往的和以后的。所有的社会思维，统统关起来。美妙的社会所要求的一切？我们为社会摆出的派头？'我应当，我应当，我应当'？滚它们的。你应当成为什么人，你应当做什么事，种种，种种，只会扼杀一切。我可以不断地跳舞，如果我们这样约定。秘密的亲密时刻——如果这是我们整个的约定。你得到的一份好处。付出时间的收益。仅此而已，我希望你明白。"

"继续跳。"

"这种东西是重要的东西,"她说,"如果我放弃思考……"

"什么?思考什么?"

"我很早以来就是个小婊子。"

"是吗?"

"他总是对他自己说不是他,是我。"

"继父。"

"对。他对他自己就这么说的。也许他说得还真没错。但我在八岁、九岁、十岁时没有别的办法。那种残暴才是错的。"

"你十岁时那是什么感觉?"

"就像要我端起整幢房子,背在背上。"

"夜里房门打开他走进来的时候,那是什么感觉?"

"就像你是个陷入战火的孩子。你可曾看过报纸上的那种照片里的孩子,他们的城市被炸毁了以后?就像那样。大得和炸弹一样。但不管我被炸毁多少次,我还是站着没倒。这就是我的堕落:我站着不倒。后来我十二岁,十三岁,开始有奶头。我来月经了。突然我只剩下一个以我的阴道为中心的身体……还是继续跳舞吧。所有的门都关上了,以往的和以后的,科尔曼。我看见你了,科尔曼。你不在关门。你仍然对爱情抱有幻觉。你知道吗?我真的需要一个比你还老的男人。一个肚子里完全没有爱情狗屎的人。你对我来说太年轻了,科尔曼。瞧你。你整个儿是个爱上了钢琴老师的小男孩。你陷入我的情网,科尔曼,而你对于我这样的人太年轻了。我需要一个老得多的人。我想我需要一个至少一百岁的人。你有没有坐轮椅的朋友可以介绍给我?轮椅没有问题——我可以边跳舞边推。也许你有个哥哥。瞧你,科尔曼。用那种小男生的眼光看着我。劳驾,劳驾,去给你哥哥打电话吧。我会继续跳,快叫他听电话。我要跟他聊聊。"

她嘴里说着,心里明白,正是她说的话和跳的舞使他坠入情网。就

人性的污秽   **215**

这么轻而易举。我吸引了许多男人,许多嫖客,嫖客发现我,到我门上来,并不是随便哪个有阴茎的人,并不是那些一窍不通的人,他们当中有九成是那号的,而是男人,年轻男子,具有真正阳物的那些人,像斯莫基那样的行家里手。你尽管求爷爷告奶奶,你没有的东西还是没有,但我天生就有,即使穿戴得整整齐齐,有些家伙知道——他们知道那是什么,所以他们发现了我,所以他们来了。但这回,这回,这回却是从婴儿手里拿走糖果。肯定的——他记得。他怎么能不记得?一旦你尝到甜头,你就记住了。天哪,天哪。在二百六十次口交和四百次正规性交以及六次肛交以后,开始调情。不过这就是事物发展的规律。世人有几回是在操之前就相爱的?我以前有多少回在操了一个人以后爱上的?这或许就是了,破土机?

"你想知道我的感受吗?"她问他。

"想。"

"我感到好快活。"

"所以,"他问,"谁能活着出去?"

"有我呢,先生。你说得对,科尔曼。这会引来灾难的。七十一岁进入这种状态?七十一岁被这弄得神魂颠倒?啊呀,啊呀。我们最好回到赤裸裸的事情上去吧。"

"继续跳舞。"他说,同时揿了一下床边索尼的一个键,《我爱的人儿》的音轨再次响起。

"不。不。我求你了。要考虑我作为清洁工的前途。"

"别停下来。"

"'别停下来。'"她重复一遍,"我以前在哪儿听见过这几个字。"事实上,她几乎从来没听见过前面不带"别"字的"停"字。没从男人嘴里听说过。也没听她自己这么说过。"我一直以为'别停'是一个词。"她说。

"是一个词。继续跳。"

"那么别错过它，"她说，"一个男人和一个女人在一间屋子里。赤身裸体。我们拥有了我们所需要的一切。我们不需要爱情。别让你自己缩水——别把你自己当个滥情伤感的傻瓜。你迫不及待地想那样做，可是别。让我们别错过这个。想象一下，科尔曼，想象一下，让眼前的持续下去。"

他从来没有看见过我这样跳舞，他从来没有听过我这样说话。我好久没这么说话了，我都以为我早忘了怎么说了。躲躲藏藏了那么久。没人听过我这么说话。老鹰和乌鸦有时在林子里听过，但除此之外，没有人。这不是我通常用来撩拨男人的手段。这是我最最放纵的一次。想象一下吧。

"想象一下，"她说，"每天抛头露面——竟还有这个。这个不想占有一切的女人。这个什么都不想占有的女人。"

但她却从没感到过如此富足。

"大多数的女人都想占有一切，"她说，"她们想占有你的邮件。她们想占有你的未来。她们想占有你的幻想。'你怎么敢操除我之外的另一个人？我才应当是你的梦幻。为什么有我在家你还看色情片？'她们想占有你本人，科尔曼。但乐趣并不在占有这个人。乐趣在这儿。在于有另外一个旗鼓相当的对手跟你待在一个房间里。哦，我看见你了，科尔曼。我可以把整个的生命都给你，还依然拥有你。仅仅靠跳舞。是不是真的？我没说错吧？你喜欢这样吗，科尔曼？"

"多么幸运，"他说，目不转睛地看着，看着，"令人不可思议的运气。这是生活欠我的。"

"现在还欠吗？"

"没人比得上你。特洛伊的海伦。"

"无立锥之地的海伦。一无所有的海伦。"

"继续跳。"

"我看见你了，科尔曼。我的确看见你了。你要知道我看见什么了吗?"

"当然。"

"你想知道我是不是看见了一个老头,是吧?你怕我会看见一个老头,我会跑掉。你怕我要是看见跟年轻人所有的区别,要是看见松垮的东西,失落的东西,你就会失去我。因为你太老了。但你知道我看见什么了?"

"什么?"

"我看见一个孩子。我看见你像个孩子似的坠入情网。你不可以。不可以。知道我还看见什么了?"

"什么?"

"对,我现在看见了——我的确看见一个老人。我看见一个垂死的老人。"

"告诉我。"

"你失去了一切。"

"你看见了?"

"是的。一切,只剩下我在跳舞。你想知道我看见了什么?"

"什么?"

"你不应当挨那一巴掌,科尔曼。那就是我看见的。我看见你怒气冲天。一切都将以那个模样结束。作为一个怒气冲天的老人。可本不该那样。这就是我看见的:你的怒气。我看见怒火和羞辱。我看见作为一个老人你懂得时间的意义。一般直到行将就木才懂得。但现在你懂了。很可怕的。因为你不能从头来过。你不能重新回到二十岁。一去不复返了。就这样结束了。有什么比垂死更坏,比死更恶劣,是那些对你下毒手的该死的杂种。从你手上夺走了一切。我在你心里看见了,科尔曼。我看见了,因为那是我了解的。该死的杂种在一眨眼的工夫里就改变了一切。抓住你的性命,一扔。抓住你的性命,他们决定把它扔掉。你找对了跳舞的姑娘。他们决定什么是垃圾,他们决定你就是垃圾。羞辱,

218　美国三部曲

压垮，摧毁一个人，由头却是个人人皆知狗屎不如的东西。屁大的一个字对他们来说一文不值，绝对一文不值。真叫人气得发疯。"

"我原来并不知道你注意到了。"

她从容地一笑。跳舞。没有理想主义，没有理想化，没有任何甜美的年轻丫头的乌托邦主义，尽管她知道现实的一切模样，尽管她的生活已不可逆转地荒废，尽管她遭遇了所有的混乱与冷漠，她依然跳着舞！同时还讲着从来没有对男人讲过的话。像她那样操男人的女人不应当说这种话——至少那些不操像她这样的女人的男人喜欢这么想。那些不像她这样操男人的女人也喜欢这么想。每个人都爱这么想——笨蛋福妮雅。好吧，让他们去。我高兴。"对，笨蛋福妮雅注意到了，"她说，"不然笨蛋福妮雅怎么能挺过来的？作为笨蛋的福妮雅——这就是我的成就，科尔曼，这就是脑子最清醒时刻的我。原来，科尔曼，我一直在观察你跳舞。我怎么会知道的？因为你跟我在一起。不然你凭什么要跟我在一起，如果你不是那么气得要发疯？我为什么会跟你在一起，如果我不是那么气得要发疯？这才是操得那么痛快的原因，科尔曼。愤怒拉平一切。所以别坐失良机。"

"继续跳。"

"直到我累垮？"她问。

"直到你累垮，"他吩咐她，"直到最后一口气。"

"悉听尊便。"

"我在哪儿找到你的，瓦露塔？"他说，"我是怎么发现你的？你是谁？"他问，揿下按键，重又响起《我爱的人儿》。

"你要我是谁，我就是谁。"

科尔曼只顾给她念周日报纸上关于总统和莫妮卡·莱温斯基的八卦，突然福妮雅站起来，大声叫道："你就不能不搞这要命的学习班？受够了这学习班！我学不进去！我不学！我不要学！别他妈的教我——

没有用的！"说着，就在早餐中间，夺门而出。

　　留在那儿是个错误。她没回家，现在她恨他。她最恨什么？他当真以为他受的罪了不起。他当真以为雅典娜学院每个人所想、所说的关于他的事毁了他的生活。真是妈的太不喜欢他了——那不是天字第一号的大事。对他来说那就是最为可怕的事了？嗨，那没什么了不起。两个孩子窒息身亡才是大事。你继父把手指插进你阴道，那才是大事。在你快退休的时候丢掉工作并没什么了不起。这就是她恨他的原因——他受苦的优越感。他以为他从没有过机会？在这个世界上有着真正的痛苦，可他以为他从没有过机会？你知道你什么时候没有了机会？早晨挤过奶，他突然捡起那根铁管子朝你头上打过来。我甚至都没看见怎么打过来的——可是他没有过机会！生活亏待了他！

　　总而言之，吃早饭的时候她不想有人教她。可怜的莫妮卡可能在纽约找不到个好差事？你知道我要告诉你什么？我不感兴趣。你以为莫妮卡会关心我在学院上了一整天的班以后又去挤奶会不会腰酸背痛？在邮局清扫人家扔下的垃圾就因为他们不愿使用那倒霉的垃圾桶？你以为莫妮卡会关心这些？她不断地给白宫打电话，没接到回话肯定感到非常失望。对你来说一切都完了？也很失望？对我来说从来就没有开始过。没有开始就已经结束了。试试看让人家用一根铁管子把你打趴掉吧。昨天夜里？有那事。很舒服。棒极了。我同样需要那样。但我仍然打三份工。并没有任何变化。这就是出事的时候你接受它的缘故，因为什么也不会改变。告诉妈妈她丈夫夜里进来把手指插进你体内——什么都没有改变。也许妈妈现在知道了，她准备帮助你。但不了了之，什么也没有改变。我们跳舞度过了一夜。但不会有任何变化。他读给我听华盛顿的那些事——又改变了什么，什么，什么？他读给我听华盛顿的恶作剧，比尔·克林顿的阴茎叫人吮吸了，这对我车子散架有什么帮助？你真以为那些是世界上的头等大事？没那么重要。根本不重要。我有过两个孩子。他们死了。如果今天早晨我没有精力为莫妮卡和比尔感到难过，记在我两个孩子的账上，好了吧？如果那是我的过错，就算了。我不剩多少精力来关注世界上那些伟大的问题了。

错误就在于留在了那儿。错误就在于完全陷入妖术的蛊惑之中。即使雷霆大作，豪雨如注，她也驾车回家。即使她怕法利跟踪，迫使她离开大路，开到河里去，也还是照样驾车回家。但她却留下了。因为跳舞她留下了，而到了早晨她一肚子的气。她生他的气。多么好的新的一天啊，让我们看看报上有什么说的。昨天夜里之后他要看看报上说些什么？倘若他们没有交谈，倘若他们只是吃早饭，然后她离开，也许留在那里就不会有问题。但他开始办学习班。他几乎做不出比那更糟的事了。他应当怎么做？给她些东西吃，让她回家。但跳舞坏了事。我留了下来。我愚蠢地留了下来。半夜走人——对一个像我这样的女孩是再重要不过的了。我有许多事情搞不懂，但这一点我却很明白：留到第二天早晨，便意味着什么。科尔曼-福妮雅幻想曲。这是沉湎于追求永恒的幻想的开始，世界上最老掉牙的幻想曲。我有个地方可去，不是吗？并不是个最好的地方，但好歹是个地方。回到那儿去！不论操多久，最后走人。阵亡将士纪念日那天有雷雨，闪电划破天空，雷声大作，在山间隆隆轰鸣，好像战争爆发了似的。伯克夏遭突袭。但我在凌晨三点爬起来，穿上衣服，离开。雷电交加，噼啪炸响，树木四分五裂，四肢瘫软，豆大的雨点像子弹似的朝我劈头盖脸打下来，我走人。周身被狂风鞭打，我走人。山爆炸了，可我还是走人。我可能就在房子和车之间给宰了，被一道闪电点燃击毙，但我没留下——我走人。然而整夜和他一起躺在床上？月亮大大的，整个世界寂静无声，四处都是月色，可我留了下来。即使一个瞎子也能在这样一个夜晚找到回家的路，但是我却没有走。我没有睡觉。睡不着。醒了一夜。不想翻身靠近那家伙。不想碰那人。不知道怎么搞的，这人的屁眼我都舔了有几个月了。像个麻风病人似的缩在床边上看着他树木的影子爬过他的草坪，直到天明。他说："你应当留下。"但他不想要我留下，我说："我想我就信了你这一回吧。"于是我信了。你可能会以为我们之中至少有一个保持冷静。但没有。我们两个都屈从于最糟糕的念头。拉皮条的告诉她说,娼妓的伟大智慧是:"男人付钱给你们不是为了让你们跟他们同床共眠。他们付钱给你们是叫你们回家。"

但即使她知道她恨的一切,她也知道她喜欢什么。他的慷慨。她是极少有机会接近一个略为慷慨的人的。男人与生俱来的力气却没有用来朝我头上挥铁管子。如果他逼我,我就会不得不向他承认我很精明。我昨晚不是就那样做了吗?他听我说话,所以我就精明一回。他听我说话。他对我很忠诚。他从不为任何事情责备我。他从不用任何手段陷害我。就这个原因值得那么要命的疯狂吗?他尊重我。是真诚的。他给我这枚戒指表明了他的心迹。他们扒光他的衣服,所以他赤条条地来到我面前。在他最危急的时刻。我一辈子还没有受到过像他这样的男人的支使。只要我愿意,他会为我买车。如果我放手让他做主,他会为我买一切。和这个人在一起,没有痛苦。只要耳边有他声音的起伏,只要听到他说话的声音,我的心就安定了。

这些就是你逃避的东西吗?这些就是你像个孩子似的吵架的原因吗?你碰上他纯属偶然,你第一次幸运的巧遇——你最后一次幸运的巧遇,你却发起脾气,像个孩子似的跑掉了?你真的想自行了断?回到遇见他之前的日子?

但她跑啊,跑出房子,从车库里开出车,驶进山里,去看望奥杜邦学会的乌鸦。开了五英里地,她掉头离开大路,驶上一条狭窄的土路,蜿蜒前行,走了四分之一英里,方才看见那幢灰色木瓦结构的两层楼房子温馨地偎依在绿树丛中,很久以前是幢民居,现在成为学会当地的总部所在地,坐落在树林边缘,紧靠野生动物踪迹。她将车驶上沙砾小道,颠簸着直开到木栅栏前,停靠在钉着指向草药园牌子的桦树前,她的车是唯一可见的车。她成功了。她可以很方便地驶离山边。

挂在大门口的风铃在微风中叮当作响,明净地,神秘地,犹如某种宗教机构,并不诉诸语言,正在欢迎来访者驻足,不仅四处参观,而且静思冥想——仿佛这里供奉着某种虽小,却十分动人的东西——但此刻旗帜尚未升上旗杆,门上挂着的牌子说星期天要到午后一点钟才开放。然而,当她推门时,门却自动打开了,她跨出无叶的山茱萸在晨光中洒下的薄影,进入门厅。门厅地板上摞放着装有各种混合鸟食的沉甸甸的大麻袋,准备出售给冬季买主。麻袋对面,装着形式各异的喂鸟食具的箱子则沿着墙根直码放到窗口。礼品店,出售食具、自然书籍、勘测地图、鸟叫录音带以及各种由动物激发出灵感的小饰品的地方,没有灯光,但当她朝相反的方向转身,走进大些的展览室时,里面陈列着数量极少的动物标本和种类不多的活体动物样本——乌龟、蛇、几只关在笼中的鸟,却见到一位工作人员,一个十八九岁胖乎乎的女孩。女孩说:"你好。"倒没有在乎还不到开放的时间。这么远地位于山上,一旦秋叶凋零,十一月初就没有什么人造访了,她可不准备撵走一个碰巧在上午九点十五分突然出现的不速之客,即使这个女人在伯克夏山区的仲秋季节里并没有完全为户外活动穿着齐整,似乎在她灰色运动裤的上方套着件男人的条纹睡衣,脚上除了一双露出脚后跟的室内拖鞋,那种叫做"穆勒"的鞋子外,别的什么也没穿。她长长的金发也还没梳理。不过,总的看来,她只是显得衣冠不整而已,倒不见得放荡,所以这姑娘,正在给她脚跟前箱子里的一条蛇喂老鼠吃——用镊子把每只老鼠拎出来送到蛇面前,直到蛇猛地张口咬住老鼠,并启动那无限缓慢的消化过程为止——只说了声"你好",便回到她周日早晨的职责上去了。

乌鸦关在中间一只笼子里,相当于衣橱大小的一个空间,介乎关着两只棕榈鬼鸮和一只灰背隼的笼子之间。瞧他在。她已经感觉好多了。

"王子。嗨,大个子。"她对他咔哒咔哒叩齿,用舌尖抵着上腭——咔哒,咔哒,咔哒。

她转过脸看喂蛇的女孩。福妮雅以前来看乌鸦的时候没见过她,很可能是新来的。或者相对地算个新来的。福妮雅自己也已经有好几个月

人性的污秽 223

没来看乌鸦了,而且自从和科尔曼约会以来就再没来过。此刻距她跑出去寻找如何与人类绝交的时日已有一阵子了。自孩子们死后她就不是个常客,虽然那时候她偶尔也会一个星期接连来四五次。"他可以出来,是吗?他可以出来待一分钟。"

"当然。"女孩说。

"我想要他站在我肩膀上。"福妮雅说,同时弯下腰,拉开拴着笼子玻璃门的攀子,"哦,你好,王子。哦,王子。瞧你。"

门打开以后,乌鸦从它站着的架子上跳到门头上,坐在那儿,伸长脖子左右张望。

她轻声笑起来。"多帅的表情。他正在审视我。"她回头对女孩大声说。"瞧。"她又对乌鸦说,让鸟看她的蛋白石戒指,科尔曼的礼物。他在那个八月的星期六早晨和她一起驱车前往坦格伍德时在车子里送给她的。"瞧。过来。上这儿来。"她对鸟悄悄说,把肩膀凑过去。

但乌鸦不理会这个邀请,他跳回笼子里,恢复在架子上的生活。

"王子没心情。"女孩说。

"宝贝?"福妮雅柔声细语,"来吧,来吧。是福妮雅。你的朋友。乖小伙。来吧。"但鸟不愿意动弹。

"如果他知道你要逮他,他不会下来的。"女孩说,又用镊子从一个盛着一串死老鼠的盘子里捡起一只,递给蛇。蛇终于,一毫米一毫米地,将上一只全部吞进了嘴里。"如果他知道你企图逮住他,他通常待在你够不到的地方,但如果他以为你不理他,他就会下来。"

这种充满人情味的行为把她们两个都逗乐了。

"好,"福妮雅说,"我让他一个人待一会儿。"她走到女孩坐着喂蛇的地方,"我爱乌鸦。他们是我最喜欢的鸟。还有渡鸦。我原来住在西里福,所以我了解王子所有的事。他老待在西金森商店附近的时候,我就认得他了。他经常偷小姑娘的蝴蝶发卡。冲着亮晶晶的东西,五彩斑斓的东西下手。他这点很有名。常有关于他的剪报。说的都是他的事,人家在他的窝被捣毁以后收养他的事和他怎样在商店里像个大人物似的走来走去的情形。就贴在那儿。"她说,指着房门边上的一个布告栏,"剪报到哪儿去了?"

"他撕掉了。"

福妮雅哈哈大笑,这次比刚才几次都要响亮得多。"他撕掉了?"

"用他的喙。把剪报扯碎。"

"他不要人家了解他的背景!对他自己的背景感到羞耻!王子!"她大声说,转过去面对笼子,笼门仍然大开着。"你对自己臭名昭彰的过去感到羞耻?哦,你这个乖孩子。你是只好乌鸦。"

这时她留意到屋子里散放着的动物标本中的一个。"那是只短尾猫吧?"

"是啊。"女孩说,耐心地等待蛇慢慢地对新的死老鼠伸出信子,并咬住它。

"是这附近的吗?"

"不知道。"

"我在山里看见过的。就像那只,我见到的那只。很可能就是他。"她又一次笑起来。她没喝醉——当她跑出房子时,连半杯咖啡都没喝完,更不用说酒了——但笑声听起来却像是一个已经几杯下肚的人。她只是感到待在这儿,和蛇、乌鸦以及做成标本的短尾猫在一起,心情舒畅极了。他们没有一个企图教她任何东西,他们没有一个会对她朗读《纽约时报》上的东西,他们没有一个会因为人类过去三千年的历史而跟她过不去。她知道所有她需要知道的人类史:残忍的和无力自卫的。她不需要日期和名字。残忍的和无力自卫的,这就是全部的他妈的症结所在。这儿没有人试图撺掇她读书,因为这儿没有一个识字的,除了那女孩。那条蛇肯定不认字。它只知道怎么吃老鼠。慢慢地,从容地。有的是时间。

"那是什么蛇?"

人性的污秽　225

"黑鼠蛇。"

"整个儿吞下去。"

"是啊。"

"在肚子里消化。"

"是啊。"

"它要吃几只?"

"这是他的第七只老鼠了。即使对他来说,他吞这一只都有点慢。可能是他的最后一只了。"

"每天七只?"

"不。每隔一两个星期。"

"有时放它出来还是一直关在那里头?"她问,指着玻璃柜子,蛇就是从那儿搬到喂食的塑料箱子里的。

"对。一直关在那里头。"

"好家伙,"福妮雅说,她转过身,隔着房间看着乌鸦,乌鸦仍然待在它笼子里的架子上,"嘿,王子,我在这儿。你在那儿。我对你一点兴趣都没有。如果你不想飞到我肩膀上,我还不要哩。"她指着另外一只动物标本,"那家伙是干什么的?"

"那是只鱼鹰。"

她仔细打量了一番——朝那双尖利的爪子狠狠看了一眼——随后,再一次大声笑了笑,说:"可别跟鱼鹰纠缠。"

蛇正在考虑第八只老鼠。"要是我能让我的孩子们吃七只老鼠,"福妮雅说,"我就是天底下最快乐的母亲了。"

女孩微微一笑,说:"上星期天王子飞出来兜风。我们所有其他的鸟都不会飞。王子是唯一能飞的。他飞得可快哩。"

"哦,这我知道。"福妮雅说。

"我正在倒水,他突然沿直线到达门口,飞到外面树丛里去了。只过了几分钟就又有三四只乌鸦飞过来。在树丛里把他团团围住。一个个凶相毕露。骚扰他，击打他的背，尖声厉叫，朝他砰砰猛撞，诸如此类的把戏。他们只要几分钟就到了。他的嗓音不对。他不会说乌鸦的语言。他们不喜欢他待在那儿。最后他飞下来找我，因为我在外面。他们会杀了他的。"

"这就是接受人工喂养的结果，"福妮雅说，"这就是他一辈子老跟我们这样的人待在一起的结果。人性的污秽。"她说，语气里既无反感，也无轻蔑，更无谴责。甚至连悲哀都没有。事情就这样——她以她特有的干巴巴的方式说道，这就是福妮雅告诉喂蛇姑娘全部的话语：我们留下一个污秽，我们留下一串踪迹，我们留下我们的印记。污垢、残酷、欺凌、谬误、粪便、精液——要待在这儿就别无二致。和违拗无关。和恩赐或拯救或救赎无关。在每个人的身上。存储于体内。与生俱来。决定性的。污秽先于印记。没有留下印记之前便已存在。污秽完全是内在的，无需印记。污秽先于反抗，包围反抗，并使一切的解释与理解陷入茫然。这就是为什么所有的净化行为纯属玩笑。而且还是个野蛮的玩笑。纯洁的幻想是极其可怕的。是疯狂的。对纯洁的追求其实质倘若不是更严重的不纯洁，又会是什么呢？她所有关于污秽的言辞归结起来无非是说它是不可逃避的。这，自然，便是福妮雅的理解：我们无可避免地都是被污染的角色。心甘情愿地接受这可怕的、原始的不纯净状态吧。她像希腊人，像科尔曼的希腊人。像他们供奉的神。无不小心眼。争吵。械斗。忌恨。谋杀。交媾。他们的宙斯成天只想操女的——女神、女人、母牛、母熊，不仅以他自身的形象出现，还更为令人兴奋地将自己装扮成兽类。作为一头公牛气势雄劲地凌驾于女性之上。化做一只扑打着双翼的白天鹅以异乎寻常的方式进入她的身体。对这位众神之王而言，肌肤之乐永无穷尽，花样翻新层出不穷。欲望所带来的一切疯狂。放荡。堕落。最粗野的欢乐。明眼妻子的怒火。不要那绝对孤独，绝对隐晦，偏执狂似的充当现在、过去及永远唯一主宰的，穷极无聊却整日为犹太人操心的希伯来上帝。不要那完美去势的基督男神和他

人性的污秽　　227

无染原罪的母亲及其所有精致的超凡性所激发的罪恶与羞耻感。而选择纠缠于冒险之中，具有鲜活表达力，朝秦暮楚，沉醉于声色犬马，精力充沛地享受着他丰富多彩的生活，从不孤单，从不隐讳的希腊的宙斯。而选择神圣的污秽。对福妮雅·法利来说，伟大的反映现实的宗教，倘若，通过科尔曼她多少有所了解的话。如同谵妄之语所称，是以上帝的形象创造的，好吧，但并不是我们的上帝——他们的。上帝淫荡。上帝腐败。如果真有过上帝的话，是个活生生的神。以人的形象出现的神。

"是啊，我想这是人类豢养乌鸦的悲剧。"女孩回答说，既没有完全捕捉到福妮雅的思路，也没有完全没有捕捉到，"他们不认得自己的同类。他不认得。他应当认得。这叫作烙印。"女孩告诉她，"王子其实是只不懂得如何做乌鸦的乌鸦。"

突然王子开始呱呱叫唤，并非真正乌鸦的叫法，而是他自己瞎撞上，而且让别的乌鸦发疯的叫法。他此刻出了笼子，正站在笼门上，几乎是尖着嗓子直叫。

福妮雅转身，迷人地笑着说："我把这当作恭维，王子。"

"他模仿那些到这儿来学他的小学生。"女孩解释说，"学校组织孩子们郊游时，他们就模仿乌鸦？这是他印象中的小学生。小学生那样做。他就发明了他自己的语言。跟小学生学的。"

福妮雅以一种她特有的奇怪的嗓音说："我爱他发明的那种奇怪的声音。"此刻她已回到笼子边，站在离开笼门仅有几英寸的地方。她抬起手，那只戴着戒指的手，对鸟说："看。看。瞧我给你带什么来玩儿了。"她褪下戒指，举起来，让他就近看个仔细，"他喜欢我的蛋白石戒指。"

"我们平时给他玩钥匙。"

"嗯，他在世上的地位提升了嘛。我们不都提升了吗？瞧。三百块钱，"福妮雅说，"快，玩这个。人家给你一只贵重的戒指你都不认得啊?"

"他会要的,"女孩说,"他会拿进去的。像有收藏癖的北美鼠一样。拿着食物,塞进笼子的裂缝里面,再用喙把它敲进去。"

乌鸦已经牢牢地用喙钳住了戒指,将头一左一右地两面转动着。然后戒指掉在了地板上。鸟扔掉了戒指。

福妮雅弯下腰,拣起戒指,又一次递给乌鸦。"如果你扔掉,我就不给你了。你知道的。三百块钱。我给你一枚价值三百块的戒指——你当自己是什么人,小帅哥啊?如果你要,你就得接住。是吗?OK?"

他再次用喙从她的手指上拔出戒指,牢牢地衔在嘴里。

"谢谢你,"福妮雅说,"拿进去,"她耳语,不让那女孩听见,"拿到你的笼子里去。去吧。给你的。"

但他再次把它丢在地上。

"他精得很,"女孩在房间那头大声对福妮雅说,"我们跟他玩的时候,把一只老鼠放在容器里,盖上。他竟然想出办法把容器打开。太惊人了。"

福妮雅再一次取回戒指,递给他,乌鸦再一次拿过去扔掉。

"哦,王子——你原来是故意的。做游戏,对吧?"

呱。呱。呱。呱。冲着她的脸,鸟爆发出一连串他特殊的叫声。

这时福妮雅伸长手臂,开始抚摩他的头,然后,非常缓慢地,从头往下抚摩他的身子,乌鸦让她这么做。"哦,王子。哦,这么美的闪光毛羽。他在哼歌给我听。"她说,欣喜若狂,仿佛终于破解了一切事物的内涵,"他在哼歌。"她开始对他哼唱:"呜呜呜呜……呜呜呜呜……"她模仿着鸟,鸟果真在感到抚摩他脊背的那只手的压力的同时,发出一种哞哞的声音。接着突然地,咔哒,咔哒,他上下叩起喙来。"哦,棒极了。"福妮雅悄悄说。然后她回头对着女孩,打心底里笑着,说:"他出售吗?这种咔哒声令人难以忘怀。我要领养他。"说着,她一点点地将自己的嘴唇凑过去贴近他正叩动的喙,对鸟耳语着:"对,我领养你,

人性的污秽　229

我要买断你……"

"他啄人哩，当心你的眼睛。"女孩说。

"哦，我知道他啄人。我已经给他啄过两三回了。我第一次见到他，他就啄了我。但他也叩喽。哦，听他叩，孩子们。"

她回想起她曾经多么想死。两次。在西里福楼上那间屋子里。孩子们死后的那个月，在那房间里我两次企图自杀。第一次我做足了准备。是护士讲给我听的。监测器上测心跳的东西都不见了。通常是致命的，她说。但有的女孩有那运气，而我可是费了大力气的。我记得我冲了淋浴，剃了腿上的汗毛，穿上我最好的裙子，牛津棉布长裙。裹着的。还有那时，那个夏天，在布拉特尔伯勒买的衬衫，绣花衬衫。我记得杜松子酒和安定剂，而且依稀记得那种粉末。我忘了名字。一种鼠药，很苦，我把它混在奶油布丁里。我有没有打开煤气灶？我是不是忘了开？我脸色有没有发青？我睡了多长时间？他们什么时候决定破门而入的？我还是不知道谁救了我。对我来说，准备停当的过程让我狂喜。生活中有值得庆祝的时刻。凯旋时刻。那种需要精心打扮的场合。哦，我是怎样装扮我自己的啊。我梳了辫子。描了眼线。会让我亲生母亲感到骄傲的，这话有点意思。就在一星期前给她挂过电话，告诉她孩子们死了。二十年来第一个电话。"我是福妮雅，母亲。""我不认识叫这个名字的人。对不起。"随着就挂断了。母狗。在我逃跑以后，她对每个人说："我丈夫很严格，福妮雅不能按规矩过日子。她永远不能按规矩生活。"经典谎言。可曾有过生活优裕的女孩子因为继父严格而逃出家门的？她逃跑，你这母狗，是因为继父不严格——是因为继父任意妄为，不让她安生。反正，我用我最漂亮的衣服把自己打扮起来。差一点都不行。第二次我没有穿着打扮。而我没有穿着打扮说明了所有的问题。我的心思不在上面了，第一次失败后便没有了心思。第二次是突发的，冲动的，毫无乐趣的。第一次等待了那么久，日日夜夜，不停地期盼。配制药物。购买粉末。搞到处方。但第二次却是草草了事的。没有灵感的。我想我停了下来是因为我受不了窒息的感觉。咽喉卡住了,真的窒息了,一口气都透不过来,慌忙解开电线上的结。第一次完全没有这种慌慌张张的状况。平静安宁的。孩子们死了,没有人要我放心不下,我在这个世界上有的是时间。我那次做对了该多好。里头包含的快乐。终于一切都不复存在的时候,却有着那最后一刹那的欢乐,当死亡竟然屈就你的愤怒而大驾光临,可是你并不感到气愤——只觉得扬扬得意。我忍不住经常回想起那一刻。整个一星期。他对我读《纽约时报》上克林顿的事,可我想的尽是凯沃尔基安大夫和他的一氧化物机器。深深地吸气。往里吸,直到吸不进为止。

"他们是那么漂亮的孩子,"他说,"你永远也不会想到诸如此类的事情会发生在你自己或你朋友的身上。至少福妮雅相信她的孩子现在和上帝在一起。"

某个傻瓜是这样告诉报纸的。**两名儿童在当地居民楼火灾中丧生。**"'根据初步调查,'唐诺德森警官说,'有证据表明一台小取暖器……'乡间路上的居民说他们察觉到起火是在孩子的母亲……"

在孩子的母亲将自己从她正在吮吸的阴茎上恋恋不舍扯开的时候。

"孩子的父亲,莱斯特·法利,几分钟后冲出走廊,邻居说。"

准备一家伙要了我的命。他没有成功。后来我也没有成功。太令人惊讶了。怎么还没有人对两个死掉的孩子的母亲下手,太奇怪了。

"不,我没有,王子。那次也没成功。所以,"她悄悄地对鸟耳语着,熠熠闪光的黑色羽毛在她手下的感觉是温暖滑润的,不像任何她曾经把玩过的东西,"我们才在这里相聚。一只真的不知道怎么做乌鸦的乌鸦,一个真的不知道怎么做女人的女人。我们相互投缘。娶我吧。你是我的归宿,你这可笑的鸟儿。"接着她后退一步,鞠一个躬,"再见,我的王子。"

鸟有所应答。以一声高亢的叫唤,听上去那么像"酷、酷、酷",以致她又一次哈哈大笑起来。当她转过身向女孩挥手道别时,她对她

人性的污秽　231

说:"嘿,比我离开街上那些家伙的时候好多了。"

她留下了戒指。科尔曼的礼物。在女孩不注意的时候,她把它藏在了笼子里。和一只乌鸦定了终身。这是门票。

"谢谢你。"福妮雅招呼说。

"不客气。星期天快乐!"女孩在她背后大声说。随后,福妮雅驾车回到科尔曼家,去吃完她的早饭,看看和他下一步如何发展。戒指在笼子里。他得到了戒指。他得到了一枚三百美元的戒指。

到皮茨菲尔德参观移动墙的旅行是在老兵纪念日进行的,那天下半旗,许多城市举行游行——百货公司降价售货——和莱斯有相同感觉的老兵在这一天比在一年中任何别的日子里,对他们的同胞、他们的国家、他们的政府更感到厌恶。现在轮到他在乐队奏乐和人人都挥舞着手中小旗的时候,参加某个廉价的游行队伍,到处走来走去了?现在让大家认识一下他们的越战老兵以换取一分钟的快乐?要是他们现在这么急切地想在那儿见到他,当初他回家的时候又何必朝他吐口水呢?怎么会有老兵睡在街上,而那个逃避服兵役的家伙却睡在白宫里?滑头威利[1],三军统帅。狗娘养的。在老兵预算紧缩的时候却在使劲捏那个犹太妞儿的胖大奶子。就性交的事撒谎?狗屎。不要脸的政府什么事都撒谎。不,美国政府已经在莱斯特·法利身上开了足够的蹩脚玩笑,无须在老兵日的笑话上再增添半点佐料。

然而他还是加入了,偏偏在那一天,乘坐在路易的面包车里往皮茨菲尔德驶去。他们的目的地是十五年来一直在国内巡回展出的真墙一半大的仿制品;它将于十一月十日至十六日由皮茨菲尔德海外战争老兵协会筹办在华美达酒店停车场展出。和他一道的是陪他闯过中国餐馆难关的那同一支队伍。他们不会让他单独一个人去,他们将全程安慰他说:

---

1 比尔·克林顿在政坛上的绰号。

我们会陪着你，会站在你身边，如果需要，我们会七天七夜陪伴你。路易甚至说在那以后他莱斯可以跟他和他太太住在他们家里，不论多久，他们都会照顾他。"你不需要一个人回家，莱斯，只要你不想，就不必。我认为你不必勉强。你来跟我和苔丝一起住。苔丝目睹了全过程。苔丝理解。你不必为苔丝担心。当我回家的时候，苔丝成为我的动力。我当时的观点是，怎么可以让别人告诉我该做什么。我随时会莫名其妙地大发雷霆。你知道的。你知道这种事，莱斯。但感谢上帝，苔丝坚定不移地站在我身边。如果你要的话，她也将站在你身边。"

路易对他来说是个兄长，任何人所能拥有的最好的兄长，但因为他不放过他非要他去看墙，因为他那么狂热地执意要他去看墙，莱斯好不容易才忍住，没有扑过去掐他的喉咙，把这个杂种掐死。瘸腿西班牙杂种，放过我！住嘴，别再对我说你怎样花了十年的工夫才走到墙跟前。住嘴，别再对我说这该死的墙怎样改变了你的生活。住嘴，别再对我说你怎样和米基言归于好。住嘴，别再对我说米基在墙面前对你说了什么。我不想知道！

然而，他们却出发了，路上，路易又对他重复这些话："没关系，路易——这是米基对我说的，而这也是肯尼将要对你说的。他告诉我的是，莱斯，没问题，我可以继续过我的生活。"

"我受不了。路易——调头。"

"伙计，放松。我们已经走了一半的路了。"

"把这该死的东西转回去！"

"莱斯，你只有去了才知道。你必须去，"路易温和地说，"你必须知道。"

"我不想知道！"

"再服些你的药怎样？一点劳拉西泮。一点安定剂。微微过量不会伤到你的。给他倒杯水，契特。"

当他们到达皮茨菲尔德，路易把车停靠在了华美达酒店对面的路边时,让莱斯下车可不是件容易的事。"我不干。"他说,于是其他几个人只好在车外面站着抽烟,好给莱斯更多的时间,等待过量的劳拉西泮和安定剂发挥效应。路易在街上拿眼睛盯着他。周围有许多警车和许多大客车。在墙那边正举行着一场庆典仪式,你可以听到有人对着麦克风讲话,某个当地的政客,很可能是那天早晨第十五名大发空头议论的人。"姓名镌刻在我后面墙上的这些人是你们的亲戚、朋友和邻居。他们是基督徒、犹太人、穆斯林、黑人、白人、本地人——全都是美国人。他们发誓保卫和护佑,并且为了遵守誓言而捐躯。没有任何的荣耀、任何的仪式能够充分表达我们的感激和景仰。下面这首诗是几个星期前在俄亥俄留下的,我愿与你们分享:'我们缅怀你们,微笑着的、骄傲的、强壮的你们/你们告诉我们不要担心/我们记得那最后的拥抱和亲吻……'"

这个演讲告一段落时,又来了另外一个。"……但我站在镌刻着名字的墙前面,当我放眼望去,看见像我一样的中年人,他们当中有的佩着勋章,穿着部分军服,我看见在他们的眼睛里有着微微的悲哀——也许这就是我们海军陆战队的弟兄,步兵,离家万里之遥时,无一没有学会的那种望眼欲穿的眼神——当我看见这一切的时候,我似乎又回到三十年前。这面移动墙的固定同名者是在一九八二年十一月十三日在华盛顿开放的。我花了几乎两年半的时间才到达那儿。回首那段时间,我明白了,跟许多越战老兵一样,我有意远离它,因为我知道它会引发痛苦的记忆。于是,在一个华盛顿的夜晚,当暮色降临时,我独自来到墙面前。我把妻儿留在了旅店里——我们正在从迪士尼回家的途中——瞻仰了墙,并独自在它的最高处,接近我此刻站立的位置,驻足良久。记忆涌上心头——感情的旋风席卷而来。我回想起一同长大的伙伴,一道打球的伙伴,现在在墙上的人,皮茨菲尔德人。我记起我的无线电发报员,萨尔。我们是在越南相遇的。我们玩"你来自何方"的游戏。马萨诸塞州。马萨诸塞州。马萨诸塞州的哪里?他来自西斯普林菲尔德。我说我来自皮茨菲尔德。而萨尔在我离开后一个月死了。我四月回到家里,拿起一份当地报纸,看见萨尔不会在皮茨菲尔德或斯普林菲尔德和我一道喝酒了。我还回想起一同服役的其他人……"

随后,来了一支乐队——很可能是一支陆军军乐队——奏起《绿色贝雷帽之歌》,这使得路易认为最好等到仪式彻底结束以后再让莱斯下车。为了不用对付长篇大论的讲演或感情色彩浓重的乐曲,路易计算了他们的抵达时间,但很可能节目开始得晚了,因此他们还是赶上了。不过,看看表,快到中午了,他估计仪式已接近尾声。啊,不错——突然他们完事了。独支小号吹奏起葬礼号。没什么两样。站在马路边上,被一大批空客车和警车所包围,听葬礼号本来就够受的了,更何况身处此情此景,耳边回荡着阵阵啜泣声,叫人怎么能又要应付葬礼号,又要应付墙。葬礼号,嘈杂的葬礼号,葬礼号最后的一声令人毛骨悚然的音符,然后乐队奏起《上帝保佑美国》,路易听见墙下的人都跟着一起唱——"从高山,到平原,直达白色浪花飞溅的海洋"。一会儿过后,结束了。

莱斯在车里面仍然抖个不停,但他似乎并没有不断地朝后面张望,只是偶尔扭头看一看"那些东西",所以路易艰难地爬回车里,在他身边坐下,明白莱斯整个的生命此刻充斥着对即将发现的东西的恐惧,因此当务之急便是将他拉到那儿,一次性地解决掉。

"我们叫斯威夫特先生去,莱斯,为你找肯尼。墙相当长。比你一个个名字看过去要好得多,斯威夫特和大伙一道过去,预先找到确切位置。名字按时间顺序排列在板上面。他们按时间先后排列,从第一个人到最后一个人。我们知道肯尼的时间,你告诉我们的,所以现在要不了多久就可以找到他了。"

"我不干。"

当斯威夫特回到面包车边时,他把门拉开一道缝,对路易说:"我们找到肯尼了。我们找到他了。"

"OK，好了，莱斯特。乖乖听话。你得走到那儿去。就在酒店背后。那儿有其他的乡亲做着和我们一模一样的事情。他们举行了一个正式的小仪式，不过已经结束了，你不用为那个操心。没有讲演。没有吹牛皮。只有孩子、父母和祖父母，他们都准备做同样的事情。他们准备摆放花圈。他们准备祝祷。但主要是寻找名字。他们会像大家一样相互交谈，莱斯。有的会哭。差不多就这些。所以你知道你在那儿会见到什么。你慢慢看，不过我们会和你一起去。"

对于十一月来说天气反常地热，在走向墙的沿途，他们看见许多人只穿着单衬衫，有的妇女穿着短衫裤。大家在十一月中旬戴着太阳镜，不过除此而外，鲜花、人群、孩子、祖父母——无一不和路易所描绘的一模一样。移动墙也毫无令人惊讶之处：他早已在杂志上，在T恤上见过了，还有一次在电视上，不等他来得及关掉之前，瞥到一眼真正的、足码的华盛顿特区的墙。顺着碎石路面的停车场一溜排开的是那些熟悉的相互连接的板块，一座垂直的、由矗立着并向两端逐渐下斜的深色板块构成的墓碑，上面密密麻麻地排列着用白色字母刻成的名字。每位死者名字的高度大约占一个男人小手指的四分之一长。这使得他们所有的人都得以登录在册，共有五万八千两百零九人，他们不再散步，不再去电影院，然而，不论值得与否，都设法存活了下来，都作为铭文存活在马萨诸塞州一间华美达酒店背后停车场上的一面可移动的、后面由2英尺乘4英尺见方的框架支撑的黑色铝板上。

斯威夫特第一次来看墙的时候，他不能走下客车，大伙得把他拽下来，一路不松手，直到他和墙相对而视，后来他说："你能听到墙在哭。"契特第一次走到墙面前，他开始用拳头砸墙，并尖叫："那不应当是比利的名字——不是，比利，不是！那应当是我的名字！"伯波卡特第一次来的时候，他伸手去摸墙，突然，手冻僵了似的，再也抽不回来——得了退伍军人管理局的医生称之为中风的病症。路易第一次来到墙面前，他没花多长时间就掂量出要害之所在，并且立刻实话实说：

"OK，米基，"他大声说道，"我来了。我在这儿。"而米基，用的是路易自己的嗓音，立即回答他说："没关系，路易。一切都OK。"

莱斯知道所有这些第一次可能发生的故事，现在是他的第一次，可他连一点感觉都没有。什么也没发生。人人都告诉他情况会好转，你会接受它，每次回去都会感觉好一些，直到我们把你带到华盛顿，你将在那面大墙上搜索肯尼的名字，而那，那将是真正的精神愈合——这浩浩荡荡的造势，可是什么也没有发生。什么也没有。斯威夫特曾听见墙哭——莱斯什么也没听见。什么也没感觉到，什么也没听见，甚至连所有的记忆都丧失了。就像他看见他的两个孩子死掉的时候。这铺张的开台锣鼓，却没有戏。他那么担心，唯恐他会过度伤感，可是他什么感觉也没有，更糟。这表明尽管做了该做的一切，尽管有路易，并多次到中国餐馆吃饭，还服药、戒酒，但他相信自己已经死掉了的想法始终是正确的。在中国餐馆里他有点感觉，那使他暂时受到蒙蔽。可是现在他断定他已经死掉了，因为他甚至都回想不起有关肯尼的任何事情。他以前一直备受折磨，现在他无论如何都和它衔接不上。

因为他是首次造访，大伙似乎都在他的附近徘徊。他们短暂地离开一会儿，一次一个，去向自己特别的战友致意，但随时都有人留在身边监护他，每个伙伴回来以后，都用一只胳膊搂着莱斯，拥抱他一下。他们都相信他们现在比以往任何时候都更加心心相印，他们都相信，因为莱斯脸上挂必要的惊讶的表情，所以他正经历着他们都想要他经历的感情变化。他们不知道，当他抬起眼睛凝视着停车场上空和黑色的战俘/战斗失踪人员旗帜一同在风中飘扬的三面下半旗的美国国旗中的一面时，他并不在想着肯尼，甚至也不在想着老兵纪念日的事。他心里想的是，皮茨菲尔德下半旗是因为他们最终确定莱斯·法利死掉了。这是官方的讯息：整个死掉了，不仅是内心。他没把这个告诉任何人。有什么意思呢？事实就是事实。"为你感到骄傲，"路易在他的耳边悄悄说，"知道你做得到。我知道会这样。"斯威夫特对他说："如果你想谈谈感想……"

此时一种宁静控制了他,他们把它误解为某种疗效。愈合伤痛的墙——酒店大门外的招牌是这么写的,墙也的确是这么做的。完成了站在肯尼名字前的任务,他们陪着莱斯沿着整个一面墙走去又走回,大家都看着乡亲们搜寻名字,让莱斯将一切都记在心上,让他知道他在什么地方,正在干的是什么事。"这不是一座可以爬的墙,宝贝。"一个女人轻轻地对一个小男孩说,她把他从他正在仔细打量着矮墙头的地方拉回来。"叫什么名字?史蒂夫姓什么?"一个上年纪的男人问他的太太,他正用一个手指头仔仔细细地,一行一行地从头梳理着一块面板上的名字。"在这儿。"他们听见一个女子对一个蹒跚学步的小不点说,她用手指摸着墙上的一个名字。"在这儿,宝贝儿。这是乔尼叔叔。"她在胸前画个十字。"你肯定是二十八行吗?"一个女人对她丈夫说。"肯定。""那好,他应当在这儿。第四块板,二十八行。我在华盛顿找到他的。""嗯,我没看见他,我再数一遍。""这是我表哥,"一个女人说,"他在那边拉开一罐可乐,罐子爆炸。饵雷。十九岁。在敌后。他安息了,感谢上帝。"有一名头戴美国军团帽的老兵跪在一块铝板前,帮助两位黑人妇女,两人都穿着她们最体面的做礼拜的服装。"他叫什么名字?"他问其中一位年纪较轻的。"贝茨。詹姆斯。""他在这儿。"老兵说。"他在这儿,妈。"较年轻的说。

因为墙只有华盛顿墙一半的大小,许多人不得不跪着搜索名字,而对于年纪大的人来说,要找到它们就尤为困难了。靠墙摆放着玻璃纸包裹的鲜花。有人把用手写在一张纸上的诗用胶带贴在墙根处。路易弯下腰,读上面的字:"星光闪烁,星星明亮,我今晚见到的第一颗明星……"有人哭红了眼睛。有的老兵戴着和路易相同的黑色越战老兵帽,其中一些人还把战役绶带别在帽子上。有个胖乎乎的小男孩,大约十岁,倔强地背对着墙,对一位妇女说:"我不要看嘛。"有一个穿着第一步兵师T恤、浑身刺满文身的汉子——"大红一师",T恤上写着——正拼命控制着自己，神情迷茫地转来转去，充满着恐怖的念头。路易停下脚步，一把抓住他，紧紧地拥抱了他一下。他们都上前拥抱他。他们甚至让莱斯也抱了他一下；"我有两个中学朋友在上面，相继死于四十八小时内，"只听附近有人说，"两人由同一殡仪馆安排葬礼。那在金斯敦中学是个伤心的日子。""他是第一个去越南的，"另一个人说，"却是我们当中唯一一去不复返的。你知道他想在那面墙上他名字底下摆什么？就是他在越南想要的。让我确切地告诉你：一瓶杰克丹尼尔威士忌，一双结实的靴子，烤进布朗尼蛋糕里的女人阴毛。"有一个四人小组站成一圈聊天，路易听见他们是在回忆往事，便停下来听，其他的几个留在原地等候。这四个陌生人都是头发灰白的男人——此刻不是头发中夹杂着银丝，便是露出灰色的发髻，其中一个戴着越战老兵帽，从帽子后面伸出灰白的马尾巴。

"你在那儿的时候是机械化部队吧，嗯？"

"是啊。我们负重跋涉了很久，不过你知道，迟早还是得回到五十口径。"

"我们可是做了不少脚板功。翻过整个离奇古怪的中央高地。全都是要命的高山。"

"机械化部队还有一点，我们从来不落在后面。我想我在那儿的全部时间，差不多有十一个月吧。我刚到的时候，先进了基地大本营，后来又去短期疗养——仅此而已。"

"路面一有动静，他们就知道你来了，而且知道你什么时候到达，所以那种 B-40 火箭筒就坐在那儿等候了。他有充裕的时间给火箭筒抛光，还把你的名字写在上面。"

突然路易挤进去，大声说："我们都在这里相聚了，"他对着四个陌生人脱口而出，"我们相聚在这里了，是吗？我们都在这儿了。让我记下名字。让我记下姓名和地址。"说着从裤子后面的口袋里掏出笔记本，一面撑在他的拐棍上，一面写下他们提供的信息，以便给他们寄去他和苔丝出版并自费邮寄的一年两期的时事通讯。

然后他们走过那些空椅子。他们在进去的路上没有看见，因为当时正一心一意地设法护着莱斯走到墙跟前，以防他半路瘫倒或挣脱逃跑。在停车场末端，放置着四十一张棕灰色的旧金属折叠椅，大约是从某个教堂的地下室里搬出来的，排成微带弧形的行列，犹如在一个毕业或颁奖典礼上所见到的那样——三排十张，一排十一张。将它们如此摆放，是颇费了一番心思的。每把椅子的靠背都贴有一个人的名字——在空座位上方，一个名字，一个男人的名字，印在一张白色卡片上。一组椅子单独摆放着，为保证不会有人坐在上面，四边都用黑紫两色的旗布相互扭曲而成的松松的环扣拦了起来。

那儿悬挂着一只花圈，一只大大的康乃馨花圈，当路易，他从不遗漏任何东西，停下来数上面的花朵时，发现，如同他所料想的，共有四十一朵康乃馨。

"这是什么？"斯威夫特问。

"皮茨菲尔德死去的人。这是他们的空位子。"路易说。

"狗娘养的，"斯威夫特说，"一场他妈的大屠杀。要打就打赢，要么就干脆别打。狗娘养的。"

但对他们而言下午还没完。在华美达酒店门前的人行道上，站着一个皮包骨头、戴眼镜的家伙，穿着一件过于厚重的、不合时宜的大衣，他有着严重的问题——冲着路人大喊大叫，对他们指指戳戳，因为使劲叫喊而唾沫四溅，警察从警车里冲过来，企图不等他朝什么人饱以老拳，或，倘若他身上藏有枪支，突然拔出来开上一枪之前，劝说他冷静下来。他一只手握着瓶威士忌——似乎他身上并没带别的物品。"看看我！"他叫道，"我是个废物，你们只要看我一眼就都知道我是个废物。尼克松！尼克松！就是他把我变成这个样子的！把我变成这个样子的就是他！是尼克松把我派到越南去的！"

他们依次进入面包车时，神情肃穆，每个人都承受着记忆的重担，但看到莱斯，不像那个家伙在街上胡说八道，而是处于一种他从未有过的平静状态之中，都深感欣慰。虽然他们都不是善于表达超验情感的人，却还是在莱斯面前感觉得到一种与这种渴求相生的情愫。在驾车回家的途中，每个人——除了莱斯——都以各人所能达到的最高程度领悟着活着且处于流变之中的神秘性。

他显得十分宁静，却是个伪装。他心意已决。用他的车。把他们都干掉，包括他自己。沿着河边，直接朝他们开过去，走同一车道，走他们的车道，就在河道拐弯的弯道口。

他拿定了主意。没有什么可丢失的，反而会赚回所有的一切。这并非一件如果那个发生了，或者如果我看见了这个，或者如果我这样想我就干，否则就不干的交易。他决心坚定的程度已达到无须思索的地步。他进行的是一项自杀式使命，内心翻江倒海，登峰造极的时刻。没有言语。没有思想。只有视觉、听觉、味觉、嗅觉——是愤怒，肾上腺素，又是屈从。我们不在越南。我们已超越越南。

（一年以后他再度被禁闭在北安普顿老兵管理局里的时候，他试图用简单明了的英语对心理医生解说这种纯粹的似有却无的状态。反正不管怎样，内容都必须保密。她是位医生。医疗伦理。严格地限于他们二人之间。"你当时想什么？""什么也不想。""你应当有想法。""没有。""什么时候你上车的？""天黑以后。""你吃过晚饭没有？""没吃晚饭。""你认为你为什么要上车？""我知道为什么。""你知道你要到哪里去。""去逮住他。""逮住谁？""犹太人。犹太教授。""你为什么要那样做？""逮住他。""因为你非做不可？""因为我非做不可。""为什么你非做不可？""肯尼。""你打算杀死他。""哦，对。我们大家。""那么，是有计划的。""没有计划。""你知道你要干什么。""对。""但没有计划。""没有。""你是不是以为你回到了越南？""没有越南。""你眼前回闪过过去的景象吗？""没有回闪。""你认为你是在丛林里吗？""没有丛林。""你

人性的污秽　　**241**

以为你会感觉好些吗?""没有感觉。""你想着孩子们吗？这是报应吗?""没有报应。""你肯定吗?""没有报应。""那个女人,你告诉我,杀死了你的孩子,'一个吮吸阴茎的婊子',你告诉过我,'杀死了我的孩子'——你是在企图报复她,为那件事复仇吗?""没有复仇。""你感到压抑吗?""不,没有压抑。""你出门去杀死两个人和你自己,而你不感到愤怒。""不,不再感到愤怒。""先生,你上了你的卡车,你知道他们会在什么地方,你朝他们的前灯直冲过去。可是你现在试图告诉我你没有打算杀死他们。""我没有杀死他们。""谁杀死了他们?""他们自己。")

只顾开车。他所做的就是这一件事。有计划同时也没有计划。知道同时也不知道。另一辆车的前灯越来越逼近,随后消失了。没有相撞？OK,没有相撞。一等他们歪到路边,他便改换车道,径自往前驶去。他只是继续开车而已。第二天早晨,他等着和修路队一道出工的时候,在镇上车库里听到别人议论这件事。大伙都已经知道了。

没有相撞,所以,虽然他有一点感觉,却不知细节,当他开车回到家,走出卡车时他并不肯定发生了什么。对他来说登峰造极的日子。十一月十一号。老兵纪念日。那天上午他和路易一起——他和路易一起到墙那儿去了,那天下午从墙那儿回到家,那天晚上他出门去杀死所有的人。是吗？不能断定,因为没有相撞,但从治疗的角度看,仍然是了不起的一天。第二部分比第一部分疗效更显著。现在方才获得了一种真正的宁静。现在肯尼能够和他对话了。和肯尼肩并肩地射杀,两人都打开全自动开关,只听海克特,队长,厉声下达命令:"拿好你们的东西,我们冲出去！"突然肯尼死掉了。就那么快。在一座小山包上。遭到袭击,撤退——肯尼死掉了。不可能。他的战友,也是个农场上长大的孩子,相同的背景,只是来自密苏里,他们将共同经营牛奶场,一个在六岁看着父亲死去、九岁看着母亲死去的小伙子,被叔叔收养,他爱他叔叔,老是谈论他,一名成功的牛奶场主,拥有相当大的牧场——一百八十头奶牛,在挤奶厅的一边就有十二台机器同时给六头牛挤奶——而肯尼的脑袋不见了,他死了。

似乎莱斯此刻正和他的战友交谈。向肯尼表示肯尼并没有被忘记。肯尼要他那么干,他干了。现在他知道无论他干什么——即使他连是什么都不清楚,他都是为肯尼干的。即使他的确杀了人,去蹲大牢,也没有关系——不可能有关系,因为他已经是个死人了。这就是为肯尼所做的最后一件事。和他两清了。知道现在肯尼没事了。

("我走到墙面前,他的名字在上面,却只有沉默。等了又等,等了又等。我看着他,他看着我。我听不见任何声音,没有任何感觉,就在那一刻我明白肯尼有问题。还有更多的事情要做。不知道是什么。但他不会就那样离开我的。这就是为什么没有给我留下只字片语的缘故。因为我为肯尼做得还远远不够。现在呢?现在肯尼没事了。现在他可以安息了。""而你还是个死人吗?""你是个什么东西,笨蛋吗?哦,我跟你说不通,你这个笨蛋!我那么做就因为我已经死掉了!")

第二天早晨,第一件事,他在车库里听到的就是她和犹太人遇上车祸。每个人都揣测她正在吮吸他,他失控,他们偏离路面,冲过护栏,越过河堤,车头首先落入浅浅的河水之中。犹太人失去对车子的控制。

不,他并不把这事和前一天晚上发生的事情联系起来。他当时不就是开车出门吗?完全处于一种不同的心态之中。

他说:"是吗?出了什么事?谁杀了她?"

"犹太人杀了她。开出路面。"

"她很可能正趴在他身上。"

"人家都这么说。"

就这样。对这事也没有任何感觉。还是没有感觉。除了他的痛苦。为什么他对发生在他身上的事那么痛苦,而与此同时她却能够继续在那老犹太人身上干吮吸的勾当?他才是承受痛苦的人,可现在她倒好,一走了之。

不管怎样，他在镇上车库里啜饮早晨的咖啡时，事情在他看来就是这样的。

当每个人都起身向卡车走去的时候，莱斯说："我看星期六夜里那音乐再不会从那幢房子里传出来了。"

诚然，如同有时所发生的那样，没人明白他说的是什么，但他们照样哈哈大笑，并且在笑声中开始了又一个工作日。

如果她表明自己的住址是在西马萨诸塞州，那么她订阅《纽约书评》的同事就会根据广告追踪到她的头上，特别是如果她进而描述她的长相和列出她的学术文凭的话。然而如果她不明确地说出她的住址，她很可能到头来在半径为一百，两百，甚至三百英里的范围内都别想得到任何人的回应。既然在她研究过的刊载在《纽约书评》上的私人广告里女人所披露的年龄都比她本人的要大到十五乃至三十岁不等，她怎么可以径自暴露她自己的真实年龄——准确地描述她各方面的情况——而不引起怀疑，她不是隐瞒了什么非同小可的事，便是曾犯下什么过错，一个女人声称自己如此年轻，如此迷人，如此富有学养，以至于感到大有必要通过私人广告征寻一位男友？倘若她用"满怀激情"形容自己，可能立即被那些色胆包天的人解释为故意挑逗，认为言下之意是"不检点"或更糟，于是信件便会如雪片般地飞进她的《纽约书评》信箱，而写信的都是她根本不屑一顾的男人。但倘若她做出一副女学者的派头，显出性欲绝对比不上她在学术、学位及知识方面的追求，她就肯定会鼓励那种过于阴柔的类型向她示爱，而她却是能够和一个她能信任并托付的性爱对手竭尽颠鸾倒凤之能事的。倘若她将自己描述为"漂亮"，她就把自己和一种模棱两可、来者不拒类型的女人联系在了一起。然而倘若她直截了当用"美丽"形容自己，倘若她敢于坦诚地启用这个在她情人眼里从未显得过分的字眼——他们曾称赞她华美夺目（比如，"华美夺目！你有一张像猫咪的脸"），光彩照人，令人惊叹——或倘若，为了在一篇只有大约三十个字的广告文里求得精确，援引她的长辈曾注意到的她与她父亲总是喜欢大加赞赏的莱斯利·卡伦之间有相似之处的说法，那么除非是个自大狂，否则谁都会害怕得退避三舍，或者拒绝把她当做知识分子加以严肃对待。如果她写道："随信附照片一张，将十分感谢。"或，简单地，"请寄照片。"那可能被误解为她对漂亮长相比对智力、教育程度和文化修养更加看重；而且，她收到的任何照片都可能经过修饰，多年前的，或压根是个伪制品。要求寄照片来甚至可能恰恰让那些她心心念念想引诱的男人打退堂鼓。可是倘若她不要求照片，其结果便可能是她一路跑到波士顿，或纽约，或更远的地方，为自己找到的晚餐伙伴却是个根本不合适，甚至大倒胃口的人。而且大倒胃口并不一定单单出自相貌的缘故。如果他专门说谎怎么办？如果他是个骗子呢？如果他是个精神变态者怎么办？如果他患有艾滋病怎么办？如果他粗暴、凶恶、已婚，或正在接受治疗，怎么办？如果他性情乖戾，是个她无法摆脱的人怎么办？如果她把姓名、工作单位给了一个跟踪狂呢？但，他们第一次会见时，她怎么能不通报自己的姓名呢？在寻找一个导向婚姻和家庭的严肃的、热烈的爱情时，一个爽朗、诚实的人怎么能在一开始便就如同她的名字那样基本的事实说谎呢？另外，种族怎么处理？她应不应当加上善意的劝诱"种族不重要"？但并非不重要；该是不重要的，应当是，完全应当是，倘若不是当年她十七岁时在巴黎遭遇的那场惨痛的失败使她坚信另一种族的男人是个行不通的——因为是个不可知的——伴侣。

她很年轻又充满冒险精神，她不想谨慎从事。他来自布拉扎维尔一个良好的家庭，最高法院法官的儿子——或者他自己是这么说的——在巴黎的楠泰尔当一年的交换生。他名叫多米尼克，她将他视为文学的精神恋人，与自己志同道合。她在一个米兰·昆德拉讲座上遇见他。他在那儿与她结识，讲座外，他们依然沐浴在昆德拉有关《包法利夫人》的心得体会之中，双双感染上了德芬妮兴奋地暗暗称之为"昆德拉病"的东西。昆德拉作为一名捷克作家，作为一名在捷克斯洛伐克伟大的争取自由的斗争中的失败者遭受迫害，而被他们所推崇。昆德拉的嬉笑怒骂并不显得轻浮，一点都不。《笑忘录》是他们之所爱。在他身上有种值得信赖的品质。他的东欧性。知识分子不安分守己的天性。一切无不困难重重的观点。两人都被昆德拉的谦逊所折服，与超级明星的派头截然相反，两人对他的思维与忍受痛苦的精神气质深信不疑。所有那种知识分子的磨难——还有他的相貌。德芬妮深深爱上这位作家诗意的金牌赛手的容貌，在她眼里，是一种内心剧烈冲撞的外在标志。

在昆德拉讲座结识以后，和多米尼克分享的完全是一种肉体经验，她以前从未有过的，完全和她的肉体相关联。她刚和昆德拉讲座产生了紧密的联系，她误把那种联系当成她与多米尼克的联系，一切发生得如迅雷不及掩耳。什么都不复存在，唯独她的肉体。多米尼克不理解她要的不仅仅是性。她要的是，不只被当作一块肉插在烤签上放在火上旋转，烧烤。可那却是他所做的——甚至也就是他所说的：旋转她，烧烤她。他对其他一切统统不感兴趣，最不感兴趣的就是文学。放松以及关紧——这就是他对她的态度，她却陷了进去，无以自拔，然后那可怕的夜晚来到了，当她出现在他房间里时，他和他的朋友一起在等候着她。并非她现在持有偏见，只是她意识到她绝不会如此误判一个她本民族的男人。这是她最严重的失败，她永远也不会忘记的。救赎仅仅在她和送她罗马戒指的教授交往时才迟迟到来。性，是的，美妙的性，但却是与玄学同在的。和一个举止沉稳，又不虚荣的男人发生与玄学同在的性关系。一个与昆德拉相似的男子。这便是她的计划。

此刻，她独自坐在电脑前，天早已黑了，巴顿大楼里只剩下她一个人，害怕离开办公室，害怕待在寓所里面对又一个连做伴的猫都没有的夜晚——她要解决的问题是如何在她的广告词里加上，不论措辞多么微妙，一句实际含义为"唯有白人需要申请"的话。倘若雅典娜有人发现是她明确定下这么个禁忌——不，对一个在雅典娜学术统治集团内地位提升得如此神速的人来说，绝对不行。然而她别无选择，只有要求一张照片，虽然她知道——由于她尽可能周详地考虑到每件事，对一切都杜绝天真，并根据她作为一个独立女性短暂的生活经验思考男人可能的表现——她知道没有任何手段可以制止一个色情狂或变态者寄来一张经过设计的照片以达到误导的效应，特别是在种族的问题上。

不，整个这件事都太冒险——同时还有失尊严——发广告求见一个她自始至终都没能在土得掉渣的雅典娜这么个地方的教职员中发现的对口径的男人。她不能做这种事，也不应当做，然而正当她思虑着一个女人对陌生人发私人广告以寻找一个合适配偶的不稳定因素，危险性，正当她思虑着为什么一位语言文学系主任向同仁们披露自己并非仅仅是一名严肃的教师和学者——暴露自己是个有着七情六欲的人，虽然完全符合人性，却是不可取的，可能被故意曲解，被用来贬低她——的同时，她的手却没有停下来：刚刚给系里的每位教师发去电子邮件，通报她最新的关于高年级论文题的想法后，正试图编写一篇广告词，既使用标准的《纽约书评》私人广告栏中的陈词滥调，又能真实无误地呈现对她本人口径的评估。努力了一个多小时，她还是不能拟定一个令她满意的不太屈辱的文稿，即便是匿名用电子邮件发给刊物。

> 麻省西部。二十九岁。娇小，热情洋溢，巴黎教授，深谙如何讲授莫里哀
>
> 烹调圆形牛排与担纲文科系主任同样得心应手的聪明伶俐、令人艳羡的伯克夏大学教授寻求
>
> 严肃的单身白人女性学者寻求
>
> 单身白人女性耶鲁博士。出生巴黎的大学教授。娇小玲珑、学者风度、爱好文学、具有时尚意识深色头发女性寻求
>
> 漂亮吸睛、严肃的学者寻求
>
> 单身白人女性博士，法裔，常住马萨诸塞州，寻求

寻求什么？随便什么，只要不是这些雅典娜男人——插科打诨的小男生，娘娘腔的老太太，胆小乏味的妻管严，专业老爹，他们全都那么忠心耿耿，又那么缺乏男子气概。她对他们为自己承担一半的家务而引以为荣的事实大为反感。无可容忍。"对，我得走了，我得接替我太太。我得和她分担换尿布的活，你知道。"当他们吹嘘自己是太太的好帮手时，她总要哆嗦一下。做就做呗，得，可别庸俗地挂在嘴上嘛。为什么要把自己当成与太太平起平坐的丈夫而当众大出洋相呢？只管去做，但闭上嘴巴。她的反感表现出她和她女同事之间的巨大差异，后者因为这些男人的"多情善感"而对他们崇拜有加。难道对自己老婆大加吹捧便是所谓的"多情善感"？"哦，萨拉·李是如此般地这和那。她已经发表了四篇半文章……"多情善感先生不提到她的荣耀绝不罢休。多情善感先生谈到大都会博物馆的某次伟大展览时，断然不可不用下列开场白："萨拉·李说……"他们要不盛赞自己的老婆，要不闷着头，一声不吭。老公沉默寡言，变得越来越郁闷，而她从来没有在别的国家碰到过类似的情况。如果萨拉·李是个学者，找不到工作，而他，假如，只是勉强应付他的工作，他宁可丢掉工作也不愿让她以为自己吃了亏。甚至如果形势倒转过来，他成了那个不得不待在家里的人，而不是她，他甚至会产生某种自豪感。一个法国女人，即使一个法国女性主义者都会觉得这样的男人令人厌恶。法国女人智商高，性感，是真正独立的，倘若他话说得比她多，那怎么样，问题究竟在哪里？这些激烈的辩论究竟要解决什么问题？不是"哦，你注意到了吗？她完全受制于她粗暴、权欲熏心的丈夫"。不，女人味越浓的法国女人，越要男人投射他的威力。哦，五年前刚到雅典娜的时候，她曾那么热诚地祈祷，以期能遇上一个威力四射、令人赞叹不已的男子，可是绝大多数年轻男性教职员都是那种依恋家庭、全然没有男子气概的类型，知识方面毫无进取心，平庸，一味吹嘘萨拉·李的老公们，她在给巴黎友人的信件中已津津有味地将他们纳入"尿布派"。

还有"帽子族"。他们是"驻校作家",美国难以置信地自命不凡的驻校作家。很可能,在小小的雅典娜,她尚未见到其中最糟糕的,不过这两名就够呛的了。他们每周来上一次课,都已成婚,他们是主动找上她的,但他们绝无指望。我们什么时候一起吃午餐,德芬妮?对不起,她心里想,我不感兴趣。她在昆德拉的讲座上喜欢他的原因是,他总是微微地有点阴郁,甚至有时有些褴褛,尽管如此,一位伟大的作家。至少她是那样看的,也是他身上她喜欢的东西。可是她肯定不喜欢,不能忍受,美国的"我是作家"的类型。这些人,她知道,在朝你看的时候怎么想,你的法国信心,法国时尚,法国精英教育,使得你的确非常法国,但你只是个教师,而我是作家——我们彼此并不平等。

这些驻校作家,据她推测,花大量的时间筹措他们的头饰。是的,诗人以及散文作家都对帽子怀有一种异常的迷信,因此她在她的信件中将他们归入"帽子族"。其中一个总是打扮得像查尔斯·林德伯格,一身古老的飞行员装束,她无法理解飞行员装束和写作之间有什么关系,特别是驻校写作。她在写给巴黎友人的幽默信件中对此事进行过揣度。另一位是松软帽子型,不摆谱的类型——当然,完全是矫揉造作的。他在镜子前花八个小时把自己的穿着弄得漫不经心的样子。虚荣,不值一看,到现在为止已经结过一百八十六次婚,而且难以置信地自高自大。她对这一个与其说是恨,倒不如说是蔑视。然而身陷伯克夏山沟,对浪漫爱情饥渴难耐,她有时也会对帽子族生出爱恨交织的情愫,不知应不应当把他们严肃地当作至少是满足性欲的候选人。不,她不可以,在她给巴黎写了那些信之后,不可以。她必须抵制他们,光凭他们竟敢鹦鹉学舌,试图用她的语汇跟她交谈。因为其中一个,年纪较轻的,稍微不那么自高自大的那个,读过巴塔耶,因为他对巴塔耶不多不少略知一二,又读过几本黑格尔,所以她和他外出过几回,从来没有一个男人当着她的面如此迅速地使他自己丧失了性吸引力;随着他讲的每一个字——使用的是，以他的方式，她现在都不能确定的她自己的语汇——他将自己直截了当地从她的生活中开除了出去。

至于年长的那一号，既不酷，又爱穿花呢服，"人文主义者"……嗯，虽然她在学术会议上以及发表的文章里都必须迎合潮流，按专业要求写作或演讲，但人文主义者确实是她自身的一部分，她有时感到亲手将它出卖了，因此她被他们所吸引：因为他们固守本分，从来不变，因为她知道他们把她认作一名叛徒。她的课有号召力，但他们认为那种号召力只是时下的流行现象，打心眼里瞧不起。这些年长者，人文主义者，老式的传统人文主义者饱读经书，精神重生教师（她在心里是这样评价他们的），让她有时觉得自己十分浅薄。她的号召力他们加以嘲笑，她的学术成果他们不屑一顾。在教职员会议上他们直言不讳，你会认为他们应当那样；在课堂上他们敢于说出自己的感受，而同样你也会认为他们本该如此；结果，在他们面前她直不起腰杆。既然她本人并不对她在巴黎和纽黑文捡来的所谓叙述理论具有充沛的信心，内心里她也就土崩瓦解了。只是她需要那种语汇帮助她成功而已。独自在美国打拼，她要取得成功所欠缺的条件太多了！然而为了成功所做的一切努力无不带来负面效应，这使她感到自己越来越不真实，而将她的困境戏剧化地称作"浮士德交易"也于事无补。

不时地她甚至觉得自己背叛了米兰·昆德拉，于是，默默地，当她独处时，她会在脑海里描绘他的形象，对他讲话，请求他的宽恕。昆德拉讲课的意图是将智力从法兰西的诡辩中解脱出来，将小说看作与人类生活、人性喜剧相关联的东西来加以讨论；他的意图是将他的学生从结构主义、形式主义以及现代性的桎梏里解放出来，将他们身上被哺育的法兰西理论荡涤一空。倾听他的演讲曾经是巨大的慰藉，因为尽管她不断地发表文章和享有越来越高的学术声誉，她始终对使用文学理论应付文学作品感到力不从心。在她喜欢的东西和她应当推崇的东西之间——在她应当如何评论她应当推崇的东西和她如何对自己评说她珍视的作家之间——竟然会存在着如此巨大的差距，以至于让她有一种背叛了昆德拉的感觉，虽然并非她生活中最为严重的问题，有时也会变成近似于出卖了一位善良的、可信任的、不在眼前的情人的羞耻。

唯一她经常与之相约外出的男人，说来奇怪，是校园里最为保守的人士，一位离过婚的六十五岁的男子，亚瑟·苏斯曼，波士顿大学经济学家，曾被提名任第二届福特政府的财长。他略显矮胖，略显拘谨，总是穿着西服套装；他痛恨平权法案，痛恨克林顿，他一星期从波士顿过来一次，在这儿得到天文数字般的酬金，人们认为他将这地方，将小小的雅典娜放上了学术地图。女人们一口咬定她和他睡过觉，仅仅因为他曾经有权有势。她们看见他们偶尔在自助餐厅共进午餐。他走进自助餐厅，一副百无聊赖的模样，直到看见德芬妮其神色才为之一变。当他询问可否与她做伴时，她说"您今天大驾光临，我们倍感宠幸"或这一类的话。他喜欢听她挖苦他，在某种程度上。午饭过程中，他们进行了德芬妮所谓的"真正的交谈"。他告诉她，政府拥有三百九十亿财政盈余，却不打算退还给纳税人一分钱。是老百姓赚的，他们应当把它花掉，他们不该让官僚们决定怎么使用他们的钱。午饭过程中，他详尽地解释为什么社会保障应当交由私人投资分析师管理。他告诉她，人人都应当为他们自己的未来投资。为什么有人信托政府筹划老百姓的未来，当社会保障返还你的只是个未知数，而那些投资股市的人却个个获得双倍的回报，或许还不止？他论点的核心始终是个人自主权、个人自由，而他始终不能理解的是德芬妮斗胆告诉这位从未上任的财长的话，对大多数百姓而言，他们并没有足够的钱进行选择，没有接受过足够的教育进行有深度的测算——对市场没有足够的驾驭能力。他的模式，她向他解释道，是建立在激进的个人自由的理念上的，而后者在他的脑子里缩减为激进的市场主权。盈余与社会保障——让他激动不已的两大议题，自始至终都是他们讨论的热点。他似乎最恨的是克林顿将他心中之所想一律改换为民主党的版本。"好事一桩，"他对她说，"那个小矮子鲍

人性的污秽　251

伯·莱克[1]不在那儿了。他会叫克林顿花上几十亿美元让老百姓接受二度培训,以便接手那些他们一辈子也无法适应的工作。大好事,他总算离开了内阁。至少他们有鲍伯·鲁宾[2],至少他们还有一个头脑清醒的家伙,知道尸体埋在什么地方。至少他和艾伦[3]把利率保持在应有的水平上。至少他和艾伦使得复苏继续……"

她喜欢他的一点是,他除了作为粗暴的业内人士对经济问题有所看法之外,碰巧也对所有的马克思和恩格斯的著作了如指掌。更令人难忘的是,他熟知他们的《德意志意识形态》,一部她向来为之倾倒、喜爱有加的文本。当他邀请她外出到大巴林顿进餐时,情况就变得更加浪漫,更具才情,绝非自助餐厅所能相比。进餐时他喜欢用法语跟她交谈。多年前被他征服的女性中有一个是巴黎人,他喋喋不休地谈论着那个女人。德芬妮在他大谈特谈其巴黎艳遇或前前后后多桩感情事件时,并没有像初出茅庐者似的张大嘴巴。关于女人他吹嘘不停,以一种要不了多久就让她觉得丝毫也不文雅的貌似文雅的语气。她不能忍受的是他误认为她对他所有的征服饶有兴趣,但她并不计较,只是略感枯燥乏味,因为除此而外,她为和一位聪明、自信、满腹经纶、人情练达的人共进晚餐而颇为高兴。吃饭时当他拉起她的手时,她会撂下话,不过是非常委婉地,让他明白,倘若他以为将跟她上床的话,他便是异想天开。有时在停车场,他用双手合抱她,将她紧贴在身上,说:"我不能和你一次又一次地在一起,而不产生激情。我不能请一个像你这么漂亮的女人外出,和她谈话,谈话,谈话,别的什么也不做。""我们在法国有句谚语,"她告诉他,"叫作……""叫作什么?"他问,心里想着他也

---

1 指罗伯特·莱克(Robert B. Reich, 1946—),曾任克林顿第一届内阁劳工部长(1993—1997)。鲍伯(Bob)是罗伯特(Robert)的昵称,下同。
2 指罗伯特·鲁宾(Robert Edward Rubin, 1938—),曾在克林顿执政时期任美国财政部部长(1995—1999)。
3 指艾伦·格林斯潘(Alan Greenspan, 1926—),曾是美国第十三任联邦储备委员会主席(1987—2006),任期跨越六届美国总统。

许可以从讨价还价中捡到一个新的好彩头。微笑着,她说:"我不知道。以后会想起来的。"随即温柔地推开他那搂着她身子的强壮得令人惊讶的胳膊。她对他是温柔的,因为这样做很有效果。她对他温柔,因为她知道他以为问题在于年龄。而事实上,她坐在他的车里往回开时向他解释道,并不在于那么平庸的问题,而在于"思想框架"。"关系到我是谁。"她对他说。倘若没有其他原因,那句话让他两三个月里没有来找她,直到他下次在自助餐厅露面,环视左右寻找她。有时他在夜深时给她打电话,有时在凌晨。从他的后海湾居所的床上起来,他想跟她聊性的问题。她说她宁可谈马克思,而这足以使得这位保守派经济学家望而却步。然而不喜欢她的女人们都一口咬定,因为他有权有势,她跟他睡过觉了。她们不能理解的是,尽管她生活惨淡孤独,她对成为仿佛是挂在亚瑟·苏斯曼胸口的小徽号似的情妇角色却不感兴趣。她也听说她们中有一个说她"这么过时,简直是对西蒙娜·德·波伏瓦的拙劣模仿"。此话的意思是波伏瓦将自己出卖给了萨特——一个非常聪明的女人,结果成了他的奴隶。对这些观察她和亚瑟·苏斯曼共进午餐却把什么都弄错的女人来说,一切都是问题,一切都是一种意识形态的姿态,一切都是背叛——一切都是出卖。波伏瓦出卖,德芬妮出卖,等等,等等。德芬妮身上有种东西让她们脸色发青。

她还有个问题。她不愿和这些女人反目。然而在哲学层面上,她和女人们的距离并不比和男人们的小。虽然她对她们就这一点直话直说是不谨慎的,但以美国人的眼光,这些女人却比她更是女性主义者。不谨慎,因为她们的态度相当排斥,似乎总是知道她的立场,总是怀疑她的动机和目的:她迷人,年轻,瘦削,自然而然地优雅时尚,她这么快地就爬得这么高,名声已远播校外,和她巴黎的朋友们一样,她不用也不必使用她们的陈词滥调(正是热切地使用这些陈词滥调,尿布派才得以去除刚性,变得略微柔软)。只有在发给科尔曼的匿名信里她才动用了她们的修辞,那不仅纯属偶然,还因为她当时思想负担过重,但,说到底，是故意的，为了隐瞒身份。事实上，她的思想解放程度与雅典娜的女性主义者相比毫不逊色，抑或更胜一筹：她只身离开自己的国家，敢于离开法国，努力做好本职工作，努力发表科研论文，一心想功成名就；像她这样孤身奋斗的女子，必须成功。她是完完全全的孤家寡人，自力更生，无家可归，没有祖国——孤独彷徨。置身于一个自由的国度里，却经常凄凉地感到孤独彷徨。雄心勃勃？她碰巧比所有那些倔强地单打独斗的女性主义者加在一起还要雄心勃勃，但因为男人们被她吸引，而其中又有一个如同亚瑟·苏斯曼那样的名人，因为，为了好玩，她穿中古的香奈尔外套和紧身牛仔裤，或在夏天穿吊带连衣裙，因为她钟情于开司米和皮革，女人们愤愤不平。她给自己定下规矩，不去关注她们丑陋的衣着，所以她们有什么权利老是对她们认为她屡教不改的服装说三道四呢？她知道她们对她看不上眼时所说的每一句话。她们说她勉强尊敬的男人们盛传——这更让人受不了——她是个江湖骗子，非法的。她们说："她在耍弄学生。"她们说："学生怎么就看不穿这个女人呢？"她们说："他们难道看不出她是个披着女人衣服的法国大男子主义者吗？"她们说她当选为系主任是因为山中无大树。她们还拿她的语汇开玩笑。"唉，当然，是她的语篇互文性的魅力给她赢得了信众。归功于她与现象学的关系。她是个如此出色的现象学家。哈——哈——哈！"她知道她们为了嘲笑她而说的这些是什么，然而她记得她在法国，在耶鲁，为了获取这类语汇而玩命的经历；她相信要成为一名优秀的文学评论家，她非得具备这种语汇不可。她需要了解语篇互文性。那就意味着她是个骗子吗？不！这意味着她具有难以归类的特质。在某些圈子里，这可能被认为是她的奥秘所在！但在这个偏僻的破地方，仅仅具有一点点这种特质就惹恼了所有的人。甚至让亚瑟·苏斯曼都不高兴了。究竟为什么她连电话性爱都没有？在这方面也要当另类，当一个他们不能与之和解的什么东西，为此，他们折磨你。具备难以归类的特质乃是她这部成长小说的一部分，她一贯由于坚持难以归类性而活力四射，雅典娜无人理解。

有一个女性三人帮——一名哲学教授、一名社会学教授和一名史学教授——尤其逼得她几乎要发疯。对她充满敌意仅仅因为她不像她们那样老牛拖破车似的埋头苦干。由于她的时尚风度,她们便以为她没有读过足够的学术性刊物。因为她们的美国独立观与她的法国独立观之间的差异,她们便认为她勾引有权势的男性而对她嗤之以鼻。但她究竟做过什么引起她们的怀疑,除了她善于调度系里的男教员之外?不错,她是和亚瑟·苏斯曼在大巴林顿共进晚餐。那是否意味着她就不把自己当作他智力上平等的伙伴了?她心里从不怀疑自己与他平等的地位。她和他外出并不感到受宠若惊——她想听他对《德意志意识形态》的说法。她起初难道没有尝试和她们三位共进午餐,而她们的态度还能比当时更加倨傲吗?当然,她们不屑阅读她的学术论文。三人中没有一个阅读过她写的东西。纯属观念的问题。她们见到的是德芬妮在所有任职的男性身上施展她所理解的被她们辛辣地称之为"小小的法兰西风情"。然而她却一心想巴结这个三人帮,向她们倾诉她不喜欢法兰西风情——否则她会留在法国!她并不掌控男教员——她不掌控任何人。不然她为什么会独自待在这儿,成了唯一在夜里十点钟还枯坐在巴顿大楼办公桌前的人?几乎没有一个星期,她不努力与这三个逼得她几近疯狂,令她无所适从的女人结交,但所有的尝试无不宣告失败,她即便施尽浑身解数,都不能使之着迷,将其智取或笼络。"三女神",她在给巴黎的信中这么称呼她们,恶意地把"女神"一词拼作"油脂球"[1]。三个油脂球。在一些晚会上——德芬妮并非真正想出席的晚会——三个油脂球毫无例外地到场。当某位大牌女性主义知识精英莅临时,德芬妮至少想受到邀请,但从来没有过。她可以去听演讲,但从未被邀请出席晚宴。可是发号施令的地狱三女巫却总是有份的。

---

[1] 原文为法语,复数女神(Grâces)和油脂球(grasses)的拼法很像。

对她的法兰西化的不完全的反抗（同时又对她的法兰西化念念不忘），自愿脱离她的国家（如果并不是脱离她自己），陷入这三个油脂球对自己的蔑视之中，以至于没日没夜地算计做出何种回应方可既赢得她们的尊敬，又不会进一步模糊她的自我意识及导致她对自己原有的天然的女性属性的表达出现偏差。在必须如何对付文学以赚取功名，与一开始为什么走向文学之间，存在着的巨大落差，致使她不时深感羞愧。德芬妮惊愕不已地发现自己在美国竟然落到孤家寡人的地步。失去祖国，被孤立，遭冷落，对于生活中一切实质性的东西大感困惑，陷入迷茫渴望的绝望境界，身处将她定为敌人的一片喝骂声中。这都是因为她热切地追寻一种特立独行的生存方式。这都是因为她非常勇敢，拒绝接受别人对她的指令。她觉得似乎在她令人赞叹的、成就她自己的努力中，她却已经颠覆了她自己。生活中竟有如此卑鄙的东西，对她下这种毒手。其内心非常卑劣，满怀报复欲望，不按照逻辑推理，却根据敌意悖谬的心血来潮行事。敢于向你自己的活力交出你自己的一切，就等于落入一个老奸巨猾的罪犯的魔掌。我要到美国去充当我生活的主宰，她说；我将不按我家庭所限定的正统观念建构我自己，我要反抗这种限制，将豪情万丈的自我意识推向极致，表现出最优秀的个人主义——到头来她却以一场非她所能控制的戏剧收场。她最终一事无成。人人都有掌控事物的强烈动机，可是被掌控的却往往是我们自己。

为什么仅仅想知道该怎么做竟会如此一筹莫展？

德芬妮会完全陷入孤立，要不是系秘书，玛格·露兹，一个三十几岁，胆小如鼠，离了婚的女人，同样孤独，极其能干，害羞至极，心甘情愿地为德芬妮做任何事情，有时在德芬妮的办公室里吃三明治，最终成为系主任在雅典娜唯一的成年女性朋友。还有驻校作家。他们似乎恰恰喜欢她身上别人痛恨的东西。但她不能忍受他们。她怎么会这样陷入进退两难的境地？她又如何才能抽身？正如戏剧性地将她进退维谷的处境看做浮士德交易、不能提供任何安慰一样，即便她竭力试图将她左右为难的窘状想象成"昆德拉式的内心放逐",也无济于事。

寻求。好,就这样,寻求。按照学生所说的去做——大胆干!年轻,娇小玲珑,女人味十足,漂亮,学术成就斐然的法国出生的单身白人女性学者,巴黎背景,耶鲁博士,麻省工作,寻求……?得,直话直说。不要隐瞒你真实的情况,不要隐瞒你真正的追求。一位美艳惊人、才华横溢、情欲超亢奋的女人寻求……寻求……明确地,不屈不挠地寻求什么?

她现在急速地写起来。

有骨气的成熟男性。无牵累。独立。讥诮。活泼。不唯唯诺诺。坦率。教育程度优良。具有嘲讽精神。魅力。深谙并热爱伟大的书籍。口才出众,直率。体格矫健。五英尺八或九。地中海肤色。绿色眼睛更佳。年龄不限。但必须是知识分子。灰白头发可以接受,甚至赏识……

就在这时,只有在这时,这位受到热切召唤来到屏幕上的神秘男士终于凝聚为一张她认识已久的某个人的照片。陡然她的手停了下来。此番习作只是一次实验,尝试从禁锢的枷锁中稍稍放松一下,以便重新编写的广告词不会由于拘谨而过分稀释。然而她还是被她所不期而遇的东西,被她所不期而遇的人物惊呆了,情急中,她只想尽快地把这一百来个毫无意义的字词删除殆尽。同时她也思索着导致她加入这个丢人现眼的策划的种种原因及由于把失败当作福气,并且放弃摆脱两难困境的希望而蒙受的羞耻……思索着倘若她留在法国,她绝不需要这个广告,绝不需要任何广告,最不需要的是用广告找男人……思索着来到美国是她一生中最为勇敢的行为,但究竟有多勇敢,她当时却无从得知。她只把它当做实现抱负的下一步,而且并非不成熟的抱负,一个有尊严的抱负,获得独立的抱负,但现在她不得不面对后果。雄心。冒险。荣耀。到美国去的荣耀。优越感。出门远游的优越感。为了有一天,经过闯荡又衣锦还乡的快乐而背井离乡。背井离乡,因为我想要有一天回归故土听到他们说——我要他们说什么呢？"她成功了。她做到了。如果她做到那件事，她就什么都能做得到。一个体重一百零四磅、身高不足五英尺二英寸、二十岁的女孩，名不见经传，独自一人，独自一人闯荡江湖，她成功了。白手起家。无名之辈。功成名就了。"我要听见谁说这些话呢？如果他们说了，谁说又有什么关系呢？"我们在美国的女儿……"我要他们说，不得不说，"她在美国是靠自己打拼获得成功的。"因为我无法造就一个法国人的成功，那种真正的成功，其中不带有我母亲及其笼罩万物的阴影——她各种学养的阴影，更为糟糕的是她家族的阴影，瓦林古尔家族的阴影，家族姓氏源于十三世纪受封于圣路易王的领地，至今依然遵从他们自十三世纪确立的家族理想。德芬妮恨透了所有族中的家庭，内省的纯粹血统，古老贵族，他们所有的人都想着一样的念头，呈现出一样的面容，分享一样的陈规陋习，谨遵一样的宗教礼数。不论他们有多大的抱负，不论他们如何督促子女上进，他们全都按照一样的祷文调教子女，调教他们仁慈、无私、纪律、信仰、尊重——并非尊重个人（打倒个人！），而是尊重家族传统。高居于智力、创造性、在脱离他们之后的个人深层次发展之上，高居于一切之上，是那愚蠢的瓦林古尔家族的传统！正是德芬妮的母亲体现了这些价值观，将它们强加在全家人头上，若是她唯一的女儿没有力量从少年时代起就尽可能地远离她，她一定已成功地将她从出生到坟墓套在了那些价值观的锁链上。德芬妮同辈的瓦林古尔子弟或陷入绝对的服从，或以可怕的令人不可理喻的方式造反，德芬妮要成功，二者皆不可取。从一个绝少有人开始复苏的背景中，德芬妮已成功地实现了独一无二的逃遁。仅靠来到美国，上耶鲁，到雅典娜就职，她已经，在实际上，胜过了她母亲，后者做梦也不会想过离开法国——没有德芬妮父亲和他的钱，凯瑟琳·德·瓦林古尔在二十二岁上，几乎做梦也想不起离开皮卡第到巴黎来。因为倘若她离开皮卡第和她家族的要塞，她还会是谁呢？她的姓氏又有什么意义呢？我离开是因为我想要获取一种没有人能够误解的功名，跟他们没有任何牵连的功名，属于我自己的成就……她思索着她得不到一个美国男人的欢心并非因为她得不到，而是因为她不能理解这些男人，她永远无法理解他们，而她不能理解这些男人的原因乃是她的英语不流利，以她引以为豪的流利程度，以她全部的流利，她居然不流利！我认为我理解他们，而且的确理解他们；我不理解的不是他们说什么，而是他们不说的一切，一切他们不说的。在这儿她只启动了她智力的百分之五十，可是在巴黎她却是对所有的微妙含义都能心领神会的。聪明伶俐在这儿又有什么意义呢？我不是本地人，便在实际上成了聋哑人……思索着她唯一真正懂得的英语——不，她真正懂得的美语——只是学术美语，几乎不成其为美语，这就是她不能深入其境，永远不能深入其境的原因，这就是为什么她永远也不会找到心上人，为什么这儿永远也不会成为她自己的家园，为什么她的直觉是错误的，永远是错误的，为什么她在巴黎当学生时享受的惬意的学术生涯永远一去不复返了，为什么在她的余生中她对这个国家最多只能理解百分之十一，而对这些男人的理解则只会是百分之零……想到她全部的智力优势都被她的孤独彷徨所湮没……想到她已失去视觉神经末梢功能，只能看见正前方的东西，却不能以眼角余光见到任何其他的东西，她在这儿所具备的并不是一个像她这样有才智女性的眼光，而是一个平板、纯粹正前方的视野，一个移民或更换位置了的人，一个被误置了的人的视野……想着，为什么我要离家出走？因为我母亲的阴影？这就是为什么我放弃了属于我的一切，我熟悉的一切，把我造就成古灵精怪的一切，以至于我现在变成了一堆稀里糊涂的东西。我所爱的一切我全部都放弃了。人家这么做是因为他们国家由于法西斯的控制而无法生存，并非因为他们母亲的阴影……想着，为什么我要离家出走，我做了什么，简直无法想象。我的朋友，我们的谈话，我的城市，男人，所有聪明的男人。我能够与之交谈的自信的男人。能够理解我的成熟的男人。稳定、激情洋溢、充满阳刚之气的男人。强壮、不受恫吓的男人。男人，合法又毫不含糊的男人……想着，当时为什么没人阻止我，为什么没人对我说点什么？离家不到十年，却仿佛已过了两辈子……想着，她依然是凯瑟琳·德·瓦林古尔·鲁斯的小女儿，并无一丝一毫的改变……想着，作为雅典娜的法国人也许在当地人眼中显得异乎寻常，却不会使她在她母亲眼里变得略微与众不同，永远也不会……想着，对，这就是她为什么离家出走，为了逃避她母亲亘古不变的笼罩一切的阴影，这也是阻挠她回家的障碍，而现在她真正陷入走投无路的境地，左右为难，既非此也非彼……想着，在她奇异的法兰西风情下，她在自己的心里始终是她自己，所有异国风情的法兰西特色在美国却使她成为最可怜、最受误解的外国人……想着，她甚至比左右为难更糟——她身处流放之中，偏偏成了一个由愚蠢迫使自己舍弃母亲的焦头烂额的流放者。德芬妮疏忽了，没有留意，此前，在一开始的时候，她并没有将广告投递地址设为《纽约书评》，而是自动地设为她先前的收信者，她大多数信件的收取者　雅典娜语言文学系的十名教师。她先是没有发现这个错误，尔后，在她神不守舍、心烦意乱、百感交集的状态下，她没有撤下删除按钮，却在这小小的不足为奇的错误上，又加上一个小小的不足为奇的错误：揿下发送按钮。于是乎，这寻求科尔曼·西尔克复制品或摹真本的广告便无可挽回地发送了出去，并非发到《纽约书评》的分类广告版面，而是发到她系里每一位教师手中。

电话铃响的时候，已经过了午夜一点钟。她早已跑出办公室——跑出办公室时，心里只想着去拿护照，逃离这个国家。此时离她通常就寝的时间已过了好几个小时，突然电话铃响，报告她这个消息。她由于将广告当作电子邮件错发，并没有入睡，还在她寓所里来回走动，扯头发，对着镜子唾骂自己，将头伏在厨房桌子上双手捂着面孔哭泣，仿佛是从梦中惊醒——至此精心设防的成年人的睡梦——她跳起来叫道："不会有这种事！我没有干！"但谁干的呢？过去似乎总有人拼命设法压制她，无论如何都要清除掉她这个眼中钉，那些无情无义、她好不容易才学会如何防范的人。但今天晚上没有人可以指责：她自己的手挥出这毁灭性的一拳。

狂乱地，在剧烈的狂乱状态下，她试图想出什么招数，任何招数，避免最坏的情况发生，但在她令人难以置信的绝望之中，她可以想见的只是最具灾难性的弹道轨迹：时间飞逝，天色破晓，巴顿大楼的一扇扇大门打开，她系里的同仁一个个进入他或她的办公室，开启电脑，佐以早晨咖啡的芳香，在屏幕上发现，她绝对无心发出的寻求科尔曼·西尔克复制品的广告。她系里的成员读了一遍，两遍，三遍以后，再在网上一字不漏地转发给每一位讲师、教授、职员、办公室秘书和学生。

她班上的每一名学生都将看到它。她的秘书将看到它。不等到下班，校长就已经看过了，学院董事会成员也不无例外。即使她声称广告只是个玩笑，一个圈内人士的玩笑，为什么董事们就一定会允许玩笑的始作俑者继续留在雅典娜呢？尤其是在她的玩笑登上学生的报纸之后，而这是毋庸置疑的。还有当地报纸。在它被法语报刊收录之后。

她母亲！对她母亲的羞辱！还有她父亲！他的失望！所有循规蹈矩的瓦林古尔的表兄妹们——他们的幸灾乐祸！所有那些可笑的保守的舅舅和可笑的虔诚的姨妈，共同维系历史的陈规陋习——这个消息将使他们大喜过望，在他们势利地相互靠拢坐在教堂里时！但假设她解释说，她不过是在实验如何把广告作为一种文学形式，独自一人在办公室全然不带感情色彩地玩弄私人广告，把它当成……当成功利性的俳句。没有用。太可笑了。什么都没用。她母亲，她父亲，她兄弟，她朋友，她老师。耶鲁。耶鲁！丑闻将传到她认识的每一个人的耳朵里，羞耻将无情地伴随她一生一世。即使用护照，又能往哪里跑？蒙特利尔？马提尼克？过日子的钱打哪儿来？不，就是到说法语的天之涯海之角，人家也不会允许她教书，一旦他们听说了她登私人广告的事。她为之精心策划、辛勤劳作的纯净、颇有声望的职业生涯，隔离绯闻、无可指责的脑

人性的污秽 261

力生活……她想到给亚瑟·苏斯曼打电话。亚瑟会为她出点子的。他可以拿起话筒，跟任何人谈话。他很坚韧，很精明，是她所认识的最为见多识广、处世最聪明、最具影响力的美国人。像亚瑟这样有权势的人，无论多么正直，都不会受制于永远讲真话的原则。他会找到可以解释一切的对策。他会想到对策的。但当她告诉他所发生的事情后，他凭什么要帮她的忙呢？他会想到的是她喜欢的是科尔曼·西尔克，而不是他。他的虚荣将主导他的思路，引领他得出最愚蠢的结论。他会像其他所有的人一样想：她朝思暮想的对象是科尔曼·西尔克，并不是亚瑟·苏斯曼，更别提尿布派或帽子族了，是科尔曼·西尔克。想象一下她爱上了科尔曼·西尔克，他将把话筒一摔，再也不理她。

重述。把当时的情景回想一下。试图获取充足的视角以做出理智的举动。她没有想发送。她写了，不错，但她不好意思发送，不想发送，而且并没有发送——然而电邮却走掉了。和匿名信相同——她没有想寄出，把它带到纽约，没有寄出的意图，而它却走掉了。可是这次走掉的是糟糕得多得多的东西。此刻她如此之绝望，以至于凌晨一点二十分决定要做的理智的事情便是给亚瑟·苏斯曼打电话，不管他怎么想。亚瑟必须帮助她。他必须告诉她怎么做才能消除她已经铸下的大错。突然，正巧在一点二十分，她拿在手中给亚瑟·苏斯曼拨号的电话铃声大作。亚瑟打电话给她！

但说话的却是她秘书。"他死了。"玛格说，嚎啕大哭，德芬妮都听不清她说的是什么。"玛格——你没事吧？""他死了！""谁死了？""我刚听说。德芬妮。太可怕了。我在给你打电话，我必须，必须给你打电话。必须告诉你这可怕的事。哦，德芬妮，时间很晚，我知道很晚了……""不！不会是亚瑟！"德芬妮喊道。"西尔克院长！"玛格说。"死了？""可怕的冲撞。太恐怖了。""什么冲撞？玛格，出了什么事？在哪里？讲慢些。再讲一遍。你在说什么？""在河里。和一个女人一起。在他的车子里。冲撞。"玛格现在已语无伦次，而德芬妮所受的惊吓如此之大,以至于,事后,她回想不起自己是放下听筒,还是直接哭着冲到床上,还是躺在那里嚎叫着他的名字。

她放下听筒,然后她度过了一生中最难堪的几个小时。

因为广告他们会以为她喜欢他?因为广告他们会以为她爱他?但他们会怎么想,倘若他们现在看到她哭得就像是他的遗孀似的?她不能闭上眼睛,因为当她一闭上眼睛,就看见他的眼睛,他的那对瞪大的绿眼睛,轰然爆炸。她看见车一头冲出路面,他的脑袋往前方投射出去,在冲撞的那一刹那,他的眼睛爆炸。"不!不!"但当她睁开眼,看不见他眼睛时,她看见的却都是她所做的一切,以及那将引发的嘲笑。她睁着眼看到的是她的羞耻,闭着眼看见的是他的崩溃,整个夜里痛苦的钟摆将她从一端推到另一端。

她醒来时处于和她入睡时同样的极度紊乱的状态之中。她不记得自己为什么发抖。她想是因为她做了噩梦的缘故。他眼睛爆炸的噩梦。但并非如此,那已经发生了,他死了。还有广告——那也发生了。每件事都已经发生了,无可奈何了。我要他们说……而现在他们说:"我们在美国的女儿?我们不谈她。她对我们而言,再也不存在。"当她企图镇定下来,决定行动计划时,却启动不了思维:只有错乱,恐怖引发的螺旋式上升的隐痛。早晨五点刚过。她闭上眼,试图入睡,将一切驱离,但一等她的眼睛合拢,便出现他的眼睛。它们瞪着她,随之便轰然爆炸。

她穿衣服。她尖声叫喊。她走出家门,天刚破晓。没有化妆。没有饰品。只有她受惊吓的面孔。科尔曼·西尔克死了。

当她抵达校园时,一个人影都没有。只有乌鸦。时候尚早,国旗还没有升起来。每个早晨她总在北大楼顶寻找它;每个早晨,一看到它,便会在一刹那之间感到志得意满。她离家出走,她敢于这么做——她来到了美国!对她自己的勇气充满自豪,也为她了解这一切背后的艰辛而心怀感念。但美国国旗不在那儿,她也没有看见国旗不在。除了自己所

人性的污秽　　**263**

必须做的,她别无所见。

她有巴顿大楼的钥匙,她走了进去。她走进她的办公室。她已做了这么多了。她犹豫着。她此刻在思索。OK。但她如何进得了他们的办公室去操纵他们的电脑呢?她昨天夜里就该这么做,而不是慌慌张张地跑掉。为了恢复她的自控力,拯救她的名声,阻止导致她身败名裂的灾祸,她必须继续思索。思索是她做了一辈子的事。她从一开始上学所受的训练还教过她什么别的吗?她走出办公室,沿着走廊前行。她的目的清楚了,她的思维也明断了。她将直接走进去把它删掉。她有权删除它——是她发送的。她根本就没做那事。那不是故意的。她不负责任。它自己发出去的。但当她扭动每扇门的把手时,统统上了锁。下一步她试图用她的钥匙开锁,先是她大楼的钥匙,然后她办公室的钥匙,但两把都不行。当然它们开不了。昨晚开不了,现在也开不了。至于思索,她巴不得能像爱因斯坦那样思索,但思索也打不开这些门。

回到她自己的办公室,她打开档案柜。寻找什么呢?她的履历。为什么要找履历?这是她履历的结束。这是我们在美国的女儿的结束。因为结束了,她把抽屉里所有悬垂的档案一把拉出来,扔在了地板上。整个抽屉都出空了。"我们没有女儿在美国。我们没有女儿。我们只有儿子。"现在她没有竭力让自己动脑子。相反,她开始扔东西。所有堆在她书桌上的东西,所有她墙上的装饰物——东西碎了又怎样?她努力了,她失败了。这是那些无懈可击的个人履历的结束,也是履历尊严的结束。"我们在美国的女儿失败了。"

她一面啜泣一面拿起话筒给亚瑟打电话。他将一下子跳下床,直接从波士顿驾车赶来。不到三小时他就会抵达雅典娜。九点钟时亚瑟就在这儿了!但她拨的号码却是贴在电话机上的报警号。她并不想拨这个号,就像她不想发送那两封邮件一样。她心里只有一个纯人性的求救愿望。

她说不出话来。

"喂?"另一端的人说,"喂?你是谁?"

她几乎说不出口。在任何语言里的最困难的两个字。自己的名字。无可简约的,不可替代的。代表她的一切。代表她过去的一切。现在却是世界上最可笑的两个字。

"谁?哪位教授?我听不懂你的话,教授。"

"保安吗?"

"大声一点,教授。对,对,我们是校园保安。"

"快来,"她请求说,又一次她哭了起来,"立刻来。出了可怕的事。"

"教授?你在哪里?教授,出了什么事?"

"巴顿。"她又说一次让他听明白,"巴顿121,"她告诉他,"鲁斯教授。"

"什么事?教授?"

"可怕的事。"

"你没事吧?出了什么事?什么事?有人在那儿吗?"

"我在。"

"没事吧?"

"有人闯进来过。"

"闯进哪里?"

"我的办公室。"

"什么时候?教授,什么时候?"

"我不知道。夜里。我不知道。"

"你没事吧?教授?鲁斯教授?你在那儿吗?巴顿大楼?你肯定吗?"

犹豫。努力想一想。我肯定吗?肯定吗?"绝对肯定。"她说,此刻啜泣已失去控制,"赶快,求你们!马上赶来,求你们!有人闯进我办公室!一团糟!可怕之极!恐怖之极!我的东西!有人闯入我的电脑!

人性的污秽 **265**

赶快!"

"闯入?你知道是谁吗?你知道谁闯入了?是个学生吗?"

"西尔克院长闯入,"她说,"赶快!"

"教授——教授,你在那儿吗?鲁斯教授,西尔克院长死了。"

"我听说了,"她说,"我知道,很可怕。"然后她尖叫起来,对发生的一切感到恐怖而尖叫,想到他最后所做的,针对她,针对她的事而尖叫——这以后,德芬妮的一天便成了马戏团。

西尔克院长和一个雅典娜学院的清洁女工一起死在车祸里的惊人消息刚刚传入学院的最后一间教室,关于德芬妮·鲁斯办公室遭劫,西尔克院长仅在致命事故前几小时企图利用电邮制作骗局的传言便开始扩散。大家正为这一切不知该不该相信时,突然另外一个故事,一个关于案发现场情况的故事从镇上传到校园里来,更使大家如堕五里雾中。尽管细节令人发指,故事却据称来自可靠的源头:发现尸体的州警察的兄弟。据他称,院长失去对车的控制乃是因为,坐在他旁边副驾驶座上的雅典娜女清洁工,在他驾驶的时候,正在满足着他的需求。这一点,警察可以在撞毁的车子被发现并打捞出河水时,从他凌乱的衣着和她身体的姿势以及在车里的位置推断出来。

大多数教职员,特别是与科尔曼有过多年私交的教授,起初都不愿相信这个故事,而且对人们将它作为无可辩驳的事实津津有味地抱着不放感到义愤填膺——侮辱的残酷性使他们不寒而栗。然而,随着这一天时间的推移,出现了更多的有关闯入的事实,尤其是更多的关于西尔克跟清洁女工不正当关系的细节也浮出水面——众多的人曾经看到他们俩鬼鬼祟祟地在一起,以致教师中的年长者也感到越来越难以"坚守"——如同当地报纸第二天在人情专栏中所称:"伤心欲绝地被迫相信"。

此时大家开始记起两年前没有人愿意相信他把两名黑人学生称作幽

灵；大家记起他如何在羞辱中辞职后与原来的同事绝交，如何对在镇上偶遇他的任何人态度无礼乃至粗暴；大家记起他大肆张扬地表达对与雅典娜有关的每件事和每个人的厌恶的同时，据说也设法和自己的孩子割席断袍……唉，甚至那些在当天一开始拒绝任何流言蜚语，根本不相信科尔曼·西尔克的生活竟会落到如此骇人听闻下场的人，那些老前辈——不忍心相信一个像他那样享有崇高学术地位、具有超凡魅力的教师，一位活力四射并影响深远的院长，一个迷人、生命力蓬勃、在七十岁依然老当益壮的男子，四个长大成人、极其优秀的孩子的父亲，竟然会丢弃一切他曾珍视的东西，陡然滑进一个遭唾弃的乖戾的另类的充满丑闻的死亡——甚至那些人也不得不面对紧接着幽灵事件之后所发生的彻底逆转，这一逆转不仅将科尔曼·西尔克送上黄泉路，而且也造成——不可原谅地造成——福妮雅残酷的死亡，那个不幸的三十四岁不识字的女人，现在人人皆知，他在老年将她纳为情妇。

第五章

净化仪式

两场葬礼。

首先是福妮雅的，战斗山上的公墓，一个我每每驱车经过总感到心惊肉跳的地方，即使大白天我也止不住起鸡皮疙瘩，由于古老墓碑的死寂和时光的凝固而神秘莫测，又由于地处与原来的印第安坟场相毗邻的州立森林保护区，更显阴森可怖——一片广袤、林木森森、巨石累累的蛮荒之地，上面分布着脉络状的山溪，晶莹的水流沿着一座座峭壁跌落而下，林中居住着郊狼、短尾猫，甚至黑熊，还有游荡觅食的鹿群，据说其种群之庞大可与前殖民时代相比。牛奶场的女人在黑黢黢的森林边缘购买了福妮雅的墓地，组织了这朴素无华的仪式。两人中较为外向的，称自己为萨丽的那位，发表了第一篇悼词，在介绍她的合伙人和孩子们以后，说："我们都和福妮雅同住在奶场上，我们今天早晨来到这里的原因和你们来到这里的原因一样：为了纪念一个生命。"

她讲话的嗓音是欢快嘹亮的，她是一个小个头、强健、圆脸盘的妇人，穿着宽大的长裙，乐天地决心把握一种不会在六个奶场长大的孩子心里引起任何消极情绪的观点，孩子们都整整齐齐地穿着他或她最好的衣服，每人手里握着一把鲜花，准备在棺木入土前撒在上面。

"我们中有谁，"萨丽问，"会忘记她那爽朗热情的笑声？福妮雅能以她极富感染力的笑声，也能以她突然做出的某件事情让我们捧腹不止。而且她还是，你们知道，一个有着深层精神追求的人。一个有着精神追求的人，"她重复道，"精神生活的追寻者——最能描述她信仰的词乃是泛神论。她的上帝是自然,她对自然的崇拜延伸到对我们小小牛群的热爱上,其实是对所有的奶牛,对作为人类的养母的最为仁慈的生灵的爱。福妮雅对家庭奶场这个机构怀抱着巨大的敬意。她和佩格,我,以及孩子们,同心协力,努力使家庭奶场作为我们文化遗产的实实在在的一部分在新英格兰蓬勃发展。她的上帝是你在我们奶场四周随处可见的一切,你在战斗山四周随处可见的一切。我们选择这里作为福妮雅的安眠地,是因为自土著居民在这里向他们的亲人道别以来,这地方一直是方圣土。福妮雅讲给我们孩子听的最动人的故事——关于牛棚里的燕子和田野里的奶牛,关于高高地在我们田野上空翱翔的红尾鹰——与你们在这座山顶上可能听到的故事一模一样,当然是在伯克夏地区的生态平衡尚未遭到破坏,尚未有……"

无所不晓的语气来了,悼词其余部分的环境保护论的卢梭主义让我无法集中注意力。

第二名歌功颂德者是斯莫基·霍伦贝克,原雅典娜体育明星、物业总管、福妮雅的老板,以及——据我从聘用他的科尔曼处得知——一度还是别的什么。福妮雅实际上是在她第一天加入他的保洁员队伍就被他招募进入他的后宫的,而一等莱斯·法利不知用什么手段探知斯莫基拿她派什么用场,他便从后宫将她撵了出去。

斯莫基没有像萨丽那样讲到福妮雅崇尚自然的泛神论的纯净性;以学院代表的身份,他将重点放在她作为一名宿舍管理员的能力上,从她为本科生打扫宿舍而对他们产生的影响谈起。

"有了福妮雅跟他们在一起,学生发生了变化。"斯莫基说,"他们有了这样一个人,不论什么时间见到,都微笑着跟他们打招呼,嘘寒问暖,询问感冒好了没,课上得怎么样。她总是花上一两分钟跟他们聊聊,和他们亲近亲近,再开始工作。时间一长,她对学生来说不再是个视而不见的人,不再仅仅是个宿舍管理员,而是另外一个他们心怀敬意的人物。因为他们认识福妮雅,其结果是他们更加认识到不能丢下一堆垃圾让她去收拾。相反，你可能有另外一个宿舍管理员，从不用眼睛看着你，真正对学生敬而远之，真正不管学生在干什么，也不想知道他们在干什么。嘿，福妮雅可不是那样——从来不是。学生宿舍的状况，我发现，直接跟学生和他们宿舍管理员的关系有关。我们要装配的破玻璃窗的数目，我们得填补的墙洞的数目，都是学生用脚踢，用拳头捶，把它们当出气筒造成的……不论什么状况。墙上的涂鸦。全部的。嗯，如果那是福妮雅的楼房，这些一概全无。那幢楼就导向良好的生产效率，导向学习、生活，导向与雅典娜同舟共济的情感……"

这位个子高高、头发鬈曲、相貌堂堂、有家室的年轻男子，曾经作为福妮雅的情人而成为科尔曼的前任，表演得精彩至极。与斯莫基的完美无缺的清洁女工的肉欲接触，从他告诉我们的话里，无人想象得到，正如萨丽故事里的泛神论一样。"早晨，"斯莫基说，"她打扫北大楼和那里的行政办公室。虽然她的任务每天都稍有不同，可每天上午都有基本的任务得完成，她总是干得好极了。废纸篓倒空，休息室，楼里有三间，统统清扫整理得焕然一新。只要哪里有脏，立即用潮拖把拖干净。人流密集的区域每天用吸尘器打扫，不太密集的区域则每周一次。掸尘通常按周进行。前、后门上的格窗根据人流密集的程度，几乎由福妮雅按日清洗。福妮雅总是非常专业，十分注意细节。有时你可以开吸尘器，有时你不可以——从来没有过一次，一次都没有过，福妮雅·法利招来的投诉。她很快就发现什么时候做哪样工作最合适，最不影响劳动大军。"

我在墓地周围数了一下，不计孩子，共有十四人，其中学院分遣队似乎只包括斯莫基和一小组福妮雅的同事，四名维修工，穿着西服上装，打着领带，默默地站着，聆听着对她工作的溢美之词。据我的观察，其余的悼念者不是佩格和萨丽的朋友，便是在农场买牛奶以及上那儿参观得以认识福妮雅的当地人。西里尔·福斯特，我们的邮政局局长，义务消防队队长，是我认出的唯一当地人。西里尔是在小乡村邮局认识她的，福妮雅一周两次去那里打扫卫生，科尔曼第一次见到她也是在那里。

人群里有福妮雅的父亲，一个块头很大、上了年纪的人，萨丽已经在她的悼词里对他的到场有所表示。他坐在一张轮椅里，离棺木只有几英尺，由一个年纪轻轻的女人看护着，菲佣或伴侣，那女人直接站在他身后，在整个仪式中都毫无表情，倒是他还将前额伏在掌心里，不时地淌下泪水。

环顾左右，却不见我认为可能是在网上发布了悼念福妮雅文字的人。那些文字我是前一天晚上发现的，张贴在雅典娜教职员论坛新闻组。帖子这样开始：

发件人：克吕泰涅斯特拉@houseofatreus.com
收件人：教职员论坛
主题：福妮雅之死
日期：1998 年 11 月 12 日　星期四

当时我正出于好奇查看教职员论坛日历，看看西尔克院长的葬礼会不会出现在即将进行的事项中，却偶然发现了它。为什么发这个满口脏话的帖子？寻开心，或逗乐子？是否只是（或至少是）迫害狂奇思怪想的悖谬张扬，还是一个精心策划的背叛行为？会不会是德芬妮·鲁斯张贴的？她的又一个莫名其妙的指控？我认为不会。她在那个闯入故事后，再玩她足智多谋的把戏也没有更多可赚的了，而且倘若"克吕泰涅斯特拉@houseofatreus.com"被人发现是她的杰作，她会输得很惨。再说，从手头的证据看来，里面没有典型的德芬妮式阴谋的那种技巧或设计的痕迹——她的诡计是匆促的，即兴式的，有一股歇斯底里的小家子气，一股业余玩家过分激动的不假思索的冲动，所产生的则是事后令犯事者都觉得不足为信的稀奇古怪的行为：她的反击缺乏那种刻毒的大师级的挑衅性和深思熟虑的算计，无论其结果如何令人反感。

不，这，极其可能，是受到德芬妮恶作剧的启发而产生的恶作剧，狡诈得多，自信得多，更加专业化地凶恶——毒性的一次重要升级。现在它又将引发出什么来呢？这种公众扔石子的行为到何时方能告一段落呢？这种轻信盲从又到何处才能了结呢？这些人怎么能够对一个又一个的人重复德芬妮·鲁斯告诉保安的故事——如此透明的虚假，如此明显的谎言，他们当中怎么会有人竟然信以为真呢？又如何能证明它与科尔曼之间的联系呢？无中生有的事。但他们却不管三七二十一就相信了。虽然有点离谱——他破门而入，强行打开档案，闯入她的电脑，给她的同事发电子邮件，但他们相信这些话，心甘情愿地相信，迫不及待地重复。一个无聊透顶的故事，漏洞百出的故事，然而却没有人——当然是没有人公开地——提出最简单的质疑。为什么这人把她的办公室翻得乱七八糟，以引起对他闯入事件的注意，倘若他要的是设个骗局？为什么他要编出那么个广告，而实际上百分之九十的人看了也根本不会联想到他？除了德芬妮·鲁斯，还有谁会看了广告就想起他来？如果真要做出她声称是他干的事，他非得是个疯子不可。但又有什么证据可以证明他发疯了呢？疯狂行为的历史何在呢？科尔曼·西尔克单枪匹马使这个学院起死回生——这人是个疯子？痛苦、愤怒、孤立，不错——但何至于疯狂？雅典娜人完全明白情况并非如此，然而，如同在幽灵事件中一样，他们心甘情愿地表现出似乎他们不明白。仅仅看见指控便当作证明。一听到臆断便信以为真。作案者不需有动机，更无需逻辑或推理。只需一个标签即可。标签便是动机。标签便是证据。标签便是逻辑。科尔曼·西尔克为什么要这么做？因为他是个 x，因为他是个 y，因为他二者皆是。先是个种族主义者，现在又是个厌恶女性者。在本世纪把他称为共产主义者已为时过晚，虽然这在过去是司空见惯的手法。眼下是一宗仇视女性的罪行，因为犯案者不惜对一名不堪一击的学生口吐凶恶的种族主义评语的能耐是早已不证自明的了。这就为所有的一切提供了

人性的污秽　　**275**

解释。这件事以及疯狂。

弹丸之地的魔鬼——闲言碎语、妒忌、刻薄、无聊、谎言。不，乡土毒药不起作用。大家在这儿都待腻了，他们心生妒意，他们的生活不过如此，并将永远如此而已，于是，对这个故事不假思索地、不厌其烦地一遍又一遍地复述——电话里，街道上，自助餐厅里，课堂上。在家里丈夫对妻子，妻子对丈夫。车祸使得他们没有时间证明这是个荒唐的谎言——实际上倘若不出车祸，她从一开始就没有可能编造谎言。然而他的死却成全了她。他的死拯救了她。死插手简化了一切。一切的怀疑，一切的担心，一切的犹豫都被最伟大的藐视万物者横扫一空，它就是死亡。

当我在福妮雅葬礼结束后独自走向我的车子时，依然无法确定学院里究竟谁会有这种心思编造出克吕泰涅斯特拉的帖子——最残忍的艺术形式，网上艺术形式，因为它的匿名性质——我同样也无法预测还会有谁，任何人，出来以匿名形式散布别的什么。我所能肯定的是邪恶已被释放，就科尔曼的行为而言，没有一件荒唐事会被人放过，会不被用来煽动愤怒的情绪。一场瘟疫正在雅典娜蔓延——这就是他的死亡在我的脑海里即刻启动的思路——瘟疫蔓延的容器是什么呢？就在那里。病原体就藏身在那里。在以太之中。在广布四方的硬盘之中，永恒的、不可删除的、人类邪恶的标志。

如今人人都在以《幽灵》为题进行着写作——人人，然而，尚未包括我。

> 我将请你们（教职员论坛上的帖子如此开始道来）就一件并不愉快的事情进行一下思考。并非仅仅有关一个无辜的三十四岁妇女的惨死，虽然死亡本身足够可怕，并且有关那起恐怖事件的特定场合，以及这个几乎是用艺术手腕设计了那些场合，以完成他针对雅典娜学院及其过去的同事的连环复仇的男

子。你们中有些人或许知道在科尔曼·西尔克上演那出自杀式谋杀之前——正是那人当晚将车驶出路面，冲过护栏，落入河里的所作所为——强行进入巴顿大楼一间教员办公室，洗劫档案，发送一封电子邮件，故意伪造为一名教员所写，以此设计陷害她。他对她及学院所造成的伤害不足挂齿，但指使那个幼稚可鄙的撬门而入及作伪行径的决心及恶意却在当晚稍后时间里——经过大大的加剧——启发他在杀死他自己的同时，以冷血手段谋杀了一个学院物业管理处工人，后者已在几个月前被他玩世不恭地诱骗得手，以供他满足性需求。

设想一下，如果你愿意的话，那个妇女的困境，十四岁逃离家门，学业在中学二年级中断，在她以后短暂的人生里成为功能性文盲。想象一下她和一名奸诈的退休大学教授所作的斗争吧，后者在他十六年身为学院最专制独裁的院长的生涯中，在雅典娜行使着比校长更大的权力。她会有什么机会抵制他的优势？而一旦屈从于他，一旦发现自己为一个变态的、远超她自身体力的男性力量所奴役时，她又会有什么机会探测他利用她久被驱使的肉体以达到他复仇目的的深度，先是生前，再是死后？

在所有先后践踏她的无情男人中，在所有粗暴、毫无节制、冷酷无情、贪得无厌地折磨、打击和摧残她的男人中，没有一个人会像这个一心要跟雅典娜学院决一死战的人一样怀抱着如此被狭隘心胸的敌意所扭曲的心态，选择一个雅典娜的自家人，以昭然于天下的险恶手段发泄他的复仇情结。发泄在她的肌肤上。在她的四肢上。在她的阴器上。在她的子宫上。今年早先他迫使她进行的人工流产——曾将她投入企图自杀的万丈深渊——只是无人得知的无数次在她遭蹂躏的肉体上所犯下的强暴行径的一个例证而已。我们现在知道谋杀现场的可怖情

人性的污秽　277

形,知道他为福妮雅安排的面对惨死的色情姿态,以便更好地记录在案——毕其功于独一无二的、不可磨灭的形象——她对他愤怒的蔑视的屈从,她的谄媚(可以延伸为对学校社区的屈从和谄媚)。我们知道——由于警方调查的可怕事实点点滴滴的聚拢,我们正在越来越清楚地了解——福妮雅血肉模糊的躯体上的疤痕并不都出自致命的事故,尽管事故犹如天崩地裂一般。验尸官在她的臀部和大腿上都发现有与车祸撞击无关的青紫块,是在早前以完全不同的方式所实施的挫伤:不是使用钝物,便是使用拳头。

为什么?这是一个如此微不足道,却又大得足以令我们发疯的词。但犹如谋杀福妮雅的凶手那样病理性的阴险毒辣的人,他的心理却是难以探测的。驱使此人的欲望植根于一片深不可测的黑暗之中,那些先天无暴力倾向或后天无复仇意识的人——那些与文明用以限制我们身上的野性及放纵的约束和平共处的人——永远也不会明白这种黑暗。人心之黑暗无可言喻。但他们的车祸绝非偶然,这我敢于断言,如同我确知我与所有悼念雅典娜的福妮雅·法利的人分享哀思,后者所受的压迫开始于她的童真岁月,并延续至她死亡的一刻。这场事故绝非事故:正是科尔曼·西尔克以他全部的力量所渴求的。为什么?这个"为什么"我能够回答,而且愿意回答。不仅为了消灭他们二人,而且为了同步消灭他作为她终极迫害者的一切历史印记。为了防止福妮雅揭发他的真实面貌,科尔曼·西尔克带着她和他一道沉入河底。

我们只好留在世上,想象他决心隐藏的罪恶多么令人毛骨悚然。

次日,科尔曼落葬在他妻子的身旁,花园般的公墓井井有条,正对着学院平整得犹如绿色海洋似的体育场，坐落在北大楼后的橡树林及其地标六边形钟塔的脚下。我前一天夜里无法入眠，那天早晨起床时，仍然对事故及其意义被有系统地加以曲解并大肆传播，感到心烦意乱，以致坐立不安，连咖啡都没能喝完。一个人怎么能击退所有这些谎言？即使你说明某件事是个谎言，但像雅典娜这样的地方，一旦谎言出笼，就赖着不走了。我并没有绕着房子不安地踱步，等着到时间往墓地去，而是打好领带，套上夹克，下山往市镇街去——下到一个我可以在心里琢磨、幻想以我的憎恶可以做点什么的地方。

还有我的震惊。我从未想到他会死，更不要说看着他下葬。别的一切姑且不谈，一个已经七十多岁的健壮老人死于一场离奇的祸事本身就足以让人唏嘘不已——倘若他是被突发的心脏病，或癌症，或中风夺去生命，至少还说得通些。而且，那时我就肯定——一听到这个消息我就断定——这场事故是不可能在附近见不到莱斯·法利及其货车踪迹的地方发生的。当然，凡是发生在任何人头上的事情都不会事出无因，然而，有着莱斯·法利在视线之内，有着莱斯·法利作为基本起因，对造成法利蔑视的前妻和法利固执地窥视并使之勃然大怒的情人双双横死的这场一箭双雕的灾难，难道不会因而获得比捕风捉影更多的解释吗？

对我而言，得出这个结论并非出自一种不愿想当然地接受不可知事物的思想倾向——虽然这正是州警在科尔曼葬礼后的那天上午所持的观点，当时我过去和那两位首先抵达现场并发现尸体的警官交谈。他们对撞毁车辆的检查没有揭露任何线索能够证实我想象中的图景。我提供给他们的情况——关于法利对福妮雅的跟踪，关于他对科尔曼的窥伺，关于在离厨房门不远处近乎暴力的交手，当时法利吼叫着从黑地里扑向他们二人——统统都被耐心地记录下来，还包括我的姓名、住址、电话号码。然后他们对我的合作表示感谢，向我保证一切都将严格保密，并告诉我，如果查有实据，他们会来找我。

他们再没来过。

人性的污秽

走出去时，我转身说："能问个问题吗？能问一下车里尸体的情形吗？"

"你想要知道什么，先生？"巴里奇警官问，他是两个年轻人中较年长的一位，面无表情，安详殷勤，他克罗地亚的家人，我记得，曾经是马达马斯卡酒店的老板。

"你们发现他们的时候，究竟看到了什么？他们的位置。他们的姿势。雅典娜的谣言……"

"不，先生，"巴里奇说，摇摇头，"不是那样的。谣传不真实，先生。"

"你知道我指的是什么？"

"知道，先生。那明显是速度的缘故。你不能以那样的速度拐弯。杰夫·戈登也不可能以那个速度拐弯。一个老家伙，几杯酒下肚，脑子里七荤八素，神志不清，像个飙车手似的驶过那个弯道……"

"我不认为科尔曼·西尔克一辈子中曾经像个飙车手似的开车，警官。"

"嗯……"巴里奇说，举起双手，掌心对着我，意思是，我满怀对你应有的敬重，但不论是他还是我都不可能知道，"车是教授开的，先生。"

现在巴里奇警官期待我别再像白痴似的把自己当作业余侦探干涉他们的事务，别再进一步发挥我的论点，而是礼貌地告辞。他已不厌其烦地一再称我先生，足以让我清醒地意识到究竟谁才是这儿的领衔主演。于是我离开了，如我所说，事情到此结束。

科尔曼下葬的那天又是个反季节的风和日丽的十一月天。上个星期，树上最后的叶片凋零了，山地粗犷的基岩轮廓此刻在阳光中赤裸裸地暴露无遗，它的棱角和条纹仿佛是古老雕塑上以细致的影线铭刻出来的。那天早晨当我驱车前往雅典娜参加葬礼时，一种重现江湖的感觉，万象更新的可能性，由于远眺春天以来始终被树冠遮挡、此时方在阳光照耀下尽显峥嵘面目的山景,不合时宜地在我心中升起。地壳朴实无华的结构,经过几个月的耽搁,现在终于首次亮相,领受赞赏,是冰川猛烈攻击所展示的惊人破坏力的纪念物,冰川的攻击曾擦到隆隆向南倾倒的山体的边缘,沿途喷射出体积如餐馆冰箱般大小的巨石——喷射的速度就像自动投球机扔出快球一般。当我驶过陡峭的林木森森的当地人称之为"巨石园"的山坡时——这里离科尔曼的房子仅有几英里远,看到,赤裸裸的,没有被夏日的树叶及其流动的阴影所庇护的那些巨大的石块,全都侧身而卧,犹如倾覆的巨石柱,虽被一起压倒,却依然巨大,完好无损,我再次惊骇地想到那一刻造成科尔曼和福妮雅与他们的生命断离的巨大冲力,那股冲力将他们射入地球永劫不返的亘古。他们此刻犹如冰川般遥不可及。如同星球的开元。如同创世纪本身。

这就是我决定去找州警的时候。而那天,那个早晨,就在葬礼前,我没在那儿下车的部分原因是,在将我的车子停靠在镇上绿地对面时,我看见在波林餐馆窗子里,福妮雅的父亲正在吃早饭——他和那个前一天在山上葬礼上为他推轮椅的女人坐在一张餐桌边。我立即进去,在他们旁边的空桌边坐下,点了饭菜,边假装阅读什么人留在我身边的《马达马斯卡周报》,边尽量偷听他们的对话。

他们正在谈论一本日记。在萨丽和佩格交给福妮雅父亲的遗物中,有福妮雅的日记。

"你不想看的,哈里。你根本不想看。"

"我必须看。"他说。

"你不必,"女人说,"相信我,你不必。"

"它不会比别的更可怕。"

"你不会想看的。"

大多数人自我膨胀,吹嘘他们仅在梦想中取得的成就;福妮雅却谎称自己没能掌握一门技艺,如此之基本的技艺,只消一两年的时间就能让世界上几乎每个学童略知一二的技艺。

人性的污秽　　**281**

这乃是我没有喝完果汁便得知的情况。不识字是一种行为，某种她认为取决于她处境的行为。可是为什么？权力的来源？她唯一的，她仅有的权力的来源？一个以何种代价换取的权力啊？想想看。她同时也以不识字折磨自己。自觉自愿地承担起来。却并非为扮小，并非为假装成必须依赖他人的孩子，恰恰相反：为了突出显示适应社会的野蛮自我。不是把学习作为一种窒息性的教化形式加以排斥，而是以一种更为强大、更为优越的知识而加以践踏。她并不反对识字本身——但装作不识字对她来说感觉更好。日子变得更加麻辣爽口。她就是尝不够那种有毒的东西：决不勉强自己遵循非礼勿做、非礼勿露、非礼勿说、非礼勿思的规矩行事，而偏要做不当做的人，展示不当展示的部分，说不当说的话，思不当思的事。

"我不能烧掉，"福妮雅的父亲说，"是她的东西。我不能当作垃圾一丢了事。"

"好吧，我能。"女人说。

"那不对。"

"你一辈子都走在这个地雷阵里。你不需要再走了。"

"那是她唯一留下的东西了。"

"还有枪。也是她留下的。有子弹，哈里。她留下了那个。"

"她是怎么活过来的？"他说，突然听起来似乎快掉眼泪了。

"她怎么活的就是她怎么死的。死得活该。"

"你得把日记给我。"他说。

"不给。我们根本不该来。"

"烧掉，烧掉，我连是什么都不知道。"

"我只不过是为你好。"

"她说了什么？"

"不堪复述。"

"哦，上帝。"他说。

"吃。你必须吃点东西。这些煎饼看上去不错。"

"我女儿。"他说。

"你尽力了。"

"我应当在她六岁时把她带走的。"

"你不知道啊。你怎么知道会变成什么样子?"

"我不应当把她留在那个女人身边。"

"而我们根本就不应当到这儿来,"他的伴侣说,"你只需在这儿病倒,那么一切就功德圆满了。"

"我要骨灰。"

"他们应当把骨灰埋了。在那儿。和她一起。我不明白为什么他们没有。"

"我要骨灰,西尔。那是我的外孙们。那是他们来过这个世界的唯一证明。"

"我把骨灰处理掉了。"

"不!"

"你不需要那些骨灰。你受的罪够多的了。我不要让你出什么意外。那些骨灰不会上飞机。"

"你干了什么?"

"我处理了,"她说,"我心怀敬意,但它们不存在了。"

"哦,我的上帝。"

"结束了,"她告诉他,"都结束了。你尽了义务。你不仅尽了义务。你不需要再做什么了。现在你吃点东西吧。我把房间的东西都收拾了。付过钱了。现在只剩送你回家。"

"哦,你是最好的,西尔维娅,最最好的。"

"我不要你再受伤害。我不会让他们伤害你的。"

"你是最好的。"

"尽量多吃点。这些看上去真的不错。"

人性的污秽　　**283**

"来些?"

"不,"她说,"我要你吃。"

"我吃不下那么多。"

"蘸糖浆。这儿。我来,我来倒。"

我在外面等他们,在草坪上,当我看见轮椅出了餐馆大门时,我穿过马路,在她推着他离开波林餐馆时,我做了自我介绍,边走在他身旁,边讲话。"我住在这儿。我认识您女儿。只是点头之交,不过我见过她好几回。我昨天参加了葬礼。我在那儿看见您。我想向您表示哀悼。"

他是个骨架很大、个子很高的人,比当时在葬礼上蜷缩在轮椅里时看上去大多了。他一定不止六英尺,但他严苛、瘦骨嶙峋的面孔(福妮雅的毫无表情的面孔,正是她的面孔——薄薄的嘴唇,高耸的颧骨,轮廓清晰的鹰钩鼻,同样深陷的蓝眼睛,眼睛上方,围绕着浅色睫毛的是那相同的眼泡肉,相同的饱满程度,我在奶场看到她时曾鲜明地感到那是她的一个异国标记,她面孔上唯一诱惑性的标识)——那张面孔上的表情却属于一个不仅被判终身轮椅监禁,还必须在余生中遭受更严重的不幸煎熬的人。虽然高大,或曾经魁梧,他身上却除了恐惧,别无其他。我在他抬头对我表示感谢的刹那间,看见隐藏在他眼光后面的恐惧。"您太客气了。"他说。

他大约与我同年,但他的用语,可以追溯到我们二人都尚未出生的时代,分明表现出他有过一个优越的新英格兰童年。我先前在餐馆里就对此有所察觉——仅以这种用语,这种有钱人的、半英国化的用语,受制于完全异于美国的、礼仪至上的社会习俗。

"您是福妮雅的继母吗?"这与使用其他方法引起她的注意没有任何区别——也许让她放缓速度不得不如此。我猜想他们是要回到草坪对面街拐角的学院招待所去。

"她是西尔维娅。"他说。

"我不知道您能不能停一停，"我对西尔维娅说，"让我跟他谈谈。"

"我们要赶飞机。"她告诉我。

既然她明显地下定决心要把我当场从他身边赶走，我只好——同时依然跟着轮椅往前行走——说："科尔曼·西尔克是我的朋友。他没有把车开出路面。他不可能那样做。没有迹象。他的车是被撞出去的。我知道谁应当对您女儿的死负责。不是科尔曼·西尔克。"

"别推了。西尔维娅，停一会儿。"

"不，"她说，"真是疯了。真是受够了。"

"是她的前夫，"我对他说，"是法利。"

"不，"他有气无力地说，仿佛我用子弹射中了他，"不——不。"

"先生！"她停了下来，不错，但那只没有抓紧轮椅的手却伸出来一把揪住了我上衣的前襟。她是个矮小年轻的菲律宾女人，有着一张小小的、绝不饶人的浅褐色面孔，我可以从她无畏的黑眼睛的决断表情里看出，人间事务的纷纷扰扰决不允许稍稍接近由她保护的一切。

"您能不能停一会儿？"我问她，"我们可不可以到那边草地上坐下来聊聊？"

"这人身体不好。你正在耗费一个重病人的力气。"

"但你们有一本属于福妮雅的日记。"

"没有。"

"你们有一把属于福妮雅的枪。"

"先生，走开。先生，别烦他，我在警告你！"说着就动手推我——用那只原来抓住我夹克前襟的手，猛地将我推开。

"她有枪，"我说，"是为了防止法利攻击她。"

尖刻地，她回答："可怜的东西。"

我当时不知道该怎么办，只好跟着他们拐过街角走到招待所外的门廊。福妮雅的父亲此刻已经毫不避讳地哭了起来。

当她转身发现我还在那儿时，说："你坏事干得够多了。滚，不然

人性的污秽

我叫警察了。"在这个小个子身上潜藏着一股残暴的力量。我明白了：要维系他的生命似乎非如此不可。

"别毁了那本日记，"我对她说，"里头有记录——"

"脏东西！有脏东西的记录！"

"西尔，西尔维娅——"

"他们所有的人，她，她弟弟，母亲，继父——整个一窝，践踏了这个人的一生。他们抢他的钱。他们欺骗他。他们羞辱他。他女儿是个罪犯。十六岁怀孕生孩子——她把孩子撂在孤儿院。她父亲本可以领养那孩子。她是个众所周知的婊子。枪支、男人、毒品、污秽和性。他给她的钱——她用那钱做什么了？"

"我不知道。我对孤儿院的事一无所知。我也不知道任何关于钱的事。"

"毒品！她偷钱买毒品！"

"我对那也一无所知。"

"全家——脏东西！发发善心吧，求你！"

我转向他。"我想让犯下这两宗命案的人受到法律制裁。科尔曼·西尔克没有伤害她。没有杀害她。我只求和您谈一分钟。"

"让他，西尔维娅……"

"不行！再不让任何人！你让他们让得够了！"

门廊里开始有人聚拢来围观，还有人从楼上窗户望下看。也许他们是最后一批游客，出门观赏秋日所剩无多的灿烂。也许他们是雅典娜校友。一年到头都会有一小撮中年及老年校友，参观市镇，察看什么消失了，什么留下了，回忆着在这些街道上在一千九百年里曾经发生在他们身上的每一件哪怕是不足为外人道的最好、最美的事情。也许他们是镇上的观光客，来看看修缮后的殖民时代的房子，这种房子沿沃德街两边几乎延伸一英里长，雅典娜历史协会认为，即使不如塞勒姆镇的房屋堂皇，却也绝不亚于那座带有七个尖角阁楼的房子以西的州内的任何一幢。这些人来到学院招待所里具有讲究装潢时代特征的卧室入眠并非是为了被他们窗户下的一场叫嚷比赛吵醒的。在一个犹如南沃德街这般风景如画的地方,在一个如同今天这样晴朗的日子里,爆发这样的一场战斗——一个残疾人大声哭泣,一个体格瘦小的亚裔女子尖声叫嚷,一个从外表看很可能曾是大学教授的男人,正在说着显然让那两人惊恐不已的话——肯定比在一座大城市中的交通要道口所爆发的口水战更加令人惊惧,更加令人憎恶。

"如果我能看到那本日记……"

"不存在任何日记。"她说。此刻我束手无策,只能眼睁睁地看着她将他推上台阶边的坡道,进入大门,消失在招待所里。

返回波林餐馆,我叫了杯咖啡,在一张女侍应为我从收款机下的抽屉里找出的白纸上,写下这封信:

> 我是在福妮雅葬礼后的那天上午在雅典娜市镇街的餐馆附近找您讲话的那个人。我住在雅典娜郊外一条乡间小路边,离已故的科尔曼·西尔克的家只有几英里远,我已向您解释过,他是我朋友。通过科尔曼,我和您女儿见过几次面。我有时听他谈起她。他们的恋情是热烈的,但其中并无暴力。他主要扮演着她的情人,但同时也懂得如何做个朋友和老师。如果她要求关怀,我决不相信会遭到拒绝。无论她可能吸纳科尔曼的什么精神,都绝不会毒害她的生活。我不知道您在雅典娜听到多少围绕着他们以及车祸的恶意的谣传。我希望一个也没有。然而,却有一件令上述一切的愚昧相形见绌的、与正义相关的事情亟待解决。两条人命遭到谋害。我知道谁是凶手。我没有目睹这场谋害,但我知道发生了谋杀。对此我绝对肯定。但如果我要警察或律师认真对待我的意见,就必须有证据。倘若您掌

人性的污秽　　287

握着披露福妮雅在最近几个月或甚至回溯到她初嫁法利时期的思想状况的任何东西,我请求您不要销毁。我想到的是您可能在以往的年月里陆续收到的她的信函,还有她死后在她房间里找到的,由萨丽和佩格转交到您手中的东西。

我的电话号码和地址如下……

我就写了这么多。打算等他们走后,给学院招待所打电话,编造个什么故事,从总台接待员那儿套出那人的姓名和地址,然后当晚寄出我的信。我会到萨丽和佩格那儿去要地址,如果我从招待所里搞不到的话。但事实上我两者都不会去做。无论福妮雅在她房间里留下了什么,都已经被西尔维娅扔掉或销毁了——我的信在抵达目的地后也会遭到同样的命运。那个一心一意不让过去的事情进一步折磨他的小个子,绝不会允许她与我面对面时所反对的东西进入他家的四面墙壁。况且,她的方针是我无可置疑的。如果痛苦在那家庭中犹如疾病似的蔓延,也就别无他法,只好贴上一个我小时候常见挂在患了传染病的家庭门口的牌子,上面写着"隔离"二字,或者给尚未感染的人看的只是一个大大的黑体"隔"字,小个子西尔维娅便是那个不祥的"隔"字,而我无论如何也是没有办法绕过去的。

我撕掉所写的东西,穿过市镇,往葬礼走去。

科尔曼的葬礼是由他的孩子们主持的,四人排列在里山界教堂门口迎接鱼贯而入的追悼者。将他由里山界教堂——学院教堂——送往墓地安葬是家庭内部的决定,依我所见,乃是一个计划周密的政变的关键部分,一个将他们父亲的自我放逐一笔勾销,并将他重新融入他在其中取得突出成就的学院社团的举措。

在我做了自我介绍之后,莉萨,科尔曼的女儿,很快把我拉到一边,用胳膊搂着我,声音哽咽地耳语道:"你是他的朋友。你是他剩下的唯一朋友。你一定最后见过他。"

"我们一度是朋友。"我说,却只字未提几个月前,在那个八月的星期六早晨,在坦格伍德最后见到他的情形,也没有告诉她他在那以前就已经故意地让这短暂的友谊告一段落。

"我们失去了他。"她说。

"我知道。"

"我们失去了他。"她重复一遍,接着便哭起来,不再想说话。

过了一会儿,我说:"我喜欢跟他在一起,我很敬佩他。我和他相识的时间再长一些就好了。"

"怎么会出事的?"

"我不知道。"

"他是不是发疯了?他有没有神经错乱?"

"绝对没有。没有。"

"那么这一切怎么会发生的呢?"

在我没有回答后,(我怎么能在开始写这本书之前知道答案?)她的胳膊慢慢地从我身上滑了下去,在我们继续站在一起的几秒钟里,我看见她与她父亲是多么相像——正如福妮雅酷似她父亲一样。有着相同的犹如雕刻出来的木偶般的五官,相同的绿色眼睛,相同的浅褐色皮肤,甚至身架也是肩膀略窄的科尔曼轻量型体操运动员身架的翻版。母亲,艾丽斯·西尔克,其有形遗传基因似乎仅仅留存在莉萨的一头奇妙的纠缠蓬松的深色头发中。在科尔曼拿给我看的家庭相册里的艾丽斯一张又一张的照片里,面部五官几乎显得可有可无,她作为一个人的重要性,倘若并非她的整体意义,似乎全部集中体现在那头倔强、富有戏剧性的头发上。可是对莉萨而言,她的头发与她的性格之间形成的反差,则远比她单纯长出一头跟她母亲一模一样的头发,更令人惊讶。

我在与她待在一起的几分钟里明显地感到,她和她父亲之间的联系,固然现在中断了,但在她的余生中不会有一天从她脑海里消失。对

人性的污秽

他的思念将以这种或那种方式自始至终牢牢地与她的每一个细微的思想、每一件她所做或没做的细小的事情焊接在一起。身为被宠爱的女儿,曾经深深地爱过他,又在他辞世之际与他断绝往来,这一切的后果将使得这个女人永无宁日。

三个姓西尔克的男人——莉萨的孪生兄弟,马克,以及两个大孩子,杰夫和麦克尔——在跟我打招呼时不像她那样伤感。我没有看见马克作为一个受辱儿子激烈的愤怒,可是大约一个小时后,当他冷静的面容在墓地边失去控制时,我见到的却是一个痛失至亲、无望追悔的人。杰夫和麦克尔显然是西尔克孩子中最坚定的,在他们身上你清楚地看到他们精力充沛的母亲的印记:如果不包括她的头发(两人都已拔顶),她的身高,她自信的坚定核心,她磊落的权威。这是两个从不含糊的人。这在他们所表示的欢迎及所说的寥寥数语中就让人一目了然。当你会见杰夫和麦克尔,特别是当他们二人并肩而立的时候,你必定感到棋逢对手。在我还没有认识科尔曼之前——在他的鼎盛期,在他尚未置身不断变窄的愤怒的牢狱以致飞速失去控制之前,在曾经使他鹤立鸡群的成就,即他存在的价值,从他生活中消失之前——你肯定也在他的身上遇见了你的对手,这大约可以解释,为什么一旦指控他公开说过种族歧视性的恶言恶语后,与院长过不去的愿望便迅速地形成一股合力。

尽管镇上蜚短流长的谣言不绝于耳,出席科尔曼葬礼的人数却大大超乎我的想象;自然也超过科尔曼自己可能的想象。前面六七排座位已经坐满,在我身后还有人源源不绝地涌进来。我在离圣坛有一半距离的地方找到一个空位,我认出身边的人是斯莫基·霍伦贝克——前天我第一次见到他。斯莫基是否明白他仅在一年前就有可能在这个里山界教堂里举行他自己的葬礼?也许他参加葬礼与其说是为了向这个他情欲的后继者表示敬意,不如说为了对他自己的好运气表达感激。

在斯莫基另一侧坐着一位妇人,我猜想是他的太太,四十岁上下,一位金发碧眼的美女,如果我没记错的话,是他雅典娜的同学,斯莫基早在七十年代就和她喜结良缘,现在是他们五个孩子的母亲。当我开始环顾左右时,发现霍伦贝克一家人是除了科尔曼的家人外最年轻的了。大多数都是雅典娜的老人,科尔曼在艾丽斯死之前和他辞职之前认识了近四十年的学院教职员。科尔曼会对这些来到里山界教堂为他送行的老人作何想法,如果他能够看到他们坐在他的棺木前?他很可能说出如下的话:"一个多么适合自我肯定的场合啊。他们一定对自身的美德深感欣慰,没有因为我曾对他们的蔑视而排斥我。"

坐在他的同事们中间,我奇怪地想到,受过如此良好的教育且又彬彬有礼的专业人士却如此心甘情愿地成为历史悠久的人类痴梦的俘虏,轻信在某种形势下单独一个人就能够体现邪恶。然而这种痴梦有其存在的必要,是不会消亡的,并有着深刻的含义。

当外面的大门关上以后,西尔克家人在第一排就座时,我看见几乎三分之二的教堂坐满了人,三百人,或许不止,等待着这古老而自然的人类事件吸纳他们对于生命终结的恐惧。我看见马克·西尔克,兄弟中唯有他头顶上戴着小帽。

很可能像在场的大多数人一样,我期待着科尔曼孩子中的一个跨上圣坛,第一个致辞。但那天早晨将只有一名致辞者,他就是赫伯特·基布尔,西尔克院长聘任的,成为雅典娜第一名黑人教授的,政治学教授。很明显,家庭成员选中基布尔致辞和他们选中里山界举行仪式出于相同的理由:恢复他们父亲的名誉,将雅典娜的日历翻回原处,将科尔曼送回他以前的地位与威望。当我回想杰夫和麦克尔分别声色俱厉地与我握手,表示久仰大名,并对我说"非常感谢您的光临——全家对此感到十分欣慰"时,当我猜想他们一定对每位悼念者,其中的许多人是他们从小就认识的,都重复了类似的一番话时,我不由得想到,行政楼若不被重新命名为科尔曼·西尔克大楼,他们是绝不会善罢甘休的。

那么这地方几乎坐满了人就肯定不是偶然的事件了。他们一定自车祸以来便不断地打电话,以当年老戴利竞选芝加哥市长时将选民驱赶到投票站的方式将悼念者聚拢到一起。而且他们一定在科尔曼最瞧不起的基布尔身上狠下了一番功夫，说服他自愿地充当雅典娜罪恶的替罪羊。我越是想象着这两个西尔克小子反剪基布尔的胳膊，恐吓他，冲着他吼叫，指责他，也许甚至因为两年前他背叛他们父亲所使用的手法而公开威胁他，就越发喜欢他们——而且也就越发喜欢科尔曼，因为他生下两个魁梧、坚定、聪明的小伙子，他们对于为他翻案而必须做的一切没有一丝一毫的犹豫不决。这两个人是会出手将莱斯·法利绳之以法，让他在牢房里度过余生的。

我这个信心一直维持到第二天下午，就在他们离开市镇前，他们——用我想象他们说服基布尔一模一样的直截了当的方式——让我明白我必须放弃：忘记莱斯·法利，以及事故的境况，千万别敦促警察局对此事展开进一步的调查。他们说得再清楚不过了，倘若他们父亲与福妮雅·法利的恋情由于我的强求而成为一场官司的焦点，他们的反对将是不计后果的。福妮雅·法利是个他们永远也不想再听见的名字，更不要说是在一场牵涉丑闻的审讯中。审讯将被当地报纸大肆炒作，并给本地人留下不可磨灭的记忆，如此一来，科尔曼·西尔克大楼就将成为一个永远不可实现的梦。

"她不是和我们父亲身后的名望相匹配的理想的女人。"杰弗里[1]告诉我。"我们母亲才是，"麦克尔说，"那个一文不值的小婊子和我们一点关系都没有。""一点都没有。"杰夫重申。很难相信——面对二人如此炽烈的情绪和坚定不移的决心——他们竟然会是加利福尼亚那边的大学理科教授。你会以为他们经营着二十世纪福克斯电影公司。

赫伯特·基布尔是个体格纤细、皮肤很黑的人，现在已经上了年岁，步履有点僵硬，虽然并没有显出由于病痛而佝偻或跛行的样子，在

---

[1] 杰夫的大名。

他拘谨的举止以及不祥的宣判绞刑的法官的嗓音里，透露出某种黑人布道士热切认真的风格。他只要说"我名叫赫伯特·基布尔"就足以臣服信众；他只要，从讲坛后，默默地凝视一下科尔曼的棺木，然后转身对着全体与会者，宣布他是谁，便可唤醒与朗诵赞美诗相连的感情领域。他严正淡泊得如同刀刃一般——倘若你握刀柄时稍不留意，便会引祸上身。总而言之，这人不论举止或相貌都令人过目难忘，可以想见，当年科尔曼聘任他来打破雅典娜的肤色障碍，肯定出于和布兰奇-瑞基雇用杰基·罗宾森充当职业棒球队的第一位黑人球员相同的原因。在一开始就想象西尔克家的小子们迫使赫伯特·基布尔服从他们的部署并非易事，除非之后你考虑到对一个个性中有着鲜明的虚荣心、不会拒绝委以主持圣礼重任的人来说，上演自我编导的戏剧则是颇有吸引力的。他很有派头地展示出仅次于君主的权威。

"我名叫赫伯特·基布尔，"他开始说道，"我是政治学系主任。一九九六年我加入那些在科尔曼受到犯有种族主义过错的指控时不愿意为他辩护的人群——我，十六年前来到雅典娜时，正值科尔曼·西尔克被任命为院长；我，是西尔克院长任命的第一位学者。太晚了，我站在你们面前，谴责我自己，因为我辜负了我的朋友和恩人，尽我所能——同样，太晚了——着手努力纠正冤案，悲哀的、卑鄙的雅典娜学院在他身上所犯下的冤案。

"在那个所谓种族歧视事件中，我告诉科尔曼：'我在这件事情上不能和你站在一起。'我是故意对他这么说的，虽然也许并非完全出于投机、野心或怯懦的心态，不过他很快就认定那些正是我的动机。当时我想如果我留在后台消解反对的势力会对他更为有利，倘若我公开与他联手，而且，由于我肯定会被授予那个类似万灵丹、愚昧无知地被用作武器的绰号'汤姆叔叔'，会变得无计可施。我认为我可以作为发自那阵线内部的——而不是外部的——理智的声音，那些人因受到科尔曼所谓的种族主义言辞的挑衅，为两名学生的失败，对他以及学院进行不公正的诋毁。我认为如果我表现得机灵些,耐心些,我可以使得激情降温,如果不能影响那些最极端的对手,至少可以影响我们当地非裔美国人社团中有思想的、稳健的成员及其白人同情者,后者的敌意从来都只是被动和短暂的。我认为,我能够及时地——而且,我希望,越快越好——让科尔曼和控告者之间开展对话,并发表一篇声明,确认导致冲突的误解的性质,从而将这场令人遗憾的事件以某种较为公正的结论收场。

"我错了。我绝对不应当对我的朋友说:'我在这件事情上不能和你站在一起。'我应当说:'我必须和你站在一起。'我应当反对他的敌人,但不是从内部以迂回曲折、隐晦误导的方式,而是从外部,做出光明磊落、诚实的努力,以使他能从支持的话语中获得信心,而不是感到孤立,以致酝酿出毁灭性的自暴自弃的情绪,正是这种情绪发展成为伤痛,导致他与他的同事反目,以及从学院退休,并进而导致自我毁灭性的孤立,后者,我相信——对我来说要相信这一点是十分可怕的——并非过于间接地导致了,诸如那天夜里他死在那辆车子里那样的悲剧性的、毫无价值的、毫无必要的死亡。我当时应当大声疾呼,正如我现在以雅典娜教员中资深非裔美国人成员当着他以前的同事、熟人职员的面要说的话,特别是,当着他的孩子们的面——杰夫和麦克,来自加利福尼亚,以及马克和莉萨,来自纽约——要说的:

"科尔曼·西尔克在他为雅典娜学院服务期间,从来没有以任何偏离公正的方式对待过他的任何一个学生。从来没有。

"所谓的错误行为从未发生过。从未。

"他被迫经历的一切——指控、面谈、质询——直至今天,今天,比任何一天都更令人感到,依然是对这所机构的抹黑。在这里,在新英格兰,历史上最大程度地表现出美国个人决不屈从于吹毛求疵的社团高压的地方——我们不由得想起霍桑、麦尔维尔和梭罗——一名美国个人主义者并不以为生活中最重要的事是规章制度,一名美国个人主义者拒绝盲目接受习以为常的以及公认为真理的正统观念,一名美国个人主义者并不时刻按大多数人的礼仪和情趣的标准生活——再一次，一位卓越的美国个人主义者遭到了朋友和邻居野蛮的践踏，以致孤立地度日直至死亡，被他们道德的愚昧剥夺了他道德的权威。是的，是我们，道德上愚昧不堪的吹毛求疵的社团，毫无廉耻地玷污了科尔曼·西尔克的好名声，并以此贬低了我们自己。我特别代表那些和我情况相似的人讲话，那些人与他过从甚密，并因而了解他对雅典娜全心全意效忠的程度，以及作为教育家他奉献精神的纯洁性，却出自于各种自欺欺人的动机，出卖了他。我再说一遍：我们出卖了他。出卖了科尔曼，出卖了艾丽斯。

"艾丽斯的死，艾丽斯·西尔克的死，正好发生在……"

我左边第二个座位上，斯莫基·霍伦贝克的妻子开始淌眼泪了，附近还有几个女人也哭了。斯莫基本人朝前倾着身子，额头轻轻地托在两只手里，他双手手指交叉着，放在前排座位的靠背上，做出一副模糊的类似祈祷的姿态。我猜想他是要我或他太太或其他可能看着他的人相信科尔曼·西尔克所遭受的不义行为令人无可容忍。我猜想他是想显出充满同情的样子，然而了解到他身为模范丈夫所隐瞒的一切，他生活中的狄奥尼索斯层面，上述推断实在是令人难以下咽。

然而，不谈斯莫基，人们聚焦在赫伯特·基布尔每一个字上的注意力，心无旁骛的全神贯注，强烈而敏感的全神贯注，在我看来是发自内心的，足以让我想象在场的所有的悼念者都难以抑制对科尔曼·西尔克所忍受的冤屈而感到的悲痛。我怀疑，当然，基布尔对于他自己没有在幽灵事件中站在科尔曼身边的合理化解释是否是他自己的杜撰或是西尔克家的小子们想出来的一招，以便让他既按他们的要求办，又能保全颜面。我怀疑他的合理化解释是否能恰如其分地描述他的动机，当他说出那句科尔曼痛苦地向我重复多次的话："我在这件事情上不能和你站在一起。"

为什么我不情愿相信这个人？因为到了一定的年龄，一个人的怀疑心会修炼到这种地步，以至于对谁都不相信了？肯定的，两年前，他保持沉默,没有站出来为科尔曼辩护,是因为人总是不愿多嘴的,因为沉默符合他们的利益。自私的权宜之计并非深不可测的动机。赫伯特·基布尔不过是又一个企图为自己洗脱罪名的人而已,虽然以一种大胆,甚至有趣的方式,归咎于自己,但仍无法改变他在紧要关头没有行动的事实。因此,我想代表科尔曼,对他说,呸,去你妈的。

当基布尔走下讲坛回到自己的座位前,停下来和每一个科尔曼的孩子握手时,这简简单单的姿态却更加剧了由他的讲话所煽起的几乎是狂暴的激情。之后会安排什么呢?有一会儿什么也没安排。只有沉默、棺木和人群情感的陶醉。随后莉萨站起来,登上那几级台阶,走上讲坛,在读经台后说:"马勒《第三交响乐》的最后乐章。"这就对了。他们不遗余力。他们播放马勒。

唉,有时候你是不能听马勒的。当他选中你,让你浑身震颤时,他岂会半途而废。不到结束,我们全都痛哭流涕了。

只是对我自己说说罢了,我认为没有其他任何东西能像这样使我悲恸欲绝,除非聆听斯蒂娜·帕森一九四八年在科尔曼的萨利文街床头翻唱的《我爱的人儿》。

向公墓走去的三个街区的行程令人难以忘怀,在很大程度上是因为它似乎根本就没发生。有一会儿我们被马勒的柔板乐章绵延不绝的脆弱所麻木,那并非技巧、并非策略的,那几乎显得是随着生活积淀的节奏,随着生活所有的对死亡的不甘而展开的单纯……有一会儿我们被那精致绝伦的堂皇与亲昵相反相成的结合所麻木,先是由弦乐器静谧、悠扬、克制的激情开场,随后一浪高一浪地汹涌澎湃着通过厚重的假声结尾,直至汇合成真正的、持久的、气势恢宏的尾声……有一会儿我们被哀歌式的膨胀、升腾、层层迭起、又复归原位的旋律所麻木。那哀歌以一种一成不变、永不妥协、斩钉截铁的步履向前,向前,向前滚动,然后又复归原处,犹如永不消逝的痛苦,渴望……有一会儿我们,由于马勒持续高涨的坚持，进入科尔曼的棺木，与他分担无底深渊似的恐怖和逃离死亡的热切欲望。突然在不知不觉之中，我们这六七十人的队伍抵达了墓园，看他下葬，一个非常简单的仪式，一个所能设计出来的合乎常理的解决问题的办法，却是我们永远都无法彻底理解的。每次你都得亲眼目睹才能信以为真。

我怀疑大多数人是否原来就打算一路陪同尸体来到墓地。但西尔克家的孩子们具有召唤悲哀并使之持续的天赋，而这，我认为，就是我们有这么多人紧紧地簇拥在即将成为科尔曼永恒家园的墓穴周围的缘故，大家似乎都急不可待地想爬进去替代他，献出我们自己，充当他的代理、替身、陪葬品，倘若那将神奇地使得，根据赫伯特·基布尔自己的招供，几乎是在两年前从科尔曼身上盗窃的楷模性的生命重新复活。

科尔曼将被安葬在艾丽斯身边。她的墓碑上刻着 1932—1996。他的将刻上 1926—1998。这些数字何等直截了当。可它们对所发生的一切所能包含的又是何等微不足道。

不等我意识到有人在吟诵，就已听到珈底什的声音了。刹那间我以为一定是从公墓的另一边传过来的，但随即明白声音就来自墓穴对面，马克·西尔克——最小的儿子，愤怒的儿子，像他的孪生妹妹一样，长得酷似父亲的儿子——单独一个人站着，手中捧着书本，头上戴着小帽，正用柔和、哽咽的嗓音吟咏着熟悉的希伯来祷文。

Yisgadal , v'yiskadash ...

在美国多数人，包括我自己以及，大约，马克的同胞手足，都不知道这些词的含义，但几乎每个人都察觉到了它们携带的清晰的信息：一个犹太人死了。又一个犹太人死了。似乎死亡并不是生命的了结，而是作为一个犹太人的了结。

马克读完以后，合上书本，然后，在他使每个人心中升起一种阴霾的宁静之后，他自己却被歇斯底里所控制。这就是科尔曼葬礼的结束——这次我们大家都眼睁睁地望着马克泣不成声，手足无措，而他只

人性的污秽

顾无助地在空中挥舞双臂,大张着嘴巴,放声恸哭。这悲伤的自然之音,甚至比他诵读的祷文更为古老,越来越强烈,直到,他看见他的妹妹张开双臂,朝他奔过来。他把他扭曲的西尔克面孔转向她,以纯粹孩子般的惊讶叫道:"我们再也见不到他了!"

我心里的想法并不是我最为大度的想法。那天很难产生落落大方的念头。我想,这又能起什么作用呢?当他在这儿的时候,你可并没有像现在这么迫切地要见到他啊。

马克·西尔克显然原本以为他父亲会一直待在不远的地方,让他永远地恨下去。恨,恨,恨,恨,然后,在他本人认为恰当的时刻,在指控的场面达到顶峰,并且在他已经用为人之子的怨恨将他鞭打得只剩一英寸长的性命以后,再实施宽恕。他以为科尔曼将一直待在这儿,直到整场戏剧演完为止,仿佛他和科尔曼并非在生活中各自占有一席之地,而是坐在雅典卫城南面的山坡上,坐在一个供奉狄奥尼索斯的露天剧场里,在这所剧场里,当着一万名观众的面,戏剧的三一律曾经被严格地遵循着,而伟大的净化轮回一年一度地上演着。人类对于开场、中间和结尾的向往——结尾必须与开场和中间大小相称——从来没有像在科尔曼所教授的戏剧里那般彻底地实现过。但除了在公元前五世纪的古典悲剧里,对事物圆满的期待,更不要说对一个公正、完美结局的期待,不过是成年人所怀抱的愚蠢幻想而已。

大家开始三三两两地散开。我看见霍伦贝克夫妇向着附近的街道,沿着墓碑之间的小径蜿蜒而行,丈夫的胳膊搂着太太的肩膀,爱护地引领她离去。我看见年轻的律师,纳尔逊·普赖姆斯,曾在幽灵事件中代表科尔曼,和他一起还有位怀孕的年轻女子,正在啜泣的女人,一定是他的妻子。我看见马克和他妹妹走在一起,仍然需要她的安慰,我看见杰夫和麦克尔,两位以如此专业的手腕主持了这场仪式,正在离我几码远的地方和赫伯特·基布尔轻声交谈。我自己没有离开,因为莱斯·法利的缘故。在这座公墓外面,他继续不受干扰地逞强霸道,逍遥法外,制造着他自己残忍的现实,一个野蛮人,与任何一个他喜欢的人,以任何一种他喜欢的方式发生着冲撞,这统统出自他内心将他想要做的一切都合理化的理由。

当然,我知道不存在圆满,不存在公正和完美的结局,但这并非意味着,站在离开安放棺木的新坟不过几英尺的地方,我没有固执地思索着,这个结尾,即使如愿以偿地永远重新确立了科尔曼在学院史上受人尊崇的地位,还是远远不够的。仍有太多的真相隐藏着。

我指的是有关他死亡的真相,并非一两分钟后将大白于天下的真相。真相与真相环环相扣。虽然世上满是那种自以为他们将你或你的邻居看透了的人,实际上未知的东西却深不可测。关于我们的真相是无穷无尽的。谎言也同样如此。陷入两难境地,我想。遭到思想高尚者的遣责,受到正直之士的诟病——尔后被具有犯罪倾向的疯子消灭掉。遭到被拯救者,被选中者,无处不在的当下道德标准的福音传教士们的放逐,然后被残忍的魔鬼一笔勾销。人类的两种紧急需求在他的身上找到接合点。纯洁的以及被玷污的,双双嗷嗷待哺,蠢蠢欲动,在彼此对敌人的需求上相依相存。遭到双人锯的毒手,我想。被这个世界阴毒的锯齿所腰斩。被这个世界,其本身即敌意的世界所腰斩。

一个女人,独自留在敞开的墓穴边,和我一样靠得很近。她沉默着,看上去并没有哭泣。她甚至好像都不在场似的——也就是说,不在墓园里,不在葬礼上。她好像正待在街角,耐心等待下一班公交车。是她将手袋规规矩矩地拿在面前的样子让我想起一个准备好付款的乘客,然后随车去到她要去的地方。我可以判断她不是白人,只要根据她突出的下颌,和她的口型——根据某种暗示性地使她下半部面孔的轮廓突出的东西。同时,也根据她僵硬的发质。她的肤色并不比一个希腊人或摩洛哥人更黑,倘若不是因为赫伯特·基布尔是仅有的几名尚未回家的人之一,也许我不会将一个又一个线索加在一起,正经八百地断定她是个黑人。因为她的年龄——六十五,也许七十,我猜测她必定是基布尔的

人性的污秽   299

妻子。难怪,她看上去仿佛入定了一般。听着她丈夫公开地将自己(不论由何种动机所左右)扮作雅典娜的代罪羔羊绝非易事。我可以理解她会有许多想法,可能要花上比葬礼更长的时间才能化解。她的思绪必定仍然停留在此前他在里山界教堂所说的话上。那才是她正待着的地方。

我错了。

当我转身时,她碰巧也转过身来,于是,只隔着一两英尺,我们四目相对。

"我名叫内森·祖克曼,"我说,"我是科尔曼生命终结前的朋友。"

"你好。"她说。

"我相信你丈夫今天改变了一切。"

她并没有好像我错了似的看着我,虽然我的确错了。她也没有不理我,决定摆脱我,继续往前走。她也没有显出不知所措的样子,虽然她若是左右为难,是会不得不那样的。科尔曼生命终结前的朋友?考虑到她的真实身份,她又如何能说一声"我不是基布尔太太"便径自走开呢?

但她所做的只是站在那儿,面对着我,毫无表情。被当天的一系列事件及其启示惊呆后,不设法了解她是科尔曼的什么人,在当时,是不可能的。所注意到的,很快注意到的,以快速的累计法得出的,如同通过你不断放大到正确焦点的望远镜所看见的辽远的星辰一样,并不是与科尔曼的相似之处。我所看到的——此时我终于看到,历经一切才看到,清晰地通往科尔曼秘密的东西——是与莉萨面部的相似之处,莉萨较之于她父亲的女儿,更多地却是她姑妈的侄女。

我从欧内斯廷嘴里——葬礼后待在我屋里的几个小时内——得知了大部分我现在知道的有关科尔曼在东奥兰治长大的故事:关于分斯特曼博士企图叫科尔曼在期终考试时假装失手,以便让伯特·分斯特曼超越他,成为毕业班致辞代表;西尔克先生如何在一九二六年发现东奥兰治的房子,至今欧内斯廷依然住在里面。当年卖给父亲的那对"夫妻",欧内斯廷告诉我:"实在给他们隔壁的人家气疯了,所以决定把房子卖给有色人以此羞辱他们。"("瞧,你可以判断我所属的时代,"她那天后来对我说,"我用'有色人'以及'尼格罗[1]'。")她告诉我她父亲如何在大萧条中失去了眼镜店,如何花了很长的时间才克服沮丧情绪——"我不能肯定,"她说,"他是否真的克服了。"——又如何找到一份餐车侍应的工作,并在余生中一直为铁路服务。她谈到西尔克先生如何把英语称做"乔叟、莎士比亚和狄更斯的语言",并坚持要孩子们不仅学会中规中矩地讲话,而且还要他们有逻辑地进行思维、分类、分析、描述、举一反三,不仅学英语还要学拉丁语和希腊语;他如何把他们带到纽约那些博物馆,带他们去看百老汇戏剧;如何,当他发现科尔曼偷偷成为纽瓦克男孩俱乐部的一名业余拳击手时,用那个无须提高音量便辐射出权威的嗓门对他说:"如果我是你父亲,我会说:'你昨晚赢了?好。现在你可以以不败的纪录退休了。'"从欧内斯廷的嘴里我得知奇斯纳医生——我本人在纽瓦克参加他的课余班的那一年中的拳击教练——如何在科尔曼离开了男孩俱乐部后对小科尔曼的才华大加赞赏,他如何要他为匹兹堡大学打拳,本可以为他作为一名白人拳手申请到匹兹堡奖学金,但科尔曼如何报考了霍华德,因为那是他父亲的计划。他们父亲如何在一天夜里在火车餐车上服务时倒地猝死,科尔曼如何立即退出霍华德,参加了海军,而且是以白人的身份。从海军退役后他如何搬到格林尼治村,上了纽约大学。他如何在一个星期天把那个白人女孩带回家来,从明尼苏达来的漂亮姑娘。那天饼干如何烤焦了,因为她们统统一心一意地只顾着别说错话。已经开始在阿斯伯里园教书的瓦特,如何,大家有福,那天不能驱车回家吃饭,每件事如何进行得尽善尽美,以至

---

[1] Negro,源自西班牙语和葡萄牙语,意为"黑色"。黑人初抵美国时自称"尼格罗",但后来在部分地区逐步演变成带有歧视意味的词。1960年代黑人权利运动后,已基本被 black 一词所取代。

于科尔曼找不出抱怨的理由。欧内斯廷告诉我科尔曼母亲对那姑娘是如何温厚。斯蒂娜。她们对斯蒂娜是如何关切和蔼——斯蒂娜对她们也一样。他们母亲如何一贯地辛勤操劳,她如何在他们父亲死后完全凭借优秀的工作表现被提升为纽瓦克一所医院外科楼的第一位有色人护士长。她如何疼爱她的科尔曼,科尔曼如何不论做什么都不能摧毁他母亲对他的爱,甚至决定从今以后假装他母亲是别的什么人,一个他从未有过的、从未存在过的母亲,甚至这也不能使西尔克太太放弃他。在科尔曼回家来告诉他母亲,他准备和艾丽斯·吉特尔曼结婚,她将永远也不会成为她媳妇的婆婆或她孙子孙女的奶奶之后,或当瓦特禁止科尔曼再与家人有任何联系的时候,以及瓦特如何正告他们母亲——以他们父亲统治他们时所用的同样的坚定不移的权威——她也不可以再和科尔曼联系的时候。

"我知道他是好意,"欧内斯廷说,"瓦特认为只有这样才能保护母亲,使她免受伤害。让她每逢生日、节日、圣诞时不会因为科尔曼而伤心。他相信如果通信线路畅通,科尔曼就会再让母亲心碎一千遍,跟他那天所做的一模一样。瓦特对科尔曼非常气愤,因为他事先没做任何准备便跑到东奥兰治来,没跟我们任何人打招呼,而且告诉一位上年纪的妇人,一个可怜的寡妇,就像法庭宣判似的。弗莱彻,我丈夫,总为瓦特的做法提供一个心理原因。但我却认为弗莱彻不对。我不认为瓦特真正妒忌过科尔曼在母亲心目中的地位。我不接受这种说法。我认为他受到侮辱,因而火冒三丈——不仅为母亲,而且为我们大家。瓦特是家里的政治成员;他当然要发火了。我自己并没有以那种方式发火,我从来没有过,但我可以理解瓦特。每年科尔曼生日的那一天,我总要打电话到雅典娜跟他谈谈。一直到三天前。那天是他生日。他七十二岁生日。我想那就是他遇害的一天。他吃过生日晚餐后开车回家。我打电话祝他生日快乐。没人接电话,所以我第二天又打,才得知他的死讯。房子里有人拿起话筒,告诉了我。我现在知道那是我的一个侄子。我只是在科尔曼的妻子死了,他离开学院,一个人住以后,才开始把电话打到他家里的。在那以前我总是打到办公室。从来没告诉过任何人。觉得没有必要。在他生日那天给他打电话。在母亲死的时候给他打电话。在我结婚时给他打电话。在我儿子出生时给他打电话。在我丈夫死的时候给他打电话。我们总是聊得很开心。他总是想听各种消息,甚至包括瓦特和他提级的消息。每次艾丽斯生孩子,杰弗里,麦克尔,还有双胞胎,我都接到科尔曼的电话。他打到我学校来。那对他来说总是个严峻的考验。他生那么多孩子和命运较量。因为他们和他所抛弃的过去在基因上是互相连接的,总会有机会,你知道,他们可能以某种特别的方式回到过去。他非常担心。这种事很可能发生的——有时的确发生过。但他还是不顾一切,生下了他们。那也是计划的一部分。过一个充实、正常、硕果累累的生活。不过,我相信,尤其是在头几年里,每当一个新生儿呱呱落地时,科尔曼都自然要为他自己的决定遭受内心的煎熬。没有任何一件事情逃得过科尔曼的注意,在感情问题上也一样。他可以和我们断交,却不能和他自己的感情一刀两断。在有关孩子的问题上尤其如此。我想他渐渐明白隐瞒对于一个人的身世来说如此关键的事情是很可怕的,知道他们的承传乃是他们生的权利。而且还隐含着危险。想想看,倘若他们的孩子生下来时一眼就看出是黑人的话,他将给他们的生活造成什么灾难啊。至今为止他还算幸运,我是指在加利福尼亚出生的两个孙儿。但想想他的女儿,还没结婚。假设有一天她有个白人丈夫,这是完全可能的,她生下个黑孩子,她有可能——很有可能。她作何解释呢?她丈夫会怎么想呢?他会以为孩子是别人的。一个黑人。祖克曼先生,科尔曼不告诉孩子们真相是极其残酷的。这并非瓦特的评判——是我的。如果科尔曼一定要将自己的种族作为秘密加以隐瞒的话,那么他应当付出的代价便是不生孩子。他知道。他不能不知道。相反他埋下了一颗没有引爆的炸弹。那颗炸弹在我看来当他谈到他们的时候始终在他的脑海里盘旋。特别是当他谈起,不是那对双胞胎里的女儿,而是那个

人性的污秽 303

儿子,马克,跟他麻烦不断的那个男孩时。他对我说马基大约因为他自己的理由而恨他,却好像已经猜到真相似的。'我罪有应得,'他说,'即使他出自错误的原因。马基甚至连出自真相而恨他父亲的奢侈都没有享受到,是被我剥夺了,'科尔曼说,'他那部分生的权利。'我说:'但他也可能根本不因为那而恨你,科尔曼。'他说:'你没听懂我的话。并不是他会因为自己是个黑人而恨我。这不是我所谓的真相。我指的是他会因为我从来没告诉过他而恨我,因为他有权利知道。'因为有着那么多引发误解的事情,我们就不再继续谈那个话题了。但很清楚,他永远也不会忘记他和孩子们的关系建立在一个谎言上,一个可怕的谎言。马基出于直觉,感到孩子们带着与他们父亲相同的基因,并且将把这种相似点传给他们自己的后代,至少在基因里,也许甚至在可察觉的肉体上,却永远没能完全探知他们现在是谁,他们过去是谁。这有点猜测的性质,不过我有时认为科尔曼把马基看作是他对他自己母亲所作所为的报应。虽然,这一点,"欧内斯廷谨慎地补充道,"是他从来没有说过的。至于瓦特,我要说的是他所做的一切乃是继承我们父亲的遗愿,保证母亲不会一次又一次地心碎。"

"她心碎了吗?"我问。

"祖克曼先生,不可复原——永远。在她在医院里临终的时候,在她弥留之际,你知道她说什么?她不断地呼叫护士,就像过去病人呼叫她一样。'哦,护士,'她说,'哦,护士——把我送上火车。我家里有个生病的小宝宝。'一遍又一遍,'我家里有个生病的小宝宝。'我坐在她床边,握着她的手,看着她逝去。我知道那生病的小宝宝指的是谁。瓦特也知道。是科尔曼。她是不是会好过些,要是瓦特没有用他那种将科尔曼永远驱逐出去的方式加以干涉的话……唉,我还是不能肯定。但瓦特作为一名男子汉,他的特殊才能是他的果断。也是科尔曼的。我们全家的男人都很果断。爸爸是那样,他的父亲也是那样,祖父是佐治亚州卫理公会的牧师。这些男人一旦做出决定,便一言九鼎。不过,他们也得为自己的决断付出代价。有一件事是毋庸置疑的。我今天明白了。但愿我父母当年也明白。我们是个教师之家。自我祖母开始,还是个年轻的女奴时,就由她的女主人教会了识字,后来,黑奴解放后,进入当时叫作佐治亚州立有色人师范及工业学校。就这么开始的,就这样我们成了现在的样子。这就是我看见科尔曼的孩子们时所意识到的。他们中除了一个,全是教师。我们所有的人——瓦特、科尔曼、我,我们也都是教师。我自己的儿子是另外一回事。他没读完大学。我们之间有些龃龉,现在他有个重要的另一半,就像人家称呼的,而我们对于那个看法也不尽相同。我应当告诉你,白人阿斯伯里园的学校体制中,在瓦特一九四七年去报到的时候还没有有色人教师。你必须记住他是第一个。随即又是他们的第一任黑人校长。然后又是他们的第一任教育局长。这让你对瓦特多少有些了解。那儿原本已经有一个很有根基的黑人社区,但直到瓦特四七年去了以后情况才开始变化。他的果断性起了很大的作用。即使你出生在纽瓦克,我也不敢肯定你知道一九四七年前新泽西一直在法律上、制度上赞成种族隔绝、种族歧视的教育。在多数社区里既有有色人学校,又有白人学校。在南泽西的初级教育中存在着严格的种族隔离。从特伦顿、布朗斯维克起,一路南下,你看到的都是种族隔离学校。还有普林斯顿。还有阿斯伯里园。在阿斯伯里园,瓦特刚去的时候,有一所叫作斑恩大街的学校,其中一所——东校或西校——是给住在斑恩大街周边的有色人孩子念书的,另一所则是给住在那附近的白人孩子念书的。其实是一幢房子,但分成两半。当中用一道篱笆隔开,一边是有色人孩子,另一边是白人孩子。同样地,一边的教师是白人,另一边的是有色人。校长是白人。在特伦顿,在普林斯顿——而普林斯顿不算南泽西——直到一九四八年还有隔离学校。不在东奥兰治也不在纽瓦克,虽然曾有一度即使在纽瓦克也有一座有色人学校。那是在二十世纪初期。但在一九四七年——我正在指出瓦特在这一切中所处的位置,因为我要你理解我的哥哥瓦特,我要你在一个当时更广泛的社会背景里

人性的污秽

看待他和科尔曼的关系。那时民权运动还远未发生。甚至科尔曼的行为，他所做的决定，抛弃他的黑人血统，以另一个种族成员的身份生活——那在民权运动之前绝不是匪夷所思的决定。就有电影讲这种事。记得吧？一部叫作《荡姬血泪》，还有一部，梅尔·弗尔主演的，不过片名不记得了，也很火爆。改变你的种族——没有民权可言，没有平等，于是大家就往那上面做文章，做白人也做有色人。也许有这想法的比付诸实施的要多，但这个念头还是使人着迷，如同迷上神话一般。但在一九四七年州长召集了一个宪政会议，修改新泽西州宪法。那是个有意义的开端。其中一项修改是此后新泽西不会再有隔离或歧视性的国民警卫队部队。新宪法第二部分，第二个改变，说不再强迫儿童在他们的社区路过一所学校，到另一所学校去上学。措辞大约是这样。瓦特可以逐词逐句地说给你听。这些修改取消了公立学校和国民警卫队中的隔离。州长和教育局必须执行。州议会叫所有的地方教育局着手履行合并学校的计划。他们建议首先将学校的教员合并起来，然后再慢慢地将在校的学生合并起来。瓦特打完仗回家，甚至在他还没到阿斯伯里园之前，还是个蒙特克莱尔州立大学学生的时候，他就属于那种关心政治的类型——一个退役军人，已经在为新泽西学校合并而积极战斗。甚至在宪法修正之前，更别说在修正之后，瓦特一直都是在合并学校的战斗中最活跃的一分子。"

她所要强调的是，科尔曼并非是那些为消除隔离，为种族平等，为民权而斗争的退役军人；以瓦特的观点，他除了为自己之外，从来没有为任何其他的事情进行过战斗。西尔基·西尔克。那就是他进行战斗的身份，他战斗的目的，也是瓦特永远不能忍受科尔曼的原因，即使在科尔曼还是个小男生的时候。为自己而投入，瓦特过去常说。永远只为科尔曼一个人而投入。他所要的一切就是走人。

我们在我家里吃过午饭已有好几个小时了，但欧内斯廷的精力丝毫也没有显露出衰减的迹象。每件事都在她脑海里盘旋——并不仅由于科尔曼的死，也由于她在过去五十年里努力探索的有关他秘密的一切——以致她滔滔不绝地述说着，不一定是她这个当了一辈子严肃的小城镇教师的妇人一贯的说话风格。她是个相貌端庄的女人，显得很健康，虽然面孔略显干瘪，你绝不可能想象她有过人的食量；从她的衣着和姿态，从她吃午饭时谨小慎微的举止，甚至从她在椅子上的坐姿，就可清楚地判断出她的个性是委曲求全的，在任何冲突中的条件反射是自动地充当调停者——完全操控着理智的反应，更愿意当个听众，而不是演讲者，然而环绕她自称为白人的哥哥猝死的亢奋情绪，一个对她的家人显得仿佛是漫长、悖谬、蓄意傲慢的背叛的生命的终结所具有的特殊意义，却是难以用惯常的尺度加以衡量的。

"母亲直到入土都不明白科尔曼为什么要那么做。'六亲不认。'她是这样说的。在母亲家里他并不是第一个。有过其他的人。但他们是别人。他们不是科尔曼。科尔曼在他的生活中从来没有因为是个黑人而发过脾气。据我们所知没有过。这是事实。当个黑人对他来说从来不是问题。你会看见母亲夜里坐在椅子里，一动不动地坐着，你知道她正在猜想：会不会是这，会不会是那？是不是为了摆脱爸爸？但等到他那么做的时候，爸爸早已过世。母亲会提出理由，但没有一个是有充分的说服力的。是否因为他认为白人比我们优秀？他们比我们有钱，肯定的——但比我们优秀？他相信这一点？我们连最细微的证据都从来没有看到过。现在，人一长大，便出走，和他们的家人再也没有任何关系，他们也不必是有色人才那么做。这种事全世界每天都有。他们那么恨所有的一切，所以一走了之。但科尔曼小时候心里没有仇恨。你看都看不够的最轻松活泼、乐观的孩子。长大以后，我比科尔曼不快乐得多了。瓦特比科尔曼不快乐得多了。他有那么多的成功，那么引人注目……不，母亲始终没有明白。思念从来没有停止过。他的照片。他的成绩单。他的田径奖章。他的毕业班年刊。他当选毕业班致辞代表的证书。甚至到处可见科尔曼的玩具，他小时候喜欢的玩具，她保留着所有这些，她瞪着眼望着它们，仿佛算命的人凝视水晶球，似乎它们会揭示一切。他有没有对任何人承认过他所做的事？他有没有，祖克曼先生？他有没有告诉他妻子？他的孩子？"

"我想他没有，"我说，"我肯定他没有。"

"所以他始终是科尔曼。一旦决定要做，就非做到不可。这是他从小就有的特点——他全心全意地坚持每一项计划。对他的每个决定他都矢志不移。所有由那个大谎言所引发的各种谎言，他都会对他的家人，对他的同事，坚持到底。甚至连下葬都以犹太人的身份。哦，科尔曼，"她伤心地说，"如此坚定。坚定先生。"在这一刹那，她更像在笑，而不是哭。

作为犹太人下葬，我想，而且，如果我猜想得正确的话，也作为一名犹太人，遭到杀害。假扮身份者遇到的又一个难题。

"如果他曾对什么人坦白过，"我说，"也许是对那个跟他一起死的女人。对福妮雅·法利。"

她清楚地表明她不愿听到那女人的名字。但因为她很通情达理，不得不问："你是怎么知道的？"

"我不知道。我什么也不知道。是我的想法而已，"我说，"与我感觉得到的他们之间的契约紧密相连——他必须告诉她。"所谓"他们之间的契约"一说，我指的是他们二人都相互承认没有干净的出路，但我没有做进一步的解释，不能对欧内斯廷解释。"瞧，今天从你这儿了解了这么多的事，有关科尔曼的一切，我都得重新思考。我真不知道如何着手。"

"那么，你现在是西尔克家的一名荣誉成员了。除了瓦特，对有关科尔曼的一切我们谁都不知道该怎么思考。他为什么那么做，为什么坚持，为什么母亲非得那样死？如果瓦特没有制定那道规定，"她说，"谁知道事态会如何发展？谁知道科尔曼会不会随着岁月的消逝，决心的软化，告诉他妻子？说不定还会有一天告诉他孩子。告诉全世界。但瓦特及时地冻结了一切。那从来就不是个好主意。科尔曼那样做的时候还只有二十几岁。二十七岁的一颗炮仗。但他不会永远二十七岁。不会永远是一九五三年。人要老的。国家要老的。问题要老的。有时问题就这么老得消失了。然而瓦特使它冻结了。当然，如果你以狭隘的眼光，仅仅以社会利益的观点看问题，当然当时对谈吐优雅的黑人中产阶级而言，按科尔曼的做法行事是有利可图的，正如今天做梦都不想那么干才是有利可图的一样。今天，倘若你是个中产阶级有知识的黑人，想要你孩子进最好的学校，如果你需要全额奖学金，你连做梦也不会想要说你不是有色人的。你根本就不会么做。尽管你皮肤可能很白，现在不那么做才是有利可图的，就像当时那么做是有利可图的一样。所以又有什么区别呢？但我能对瓦特那么说吗？对他说：'真的有什么区别？'我能吗？首先因为科尔曼对母亲所做的事，其次因为当时瓦特眼里有一场仗要打，而科尔曼不想仅为那些原因而战斗，我当然不能说。虽然不认为这么多年来我没有努力过。因为瓦特，实际上，并不是个苛刻的人。你想听听我哥哥瓦特的事？一九四四年，瓦特是有色人步兵连的一名自动枪手。他和他部队的另一名士兵一道，守在比利时的一座山脊上，俯瞰敷设了铁轨的山谷。他们看见一名德国兵沿着铁轨往东走。肩上挎着个小包，边走边吹口哨。和瓦特在一起的士兵举枪瞄准。'你干什么？'瓦特对他说。'我要杀死他。''为什么？住手！他在干什么？在走路。可能正往家里走。'瓦特得用劲才把枪从那个家伙手上夺下来。一个南卡罗来纳的孩子。他们走下山脊，拦住德国兵，将他俘虏了。原来他真的在走回家去。他有个假期，他唯一知道通往德国的路便是沿铁轨往东走。是瓦特救了他的命。有多少士兵那么做？我哥哥瓦特可以是个铁石心肠的人，如果他不得不那样做的话，但他也是个血肉之躯。因为他是血肉之躯，他相信你所做的一切，都是为了促进种族的利益。所以我试过和他谈，有时候努力对瓦特说些我自己将信将疑的话。科尔曼是他时代的一部分，我告诉他。科尔曼不能等到通过民权运动获得他的人权，

人性的污秽　309

所以他跳了一级。'历史地看他,'我对瓦特说,'你是个历史教师——把他当作更大的东西的一部分。'我告诉他:'你们一个也没有屈服于命运的安排。你们俩都是斗士,而且你们俩都战斗了。你以你的方式战斗,科尔曼以他的方式战斗。'但这种推理对瓦特没有效果。什么都不起作用。那是科尔曼成人的道路,我告诉他——但他不愿接受。对瓦特来说,那是科尔曼不想成人的道路。'没错,'他对我说,'没错。你哥哥多多少少成为了他想成为的东西,除了他是个黑人。除了?除了?这个除了就改变了一切。'瓦特不能改变他对科尔曼一贯的看法。我又能怎么办呢,祖克曼先生?因为哥哥瓦特当时冻结了科尔曼和我们家的关系而恨他?因为哥哥科尔曼对母亲的作为,他如何让那可怜的女人直到她生命的最后一天都痛苦不堪而恨他?倘若我恨我两个哥哥的话,那为什么止于此呢?为什么不为我父亲所做的一切错事而恨我父亲呢?为什么我不恨我死去的丈夫呢?我没有嫁给一个圣人,我可以向你保证。我爱我丈夫,但我看得很清楚。我儿子又如何呢?要恨这个孩子根本不难。他索性走开,让你清静。但恨的危险是,一旦你开始启动它,你就会得到比你当初想要的多一百倍都不止的恨。你一旦启动,就不能停下来。我不知道还有什么比恨更难驾驭的东西了。戒酒比控制恨容易多了。这话可是有点道理的。"

"你以前知道,"我问她,"为什么科尔曼从学院辞职吗?"

"不知道。我以为他到了退休年龄。"

"他从来没告诉你。"

"没有。"

"那么你不会明白基布尔说的是什么。"

"不完全明白。"

于是,我告诉她幽灵的事,告诉她整个的来龙去脉。当我讲完的时候,她摇着头说,直截了当地:"我不相信曾听到过哪所高等院校做出过比这更愚蠢的事了。我觉得听起来更像一个愚昧的温床。迫害一名教授,不论他是谁,不论他的肤色,污蔑他,侮辱他,剥夺他的权威,他的尊严,他的威信,就因为那么一件愚蠢、微不足道的事情。我是我父亲的女儿,祖克曼先生,一位讲究辞藻的父亲的女儿,而每一天我听到别人使用的词汇,使我感到越来越不是对事物真实的描述。从你告诉我的话里,听起来今天在大学里什么事情都可能发生。听起来好像里头的人都忘记了该教什么。听起来好像他们的所作所为更接近于演滑稽戏。每个时代都有自己的反动权威,这儿在雅典娜他们似乎来势汹汹。一个人对自己所使用的每一个词都得提心吊胆吗?美利坚合众国宪法第一修正案到哪里去了?在我童年时代,你也一样,每一个新泽西的中学毕业生在毕业时都必须手持两样东西:一张文凭和一本宪法。你记得吗?你必须学一年的美国史和一学期的经济学——当然,如今你不必了:'必须'已经从课程表中消失了。当时我们许多学校在毕业典礼时依照传统由校长给你颁发毕业文凭,另外一个人发给你一本美国宪法。今天没有几个人对美国宪法有个说得过去的清楚的了解了。在美国,据我所见,每时每刻都在变得越来越愚昧。所有的大学都开设了那些补习班,教孩子他们早该在九年级就学会的东西。在东奥兰治中学他们早就不读古典名著了。他们甚至都没有听说过《白鲸》,更别说读过了。我退休那年,小年轻来找我,对我说,为纪念黑人历史月,他们将阅读一本由黑人撰写的黑人传记。我想问他们,黑人写的,还是白人写的,又有什么区别?我对黑人历史月压根儿就感到厌烦。我把二月里举办一个黑人历史月并集中学习黑人史比做即将变酸的牛奶。你依然可以喝,但味道不正了。如果你要学习马修·汉森,并研究有关他的事,在我看来你在研究其他的探险者的同时,一并研究马修·汉森就得了。"

"我不知道马修·汉森是谁。"我对欧内斯廷说,怀疑科尔曼是否知道,他是否想知道,是否不想知道乃是促使他做出决定的原因之一。

"祖克曼先生……"她说,相当温和地,但还是让我感到无地自容。

"祖克曼先生年轻时没有参加过黑人历史月的活动。"我说。

人性的污秽　　311

"是谁发现北极的？"她问我。

我突然打心眼里喜欢上了她，她越变得咬文嚼字地好为人师，我越喜欢她。我开始和喜欢她哥哥一样地喜欢她，虽然出自不同的原因。我现在看出来了，如果你把他们俩并排放在一起，就不难辨别出科尔曼是什么样的人。人人皆知……哦，愚蠢，愚蠢。愚蠢的德芬妮·鲁斯。一个人的真相无人得知，而且往往——正如在德芬妮自己的案件中——当事人是最不知情的。"我忘记了是皮里还是库克，"我说，"我忘记了哪一个先到达北极。"

"是汉森先到的。当《纽约时报》报道时，他受到充分的肯定。但等到他们写历史书的时候，你只听到皮里的名字。如果埃德蒙·希拉利爵士被称为登顶珠穆朗玛峰，那你就不会听到有关丹增·诺尔盖的一个字了。我的意思是，"欧内斯廷说，此刻，置身于她老本行的小天地中，一副专业教师爷与训导者的模样——但，不像科尔曼，她从头到脚都按她父亲对她的期待被塑造而成，"我的意思是，如果你上过一门有关健康之类的课程，那么你会研究查尔斯·德鲁博士。你听到过他吗？"

"没有。"

"很遗憾，祖克曼先生。我过一会儿告诉你。但当你上健康课程时，你会研究德鲁博士。你不会把他放在二月里。你明白我的意思吗？"

"明白。"

"你在研究有关探险家、健康专家和其他所有人时，读他们的书。但现在只有黑人这，黑人那。我尽最大的努力容忍这些，但并不容易。多年前，东奥兰治中学是优秀的。从东奥兰治中学，特别是从优等生班毕业的学生，可以自主挑选大学。哦，可别让我就这个题目开讲。由'幽灵'那个词在科尔曼身上引发的事端出自同一个巨大的失误。在我父母的时代，你我的时代中也有相当长的一段时间如此，责任由那个不及格的人承担。现在则是课程。阅读古典作品太难，所以该谴责的是古典作品。当今学生把自己的无能当成特权加以宣扬。我学不会，所以作品有问题。而那个非要教这些作品的坏老师就尤其有问题了。现在没有标准，祖克曼先生，只有意见。我经常和过去每件事的模样较劲。原来教育是什么样。东奥兰治中学是什么样。城市更新摧毁了东奥兰治，我毫不怀疑。他们——城市之父——谈论着城市更新将带来的各种伟大的变革。把商人吓坏了，商人跑掉了，商人跑掉得越多，生意就越清淡。然后280号州际公路和公园大道将我们的小镇化整为零。公园大道取消了琼斯街——我们有色人社区中心让公园大道一笔勾销了。接着是280号州际公路。一场劫难性的入侵。对那个社区干了些什么呀！因为高速公路得横穿而过，沿着欧兰顿大道、榆树林大道、枫叶大道一排排漂亮的房子，州政府一下子将它们买断，一夜之间便统统消失殆尽。我过去可以在商业大街购买所有的圣诞物品。嗯，商业大街和中央大道。中央大道当时被称作奥兰治的第五大道。你知道现在我们有什么？我们有家绍普莱特连锁超市。我们有个唐恩都乐甜品店。曾经有个达美乐比萨饼店，但关门大吉了。现在又开了一家食品店。还有一家洗衣店。但你不能比较质量。完全不一样。说真的，我开车上山，到西奥兰治购物。但那时候我不需要。没有理由。每天晚上我们出去遛狗，我会和我丈夫一道去，除非天气非常恶劣——走到中央大道，两个街区，然后沿着中央大道走四个街区，横穿马路，然后一路观赏橱窗，回家。有一家阿尔特曼，一家拉塞克斯[1]。有家布莱克-斯塔尔-戈勒姆银器店。有家巴奇拉克，照相馆。一家非常好的男士用品店，明克斯。是犹太人开的，在商业大街上。两所剧院。中央大道上的好莱坞剧院。商业大街上的皇宫剧院。小小的东奥兰治有着生活的一切……"

在东奥兰治有着生活的一切。什么时候？从前。在城市更新之前。在古典作品被抛弃之前。在他们停止发给毕业生美国宪法之前。在开办大学补习班教授孩子们应当在九年级就学会的东西之前。在有黑人历史

---

[1] 两家都是高级百货商店。

人性的污秽　313

月之前。在他们建起公园大道和引入 280 号州际公路之前。在他们迫害一位因为在班上说了"幽灵"的大学教授之前。在她驾车上山,到西奥兰治购物之前。在一切,包括科尔曼·西尔克,发生变化之前。那是在一切都不一样的时候——从前。她哀叹,永远也不会跟从前一样了,不论在东奥兰治,还是在美国其他所有的地方。

四点钟,当我把车开出门前车道,准备驶往她投宿的学院招待所时,下午的日光倏然而逝,天空阴云密布,陡然变成了朔风凛冽的十一月天。那天上午他们埋葬了科尔曼——前一天上午埋葬了福妮雅——都是在温暖如春的天气里,但此刻一切都执着于宣布冬的来临。而且是海拔一千二百英尺高处的寒冬。它已经到了。

当时我的一股冲动,告诉欧内斯廷仅仅四个月前科尔曼驱车带我到城外奶场看福妮雅五点钟在午后的炎热中挤奶——即,看他如何观察福妮雅挤奶——的冲动,不需要太多的智慧便克制了下去。不论欧内斯廷对科尔曼生活的感受尚有什么不足之处,她都没有探索的积极性。虽然她很聪明,却没有就他如何度过他最后几个月的日子提出过任何问题,更不要说是什么引起他在那种情况下死去;虽然她很善良而且谨遵操守,但她宁可对他毁灭的具体细节不假思索,也不愿探讨在他二十多岁时使他与家人一刀两断的造反指令,与他四十多年后作为贱民和变节者与雅典娜脱离关系的愤怒的决定之间有没有生平上的相通之处。这并非意味着我肯定其间存在着联系,存在着一项决定套着另一项的扣环,但我们可以找找看,是不是?科尔曼这样一个人是如何产生的?他究竟是什么样的人?他对于他自己的看法较之于别人对他的看法,哪个更不真实,或更真实?诸如此类的事真是可以了解的吗?但认为生活目的捉摸不透的观点,习俗不可多加思议的观点,社会的自我画像可能存在严重缺陷的观点,个人实在并不符合并且超出界定他的社会因素的观点,后者可能在他本人看来完全是*虚拟的*——总之,一切鼓动人类想象力的疑惑似乎都被排除在她无可动摇的对于以时间为准绳的经典条文的不贰忠贞之外。

"我没有读过你的书。"在车里她对我说,"这些日子,我倾向于阅读神秘性质的东西,英国神秘书籍。但我回家以后,打算找出一些你的东西。"

"你还没告诉我查尔斯·德鲁博士是谁呢?"

"查尔斯·德鲁博士,"她告诉我,"发现如何防止血液凝固,从而可以库存。后来他在一次车祸中受伤,最近的医院不接受有色人,他死于失血过多。"

这是我们在从山上驶往城里的二十分钟里的全部谈话。解密的喷发停止了。欧内斯廷说了她所有要说的话。于是德鲁博士令人齿寒的、充满反讽意味的命运获得了某种意义——一种明显的与科尔曼和他令人齿寒的、充满反讽意味的命运之间的特殊联系——虽然无足轻重,却同样发人深省。

我想象不出第二样东西能比这一次曝光让科尔曼在我眼里变得更加神秘莫测。现在我知道了一切,却又好像什么也不知道了,欧内斯廷告诉我的非但没有与我对他的想法相互统一,反而使他不仅变成一个未知数,而且变成一个前后矛盾的人。以什么比例,在什么程度上,他的秘密决定了他的日常生活,充斥了他每天的思维?随着年月的流逝,它有没有从一个滚烫的秘密变成一个冷却的秘密,变成一个被遗忘的、不足挂齿的秘密,某种早年关系到他接受的挑战、他对自我所下的赌注的东西?他有没有从他的决定中获得他所追求的冒险,或者是否这决定本身便是冒险?是不是那种误导作用,这最令他心醉的绝招,隐名埋姓度过一生,提供他无穷的快乐,抑或他不过是简单地对他不想与之有任何私下或官方牵连的过去、人物、整个种族关上大门?是否他希望绕过什么社会障碍?是否他仅仅是另一名美国人,继承伟大的西部拓荒传统,接受民主的邀请,将你的身世丢进大海,倘若那样做对追求幸福有所贡献?或者不止这些?或者少于这些?他的动机有多卑劣?有多病态?假设两者兼而有之——有什么关系？假设两者都对不上号——又有什么关系？在我遇见他的时候，这秘密是否仅仅微微地点染了他整个的生命色彩，或者他整个的生命只是一生秘密的沧海之一粟？他有没有放松过警惕，抑或犹如永远的逃犯？他是否摆脱过他不能摆脱的他正在成功的事实——他能在做过所做的事情后以完好无损的力量面对世界，他能在每个人面前显出一副如同他显出的那副模样，从容自在地活在自己的皮肤之中？假设，对，在某一节点上，平衡偏向新生活，另一边退缩了，但他有没有彻底克服对暴露的恐惧，以及他将被识破的预感？当他第一次来找我，因他妻子的突然死亡，如他所设想，遭人谋害，那可怕的，他一辈子与之斗争的，但在她临终时刻对她的忠心再次变得坚不可摧的妻子，而失去理智时，当他因受制于那个疯狂的念头，认为就因为她死了，我义不容辞地应当为他捉刀写书，而跌跌撞撞地闯进我家门时，他的疯狂本身难道在本质上不就是一个加密的坦白吗？幽灵！被一个甚至都不再有人使用的词所毁灭。对科尔曼来说，将他吊死在那上面乃是对一切的平庸化——他复杂精确的谎言，他妙不可言、口径适度的欺骗，一切的一切。幽灵！可笑地贬低了他大师级出色的表演——他世俗且极其微妙的生活，一种表面上与越轨行为丝毫无缘的生活，因为所有的越轨都存放在秘密之中了。难怪，种族歧视的指控使他火冒三丈。似乎他的成就仅仅植根于羞耻。难怪，所有的指控都让他火冒三丈。他的罪行超过了他们强加在他身上的一切的一切。他说了"幽灵"，他有个只有他一半年龄的女朋友——统统是儿戏。这么可怜，这么小家子气，这么可笑的恶作剧，用这么一大堆中学生吵吵闹闹的玩意儿来对付这么一个人，在他循规蹈矩的外表下，别的不说，居然狠心对他母亲做出那种事情，跑到那儿去，代表他英雄的人生观，对她说："结束了。这场恋爱结束了。你不再是我母亲，而且从来都不是。"任何胆敢采取这种行动的人不会只想当个白人而已。他要的是有能力那样做。绝对不会只限于为了获得快乐与自由。这就如同《伊利亚特》中的野性，科尔曼最心爱的书中人类贪婪的精神。每一次杀戮都有其独特的品格,每一次杀戮都比前一次更为野蛮。

然而,在那以后,他将体制击败了。在那以后,他大功告成了:再也没有离开过围城,即习俗的保护。或者,宁可说,既完全生活在围城里,又鬼鬼祟祟地完全生活在围城外,完完全全地关在围墙外——这便是他,一名创造出来的自我,所享有的充实的独特生活。是的,在如此漫长的时间里,他将它击败了,直到所有的孩子生出来都是白色的——突然他又没能击败它。在他的盲区里还有别的东西是完全不可控制的。这个决心锻造一个不落窠臼的历史的人,这个着手旋转并拧开了历史弹簧锁,聪明绝顶地成功改变了个人命数的人,到头来却落入他完全没有考虑到的历史的掌心:还没有成其为历史的历史,钟表正在一分一秒勾销的历史,随着我的笔不断扩散的、一次增长一分钟的历史,未来将比我们更能把握的历史。这个无处遁逃的我们:当下,共同的命运,流行的情绪,所在国的思潮,钳制性的历史,即我们自己的时代。陷入盲区,被一切事物可怕的转瞬即逝的性质所蒙蔽。

当我们抵达南沃德街,我把车停靠在学院招待所外面时,我说:"我想什么时候见见瓦特。我想和瓦特谈谈科尔曼。"

"瓦特自从一九五六年以来就没有提起过科尔曼的名字。他不愿谈有关科尔曼的事。在新英格兰的一所最排斥黑人的大学里,科尔曼建立了他的事业。课程设置中被白人垄断的课程,却正是科尔曼选择去教的。对于瓦特来说,科尔曼比白人更加白人。除了这,他没别的好说。"

"你会告诉他科尔曼死了吗?你会告诉他你这两天在什么地方吗?"

"不会。除非他问起。"

"你会和科尔曼的孩子进行联络吗?"

"为什么我要?"她问,"应当由科尔曼告诉他们。不由我来。"

"那么,你为什么告诉我?"

"我没有告诉你。你在墓地做自我介绍。你对我说：'你是科尔曼的妹妹。'我说是的。我只是讲了真话而已。我不是个藏头露尾的人。"这是她整个下午对我所说的最严厉的话——也是针对科尔曼的。直到那一刻她都是谨慎地在母亲的毁灭和哥哥的愤怒之间保持着平衡。

这时她从手提包里取出一个钱包。她展开钱包，让我看夹在塑料套子里的一张照片。"我父母，"她说，"第一次世界大战后。他刚从法国回来。"

两个年轻人站在一座砖砌的门廊前，娇小的年轻女子戴着一顶大帽子，穿着夏日长裙，高个子年轻男子，全身戎装，戴着有帽檐的帽子，挎着皮革子弹带，手上戴着皮手套，脚蹬锃亮的高筒皮靴。他们肤色很浅，但他们是黑人。你是怎么看出他们是黑人的？就凭他们毫不含蓄的姿态。

"英俊的年轻人。特别是穿着那身军装，"我说，"可能是骑兵制服。"

"纯粹的步兵。"她说。

"你母亲我看得没那么清楚。你母亲的脸给那顶帽子遮住了一些。"

"一个人为控制自己的生活也只能做那么多了。"欧内斯廷说，给出这个她唯一情愿做出的富含哲理的结论后，她将钱包放回手提包，谢谢我招待她吃午饭，几乎就在我的眼皮下郑重地敛起容颜，重新返回那种秩序井然、寻常百姓的生存方式，严格地与不论是白人的、黑人的或不白不黑的人的任何幻想保持着距离，她下了车。我并没有立即驾车回家，相反，我穿过城区，来到公墓，在将车停靠在马路边后，走进大门，对正在发生的事尚未完全明白，在越来越浓的暮色中，伫立在科尔曼棺木上所覆盖的高低不平的土丘边，我完全被他的故事所控制，它的结尾，以及它的开始，于是，就在当时当地，我开始写这本书。

我一开始就好奇地设想，科尔曼会是在什么情况下告诉福妮雅一切是如何开始的——假设他告诉了她；也就是说，假设他不得不告诉她。

假设他在那天闯进来一路大叫"写我的故事,你他妈的!"时所不能直截了当对我说的事,当他不得不放弃(因为这个秘密,我现在明白了)亲自写这个故事时所不能对我说的事,最后他忍不住要对她,对变成他战友的学院清洁女工,和盘托出,为这个继埃莉·玛吉之后的第一个也是最后一个女人,他能够为她脱光衣服,转过身子,以致暴露出插在他光脊梁上的那把用来给自己上发条,从而启动伟大越轨行为的机械钥匙。埃莉,在她以前的斯蒂娜,最后是福妮雅。唯一永远不知道他秘密的是那个他与之共度一生的女人,他的妻子。为什么是福妮雅?正如心中藏有秘密是人之常情,迟早揭露秘密也是人之常情。甚至,如同在这件案子里,是对一个从不问问题的女人,对一个你会以为对一个男人——一个保有这样一个秘密的男人——而言如获至宝的女人。甚至是对她——尤其是对她。因为她不问问题并不是因为她愚钝,或不想面对问题;她不问科尔曼问题,在科尔曼眼里,乃是与她遭蹂躏的尊严相一致的。

"我承认这可能完全不对,"我对我完全变形了的朋友说,"我承认其中可能没有一丝一毫的正确性。但不管怎样还是开始吧:当你试图发现她是不是个骗子时……当你试图揭露她的秘密时……"就在那儿,在他的坟墓边,他曾经经历的一切都似乎至少被那一抔黄土的重量和体积所取消了。我等待着,等待着他说话,终于我听到他问福妮雅她曾经干过的最糟糕的活是什么。然后我再一次等待,等待得更长些,终于一点一滴地我听见了她特有的那种脱口而出的与人顶嘴似的口气。那就是这一切是如何开始的:我一个人站在暮色沉沉的墓地里,进入与死亡的专业化的竞赛。

"在没有了孩子之后,在失火之后,"我听到她告诉他,"我找到什么活,就干什么活。那时候我连自己在干什么都不知道。一片迷茫。就有了那场自杀,"福妮雅说,"在布莱克威尔城外的树林里。用一把猎枪。鸟枪。粉身碎骨。我认得的一个女人,酒鬼,西西,给我打电话,叫我过去帮忙。她要去那地方打扫。'我知道听起来有点怪怪的,'西西对我说,'不过我知道你胆子大,又能干。能不能帮我一把?'那儿原来住着一对男女,还有他们的孩子,他们争吵起来,他就跑到另外一个房间,把脑袋打开了花。'我去把那里收拾干净。'西西说,所以我就跟着去了。我需要钱,反正我也不知道我干的是什么,就去了。死亡的味道。那个我记得。金属的。血。那个气味。只有在我们动手打扫时气味才发散出来。只有在热水碰到血的时候才产生充分的效果。那是个木头小屋。满到四处的墙上都是血。砰的一声,他粘在了所有的墙上,粘在了所有的东西上。一等到热水和清洁剂泼上去……哇呀。我戴着橡胶手套,还得戴上面具,因为连我都不能再闻了。墙上还有大块大块的碎骨头,和血粘在一起。把枪放进嘴里。砰的一声。通常也会把骨头和牙齿打出来的。看见了。到处都是。我记得朝西西看着。我看着她,她摇着头。'我们干吗要他妈的为这笔钱干这种事?'我们好不容易才弄完。一小时一百块。到现在我都觉得不够本儿。"

"给多少才够呢?"我听见科尔曼问福妮雅。

"一千块。把他妈的房子烧掉。再给也不够。西西走到外面。她再也没办法对付了。但我,两个孩子死了,疯子莱斯特到处跟着我,日日夜夜想对我下手,谁在乎?我开始四下探索。因为那是我喜欢做的。我想了解那个家伙究竟为什么那样干。这种事总是让我很好奇。为什么人家要自杀?为什么有人大屠杀?不论什么样的死亡,都让我着迷。看照片。看看有没有快乐。看看整个的地方。最后我找到药物柜。药品。瓶子。那儿没有快乐。他自己的小药房。我估计是治心理病的药。应当吃的药,而没有吃的。很清楚他设法寻求帮助,但没做到。他没能吃药。"

"你怎么知道的?"科尔曼问。

"我只是猜想。我不知道。这是我自己编的故事。这是我的故事。"

"也许他吃了药,还是自杀了。"

"可能,"她说,"血。血迹斑斑。你根本搞不掉地板上的血。一条,一条，又一条的毛巾。还有那个颜色。最后变得越来越像三文鱼的颜色，但你还是弄不干净。就像仍然活着的东西似的。特效清洁剂——不起作用。金属味。甜甜的。让人恶心。我没呕吐。强忍住了。不过也差不多了。"

"花了多长时间？"他问她。

"我们在那儿待了五个小时。我当了回业余侦探。他三十五六岁。我不知道他是干什么的。推销员或别的什么。性格倔强。山里人类型。大胡子。头发乱蓬蓬的。她个子小小的。面孔很甜。浅色皮肤。深色头发。深色眼睛。非常胆小。被吓坏了。我从照片里就看出这些。他是粗壮的山里人类型，而她是那么个娇小胆怯的女人。我不知道。但我想知道。我是个解脱监护的未成年人。中途辍学的。我上不了学。别的不说，太无聊了。一切像这样真正有趣的东西都发生在家里面。就跟发生在我家一样，是他妈的再肯定不过的了。我怎么能进学校去学内布拉斯加的首府在哪儿。我想知道。我想走出校门，看看周围的世界。那就是我为什么去了佛罗里达，那就是我怎么落得一无所有的下场，那就是为什么我在那屋子里四处探索。就是四处看看。我想知道最坏的情节。什么是最坏的？你知道吗？他自杀的时候她在场。我们到的时候，她已经给送去接受心理治疗了。"

"这是你做过的最糟糕的事？你不得不做的最坏的工作？"

"太离奇古怪了。是的。我见过许多事情。但这一件——并不仅仅因为它离奇。在另一方面它还很有神秘感。我想知道为什么。"

她想知道最坏的。不是最好的，而是最坏的。她的意思是真相。什么是真相？所以他说给她听。自埃莉之后第一个想发现真相的人。自埃莉之后的第一个。因为在那一刻他爱她，想象着她刮洗血渍的样子。那是他对她最动心的时刻。可能吗？科尔曼不曾对任何人感到如此亲切过！他爱她。因为那是当你爱上一个人的时候——当你看见他们面对最坏的状况却做出不以为然的样子的时候。不是勇气。不是英雄气概。仅

人性的污秽　　**321**

仅是不以为然。他对她没有保留。一概没有。这是不假思索的，未经算计的。一派直觉。几小时后它可能变成一个非常糟糕的念头，但在那一刻，不是。他信任她——事情就这样。他信任她：她刮洗地板上的血渍。她不信宗教，她不伪装虔诚，不论其他的什么邪恶使她面目全非，她却从未被有关纯洁的神话所扭曲。她对评判别人不感兴趣——她见得太多，早已不相信那一套鬼话。无论我说什么，她都不会像斯蒂娜那样逃跑。"你会怎么想，"他问她，"如果我告诉你我不是个白人？"

起初她只是看着他，倘若是发呆，也只是呆了半秒钟而已。随即她开始咯咯大笑，爆发出那种她标志性的笑声。"我会怎么想？我会想你在告诉我一件我早就猜到的事。"

"不会吧。"

"哦，是吗？我知道你是什么人。我在南方住过。我遇见过他们所有的人。当然，我知道。不然我又为了什么这么喜欢你？因为你是个大学教授？要是我把你当作那样一个人的话，我就是脑子不正常。"

"我不相信，福妮雅。"

"随你的便，"她说，"你打听完了吗？"

"打听什么？"

"关于我做过的最坏的工作。"

"当然。"他说。然后等着她打听他不是白人的事情。但一直没等到。她似乎并不真正关心。她也没有逃跑。当他把故事从头到尾讲给她听的时候，她倒是认真地听了，但并不是因为她发现故事不真实或不可信或稀奇古怪——也当然不会因为她觉得这种行为该受谴责。不。在她听起来恰恰与生活相吻合。

二月里，我接到欧内斯廷打来的电话。也许是因为这是黑人历史月，她记起要向我确认马修·汉森和查尔斯·德鲁博士的身份。也许她正想着又该是她对我进行种族教育的时候了，特别要触及科尔曼所抛弃

322　美国三部曲

的一切,一个满满当当、应有尽有的东奥兰治世界,蕴藏着丰富的最难以忘怀的亲人的细节,一个成功的少年时代坚实、抒情的河床,一切视之为当然的防卫、忠诚、战斗、合法性,无需理论的论证,无需华美或虚幻的掩饰——一个跃动着兴奋和常理的幸福开端,一切天赐的质素,全被她哥哥科尔曼抹杀了。

令我惊讶的是,她在告诉我星期天瓦特·西尔克和他的妻子要从阿斯伯里园来看她之后,说如果我不介意驱车到泽西的话,欢迎我去吃星期天午餐。"你想见瓦特。我想你可能想看看我们的房子。有照相簿。有科尔曼的房间,原来科尔曼和瓦特睡觉的地方。两张单人床依然放在里面。后来成为我儿子的房间,但枫木框架原封未动地保存着。"

我受到邀请去看的科尔曼抛弃的西尔克丰饶之家,仿佛是他的枷锁,为了生活在一个与他的自我规模感相称的空间——为了变成另外一个人,一个适合他的人,求得被另一种东西所征服的归宿。抛弃所有的一切,整个枝繁叶茂的黑人族群,认为他不能以任何别的手段替换它。那么多的渴望,那么多的计划、激情、狡猾和伪装,统统为了满足离家出走以及脱胎换骨的饥渴。

变成一个新人。双重人格。承载美国故事的戏剧,发达后便一走了之的精彩戏剧——以及狂喜的驱动力所要求的能量与残忍。

"我很高兴去。"我说。

"我不能做任何保证,"她说,"不过你是个成年人。你能照看你自己。"

我笑起来。"你在告诉我什么呀?"

"瓦特快到八十岁了,但他还是座熊熊燃烧的大锅炉。他说的话你是不会喜欢的。"

"关于白人?"

"关于科尔曼。关于那个费尽心机的说谎者。关于那个不孝之子。关于那个出卖种族的叛徒。"

"你告诉他他死了。"

"我决定告诉他。对,我告诉了瓦特。我们是一家人。我把一切都告诉他了。"

几天以后,欧内斯廷随短笺寄来一帧相片:"我无意中发现了这个,并想到我们的访问。如果你喜欢,请留下,作为对你朋友科尔曼·西尔克的纪念。"一张褪色的黑白照片,大约四英寸宽,五英寸长,经过放大的快照,很可能原来是在人家后院里用布朗尼箱式相机拍摄的,相片里的科尔曼是他的对手在铃声响起时将发现自己所要面对的一架拳击机。他不会超过十五岁,虽然那些小小的轮廓鲜明的五官,日后在成年男子脸上显出迷人的孩子气,但在孩子的面孔上却呈现出一副男子气概。他从事运动,像个专业运动员,虎视眈眈,潜行觅食的食肉动物的专注凝视,一切都排除殆尽,只有胜利的欲望和毁灭的技巧。目光平视,直接发自内心,犹如一道命令,就连尖尖的小下巴颏都笔直地塞在瘦骨嶙峋的肩膀里。他的手套以经典的架势做好准备——摆在面前,仿佛不仅承载着他的拳头,而且承载着他一十五年全部的威力——每一只的周长都大于他的面孔。你不由自主地感到这孩子有三颗脑袋。我是个拳击手,以这凶狠的架势趾高气扬地宣布,我不是把他们打趴下——我是将他们碎尸万段。我凌驾于他们之上,直到他们终止战斗。毫无疑问,是她命名为坚定先生的哥哥;果然,相片背后有着浅蓝色钢笔墨水题词,肯定是欧内斯廷小时候的笔迹:"坚定先生"。

她也很有意思,我想。我为少年拳击手找到一个透明的塑料镜框,将他安放在我的书桌上。那家子的勇气并没有随着科尔曼开始与结束。这是个大胆的礼物,我想,来自一位并不显山露水的大胆的女人。我非常想知道她请我上她家是出自什么想法。我也非常想知道我接受她的邀请是为什么。想到科尔曼的妹妹和我竟然会如此你来我往,真是有点奇怪——虽然只是有点奇怪而已,倘若你记得科尔曼的一切,要奇怪上一万,两万,十几万倍都不止。

欧内斯廷的邀请，科尔曼的照片——这就是为什么我会在二月第一个星期日，在议会投票否决将克林顿赶出白宫办公室的动议之后，动身前往东奥兰治，为什么我会走上一条偏远的山道，平时进进出出从来不走的，除非在把它当作从我家到7号国道的一条捷径的时候。那就是我怎么会注意到，停在我原来只会疾驰而过、一眼都不看的一大片田野的边缘，那辆破旧的灰色货车，有着战俘/战斗失踪人员事务局的保险张贴，我肯定，只会是莱斯·法利的。我看见货车，不知怎么的就晓得是他的，不能只顾朝前开，而不记录车的样子和行踪，我踩刹车，停了下来。我倒车，直到我的车到了他车的正前方，然后才在路边泊车。

我猜想我一直没有弄明白我正在做的事情是什么——不然我怎么会那样做呢？——但那时已有差不多三个月科尔曼·西尔克的生活比我自己的更贴近我的心，所以不假思索地便恰恰在那座寒冷的山顶停了下来，将一只戴手套的手放在那辆车子的发动机罩上，正是那辆车曾沿着错误的车道飞速行驶，将科尔曼猛地撞出公路护栏，使他和坐在身边的福妮雅一起在他七十二岁生日的前一天晚上坠入河底。倘若这是谋杀工具，谋杀者便近在咫尺。

当我意识到我正朝什么地方去的时候——并再一次为收到欧内斯廷的信息，被邀请与瓦特见面，为我整天，往往直到深夜都在思念着一个与我相识不到一年并从来都不是我最亲密朋友的人而感到惊讶的时候——事态的发展似乎相当符合逻辑。这是你写书的时候通常发生的情况。不仅会出现一些状况，逼着你去探询一切——某些状况甚至开始将一切都自动地陈列在你的行车道上。突然之间，你连一条可以避免一头栽进你梦魇的退路都不复存在。

于是，你便着手做我做的事情。科尔曼，科尔曼，科尔曼，你这个现在连谁都不是的人此刻却统领着我的生存状态。当然，你不会写这本书。你的已经写完了——那书便是你的生命。书写个人的事既是揭露又是隐瞒，但对你来说，只能是隐瞒，所以永远不能奏效。你的书乃是你的生命——你的艺术？一旦你启动，你的艺术便是成为一名白人。成为，用你哥哥的话来说，"比白人更加白人的白人"。那就是你发明的独特行为：每一天你醒来扮演你创造的自我。

地面几乎没有残雪，只在开阔的田野里的短茬上还残留着蛛丝网似的雪痕，没有步行道可遵循，于是我拔脚朝另外一边走去，那儿有一排稀疏的树木，透过树木之间的豁口，我可以看见另外一片田野，我便再向前走，直到抵达第二块田野，我横穿过那一块，穿过另一排茂密得多的、长满高大常青树的林子，面前出现了一只眼睛，是一片熠熠闪光的冰封湖泊，椭圆形，两端都是尖尖的，被白雪斑斑的棕褐色山岗环绕，而高山，层层叠叠，一个弧形接着一个地向远处退隐。在离开大路走了五百码以后，我来到了——不，是擅自闯入，几乎有种违法的感觉……我擅自闯入了一个，我设想，如同包围新英格兰任何内陆水域那样的原始、未开垦、宁静而未经污染的地域。它使你想到，这种地方往往会这样——正因为如此而备受众人的喜爱——世界在人类进入之前是什么样子的。自然的威力有时具有非常强烈的镇定作用，这正是个具有镇定作用的地方，喝住你卑琐的念头，同时又不使你因为想起生命旅程的卑微和寂灭的浩淼而感到敬畏。一切都安全地处于世俗崇高的档次。一个人能畅饮美，而内心却不感到压抑或恐惧。

几乎在冰面的正中有一个孤独的身影，穿着褐色的连衣裤，戴着黑色的帽子，坐在一个黄色的矮桶上，弯腰对着一个冰窟窿，戴手套的手里握着一根缩短的鱼竿。我直到他抬头看见我时，才踏上冰面。我不想突然，或以任何显得似乎是故意的方式接近他，倘若这垂钓者真的是莱斯·法利。倘若真是莱斯·法利，他便不是一个你想让他受惊的人。

当然我想到转身回去。我想到重新朝大路走去，想到钻进我的车，想到继续朝前开到南 7 号国道，再往前通过康涅狄格，上 684 号辅助州际公路，从那儿开到新泽西州立公园大道。我想到参观科尔曼的卧室。我想到会见科尔曼的哥哥，他因为科尔曼的所作所为，在他死后都不能不恨他。在我一路穿过冰面,去看一眼杀死科尔曼的凶手的时候,只想到这些,别无其他。直到他面前,我说:"嗨。手气如何?"我想:悄悄走上去还是不悄悄走上去,并没有差别。无论如何你都是敌人。在这一片空旷的、白花花的冰天雪地的舞台上,唯一的敌人。

"鱼咬了吗?"我说。

"哦,不太好,也不太坏。"他只是朝我的方向瞥了一眼,便又将注意力重新集中到冰孔上,散落在大约四十平方英尺的湖面上的,在岩石般坚硬的冰面上开凿出的十二或十五个相同大小的冰孔中的一个。很有可能,这些孔是用那个放在离他黄色矮桶——实际是个装七加仑洗洁剂的大桶——仅仅几步之遥的工具钻通的。钻具包括一根约四英尺长的钻杆,其钻头是一个螺旋刀片式的宽宽的长圆锥体,一个结实的、真正的钻孔器具,相貌堂堂的钻头——由转动顶部曲柄而旋转——在阳光中闪烁,好像是新的。一个钻孔机。

"达到了目的,"他喃喃道,"消磨时间。"

似乎我并非第一个,而更像是第五十个人,碰巧跑到当地山上的一条偏离乡间小路五百码的冰冻湖面的中央,来询问关于垂钓的情况。由于他戴着一顶低低地压在额头上,又盖住耳朵的黑色羊毛水手冬帽,还由于他蓄着一撮深色泛灰的山羊胡和相当浓密的唇髭,只有一窄条面孔露在了外面。如果那面孔有任何特殊之处,便是它的宽度——在水平轴线上,一张空阔的椭圆形平扁的大脸。深色的眉毛又长又浓,眼睛是蓝色的,间隔特别地远,而坐落在唇髭上方的却是一个孩子的扁平、无鼻梁的鼻子。在法利暴露在口套似的唇髭和羊毛帽子之间的一小条自我中,各种各样的原则在起着作用——几何学的和心理学的,但没有一项与其他的相互协调。

"美丽的景点。"我说。

"所以我待在这儿。"

"宁静。"

人性的污秽　　**327**

"接近上帝。"他说。

"是吗？你感觉到了？"

现在他蜕去外壳，他内心的防护罩，蜕去一些他在我撞见他的那一刹那时的情绪，显得似乎准备进行一个比无聊的闲扯更有意义些的沟通。他的姿势没有改变——依然是垂钓，而不是闲聊式的——但至少反社会的气息稍稍被一种我没有料想到的略为深沉、反思的调门所驱散。若有所思的，你甚至都可以这么说，虽然是以一种异常超脱的方式。

"远远地在一座山头上，"他说，"周边没有房子。没有居民。湖上也没有度假屋。"在每一项陈述之后，都有一个沉思性的停顿——宣言性的评述，富含深意的沉默。任何人在句子结尾处都会猜测，他是否对你讲明白了。"这里没有什么动静。没有噪音。三十英亩的湖面。没有一个手里拿着电钻的家伙。没有他们的噪声和他们汽油的臭味。七百英亩的空旷良田和树木。一个非常美的区域。只有和平和宁静。而且清洁。一个干净的地方。远离尘世喧嚣和疯狂。"最后是将我收入眼底的向上的一瞥。为了评估我。一个百分之九十晦涩、难以读透，百分之十惊人透明的快速一瞥。我在这人身上没有看到丝毫幽默的地方。

"只要我保守秘密，"他说，"它就不会变化。"

"说得很对。"我说。

"他们住在城市里。他们生活在日常工作的繁忙嘈杂之中。上班疯狂。干活疯狂。下班回家疯狂。交通。拥堵。他们身陷其中。我出来了。"

我不需要问"他们"是谁。我可能住在远离城市的地方，我可能并不拥有电钻，但我是他们，我们都是他们，除了这个匍匐在湖面上，手中摆弄着短鱼竿，宁愿对着冰窟窿，对着我们脚下僵硬的水，而不是对着我——作为他们的我——说话的人。

"也许有个徒步跋涉者会路过这里。或者一个越野滑雪运动员，或者像你这样的人。瞅见我的车，他们就在这里找到我，于是就上我这儿来，就像你这样跑到冰上来——像你这样不钓鱼的人——"说到这儿他又抬头打量一次，神秘地揣测，我身上不可原谅的"他们"性质。"我猜想你不钓鱼。"

"不钓。不。看到你的卡车了。不过是在一个晴朗的日子里驾车兜兜风。"

"唉，他们跟你一样，"他告诉我，似乎自打我在岸边出现的那一刻起，便没有过疑惑，"他们总是在见到有人钓鱼的时候过来，他们好奇，他们问他钓到什么鱼，你知道。所以我要做的是……"但此刻他脑子似乎突然失灵，被他自己的思路所阻断，我在干什么呀？我究竟想干什么？当他又拾起话茬时，我的心立刻由于恐惧而狂跳起来。现在他的垂钓被毁掉了，我想，他决定和我玩一把。他要行动了。他不当渔翁了，要当莱斯以及许多现在又是又不是的东西了。

"所以我要做的是，"他接着说道，"如果冰面上有鱼，我就做我看见你的时候所做的事情。我会马上拣起所有钓到的鱼，把它们放进塑料袋，放进我的桶里，我坐在上面的这只桶。这样鱼就藏起来了。当人家过来问：'钓得怎样？'我说：'没钓到。我认为这儿什么鱼也没有。'也许我已经钓到三十条了。成绩很好的一天。但我会告诉他们：'喏，我准备走了。我在这儿守了两小时，一条也没钓到。'每回他们都立刻转身离开。他们会到别的地方去。他们会传出话说那个池子没鱼。就是这样成为秘密。也许我会变得有点不诚实。但这地方就成了全世界被保守得最严密的秘密。"

"现在我懂了，"我说，我看出根本没有办法让他和我这个干涉者一道对他的伪装哈哈一笑，没办法以笑嘻嘻听他说话的方式让他稍许放松，所以我连试都没有试一下。我意识到虽然我们二者之间没有发生任何真正个人性质的事情，按他的决定，倘若并非我的，我们二人已走出微笑可以解决的范围。我陷入一场对话，这场对话在这个偏远、人迹罕至、冰天雪地的地方突然显得具有无比重要的意义。"我也知道你坐在

人性的污秽　329

一大堆鱼上面，"我说，"在这只桶里。今天有多少？"

"嘿，你看上去像是个能守住秘密的人。大约三十条，三十五条。对，你看上去是个老实人。我想我好像认识你。你不就是那个作家吗？"

"正是。"

"不错，我知道你住哪儿。在苍鹭住的那个沼泽对面。杜默奇尔的地方。杜默奇尔在那儿的小屋。"

"我从杜默奇尔手上买的。既然我是个守口如瓶的人，那么告诉我，为什么你坐在这儿，而不是那儿？这一大片冰冻的湖面。你怎么会单单选中这儿钓鱼？"即使他并没有尽力把我留在那儿，我却似乎在主动竭尽全力让自己不能离开那儿。

"唉，你永远也不可能知道，"他告诉我，"你到你上次逮住它们的地方。如果你上次逮到鱼了，你会永远到这个地方来的。"

"原来如此。我一直想不通。"现在走吧，我想。这是全部必要的对话。比必要还多了。但关于他是谁的念头吸引我继续下去。关于他的事实吸引我继续下去。这并非揣测。这并非沉思默想。这并非创作小说的思维方式。这是事实本身。谨慎的规则，在我工作之外，在最近五年以来一直严格地控制着我的生活之后，突然中断了。在穿过冰面走过来的时候不能转身回去，现在我不能转身逃跑。跟勇气没有关系。跟理性和逻辑没有关系。他在这里。这才是唯一有关系的东西。这以及我的恐惧。穿着厚重的褐色连衣裤，戴着黑色羊毛水手冬帽，脚上蹬着厚底黑胶靴，两只手套在猎户（或士兵）的迷彩无指尖手套里，这正是谋杀了科尔曼和福妮雅的凶手。我肯定。他们没有驶出路面，开进河里。这就是凶手。他就是那个人。我怎么能走？

"鱼总在那儿，"我问他，"当你回到上次所在的地点？"

"不，先生。鱼成群游动。在水下面。一天它们会在池子北边，第二天可能在池子南边。也许有时它们会接连两天待在同一个地方。它们会依然在那儿。它们的习性是什么，鱼的习性是成群结队，它们不太移动,因为水太冷。它们能够根据水温调节,水这么冷,它们就不多动弹,需要的食物也不多。如果你进入一个鱼聚集的区域,你就会钓到许多鱼。可是有些日子,你即便去的是同一个池塘,也可能空手而归——你永远不可能掌握全局——你会在五六个不同的位置上尝试,钻洞,却一无所获。一条鱼也逮不着。你就是找不准鱼群的位置。那么你就枯坐在那儿。"

"接近上帝。"我说。

"你明白了。"

他说话的流利——因为完全出乎我的意料——强烈地吸引了我。他乐意清晰地解释池塘里的生物在寒冷水中的习性,这同样也是我始料未及的。他怎么会知道我是"那个作家"的?他是否还知道我是科尔曼的朋友?他是否也知道我参加了福妮雅的葬礼?我猜想在他脑子里此刻有着许多关于我的问题——关于我在这里的使命的问题——正如我脑子里有着许多关于他的问题一样。这个广袤明亮的拱形空间,这个寒冷的地面穹隆似的山峰,其顶端搂抱着一片不小的椭圆状淡水,冰冻得犹如岩石般坚硬,这种种古老的活动,湖中的生命,冰的结构,鱼的新陈代谢,一切无声无息,亘古不变的力量不屈不挠地运作着——仿佛我们在世界之巅相会,两个隐秘的脑子互不信任地转动,相互仇恨以及不论在何处都是唯一内省的偏执。

"那么你是怎么想的,"我说,"如果你逮不到鱼?当它们不上钩时,你会怎么想?"

"告诉你我刚才正在想什么。我想着一大堆事情。我想着滑头威利。我想着我们的总统——他奇怪的运气。我想着这家伙每次都能躲过去,我想着那些什么都躲不掉的家伙。他们没逃过兵役,就没躲过死劫。似乎不公平啊。"

"越南。"我说。

"对呀。我们可得登上怪模怪样的直升机——我第二趟去,当了个

人性的污秽 **331**

舱门射手——我正想着的是那次我们进入北越去营救两名飞机驾驶员。我坐在这儿,想着那时候的事。滑头威利。那个狗杂种。想着那个杂种龟儿子在椭圆办公室里用着纳税人的钱,让人舔他的鸡巴,然后想着那两名飞行员,他们是去河内港执行空中打击任务的,这两人伤得实在厉害,我们是从无线电里收到信号的。我们甚至都不是救援直升机,但我们就在附近,他们发出求救信号说他们要跳伞了,因为他们所处的高度他们不得不跳伞,否则就要爆炸。我们连救援机都不是——我们是射击机——我们是冒险去营救两条性命的。我们都没有得到许可到那里去,我们就去了。你凭直觉行动。我们一致同意,两名舱门射手,飞机驾驶员,副驾驶员,虽然机会不大,因为我们没有掩护。但我们还是去了——冒险营救他们。"

他在给我讲一个战斗故事,我想。他知道他在讲述这个故事。里面有个他要说明的中心思想。一个他要我随身带走的东西,带到岸上去,带到我车上去,带到他知道地点并希望我知道他知道地点的那幢房子里去。作为"那个作家"带走呢?还是以别的什么身份——一个知道甚至比这个池塘的秘密更大的他的秘密的人。他要我明白并不是很多人见过他所见过的东西,到过他所到过的地方,干过他所干过的事,而且如有必要,还可以再干。他在越南被谋杀,他把凶犯带回到伯克夏,随着他从一个作为战场的国家,一个恐怖的国家,回来,回到这个完全令人不能理解的另外一个地方。

冰上的钻具。赤裸裸的钻头。没有比蛮荒之地中央的这个钻头发出的无情的寒光更扎实地体现出我们的仇恨。

"我们心里想,OK,反正我们快死了,我们快死了。所以我们朝上升,按他们的信号导航,找到目的物,看见一个降落伞,我们在空地上降落,救起那个身上一点伤都没有的家伙。他当时正好跳起来,我们一下把他拉进机舱,然后立即起飞,没有遭到任何攻击。于是我们问他:'你知不知道他在哪?'他说:'他向那边飘去了。'我们升到空中,但那时他们知道我们来了。我们又向前飞了一段距离,寻找另一个降落伞,这时整个倒霉的地狱都炸开了。我告诉你,简直不能相信。我们始终没有救起那个家伙。直升机受到的攻击,是你根本无法想象的。叮叮砰砰砰。机枪。地面火力。我们只好掉头尽可能快地离开那里。我记得我们救起的那个家伙开始哭起来。这就是我要讲的。他是个海军飞行员。他们是从佛瑞斯塔号航母上起飞的。他知道另一个人不是被杀了,就是被俘了,他开始号啕大哭。这对他来说是可怕的。他的伙伴。但我们不能返回。我们不能用直升机和五名战友冒险。我们很幸运,救出一名。所以我们返回基地,钻出来,看着直升机,上面有一百五十一个子弹孔。没一颗击中水压线、燃料线,但水平旋翼上弹坑累累,许许多多子弹打在上面,把它打弯了一点。如果他们击中尾翼,你就直接掉下去,但他们没有。你可知道他们在那场战争中打下五千架直升机?我们失去两千八百名喷气式战斗机飞行员。他们在北越作高空轰炸时失去两百五十架B-52。但政府永远不会告诉你这些。不会告诉你这些。他们告诉你他们想告诉你的东西。滑头威利一次都没给逮到过。是那个服兵役的家伙给逮到了。一次又一次。不行,不公平。你知道我在想什么?我想着要是我有个儿子,他现在就可以和我在一起。冰钓。这就是你走过来的时候我脑子里所想的东西。我抬起头,看见有人走过来,而我像做白日梦似的,我想,那可能是我儿子。不是你,不是像你这样的大人,而是我儿子。"

"你没有儿子吗?"

"没有。"

"没结过婚?"

这次他没有立即回答。他看着我,操纵导航仪定位,仿佛我像那两名跳伞的驾驶员似的拉响了警报器,但他没有回答我的问题。因为他知道,我想。他知道我出席了福妮雅的葬礼。有人告诉他"那个作家"在那儿。他以为我是个什么样的作家?一名专写像他所犯的那种罪行的作家？一名在书里描绘凶杀犯和凶杀案的作家？

"死了，"他最后说，重新盯着冰窟窿，晃动他的鱼竿，只见他的手腕上下抖动了十几下，"婚姻死了。从越南回来，一肚子的愤怒和怨气。患了创伤后应激障碍症。得了他们称之为创伤后应激障碍症的病。他们是这样告诉我的。当我回来的时候，我不想认得任何人。我回来了，但我跟这里发生的任何事情都接不上气，只要是文明的生活都不行。我在那边待了那么久，一切都疯掉了。穿干净衣服，大家相互问候，大家微笑，大家参加派对，大家开车——我不再能衔接上。我不知道怎样和任何人交谈。不知道怎样跟任何人打招呼。我在很长时间里自我封闭。我常钻进车，到处转，到树林子里，在里面走来走去——最稀奇古怪的事情。我躲避我自己。我不知道自己所经历的事情。战友们给我打电话，我也不回。他们担心我会死在车祸里，他们担心我会……"

我打断他。"为什么他们要担心你会死在车祸里？"

"我酗酒，我一边开车，一边酗酒。"

"你有没有撞到过别人？"

他微微一笑。没有停顿，没有死盯着我。没有朝我递来有特殊含义的威胁目光。没有跳起来掐我的脖子。仅仅微微一笑，微笑中所包含的善意比我能够相信他肚子里所有的，愿意展示的，要多得多。以一种故意造就的轻松心态，他耸耸肩说："别人撞到我还差不多。我不知道我在干什么，你知道吧？车祸？出车祸？就是出了，我也不会知道的。我认为我没有。你正患有他们称之为创伤后应激障碍症的病。各种东西不断跑进你的潜意识，让你以为你回到越南，重返部队。我不是个受过教育的人。我连这些都不懂。大家耻笑我，说我这不好，说我那不对，可是他们甚至都不知道我受了什么罪，连我也不明白——你明白？我没有受过教育又懂得这些事情的朋友。我只有臭娘们做朋友。哦，伙计，我指的是真正保证回收百分之百或双倍本钱的臭娘们。"又一次耸肩。笑话？故意想说的笑话？不，更像是以无忧无虑的腔调表达的恶意。"所以我能做什么呢?"他无奈地问。

哄我。耍我。因为他知道我知情。这会儿只有我们两个待在这山上,而我是知情的,他又知道我知情。钻具也知道。你知道一切,你知道你所需知道的一切,一切都铭刻在它弧形的钢刀片的螺旋体上。

"你是怎么发现你得了创伤后应激障碍症的?"

"退伍军人协会的一个有色人姑娘。请原谅。一位非裔美国人。一位非常聪明的非裔美国人。她得了硕士学位。你有硕士学位吗?"

"没有。"我说。

"唉,她得了,这就是我怎么得知我得了什么病的。否则我到现在都不知道。这样我就开始了解自我,了解我正经历的东西。他们告诉我。并不是我一个。别以为只有我一个。成千上万的人遭受和我相同的痛苦。成千上万的人半夜醒来又回到越南。成千上万的人别人给他们打电话,不回。成千上万的人做那些真正坏的噩梦。所以我把这些说给那个非裔美国人听,她都能理解。因为她有硕士学位,她告诉我那些东西是怎么进入我的潜意识的,相同的情况也发生在成千上万的其他人身上。潜意识。你不能控制的。就像政府一样。就是政府。又是政府。它叫你做你不想做的事。成千上万的人结了婚,婚姻死了,因为他们在潜意识里对越南有怒气,有怨气。她对我解释了这一切。他们啪的一下把我从越南拉进一架C-41空军喷气机,送到菲律宾,然后又登上一架世界航空公司的喷气机飞到特拉维斯空军基地,然后他们给我两百美元,叫我回家。所以我花了,大约,从我离开越南到回到家里,花了大约三天时间。你回到文明社会。你死了。你老婆,即使十年了,她还是死了。她死了,她究竟干了什么?什么也没干。"

"仍然患有创伤后应激障碍症吗?"

"嗯,我还是喜欢孤独,不是吗?你认为我在这儿干什么?"

"但不再酗酒驾车了,"我听见我自己说,"不再出车祸了。"

"从来没有出过车祸。你没听见?我已经告诉你了。据我所知没有。"

"婚姻死了。"

"哦,对。我的错。百分百。她是个可爱的女人。完全没有错。都是我的。向来都是我的。她配得上比我好得多的男人。"

"她出了什么事?"

他摇摇头。伤心地耸耸肩,一声叹息——一派狗屎,故意做出的透明的狗屎。"不知道。跑掉了。我把她吓成那个样子。吓坏了那个女人。她不管在哪儿,我都记挂着她。清清白白的一个人。"

"没孩子。"

"没有。没孩子。你呢?"他问我。

"没有。"

"结婚了?"

"离了。"我说。

"那么,和我彼此彼此。像风一样自由。你写什么样的书?破案的?"

"我想不是。"

"真人真事?"

"有时候。"

"什么呢?爱情故事?"他问,笑嘻嘻的,"不是色情吧,我希望。"他假装这是个不受欢迎的念头,即使一闪而过都令他不愉快,"我肯定希望我们的本地作家不会在山上麦克·杜默奇尔的屋子里写作发表色情的东西。"

"我写像你这样的人。"我说。

"是吗?"

"是的。像你这样的人。他们的问题。"

"你有本书叫什么名字?"

"《人性的污秽》。"

"是吗？我买得到吗？"

"还没出版。还没写完。"

"我会买的。"

"我给你寄一本。你叫什么名字？"

"莱斯·法利。对，寄来。你写完了，寄给镇上的车行转交给我。6号国道，镇车行。莱斯·法利收。"又一次戏弄我，有种戏弄每个人的样子——他自己，他朋友。"我们的本土作家，"他说，这个想法已经开始让他发笑，"我和那些家伙会看的。"他并没有笑出声来，而是抿着一个大笑的诱饵，逐步接近它，并绕着它转，牙齿却没有真正咬下去。非常接近那危险欢乐的吊钩，但并非近到可以一口吞的地步。

"我希望你会。"我说。

我不能转身离开。不能在这个节骨眼上，不能在他又蜕去哪怕是一丝一毫的感情伪装的时刻，不能在有可能更进一步窥视他内心的瞬间。"你在服役前是个什么样的人？"我问他。

"这是为了你的书吗？"

"是的。是的。"我大声笑了起来，不假思索地，随着一股可笑的、强悍的对抗的冲劲，我愚蠢地说，"都是为了我的书。"

他此刻也比刚才更为放肆地笑出声来。在这个疯人院似的湖面上。

"你原来是个合群的人吗，莱斯？"

"是呀，"他说，"我是的。"

"和大伙？"

"没错。"

"喜欢和他们玩个痛快？"

"对。数不清的朋友。飙车。你知道，全是那种玩意儿。我上全日班。但在我不上班的时候，没错。"

"你们越战老兵都在冰钓？"

"我不知道。"那种抿着嘴的笑声又来了。我想，要他杀死一个人比叫他开怀大笑容易得多。

"我开始冰上垂钓,"他告诉我,"并不很久。在我老婆跑了以后。我租了间小棚子,在树林子里面,在蜻蜓湖上。树林深处,紧贴水边,蜻蜓湖,我总在夏天钓鱼,钓了一辈子,但我对冰钓并没有多大的兴趣。我总以为那儿太冷,你知道?所以我住到湖上的第一个冬天,那个冬天我不正常——倒霉的创伤后应激障碍症——我就这么看着那个人一步步走过去,看他怎么在冰上钓鱼。我仔细观察他两三回,有一天我穿上衣服,散步到那儿去,那个人钓了一大堆的鱼,黄鲈鱼、鳟鱼,什么都有。所以我想,这种钓法并不比夏天差,说不定还更好哩。你只需要穿上足够的衣服,配备恰当的工具。我照办。我下山买了把钻子,呱呱叫的钻子"——他用手指着——"钓竿,引线。你可以买到几百种不同的引线。几百种不同的厂家和型号的。各种各样的尺码。你在冰上钻进一个窟窿,把你最喜欢的引线连同上面附带的诱饵丢下去——只不过手动一动而已,你只要上下抖动钓竿,你知道。因为冰层下面很黑。哦,真的很黑。"他告诉我,并且,在整个对话中,他脸上第一次显示的不是太多而是太少的晦暗,太少的欺骗,太少的伪装。在他讲话的时候,嗓音里有一种令人不寒而栗的弦外之音:"真正的黑暗。"一种令人头皮发麻、大惊失色的弦外之音,由此使得关于科尔曼事故的来龙去脉统统变得一目了然。"所以下面任何一点闪光,"他补充道,"都会把鱼吸引过来。我猜想它们能够适应黑暗的环境。"

不,他不笨。他是个畜生,一个杀手,但并非如我所设想的那样愚痴。不缺心眼。在无论什么伪装之下,缺心眼是不太可能的。

"因为它们得吃东西。"他科学地解释给我听,"它们在下面找得到食物。它们的身体能够适应那种异常寒冷的水,眼睛能够适应黑暗。一有动静它们便能感觉到。如果它们看见任何一丝闪光,或者感到你牵动引线发出的震动,它们就被吸引过来。它们知道有活的东西,说不定可以吃。但倘若你不抖动鱼竿,就一条也别想钓到。如果我有个儿子,你知道，这就是我刚才在想的，我会教他怎么抖动。我会教他怎么在引线上挂诱饵。有不同种类的诱饵，你知道，大多数是苍蝇蛆或蜜蜂蛹，他们专为冰钓培养的。我们会下山到商店里去，我和小莱斯，我们会在冰钓商店选购。用小杯子盛的，你知道。如果我现在有小莱斯做伴，你知道，如果我一辈子没有给这种古怪的创伤后应激障碍症毁掉，我就会和他一起待在这儿，教他全部的技巧。我会教他怎么使用钻子。"他指着那工具，工具依然放在他身后稍稍够不到的地方，"我用的是五英寸的钻子。钻子的规格从四英寸到八英寸。我比较喜欢五英寸的窟窿。再好不过。我从来没碰上过从五英寸窟窿里拉不出鱼的问题。六英寸略大一点。六英寸太大的原因，是刀片宽出一英寸，看上去似乎不多，但如果你看看这五英寸的钻子——瞧，我拿来给你看。"他站起身，走过去，拿起钻具。尽管他穿着棉连衣裤、高筒靴，使他粗大的身躯更显矮壮，他却是灵活地走过冰面，只用一只手就一把抄起钻子，其架势就像你打出一个飞球后，小跑步返回板凳时顺手从球场上抄起棒球棒一样。他走到我面前，举起钻子，将雪亮的长钻头直逼我的面孔。"就是这。"

就是这。这就是根源。这就是本质。就是这。

"如果你看着这五英寸的钻子和六英寸的钻子作比较的话，"他说，"就大不相同了。当你用手钻过一英尺到十八英寸的冰层时，用六英寸的钻子要比用五英寸的费劲得多。用这把我可以在大约二十秒钟的时间里钻通一英尺半厚的冰层。倘若刀片锋利结实的话。锋利是最要紧的。你必须时时刻刻保持刀片锋利。"

我点头。"冰面上真冷。"

"你还是相信为妙。"

"到现在才注意到。我越来越冷了。我的脸。让我架不住了。我该走了。"我朝后退了第一步，离开他周边稀薄的雪水和他垂钓的窟窿。

"不错。你现在知道该怎样冰钓了，是吧？也许你想写本书，谈谈那个，而不是破案的故事了。"

往后面一次退半步,我朝岸边退了有四五英尺远,但他仍然用一只手端着钻子,螺旋刀片对准我眼睛原来所在的高度。完全溃败,我开始撤退。"现在你知道我的秘密地点了。连这你也知道了。你知道所有的事,"他说,"但你不会告诉别人,是吧?有个秘密地点感觉很不错的。你不会告诉别人。你学会了什么都不说。"

"我会守口如瓶的。"我说。

"山上有条小溪流进来,越过一道道山脊。我有没有告诉过你?"他说,"我从没探寻过源头。反正是一股源源不断的水流,从那儿流到这儿的湖里。湖的南边有个溢洪口,水从那口子流出去。"他用手指着方向,依然端着钻子。他一只戴着无指尖手套的大手紧紧地抓着它不放。"湖下还有数不清的泉眼。水从湖底上来,所以水不断地更换。它自我净化。鱼必须有清洁的水才能存活,长得大而且健康。这地方具备所有这些因素。都是上帝创造的。人跟这些没有关系。这就是为什么它这么干净,这就是为什么我到这儿来。如果有人来插上一脚,立刻离远点。这就是我的座右铭。一个潜意识里充满创伤后应激障碍症的人的座右铭。远离人群,接近上帝。所以别忘记这是我秘密的藏身之地。一旦秘密泄露,祖克曼先生,就是你讲出去的时候。"

"我听明白了。"

"还有,嘿,祖克曼——那书。"

"什么书?"

"你的书。把书给我寄来。"

"你一定会有的,"我说,"邮寄来。"说着便开始穿过冰湖往回走。他待在我身后,依然端着那个钻具,看着我慢慢地走开。路很长。即使我逃脱,我也知道我一个人待在我房子里的五年告一段落了。我知道如果真写完那本书,当我写完书的时候,我将不得不搬到别的地方去落脚。

我刚安全跨上湖岸,便转过身,回头看,看看他最后是否要尾随我到树林深处，把我干掉，让我永远没有机会走进科尔曼·西尔克童年的家，像在我之前的斯蒂娜·帕森一样，作为白人客人，和他东奥兰治家庭成员坐在一起，共进星期天大餐。仅仅是面孔朝向他，我都能感到钻头的恐惧——即使他已经重新在桶上就座：皑皑的冰封湖面包围着一个微小的黑点，那是一个人，大自然中唯一的人类标志物，仿佛是由一名文盲留在一张纸上签字画押用的X符号一样。这就是，如果不是全部的故事，也是全部的画面。只有在极为稀有的场合，在我们这个世纪的末尾，生活才会呈现出诸如这幅画面般纯洁宁静的景象：一个孤独的人，坐在桶上，通过十八英寸的冰层垂钓，这位于美国的一座田园牧歌似的山峦顶部的湖泊有着长流不绝的水源。